大湾区文学选本

网络文学卷

郑焕钊 主编

◆人文湾区文艺书系◆

广东省文学艺术界联合会
粤海风杂志社 主编

南方日报出版社
NANFANG DAILY PRESS
中国·广州

图书在版编目（CIP）数据

大湾区文学选本．网络文学卷 / 郑焕钊主编．广州 ：南方日报出版社，2025．8．--（人文湾区文艺书系）．-- ISBN 978-7-5491-2792-4

Ⅰ．I218.65

中国国家版本馆 CIP 数据核字第 2025JM9361 号

DAWANQU WENXUE XUANBEN WANGLUO WENXUE JUAN

大湾区文学选本 网络文学卷

主　　编：郑焕钊
出版发行：南方日报出版社
地　　址：广州市广州大道中 289 号
出 版 人：周山丹
丛书策划：周山丹
责任编辑：阮清钰　严文玮
特约编辑：卢　瑜　李芷莹
装帧设计：邓晓童　劳华义
责任校对：阮昌汉　熊丽思
责任技编：王　兰
经　　销：全国新华书店
印　　刷：广东信源文化科技有限公司
成品尺寸：185mm×260mm
印　　张：16
字　　数：300 千字
版　　次：2025 年 8 月第 1 版
印　　次：2025 年 8 月第 1 次印刷
定　　价：68.00 元

投稿热线：（020）87360640　　读者热线：（020）87363865
发现印装质量问题，影响阅读，请与承印厂联系调换。

总序

同书粤地新气象　共绘湾区同心圆

王垂林

在新时代的东风里，粤港澳大湾区建设正以磅礴之势，激荡着世界级的城市群崛起。广东省文学艺术界联合会组织辑选《大湾区文学选本》（以下简称《选本》），受到粤港澳三地文学艺术家的热烈响应，并获得国家新闻出版署“十四五”国家重点图书出版规划立项支持。《选本》的推出不仅是对这片热土文脉的深情回眸，更是广东文艺界回应国家重大发展战略的自觉行动。它如一座精心架设的桥梁，联结起现代文艺潮涌，为广东文艺高质量发展注入活水，更为大湾区宏伟蓝图增添了一道斑斓的人文亮色。

《选本》编选了湾区不同城市、不同代际作家、不同文本形态下反映时代变迁、刻画湾区风貌、传递人文精神的代表作品。这些作品以鲜明的在地性和开放的全球视野，构建起大湾区共同的文化认同，宛如珠江汇聚西江、北江，千百流涌，而后八门夺海，展现出一幅千姿百态又和谐共生的文学图景。字里行间，既有岭南风物的细腻描摹，亦有时代变革的深沉回响；既镌刻着湾区独特的多元文化印记，更升腾出湾区人民共同的价值追寻与精神气质。

粤港澳大湾区的独特优势在于“双向开放”——既向内连接广阔腹地，又向外辐射全球。粤港澳大湾区文艺事业的发展更离不开三地优势互补、资源整合所激发的创新合力。《选本》的多元文本组合，彰显这一特质，既有粤语方言写作的韵味、移民故事的张力，也兼备跨境叙事的包容性，向世界展示中国式现代化进程中的文化多样性，让读者得以从香港的都市律动、澳门的多元风情、广东九城的奋进脉搏中，真切触摸到那份植根于岭南沃土、流淌在湾区儿女血脉中的文化基因与情感共鸣，为粤港澳三地增进共识、携手前行提供强大的价值支撑。这种守正创新的创作实践，正是广东文艺界抢抓历史机遇、主动担当文化使命的生动写照。

岭南文脉相交融，人文湾区谱新篇。《选本》宛如一座精神堤岸，在珠江潮水拍打之处见证湾区文学由区域走向世界、从传统迈向未来的壮阔航程。广东文联将持续引领广东文艺界同书粤地新气象、共绘湾区同心圆，不断书写大湾区文艺繁荣发展的新传奇！

作者系广东省文学艺术界联合会党组书记、专职副主席

2025年7月1日

序

粤港澳大湾区网络文学的起点意义与多元图景

郑焕钊　陈瑞迪

1905年，梁启超在《世界史上广东之位置》中，不仅从世界史的角度界定广东在全球地理格局及中国历史中的重要性，而且将广东对世界文化的作用等同于腓尼西亚在小亚细亚、埃及与希腊三种文明中所发挥的文明媒介的作用①。正是得益于在全球地理中，尤其是全球近代以来中西方海上交通与交往空间格局中的重要位置，以及中国近代以来历史的走向，粤港澳大湾区一直充当着中国与世界各国政治、经济与文化交流的特殊纽带，也因此扮演着“开风气之先”的重要角色，成为中国现代文化转型的引领者。无论是近代康有为、梁启超、孙中山所开展的变革图存的文化、政治运动，还是20世纪90年代港台文化与粤语文化引领的流行文化风尚，都反映出粤港澳大湾区作为中国新文化、新潮流“起点”的意义。

在以网络化、数字化、智能化为主要特征的媒介迭代新阶段，网络文学及其衍生的文艺形态的发展，有力地推动了21世纪世界文化的转型：基于技术下沉与发表形式变革所带来的文学生产方式的革新、基于多元混杂文化经验的媒介融合所带来的文化内涵的重构，以及在资本、产业与技术共同作用与跨界共生下文学景观在日常空间的全面渗透等，网络文学已经在深层次上重构了中国几个世代的文化思维、感受模式与现实经验，在一定程度上塑造着新的价值观念。网络文学及其文艺衍生的丰富形态，从本质上是全球文化流通、数字智能技术时代及其影响下的城市经验与生命感受的意义表征的新模式。它的产生与新经济的发展、新技术的普及、新生活的形成等具有密切的联系。粤港澳大湾区在经济与社会发展中的领先性，在很大程度上推动着网络文学在广东的“起

①梁启超. 梁启超全集. 北京：北京出版社，1999：1690.

步”与“成形”。

从这一意义上，论及“粤港澳大湾区网络文学”，如果局限于书写大湾区生活的网络文学，就会以地域文学的方式窄化了大湾区网络文学的内涵与意义。大湾区网络文学的价值与意义就在于其作为中国网络文学发展的“起点”所代表的“风气之先”，及其内蕴的文学、地理与时代交互作用的特殊命题所具有的理论意义。大湾区经济社会及其内蕴的时代精神与文化经验，借由网络文学的“破土而出”及其叙事模式的新锻造而获得表述。因此将其称为“粤港澳大湾区的网络文学”或者“网络文学与粤港澳大湾区”更能准确地界定这种关系。

一、粤港澳大湾区与中国网络文学的“起点”探索

第一，中国网络文学发展的湾区“起点”。网络文学的诞生与发展无法离开网络平台，网络文学的传播也要经得起网络浪潮的检验。网络文学本身作为一个互联网产物，与传统文学的差别在于以互联网平台为载体，形成了无可比拟的开放生态和利益分享机制，生产出了独特的文学作品，而不是简单的“文学+网络”模式。关于中国网络文学的“起点”，有多种看法，大多数人将1998年蔡智恒在网络上发表的小说《第一次的亲密接触》定义为中国网络文学的起点，这种认定的基础，是其写作方式及内蕴的数字时代社交经验。但如果从网络文学作为一种新的文学生产制度及其对网络文学整体发展的推动意义来寻找其“起点”的话，则要将目光转向网络文学平台及其原创网络文学在中国的发生。

2001年11月，广东阳江的林庭锋和台湾籍人士罗森等一众玄幻文学爱好者，在西陆BBS一同发起中国玄幻文学协会（CMFU），粤港澳大湾区原创网络文学平台的“拓荒”开始了。次年6月，经过中国玄幻文学协会的筹备，林庭锋在广东阳江成立起点文化传播公司，起点中文网开始试运行。2003年下半年，起点中文网开始实行VIP（高级会员）制度，并于11月正式开始在线收费阅读。2004年，起点中文网成为国内第一大网络文学网站。起点中文网不断探索网络文学平台的运营模式，致力于发现与挖掘优秀的原创文学作者，不仅开启了中国网络文学商业化运作之路，也极大地推动了原创网络文学尤其是后来作为网络文学主导类型的玄幻品类文学的发展。虽然在中国网络文学不断发展壮大的过程中，起点中文网不再是网络文学产业的领头角色，但“起点”精神和运营模式对网络文学的发展产生极其重要的影响，其创设的付费阅读、VIP制度和2004年的“网文出海”战略对后来网络文学作品、作者以及读者，乃至平台运营商都有着深远的影响，刺激了大量专业的网文写手和优秀网络文学作品的出现与网络文学集团的产生。

开拓创新的“起点模式”加上快速发展的互联网科技、开放自由的文化地理环境和政策支持，广东成为网络文学的热土。许多著名网络作家如当年明月、南派三叔、天下霸唱、慕容雪村、李可等均从广东起步，尔后闻名全国[①]。后续网络文学新生力量也不断出现，广东网络文学作家数量一直稳居全国首位，其中，多数位于粤港澳大湾区城市：广州、深圳、东莞。在阅文集团推出的“2017年中国原创文学白金大神作家名单”上，多位广东网络文学作家获封“白金大神”：来自深圳的丛林狼、来自河源的厌笔萧生、来自东莞的天堂羽、来自茂名的南陈朝、来自湛江的夜独醉……

第二，中国网络文学主流化治理的湾区“试点”。优秀网络作家的“井喷”与政策的支持和当地的重视有着极大的关系。广东省作家协会较早地关注并介入网络文学领域工作[②]，2003至2008年间，广东省作协完成了从首次研究探讨网络文学到成立网络文学创作委员会的过程，并将相关工作推进到全国范围内，而从2010年起，广东省作协开始有意识地开展网络作家培训。与此同时，广东省作协积极推动广东网络作家和作品走向全国：2010年，广东省作协与中国作协联合主办的“网络文学研讨会”在京隆重召开，成为全国范围内第一次大规模、高规格的网络研讨活动；同年7月，广东网络文学作家西篱的作品《昼的紫夜的白》入选为中国作协首批扶持的网络文学作品。2013年5月，中国作协和广东省作协再次在京联合召开研讨会，重点研讨了广东网络文学作家林俊敏（阿菩）、贾志刚、杨林清（无意归）、边晓琳（乱异）、丘晓玲和艾静一（猗兰霓裳）的作品；同年，第九届广东鲁迅文学艺术奖揭晓，阿菩的《山海经密码》获奖，成为首次获得该奖项的网络文学作品，也是网络文学作品逐渐得到主流文学评价标准认可的重要讯号；在另一边，求无欲的《诡案组》系列作品和深圳作家朱克恒的《返回地球的前生》也入选了中国作协重点扶持作品。2014年8月，中国作协全国网络文学重点园地工作联席会议公报公布重点扶持项目和中国梦主题创作扶持项目，广东网络文学作家蚕茧里的牛（石夜明）的《武极天下》、却却（王凌英）的《湘水谣》、冰可人（王敏）的《一个女飞行员的成长史：翱翔蓝天》入选。2016年6月，风青阳（张伟煊）的《吞天记》入选2016年度全国网络文学重点园地工作联席会议重点扶持项目[③]。从2010年起，广东省作协广泛开展网络作家培训，并将其作为每年常设工作项目。2011年12月，全国第一家网络文学院“广东网络文学院”成立，截至2017年4月，共培训网络作家超过六百人[④]。2015年广东成立网络作家协会，成为在全国最早成立网络作家协会的

①西篱．粤派网络文学评论．广州：广东人民出版社，2018：40.
②西篱．粤派网络文学评论．广州：广东人民出版社，2018：41.
③西篱．粤派网络文学评论．广州：广东人民出版社，2018：45.
④西篱．粤派网络文学评论．广州：广东人民出版社，2018：42.

省份之一。在广东省大力扶持网络文学的态势下，优秀网络文学作家和作品在广东呈井喷之势，广州、深圳、东莞、茂名四地作家数量与质量较为突出，形成了广东网络文学“四小虎”现象。

除此以外，粤港澳大湾区也不断创新产业平台与作家交流机制。2014年末，由腾讯文学主办的“网络文学行业峰会”在深圳举行，唐家三少等来自不同平台的百余位网络文学行业顶尖作家共聚一堂，该峰会成为网络文学产业有史以来规模最大、覆盖最广、与会作者最高端的一次中国网络作家大聚会[①]。2018年9月20日，由深圳市作家协会和阿里文学联合主办的首届“大湾区杯（深圳）网络文学大赛”正式拉开帷幕；2019年7月13日，广东省作家协会和阅文集团组织了“不忘初心、牢记使命”2019年广东网络作家高级研修班，旨在弘扬中国精神、传授网络文学创作技巧，加强网络文学人才队伍建设，推进网络文学健康发展，孵化新一代网络文学“大神”，迄今已有近800名网络作家参与培训，为粤港澳大湾区的网络文学创作贡献了新生力量。

第三，中国网络文学评价体系构建的湾区“创新”。随着广东乃至全国对网络文学的关注度提升，粤港澳大湾区网络文学理论研究的建设也在不断完善。2011年3月至9月，广东省作协共举办了八场“广东网络文学十年精品回顾”论坛活动和主题座谈会[②]，对广东网络文学经典化做了讨论与实践；2011年12月广东省作协主管的全国第一份网络文学研究杂志《网络文学评论》出版发行，该杂志旨在“联合全国网络文学研究评论界、出版管理界和网络作家等多方面的力量，通过对中国网络文学的专题性研究，深入介入当下中国网络文学的发展”；2018年，集结省内重要的网络文学研究者合作完成的《粤派网络文学评论》出版，不但全面地梳理了广东网络文学发展的全貌及其与中国网络文学发展之渊源，而且囊括了当前网络文学理论和评论的热点、焦点问题，如从网络文学的诞生、文化传承到现状分析，由网络小说的影视改编到网络文学的“互联网+”等，进行了详尽而有见地的论述；2020年，《网络文学评论》更名为《粤港澳大湾区文学评论》，开设“网络文学观澜”版面，正式将粤港澳大湾区网络文学作为研究和探索的整体对象。这些成果对粤港澳大湾区网络文学研究的推进工作十分重要，在大湾区学者、广东省作家协会、大湾区网络文学作家等多方的不懈努力下，网络文学评论评价体系建设、网络文学的创作资源和创作思维、网络文学“主流化”与现实题材创作的关系、网络文学的类型研究等诸多有关大湾区网络文学理论建设的主要问题被提出并得到了一定程度的解决。

可以说，广东网络文学领风气之先，与粤港澳大湾区开放包容、敢为人先的精神有密切的关系。高度发达的商业与创业氛围，为网络文学的“起点模式”提供了重要的社

①西篱．粤派网络文学评论．广州：广东人民出版社，2018：43.
②西篱．粤派网络文学评论．广州：广东人民出版社，2018：42.

会经济基础，与此同时，制度上创新与扶持的一系列举措，如对网络文学价值的肯定、敢于将主流奖项颁给网络文学、为网络作家建造联络的家园等，都显示了粤港澳大湾区作为中国网络文学“孵化器”的重要贡献。

二、粤港澳大湾区网络文学的多元图景

编选《大湾区文学选本•网络文学卷》面临一系列困难：网络文学篇幅巨大、作者数量众多、题材类型庞杂，而同时，粤港澳三地网络文学创作的情况并不均匀，广州、深圳、东莞等内地城市与香港网络文学具有一定的数量与规模，而澳门在网络文学上几乎是空白的。对于一本力图更为宏观、整体地展现大湾区网络文学创作面貌的选本而言，权衡与取舍的难度可想而知，无论多么缜密的思考都可能挂一漏万，留下遗憾。

鉴于此，入选本卷的网络文学作家作品主要基于三点考虑：第一，在作家身份上，主要考虑目前在大湾区生活和创作的作家，并且大体上在狭义的粤港澳大湾区的地理版图之内。作为中国网络文学的“起点”，大湾区曾经哺育了网络文学初创期的诸多标志性作品，但后来很多知名“大神”纷纷离开广东，到北京、上海和江浙地区进行创作。因为他们已经不在大湾区生活，所以并不将其纳入。第二，在作品的类型与题材上，考虑到粤港澳大湾区文学内蕴的文学、地理学内涵，将那些书写大湾区历史与精神的作品（如阿菩的《十三行》、却却的《战西关》）作为重点，同时兼顾大湾区网络文学创作中最具实绩的类型与题材。第三，从能够更为整体和全面呈现大湾区网络文学创作风貌的角度，让尽可能多的题材与作品类型进入读者视野，因而对同类型、同题材、同作家的作品进行斟酌，尽量避免重复。

基于上述考虑，最终入选的作家作品有22部，兼及香港、广州、深圳、珠海、佛山、惠州、东莞、肇庆八座城市，涵盖历史、现实、军事、玄幻、悬疑、神异、次元、穿越、种田、科幻等多种题材。本书整体上分为三辑：历史叙事与现实表述、玄幻想象与神异传统、穿越言情与女性世界。下面，就从这三个类型出发，以入选作品为主要例子，对粤港澳大湾区网络文学呈现的多元图景进行扼要介绍。

（一）历史叙事与现实表述

粤港澳大湾区网络文学的历史题材及其叙事传统，在中国网络文学发展史中具有重要的位置。2004年，深圳作家梅毅以“赫连勃勃大王”为笔名，开始在网络上发表一系列历史散文作品，相继出版《隐蔽的历史》《历史里的人性》《大明朝的另类史》等，可以视为中国网络文学历史叙事模式的开拓者之一；2006年，顺德海关工作人员石悦在天涯社区发表的帖子《明朝那些事儿——历史应该可以写得好看》，在全国范围内爆红

后改ID名为“当年明月”，《明朝那些事儿》成为中国网络文学的经典，成为网络文学历史叙事的标志性作品之一。历史叙事作为大湾区网络文学的一种重要类型，其写作传统赓续不断，并不断进行创新，近年来阿菩、却却、菜刀姓李、李逸轩、荆泽晓等在历史题材与类型融合上不断开拓，带来了历史写作的新局面。

深圳作家菜刀姓李是网络文学军事历史小说领域代表性人物之一。其长篇军事小说《遍地狼烟》入围第八届茅盾文学奖，成为第一本入围该奖的网络小说，被改编为同名电影和电视剧后也获得了不错的反响。在《遍地狼烟》中，菜刀姓李以草根英雄牧良逢在国民党军队的成长历程为主线，书写了抗日战争时期国民党大部队正面战场的抗敌故事。菜刀姓李本人是一名军事历史迷，对正面战场、国民党军队内情、作战使用武器的描述都做到了忠于史实。好故事与历史事实兼顾，使《遍地狼烟》在一众抗战小说中显得卓尔不群，丰富了大湾区军事题材网络小说的类型。佛山作家李逸轩的《邓家铺子》则是一部聚焦戏曲文化的历史小说，通过书写两代人、一部戏的爱恨纠缠故事，侧面反映了社会历史的变迁和乡村的衰落过程，对现代历史生活有着不亚于纯文学的精神挖掘和思考深度。网络文学作为中国文化输出的一张名片，需要有反映中国社会时代变迁的好作品，体现文学对历史和人文的关怀。《邓家铺子》这类网络小说，满足了网络文学作为文化名片质量上、内容上的需求，代表着粤港澳大湾区网络文学乃至中国网络文学的重要转向。新广州人荆泽晓则是将经典的“穿越文”写出了新意，他的《秘宋》是一部古代偏现实向的谍战小说，讲述了主人公刘瑜重生后回到宋朝，凭借自己对间谍知识的了解，创建谍报网络，改变大宋国运的故事。作者对宋代复杂的官职体系了如指掌，文白夹杂的语言风格信手拈来，体现了不俗的功底。

早期广东历史类网络文学作品虽然不乏优秀之作，但多以中国古代史中的朝代为背景，缺乏对岭南在近现代史中独特文化和经济地位的关注，也无法反映大湾区网络文学的历史关怀，这一空缺在近年来的优秀网络历史小说中得到填补。如阿菩的《大清首富》（出版时改名为《十三行》），以清朝时期“一口通商”的广州十三行为创作蓝本，对清朝广州的历史地理和十三行在世界金融中的地位做了详尽的描述，画卷式展现清代对外贸易以及商业发展之图景，描写一代商业巨擘吴承鉴如何在朝廷与外国势力的双重考验下坐上十三行总商的宝座、登顶世界首富的传奇故事[①]，小说完结于2019年。阿菩以清朝广州十三行怡和行经营者伍秉鉴为原型，将历史资源和自身想象力相结合，通过一个商人的崛起故事还原了以广州为中心的近代经济史，折射出一个封建王朝的荣辱兴衰。小说描写精准细致，格局宏大，畅快好读的同时又有着历史本身的厚重感，岭

①张懿．走入文学世界的十三行大清首富．http：//www.chinawriter.com.cn/GB/n1/2020/1130/c404027-31949271.html.

南文化的深厚底蕴和粤港澳大湾区文化的丰富内涵在这部小说中相互照应。却却的《战西关》则是以岭南抗战为蓝本，聚焦岭南青年在广州抗战时期的精神转变，填补了广州抗战题材的创作空白。却却擅长书写现代抗战题材小说，创作了一系列以“战”字开头的小说，如《战长沙》《战衡阳》《战平原》《战西关》等。其中根据《战长沙》改编的电视剧，豆瓣评分9.1分。《战西关》延续了却却“战”系列的风格，以两个富家小姐的生活为聚焦点，描述了抗日战争时期广州陷落后岭南青年们的生活变化、精神转变，以青年人的爱情和生活改变折射出战争的残酷和中华民族斗争的决心。《战西关》以岭南抗战为故事背景，以女性自由婚恋议题为线索，将岭南的风土人情、青年风貌、抗战精神融为一体，体现了大湾区青年自近现代以来的自由追求、坚韧精神。

猗兰霓裳的《二胎驾到》、丛林狼的《最强兵王》、天堂羽的《佣兵之王都市行》、薛可正的《男人不可以穷》，涵盖的话题包括现代女性婚育、军事战争、市民成长。这些作品多是现实主义写作笔法，塑造的人物也大多为年轻人，体现了现代都市中年轻人的生活缩影。深圳作家猗兰霓裳以后宫文见长，《二胎驾到》是她少有的现实主义小说。小说描写了职业女性夏夕凉在升职和二胎之间左右为难的故事。随着“两孩政策”的实施，生育话题成为当代年轻人的讨论热点，随之而来的就是现代人自身精神物质上的发展与生育之间的矛盾，猗兰霓裳很好地把握了这个矛盾，结合生活细节，体现了现代都市女性在生育选择上的挣扎。军事类小说是粤港澳大湾区较为流行的现实题材网文。阅文集团白金级作家、深圳网络作家丛林狼是网络军事文学旗帜人物，被读者誉为网络军事小说天才级写手，著有《最强兵王》《丛林战神》《最强战神》《战神之王》等军事小说。《最强兵王》被称为军事题材领域里破亿纪录的标杆，小说叙事节奏明快，特种兵专业知识丰富，通过对主人公罗铮经历的一个个特殊环境和艰难任务的详尽描写，树立了一个历经磨难的热血军人形象，高度弘扬了爱国主义精神，既做到了专业化，也让人感觉到痛快、好读。虽然故事中有天马行空的想象部分，但丛林狼在其中如工笔画描摹一般的精细笔法，塑造了真实可信的人物群像。该小说2014年荣获腾讯文学年度最佳作品奖，2017年获广东省鲁迅文学艺术奖。天堂羽的小说题材范围很广，他擅长塑造形象立体的男性角色，《佣兵之王都市行》是他于2017年完成的作品，主要讲述了雇佣兵团长陈劲归国查明父亲去世真相的故事。天堂羽塑造了一个和韦小宝一般“反武侠”的主人公陈劲，虽然战斗力惊人但更擅长以智取胜，油嘴滑舌但恪守做人原则，没有那么多江湖规矩，有的只是在现代社会中诸多的人情世故。在塑造这个角色时，天堂羽处处强调他与自身强大不相符合的草根出身，与“王”形成了鲜明对比，让读者产生了代入感和“爽”感，折射出了当今年轻人对草根英雄的崇拜心理。

如果上文三部网络小说书写的是“部分的生活”，那么香港网文作家薛可正的《男人不可以穷》则能代表大多数都市人最朴素的心态。小说描写了白领青年薛可正经历失恋失业双重打击后重整信心，在金融行业努力奋斗成为黄金经纪人的历程。“男人不可以穷”——这句话在全文出现过三次，是薛可正这个“男人”的心声，“不可以穷”同样也是每一个奋斗在都市的年轻人的心声。小说通过描写薛可正从追逐金钱到追求精神富足的转变过程，点出用意——人的穷困不仅指金钱上的，也指精神上的，无论在生活里遇到什么样的困苦，能让人获得救赎的永远是心中对生活的信念。经济的快速发展往往导致个人自我的丢失和信仰的危机，薛可正这本《男人不可以穷》的出现可谓恰逢其时，在引起现代人共鸣的同时也对都市奋斗的主题进行了升华，对优秀传统道德观念进行了回归。作为一名香港网络文学作家，薛可正将大湾区积极向上、坚韧奋斗同时又不忘初心的精神充分融入了自己的这部小说中。

（二）玄幻想象与神异传统

几乎与华语网络文学同时兴起的具有“幻”元素的幻类小说，在粤港澳大湾区网络文学中具有先锋地位，优秀的作品也层出不穷。早在网络文学兴盛之前，为了迎合数字时代读者的口味，香港武侠小说作家黄易的作品中就已经初见“玄幻”元素，有明显的小说电玩化、科幻化、魔幻化的倾向，可以看作是玄幻文学在华语世界的萌芽，孔庆东在《通俗文学十五讲》中提到“黄易发明了一种‘玄幻’小说”[①]。这种可融合现代科技、流行文化、神魔传说、仙侠之道等多种基本元素的“幻”类文学，在内地的广东省再一次迸发了强劲的生命力：成立起点中文网的林庭锋、罗森等网络文学作家，都是国内的玄幻文学“大神”，林庭锋的《魔法骑士英雄传说》、罗森的《风姿物语》《碎星物语》等小说在玄幻读者中有着极高的口碑，他们建立的“起点”运营机制，也对国内玄幻文学的发展起到了极大的推进作用。在玄幻文类上，广东网络作家充分发挥了地域文化优势，将集中原文化、海洋文化和岭南文化为一体的本土文化进行创作上的融合和重构，显现出明显的民间文化信仰与神话资源再创造的特点，创作了一系列优秀的玄幻仙侠类作品。

罗森本名廖孟彦，中国台湾籍，现居珠海。罗森是起点中文网的发起人之一，也是玄幻文学的早期“大神”，其1997年发表的《风姿物语》被一些读者追认为最早的网络玄幻小说。《碎星物语》保持了罗森一贯的风格，以电玩游戏的叙事逻辑构建全篇，将构造的玄幻世界分为任务小世界和主世界，篇幅极长、人物繁多的同时又不失细节和秩序，这种写法极大地扩展了小说的容量，丰富的故事情节、人物形象和价值理念得以在文本中完整呈现。“土鸡瓦狗，可以碎星”是这部小说的主题，虽然是一本玄幻小

①范伯群，孔庆东．通俗文学十五讲．北京：北京大学出版社，2003：10.

说，但讲求科学与逻辑的理念在文中随处可见，《碎星物语》以“岭南痴线佬”碎星团技术核心人物温去病为主人公，以他的技术解说回溯碎星团发家的过程，具有科学理性色彩，与大湾区文化科技创新发展的理念不谋而合。玄雨的《小兵传奇》在玄幻小说界是一部具有“传奇”色彩的小说，与老猪的《紫川》、萧鼎的《诛仙》和萧潜的《飘渺之旅》并称为当时起点的“网络四大奇书”。《小兵传奇》讲述了普通高三学生唐龙误入星际宇宙参与太空战争的故事，将游戏思维和现实关怀有效结合，“游戏世界”和现实世界进行了成功对接，这样的书写模式打破了受众的年龄圈层限制，收获了众多读者的喜爱。《苍老的少年》是深圳作家撒冷的早期作品，在起点建立VIP制度之前就已经推出，并于2003年出版了实体书，其设定上更类似于西方的魔幻小说，描述了一个以魔法修炼强度划分等级的世界，讲述了一个天才少年的成长故事。同书名一样，它成长于国内网络文学发表机制还未完善的年代，却有着成熟的玄幻文类元素：魔法、武者、三品九流——分别代表着西方魔幻、中国武侠、中华传统文化。撒冷成功地将它们进行了融合，《苍老的少年》是中国早期玄幻文学的典型范本。2020年，撒冷入选“橙瓜见证•网络文学20年人物篇盘点报告百位行业人物”。

大湾区独有的神异传统、商业环境和混合文化给了网络文学作家启发，一些具有混合文类特征的想象类型小说在大湾区兴起。求无欲的《诡案组》、沙中灰的《阴阳鬼医》、打眼的《黄金瞳》都在灵异世界的架构下书写悬疑故事，而来自香港的张晨的《十八岁的野比大雄》以著名日本动漫《哆啦A梦》中的人物设定为基础，将童年回忆改写成“黑童话”，讲述了成年后的大雄将八宝袋占为己有，报复众人，走上犯罪道路的故事，饱含着对复杂人性的叩问。这些作品的共同点在于想象力丰富，并且有意识地从大湾区的地域文化、现代都市生活背景、古典传统小说中寻找可以利用的资源，体现了大湾区在文学创作上兼容并包、开放自由的环境优势。

其中，《诡案组》是擅长写刑侦类小说的东莞作家求无欲的代表作，小说集灵异、惊悚、推理于一身，描写了一支神秘的办案小队处理全省范围内超自然灵异事件的故事。《诡案组》系列作品对悬疑惊悚类型网络文学产生了巨大的影响，出版实体书后，陆续被改编为电视剧、漫画，成为广东网络文学中最早通过“全版权运营”IP（知识产权）化进入影视改编的作品。惠州作家沙中灰擅长灵异和二次元题材，以不同题材之间的融合见长，其灵异小说构思新颖，《阴阳鬼医》就是其代表作品。小说将医生职业和灵异元素结合，讲述了医生欧宁在祖传医馆为众鬼看病的故事，灵异部分新奇，医学部分细节饱满、专业性强，诠释了一个全新的灵异世界。该作品受到了全国读者的欢迎，成为2015年度首部日销破万的灵异小说。现居东莞的作家打眼是起点中文网签约作家之一，于2012年进入第七届中国网络作家富豪榜，2017年2月在第二届网文之王评选中位列“百强大神”，他创作的《黄金瞳》讲述了一个典当行职员在被碎玉划破眼球后拥有了异能的冒险故事，打眼将自己在典当古玩行的工作经验运用进了小说，对玉石、古董、墓葬、藏传佛教等一系列文化知识进行了详尽的普及，让人耳目一新。作为国内元老级网络文学作家，深圳作家兰帝魅晨在《高手寂寞》的文本中搭建了一个与现实相异的“混沌纪元”，供成年人在其中生活、繁殖，而肉体将被放置在现实世界。小说中人物的设定、活动方式都与网络游戏相似，故事框架则有强烈的科幻色彩，再加上“混沌纪元”世界中的古代神话元素，《高手寂寞》具有强烈的文化跨界特征，烧脑的设定和跳跃的逻辑让这本小说成为“虚拟网络小说”代表作之一。而香港张晨的《十八岁的野比大雄》二次元色彩更加强烈，属于漫画作品的“二创”，是一部严格意义上的漫画同人作品，这也显示出了网络文艺作品的自由度。与原作不同，《十八岁的野比大雄》更像是一部“黑童话”，讲述了大雄长大后将自己内心的压抑转移到他人身上，利用八宝袋对众人实施报复的故事。除开动漫设定不谈，这部小说对人心理转变过程的描述、对人性的洞察和刻画都十分贴近现实，是一部具有现实主义精神的精彩作品。

（三）穿越言情与女性世界

女性视角对网络文学创作的主动介入也是大湾区现代城市群落文化的表现。现代经济的发展和网络文学平台的兴起给了女性更多创作的空间，女性读者和女性作家也是粤港澳大湾区网络文学发展中不可缺少的力量。大湾区女性网络文学品类丰富，不仅有传统的女性网络文学，也不乏女强文、职场文，女性平等的意识正在大湾区网络文学中得到发扬，女性视角的介入也给大湾区网络文学增添了别样的色彩。2007年，广东作家李可的《杜拉拉升职记》讲述了现代都市职场女性的困惑与成长，后被改编为电视剧与电影，开启了女性职场文的潮流。女性作家更擅长的是在多种类型的网络文学中融入自己的女性主体意识，在多个“场景”下讲述女性故事：如广州loeva的《平凡的清穿日子》、深圳倾咔的《弃妇当家：带着萌宝去种田》都是讲述现代女性穿越到古代后，努力发挥女性优势经营生活的故事。Loeva来自广州，本名杨雯，是起点女生网签约作家，被称作“生活风穿越小说第一人”，《平凡的清穿日子》是其处女作。与普通清穿文不同，《平凡的清穿日子》并未涉及权谋，而是宣扬“现世安稳”的生存之道，被认为“开了生活穿越的先河”。深圳的倾咔，本名罗莎，云起书院“大神”级人气作家，擅长写种田文。《弃妇当家：带着萌宝去种田》讲述了现代海归牙医穿越成古代弃妇，发挥自己的经营头脑努力生存的故事。小说对生活场景的描写十分扎实，将现代知识和古代生活完美融合而不显突兀。

肇庆作家海的温度（本名徐爱丽）成名于天涯论坛。她的《闻香榭》描写了在市井之中一个属于女性的“小世界”——闻香榭，在这个独属于女性的世界里，女人们各有所长，各司其职，看尽人间事态。严格意义上，《闻香榭》更像是一部古代女性职场生活文，讲述了一群制香女子在胭脂香铺中朝夕相处，共看人间冷暖、共渡人生难关的故事，作者将现代生活的女性视角融入奇幻故事里，塑造了性格多元、有血有肉的古代职业女子群像。东莞的作家路非（本名李文蓉）是云起书院超人气作家，是玄幻小说“大神”，擅长在玄幻小说中书写大女主的故事。其代表作《穿越之绝色兽妃：凤逆天下》拥有大批忠实粉丝，改编为漫画后在中国最畅销漫画杂志之一《飒漫画》连载。玄幻小说多以男性为主人公，但《穿越之绝色兽妃：凤逆天下》则记录了一个女性强者的成长史。全书围绕几条主线来写：女主的成长蜕变及身世，卡尔塔大陆的风云变幻，光耀殿修罗城两大黑暗势力。这部小说区别于男性书写与以往的爱情书写，呈现出女性主体意识由苏醒到张扬的变化，对于促进当代女性主体意识的确立与发展有一定的意义①。在未来的向度上，米西亚的《谁在时光里倾听你》讲述了一段非“人”关系——AI与克隆人的爱情，在有趣、新鲜的同时，对技术时代的爱情做了引人深思的讨论。

以上这22部作品，或是中国网络文学发展过程中诞生的经典作品，有着开创品类的意义；或是中国网络文学新生力量的代表，预示着网络文学将来的走向和发展。它们无疑都从粤港澳大湾区汲取了丰富的文化资源，发扬了大湾区的创新精神，对粤港澳大湾区网络文学建设有着很好的启发作用。

三、粤港澳大湾区网络文学的未来展望

粤港澳大湾区网络文学发展早，具有良好的网络文学基础，作品品类丰富，作家、读者数量众多，是国内网络文学的先锋阵地，也是推动中国网络文学发展的重要动力之一，具有良好的发展态势。但在国内网络文学高速发展、理论研究和下游产业链逐步完善的今天，抢占先机并不代表优势地位的保持，必须谨记创新意识，把握时代机会，回顾传统，结合现实，才能充分发挥粤港澳大湾区网络文学的优势，为中国网络文学将来的发展注入强大生命力，为完善中国网络文学建设、打造好中国“文化名片”做出属于自己的贡献。

在大湾区网络文学的未来建设中，最重要的是要强化“起点”优势，加强对大湾区网络文学的政策扶持与题材规划，推动粤港澳大湾区网络文学的新发展。在中国网络文学的发展历史上，香港与广东不仅拥有开风气之先的魅力，还有网络文学发展的丰富资源。广东是全国最早开展网络文学研讨会的省份，是第一个将主流文学奖颁发给网络文

①黄洁藜．探析网络穿越小说的性别意识：路非小说和梵缺小说比较分析．网络文学评论，2019（4）：11.

学作家的省份，是第一本网络文学评论专业杂志创立的省份，更是在全国建立第一个网络文学学院的省份。这一系列先行先试的制度创新和政策扶持，为广东奠定了网络文学“孵化器”的重要地位，一大批具有重要影响的网络作家和经典作品从广东起步并走向全国，本土也涌现出广州、深圳、东莞与茂名“网络文学四小虎”。而香港作为通俗文学与都市文化发展较为充分的城市，无论是通俗文学的类型资源还是丰富的城市文化经验，都为中国网络文学的发展提供了重要的滋养。黄易的玄幻、金庸的武侠、亦舒的言情可以说是中国网络文学主要类型的“鼻祖”。而近年来，香港网络文学也发展出与内地商业类型网络创作不同的现实取向，更多社会底层现实经验，融合香港通俗文化及其城市经验的香港网络文学，呈现出一种不同于中国内地网络文学的特征，如《男人不可以穷》《一狱一世界》《西营盘》等作品，既有着香港粤语方言的独特韵味，又有着香港市井气息，包含着香港人情社会的复杂体验，有着一定的反思色彩，体现了香港网络小说的艺术质量和生命潜力。

面对粤港澳大湾区网络文学的丰富多元图景，以及港粤网络文学不同的发展轨迹及其相互影响的文化脉络，粤港澳大湾区网络文学的未来发展需要加大制度创新的力度。

第一，相比近年来北京、上海、江浙地区网络文学扶持政策的不断发力，广东目前在网络文学的税费扶持、创作集聚、理论研究与人才培育等方面的举措稍显后劲不足。广东如何从网络文学“大省”走向“强省”？在这个媒介迭代的新阶段，如何通过更具传播力与影响力的网络文学推动粤港澳大湾区文化经验的故事讲述与传播？这都需要有更大魄力的制度创新与创作扶持。

第二，要立足数字经济和文化产业发展的新契机，加强粤港澳大湾区网络文学的创作与产业规划。网络文学的发展离不开网络文学平台打造的生产消费模式，起点中文网曾经对中国网络文学发展起到了助推的作用，而“一家独大”的阅文集团凭借其“泛娱乐”与“新文创”的优势对中国网络文学转型的积极作用也有目共睹——不但推进现实主流题材的跨媒介叙事与多媒介传播，有力促进社会价值观的建构，而且以IP开发与运营的方式，推动了数字经济的升级与发展，对社会文化产生整体性影响。粤港澳大湾区拥有数字音乐、网络游戏、数字动漫等产业优势，但近年来影视传播领域原创力不足，极大地限制了粤港澳大湾区文化的影响力。网络文学的跨界产业链的构建，依靠产业发展推动大湾区网络文学的传播、衍生与发展，对促进大湾区文化形象的建构具有极为重要的意义。

第三，要加强粤港澳大湾区网络文学交流机制的建设，搭建大湾区多地网络文学分享与交流平台，推动大湾区网络文学的多元一体发展格局的形成。粤港澳大湾区是一个兼具政治意义、经济意义、文化意义的城市群，文化建设和文学建设对于大湾区的规划来说必不可少。在现有的粤港澳网络文学建设中，较为突出的是“粤派”网络文学，无论是作品、作家还是理论研究，都是以广东为中心，香港、澳门虽然有传统通俗文学的优势，但总体上来说不如广东发达，粤、港、澳的网络文学发展极不平衡。未来应该加强对港澳地区网络文学作家作品的大力发掘，打造体现粤港澳大湾区建设过程、具有文化融合意识的优秀网络文学作品，加大对港澳地区的网络文学研究力度，完善港澳网络文学评价体系，将粤港澳大湾区网络文学塑造成粤港澳大湾区的“文化关键词”。

作者郑焕钊系暨南大学中文系副主任、副教授，陈瑞迪系北京师范大学文艺学博士研究生

目录 CONTENTS

辑一

历史叙事与现实表述

大清首富

阿菩

【导读点评】

阿菩的《大清首富》以真实的十三行历史为基底，讲述了纨绔子弟吴承鉴在师爷周贻瑾的帮助下，带领吴家问鼎十三行，成为大清首富的故事。它包含了穿越的元素，却是写实的风格；它的背景架构在清代，却展现出时代的脉搏。难得的是，它再现了清代广州十三行的辉煌，重现粤商风采，描绘出一幅富有岭南地域特色的商业图画。穿越、清代、商人等元素，为这部小说带来精彩的看点，但也在无形中提高了现实主义写作的难度，如何平衡它们之间的关系，达到深刻反映现实的效果，正是对作者功力的考验。

《大清首富》以清朝乾隆、嘉庆时期的垄断贸易机构十三行为创作原型，讲述宜和行的发展历程以及十三行各保商的生活状态，具体地呈现了清朝时期的内外贸易活动。作者以十三行贸易为切入点，窥探清朝的社会制度和政治体系，反映当时粤港澳地区的文化传统。小说真实地还原了十三行白银淌街、朱珪与和珅明争暗斗、和珅倒台等重大历史事件。值得一提的是，主人公吴承鉴以清朝的伍秉鉴为原型，他所在的宜和行是历史上怡和行的翻版。其父亲吴国英、侠商卢关恒等在历史上都有对应的原型人物。①

小说中十三行富商吴国英的幼子吴承鉴生而有“宿慧”，父亲对他寄予厚望。但由于父兄精明强干，且都宠爱他，吴承鉴终日游手好闲，长大后成了一个吃喝玩乐样样精通的纨绔子弟。在吴家生意蒸蒸日上之时，吴承鉴人生最为潇洒挥霍的年纪，家中生意遭人暗算，宜和行因本家茶叶失窃而陷入危机，被迫踏入“群兽分食之局”。大哥吴承钧重病不起，这个所有人眼中的纨绔子弟临危受命执掌家业，三年不鸣，一鸣惊人。面

①许潇菲．粤海金鳌传奇路，位卑未敢忘忧国．中国艺术报，2021-01-13（3）．

对同行的落井下石与竞争对手的联合绞杀，吴承鉴表面依然我行我素，在恶劣的局势中坚持为父亲做大寿，但实际在隐秘地动用以往积累的各种人脉和经验，在师爷周贻瑾及四大帮闲的帮助下，巧妙设局，把攻击吴家的商业对手逐一打倒，让宜和行反败为胜，同时吞并了对手的产业。他在所有人都不抱希望的情况下力挽狂澜，扭转乾坤，在商场出奇制胜，在朝廷左右逢源，不但解决了家族的内忧外患，还稳住了家族在十三行中的地位，倒和珅，通外贸，成为清朝没落之前的一道耀眼的亮光①。

小说中的吴承鉴继承了伍秉鉴的爱国、豪爽、守信等优秀品质，同时被赋予了现代爱国商人的精神风貌——果断拒绝东印度公司的鸦片贸易，直面外强入侵毫不退缩，面对权贵不卑不亢，这一切让我们看到主人公身上超前的时代观念②。

小说通过对十三行及主人公家族史发展的描写，展现了清代中国对外贸易以及商业发展的图景，通过十三行发展历程中的兴衰荣辱，折射出清代社会当时的发展状态，以小见大，反映清代社会、文化，特别是商贸变化的百年历程，是不可多得的近代商业贸易史题材小说。作者阿菩凭借对历史、地理和人文等知识的深入掌握，让小说在真实历史的背景下，呈现出更多的纵深感和厚重感。

广州十三行是清朝政府特许经营对外贸易的专业商行，是一个极富魅力的地方。从康熙到咸丰年间，无数人在其中奋斗、挣扎、自强、斗争，其中经典的故事，精彩程度绝不亚于晋商和徽商的传奇，甚至还呈现出更丰富的世界性内容。阿菩在讲述《大清首富》的创作初衷时表示："我希望能创作出类似《乔家大院》《红顶商人胡雪岩》那样的经典作品，将其真正的影响力拓展到千家万户，让广东文化、岭南文化、粤港澳大湾区文化的这颗遗珠通过文学作品大放异彩。"他认为《大清首富》可以展现出广州的历史地位和金融传奇，将粤商的风骨、岭南特色、南粤文化传承下来并推广开来，对粤港澳大湾区文化进行深刻挖掘，对大湾区人民勤劳勇敢、不懈奋斗以及勇于冒险等精神进行深入描写③。

唐寅杉　整理撰写

①豆瓣读书. 十三行·第一部·崛起（套装上下册）. https：//book.douban.com/subject/34812690/.

②许潇菲. 粤海金鳌传奇路，位卑未敢忘忧国. 中国艺术报，2021-01-13（3）.

③阿里文学作品《大清首富》入围2018年中国网络小说排行榜. http：//www.dzwww.com/yule/tt/201905/t20190515_18726394.htm? ivk_sa=1023197a&ivk_sa_s=130826.

【精选摘录】

第二章　花魁

其实吴承鉴没有听错，的确有人叫周贻瑾。

那是一个儒生打扮的北来客人，他叫蔡清华，如果周贻瑾看到，一定要惊叫一声“师父”的。

蔡清华是当今重臣朱珪的心腹师爷，朱珪是皇十五子永琰（嘉庆帝）的老师，眼下即将履任两广总督，蔡清华先行一步来为东主开道，因想起自己的得意弟子就在广州，所以先来找他，不料就恰巧目睹眼前的这一切。

他迟了一步，要追过去，没等上楼就被拦住，一个龟奴问：“贵客要上几层楼？”

神仙洲在甲板之上更筑了三层楼：第一层除了大厅之外，又有数十个或大或小的花舱；第二层中间是一个天井，围绕天井是十六个雅座十六个舱房；第三层最简单，只有春元芝、夏绿筠、秋滨菊、冬望梅四个小筑。

蔡清华看吴承鉴最后一个帮闲已经消失在了第三层的转角，就说：“第三层楼。”

龟奴谄媚地笑了：“神仙洲的规矩，新客人要直上二层楼，挂灯十盏，要直上三层楼，挂灯百盏。贵客，现在就挂灯吗？”

蔡清华毕竟见多识广，就留心多问了一句：“挂灯有什么讲究？”

龟奴笑道：“看贵客形貌是北方来的？我们广东地面，也没那么多讲究，花灯一盏，纹银十两。”

蔡清华虽不动声色，内心却着实一惊，一灯十两，一百盏花灯就是千两纹银，他虽然是两广总督的心腹师爷，但朱珪是个清官，每年给到蔡清华的也就是这个数。一次登楼就要纹银千两？就算是京师地面也没这等销金法！

龟奴们都是人精，蔡清华掩饰得再好也被看出了端倪，他也不得罪人，只是指着第一层大厅笑笑说：“客人新来不知行情，不如先到首层逛逛，什么时候看上二楼哪位银钗、三楼哪位金钗，那时候再挂灯登楼不迟。”

蔡清华无奈，只好先进了大厅，这神仙洲的首层大厅中间是个戏台，戏台上空没有舱板，而是个直通三层楼的天井，首层围绕着戏台是六十四张八仙桌，二层围绕着天井是十六个雅座，第三层就是四个朝内开的窗口，垂下玛瑙、砗磲、琥珀、珍珠四种帘子，帘内隐约有人。

…………

今天神仙洲客人太多，就是在首层也得拼桌，蔡清华坐定之后就朝上张望，过了一会看见珍珠帘后人影晃动，依稀看出是吴承鉴与周贻瑾的身形，另有一个女子陪着，想必就是那一房的花魁了。

和蔡清华同桌的两人，都是客商模样，一个胖一个瘦，瘦客商道："听说上四房四大花魁，乃是今年粤海十二金钗的首四位，个个是天姿国色倾国倾城，可惜我们连面都见不到，若是什么时候能让咱一亲芳泽，美美睡上一晚，就是短三年命都值了！"

那胖客商讥讽了起来："短三年命就想睡花魁，你也敢想！登楼就是纹银千两，那也不过是隔着珠帘见一面的数。想要入室，那得把银子像瓢盆大雨一样泼出去才行！"

蔡清华插口问："请问两位兄台，何谓粤海十二金钗？"

两个客商看了蔡清华一眼，瘦客商说："看来兄台不但是第一次来神仙洲，而且是第一次来广州？不然怎么会连这粤海十二金钗都不晓得？"

蔡清华做惯了师爷的人，最是能屈能伸，笑道："见笑见笑，正要向两位请教。"

瘦客商见他谦逊，心情一好，说道："那十二金钗，听说是宜和行吴三少搞出来的花样，据传是从一本叫《石头记》的新书里借来的称谓。三年前广州花行要做大比，那些花行鸨母们好事，请宜和三少代订了规矩，宜和三少就仿照科考县、乡、会三级，将花行大比分出上中下三品，下品如秀才，中品如举人，上品如进士……"

邻桌一个秀才模样的老童生听到这里，忍不住骂道："这等下贱娼寮，竟敢与科举功名相提并论，有辱斯文，有辱斯文！"

胖客商回头嘲弄了一句："你个又想嫖婊子又想立牌坊的咸湿佬，既然有辱斯文，你还坐在这里干什么？"一句话堵得那老童生满脸通红。

胖客商又回头，听那瘦客商继续说："……上品共十二人，称为十二金钗。中品三十六人，各得一支银钗。下品不定数，也各得一支鎏金铜钗。这神仙洲上，至少要得铜钗才能上来做营生，要得一支银钗才能上二楼，至于首层四间小筑，更是非金钗莫入。今天在下金钗是不敢想的，银钗估计也睡不上，能在神仙洲与一个花行秀才睡上一晚，回老家也能夸耀夸耀了。"

蔡清华又问："那何谓上四房四大花魁？"

瘦客商指着三层楼上的四面窗子说："花行大比，就是各家花娘子的恩客比拼财力，看谁给自家娘子砸的钱多，一般以得花灯之多寡决胜负，也可用其他贵重之物折价换算，十二金钗中得灯最多的，就是那上四房的四大花魁。正如那科举在会试之后还有殿试，这粤海的花行大比也是一样，四大花魁选出来后，还要再选一个魁中之首，今晚就是选魁首之日。兄台你运气好，第一次来广州就赶上了这等盛会。"

蔡清华环顾一圈，只见大厅外围、首层各舱门，层层叠叠地挂了各式花灯，有的门前挂着十几盏，有的门前挂着数十盏，他暗中算了算，心想若一灯十两，即便是这三等花娘子，其中的佼佼者竟然也有恩客为她们砸了数百两银子了。

再抬头看看第二层，十六个雅座外侧的栏杆也各挂花灯，每面栏杆的花灯都挂了不少，然而其中最少的那一排栏杆只有二十几盏，明显比首层的部分舱门少，怎么反而能跻身二层？就问那瘦客商是何道理。

瘦客商笑道：“兄台，这花灯不止看数量，还看式样，你再仔细瞧瞧。”

蔡清华再细看才发现，首层、二层虽然都挂着灯，式样却不相同，首层挂的是铜线掐丝花灯，二层挂的却是银线掐丝花灯，再往上看，三层的四个窗口，外侧栏杆上稀稀疏疏地各挂了十几盏，却都是金线掐丝花灯。

就听瘦客商说：“铜灯一盏十两，银灯一盏百两，金灯一盏，纹银千两。”

蔡清华又微微惊讶起来，这时再看三层楼上，那几十盏的花灯，就是好几万两的白银！

他忍不住嘟哝道：“大清一年的税收不过七八千万两，平均下来一个县一年的税收也就两万两，这三层的栏杆上挂的哪里是花灯，分明就是一个中县一两年的税收！如此豪奢，实在太过了。广州的官府也不管管吗？”

“怎么管？此地神仙地，山高皇帝远，只要不造反，哪个官老儿愿意多事？”瘦客商笑了起来，“再说，现在挂的这些灯，才是开胃菜，真正的豪奢，这都还没开始呢。”

“哦？”蔡清华问，“怎么说？”

瘦客商笑道：“能登上三层楼的，每一挂珠帘后面都有一个大恩客。今天是魁首之选，这四大花魁的大恩客都还没出手呢。去年的上四房加起来，可是挂了金灯百盏。所谓‘三年清知府、十万雪花银’，但寻常知府也比不上我们广东的花魁啊，这四大花魁只凭一年大比之资，就是知府大人三年收入了。”

就听门外锣鼓声响，瘦客商说：“来了，来了！好戏要开始了。”

…………

蔡清华回头，就看两头佛山金银狮子踩着节奏，一路摇头晃脑，直奔戏台。广东“南狮”名闻天下，这对狮子上了戏台之后，身上彩条翻动，先敬礼首层四方来客，扑、跌、翻、滚，极为卖力，赢得首层客人的喝彩后，又再敬礼二层一十六雅座，金狮忽然跳跃，执狮头者踩着执狮尾者的肩膀向上跃高几乎一丈，引得众人纷纷叫好，银狮又忽作挠痒状，样子滑稽极了，引得众人大笑。

二层雅座上，金豆、银锭、戒面、项链如雨点一般落下，双狮大口张开，抢着“吞吃”这些金银饰物——这是规矩，狮口吞吃下去的，这些金银首饰就算是赏赐了，舞狮师傅可以拿回去分。

金雨银雹下完，银狮微一蹲伏，跟着执狮尾者站稳了马步，执狮头者跃起踩上了他的肩头，银狮就此人立，蔡清华还来不及叫好，就看见金狮子也是一个纵跃，踩着银狮执尾者的膝盖、肩头，窜上了银狮狮头后，以类似的办法让金狮在银狮头上人立起来，双狮齐立成笔直一线，更无半分颤抖，这等绝技，惹得整个神仙洲三层船楼叫好之声震天荡水。

蔡清华也忍不住叫道："好功夫，好功夫！"

就看金狮口中吐出一物，乃是上好的丝绸，上用金线绣出的十个大字来：佛山陈为秋菱姑娘点灯！

就有龟奴将十盏金灯挂上了砗磲窗外侧的栏杆上。这一来，此窗外侧金灯之数便力压余窗，成为上四房之首，砗磲帘子掀开，一个千娇百媚的小娘子走近窗前，朝着金银双狮福了一福。她的身旁，一个俊俏的青年公子满脸堆笑。

…………

那胖瘦两个客商都忍不住站了起来，翘首张望，当然不是看那富家子，而是看那秋菱娘子。但砗磲帘子很快就放下了，虽只惊鸿一现，也让蔡清华心中赞叹："果然绝色！怪不得有恩客为她一掷千金。"

胖瘦两个客商坐了下来，眼睛还扫着砗磲帘子意犹未尽，胖客商道："那秋菱姑娘真是美艳，那佛山陈也真是豪情，大剌剌一万两白银就这么撒了出来，看来今年的花魁之首，非这位秋菱姑娘莫属了。"

瘦客商冷笑道："只怕未必。"

就见八个壮仆各持一盏金灯，鱼贯而入走上戏台，排成一行，朝着玛瑙珠帘的方向大声叫道："山西乔老爷、曹老爷、范老爷，为银杏姑娘点灯。"

玛瑙珠帘被掀开，一个玲珑美人朝下谢礼，也让人看清了与她同桌的共有三人。

瘦客商冷笑："八千纹银虽不算少，但前面人家已经出到一万，他们还好意思再出八千，还是三家联手，这些山西人吃醋吃多了吧，真是又酸又小家子气了。"

话声未落他就被打脸了，又见八个少年举灯而入，走上戏台，依旧排成一行，站在那八个壮仆之前，这些少年都才十三四岁，个个唇红齿白，用雌雄莫辨的声音朝着玛瑙珠帘的方向唱道："山西乔老爷、曹老爷、范老爷，为银杏姑娘点灯。"

又是八盏金灯挂了上去，瘦客商一时无语。

胖客商笑道："虽是三家联手，但十六盏金灯挂上，也算压人一头了。"

然而就见八个十二三岁的少女碎步而入，仍然是一人一灯，八人走往戏台时恰好经过蔡清华身边，蔡清华细眼一看，心道："这些不是普通奴婢，八个全是还未成年的扬州瘦马。"

那八个少女上了戏台，依旧是齐声说话，八人一起也是娇声细气的："山西乔老爷、曹老爷、范老爷，为银杏姑娘点灯。”

二十四盏金灯挂了上去，玛瑙珠窗内银杏依旧笑得合不拢嘴。不想那八少年、八少女又同时跪下，齐声道：“奴才（奴婢）奉命伺候姑娘，还望姑娘不弃。”这不但是点灯，且是连人都送了出去。

今晚能进这神仙洲的，多少都有些身家，可山西三姓商人如此大手笔，还是将众人都镇住了。

蔡清华忽然心头一动：“乔、曹、范乃是晋商大家，忽然在此炫富，只是偶然？还是有所图而来？”想想广州这块“神仙地”不但华洋杂处，更有十三行这块天下第一肥肉在，引得南北各方势力虎视眈眈，东主这一任两广总督，怕是不好做。

众人议论纷纷之际，三层楼上琥珀珠帘被掀开了，一个胖公子朝前露出半边身子在栏杆外，肥腻的手指刷地亮开折扇，这扇窗子正好在蔡清华这一桌的头顶，他就是抬头也看不清那公子的面目，因楼层不高，反倒把那肥胖的手指与吊着块通透翡翠的扇子瞧了个分明，心道：“似乎是文徵明的字。可握在这只油腻的手里头，真是有辱文氏之才情！”

就听那胖公子朝着对面珍珠帘说：“吴三少，那帮山西佬都骑到我们头上屙屎拉尿了，你再不出手，别说三娘今年魁首宝座保不住，我们广东少爷的面子也都要丢光了。”

…………

珍珠帘也被拉开了一角，帘内坐着的两人果然是吴承鉴和周贻瑾，蔡清华望见周贻瑾，忍不住直了直身子。

吴承鉴也摇着一柄折扇，笑道：“今年广东人的面子可别指望我，我大嫂扣着我的月例不放，小爷我今天一盏金灯都凑不齐。还是蔡二少你上吧。今天咱广东人的脸面，可全看你了。”

那蔡二少摇晃折扇的手顿了顿：“吴三少，你讲真的讲假的？”

吴承鉴笑道：“我每个月一到月底，从来都是‘月光光、照钱囊’，你什么时候见我有存过钱的？现在虽然是月头，但月例被扣住，我就是个穷光蛋。”

蔡二少笑道：“要真是如此，哥哥我就真是胜之不武了。碾压那些外乡佬全没半点意思，本指望着和三少来一场龙争虎斗，没想到却变成我蔡某人的独角戏了。”

他挥了挥手，叫道：“把大窗户都给我打开了！”

神仙洲是数十艘船连接起来的一座浮寨，首层四面以舱为房，但为了采光通风，还是在东西两侧开了四面大窗户。二层面积不到首层一半，东西两侧也各开了两扇大窗。这时蔡二少一声令下，十二扇窗子同时打开，江风吹了进来，众人迎风朝外望去，却见窗外一片乌蒙蒙。

蔡二少回头，想是对着屋内的那位花魁，笑道："小樱，今天就不给你挂金灯了，我们换成几盏铜灯玩玩吧。"他再一挥手，早有帮闲传出话去，甲板上就有人齐声高叫："蔡二少有命，点灯！"

就看见东西两侧的窗外，灯光数十点数十点地亮了起来，把原本乌漆墨黑的江面渐渐照亮，照出了数十艘画舫的轮廓，众人这才看明白了：不知道什么时候神仙洲的两侧停满了画舫，东侧二十四舫，西侧二十四舫，每艘画舫都挂满了铜线掐丝花灯，每舫上下五排，每排二十盏，一艘船就挂满了一百盏，四十八舫，就是四千八百盏，一灯当十两资费，那就是四万八千两足色纹银。更别说那数千花灯制作之费、数十画舫调用之资！

这成千上万的白银，眉头不皱一下地砸下去，就为了博取美人一笑。

"这一手，漂亮啊！"胖瘦客商同时赞叹道。

蔡清华自诩来自京师，见多了大场面，这时也不由地有些目瞪口呆，他看不见头顶三层楼上那位沈小樱姑娘的情况，但想必此时必是心花怒放，满脸笑意吧。

就听蔡二少笑着，对珍珠帘说道："三姐，不好意思，今年只能请你让贤了。这神仙洲魁首的位子该怎么坐，回头还要你给我家小樱传几手经验。"

珍珠帘内传来一个爽快的女子声音："好说好说，我也正要封帘，有小樱妹妹来接我这花魁之首的位子，那是正好。"

神仙洲的花娘子洗手不做了，谓之封帘。珍珠帘内的这位疍三娘是粤海声名远播、才貌双绝的花界状元，连续两年的神仙洲魁首，不知多少人为博她一笑而愿一掷千金，羊城花行的姐妹也多唯她马首是瞻，这时陡然听说她要封帘，整个神仙洲都惊动了。

吴承鉴似乎也有些意外："真决定要封帘了？"

珍珠帘内，疍三娘笑道："这营生，难道还能做一辈子不成？"

吴承鉴笑道："那倒也有理。既如此，那今天可就是你的好日子。我月例没下来，金灯是没有了，手里的那些玩意儿，你挑一件吧。"

疍三娘也不露面，就在珍珠帘后说："随便你送我什么，我都欢喜。"

吴承鉴笑道："你这么说，我更不好随便了……有了！就送那个吧。"他招了招手，把短腿查理叫了来，耳语了几句，短腿查理一听就叫了起来："上帝啊！三少，你说真的吗？你竟然要送她那个……虽然你们中国人有一句话叫'不爱江山爱美人'，可要送那东西，也太……"

吴承鉴道："快去快去，你一个英吉利人，学什么北京贫嘴！"

短腿查理就溜了出去，众人虽然都有些好奇吴家三少要送什么"玩意儿"，但等了好一会儿没消息，就都且放下了，早有老鸨龟奴四处穿梭，将生意做了起来，莺莺燕燕和白脸相公们各自上前，有找熟客的，有找新客的，上下三层楼，无论大有钱人还是小有钱人，个个都美人在怀，花酒满杯。

蔡清华也叫了个小相公给自己斟酒。

正在莺歌燕舞，忽然从大厅到四小筑，三层楼船整个儿摇晃了起来。

“哎哟，哪里来的大浪？不是说神仙洲风吹不动、浪刮不走吗？”

“不会是起台风吧？”

“胡说八道，现在这时节，哪来的台风？”

过了没多久，就听外头有人大叫：“停下，停下！这东西不能开得太近！”

所有人都觉得荡漾的感觉更明显了，许多人都纷纷跑到窗边，就见在灯火照耀之中，东南方向开来一个黑乎乎的东西，极高极大，似鲸鱼却在水面，似山岳却会移动，也不知道是什么东西。

等那东西夹带浪花冲得更近，黑压压地压了过来，一时收势不及，嘎啦之声连响，当场就压碎了七八艘画舫，那些个画舫上的船夫个个急忙跳水逃生。

众人这才看清那是一艘能走远洋的西洋巨舰，船板厚如城墙、桅杆插天挺立，直逼到神仙洲极近处才算稳了下来，停船时引起的浪花，又将神仙洲冲得微微一荡。

这时再从窗口望出去，已经看不清这艘巨舰的全貌了，只看到一片巨大的木墙挡在了外面。

所有人都看得心中惴惴，幸好这船虽是战舰的样式，却没有装火炮，就听吴承鉴笑道：“三娘，我委托英吉利人打造的这艘‘花差花差号’如何？你是水上人家出身，上岸不方便，既然要封帘，这神仙洲也别住了，以后就搬到‘花差花差号’上罢。区区薄礼，还请三娘笑纳。”

众人这才知道，吴三少刚所说要送给疍三娘的“玩意儿”，就是这艘远洋巨舰！

这么个庞然大物，不提舰船里头的东西，光是船舰本身，莫说几万两银子，只怕十万两也打不住！

吴承鉴又朝外对着琥珀帘这边，笑道：“这玩意儿太过笨重，刚才不小心压坏了蔡二少好些个画舫花灯，回头等大嫂把我的月例发下来，吴三在望海楼上摆酒，给二少赔罪。到时候要叫几头醒狮、要摆几天流水，二少说了算。”

琥珀帘“啪”的一声被甩下来了，二楼雅座上，好些个帮衬吴承鉴的纨绔子二世祖纷纷大笑。

第二百四十四章　一件件来，不急

有个女仆就想去开门，却被老家人给喝住了，他想起广兴的吩咐，走近门边问道：“哪位？”

外头有人叫着让开门，说是办差，女仆有些害怕了，老家人却还算有几分见识，大声说道：“我家老爷吩咐了，今天除非他回来，否则谁来也不开门。你们在外头等着吧。”

外头的差役怒骂起来，却也不敢撞门，再怎么的这也是正五品给事中家的门第，他们还不敢乱来到这个地步。

老家人走到门边，从门缝中望出去，果然见外头是几个公人，心中暗暗纳罕，却也不是很害怕，那几个公人拍门不开，商量了一下，便有一个急奔不知去哪里了。

老家人来到书房，掀开门帘一角一看，只见那个“叫花子”在里头呼呼大睡呢，他忍不住走进来道：“外头来了几个官差，来势汹汹的，是奔着你来的吧？”

吴承鉴抬了抬眼皮，不说话。

老家人又说：“现在我不开门，他们就不敢进来，但我瞧见他们大概是搬救兵去了，要是他们的救兵到了我家老爷还没回来，你就自求多福吧。”

这一次吴承鉴连眼皮都没抬了。

“真是死猪不怕开水烫。”老家人抱怨了一句，便出去了。

在外头，隔不了多久那些差役就要大力拍门嚷嚷几声，两个男女下人都很惊惶，连东厢的小妾、正房的大奶奶都惊动了，出来问什么事情，老家人说了广兴的吩咐，大奶奶做主，可莫开门了。

有个男仆搬了一张梯子来，架在墙上看外头的动静。

大概又过了有半个时辰，外头喧闹又起，这时天已昏暗，隐隐似有马蹄声响。那个男仆爬上墙头张望，只见胡同口几个骑者下了马，他惊得朝院子道：“祸事了！官兵来了！”

高家的人又都惊了，大奶奶极度不安地道：“这是怎么回事，怎么回事？”

院门又被拍了起来，这次震动更大，小妾躲进了屋子，大奶奶朝老家人使了个眼色，老家人才上前问：“是谁？”

外头的人叫道：“捉拿钦犯，快快开门！”

院子里的女人听到“钦犯”两个字都慌了神，老家人叫道：“这里是给事中家，高佳氏广兴老爷府邸，哪有什么钦犯，你们别乱说话！”

门外的人怒道：“谁不知道这里是广兴家！就是有人亲眼看见钦犯进的门！快开门！窝藏钦犯是什么罪，你可得清楚！快开门！”

老家人忙道："就算你们要进来，也得等我家老爷回来。"

门外的人怒道："不行！快开门！"

老家人又道："我问一下我家太太，我家太太可是诰命夫人，不能给你们冲撞了。"

门外才稍稍歇了，不用老家人禀报，广兴的夫人全都听见了，就问："究竟是怎么回事？"

老家人指着书房："多半是那叫花子惹来的祸事。"

"那可怎么办？"一个丫鬟说："不会真是钦犯吧？"

老家人道："谁知道呢。"

广兴的夫人道："你进去看看他。"

老家人就进书房了，过了一会气冲冲出来，广兴的夫人问："怎么样？他跑了？"

"跑？他躺在那就没动过。"老家人动气地说："我进去把事情一说，他却说：'关我什么事？'又问有没有夜宵，他又饿了。"

众人一听，又是好气，又是好笑，这时门外的官兵又叫嚷了起来，便有人道："这么个来历不明的人，要不就交出去吧，别连累了我们。"

广兴的夫人总算有几分主张："不行！既然老爷交代过不许开门，那就谁都不许开门。大家全都回屋吧。待会发生什么都别出来。"她又对老家人说："留两个人在院子里，若是外头的人强闯进来，守住正房不许人进来，只引他们到书房去。若他们没用强，就不许开门，等老爷回来再说。"

"是。"

幸好门外拍门叫嚷虽凶，终究没敢用强。

又过了一会，马蹄声又响，墙头的男仆就着胡同口的灯笼张望，吓得对院子里道："不好，来了个穿黄马褂的！"

老家人就惊着了，心想书房里的人究竟是什么来头！

外头拍门叫嚷的声音停了，大概是官兵在禀报什么，再跟着，就隐隐听见一个声音道："给我撞门！"

先来的官兵道："大人，这可是给事中高家，我们……"

"撞门！"

墙头的男仆吓得翻下来，躲进倒座房去了。

老家人就知道守不住了，掀开书房门帘道："喂，人家要撞门了，你啊，自己小心吧。"书房里黑乎乎的，没点灯，但隐约能看见吴承鉴还躺在那。

吴承鉴伸了个懒腰道："你们家老爷手脚可真慢。"动动腰，拍拍颈椎，可没一点慌张的样子。

老家人连连摇头，这时马蹄声又响了起来，同时街门“砰”的一声被撞开了，冲进了几个官兵、几个差役，两边分开，中间走出一个穿黄马褂的。老家人赶紧小跑守到正房门前，叫道：“正房住着朝廷诰命夫人，你们不许乱来！”他又指着书房：“那里头有个来历不明的，也许是你们要的人。”

穿黄马褂的道：“给我搜！”

忽然街门外有人叫道：“谁这么大胆啊！”

便走进来一个穿着蓝色袍子的旗人，那人带着十几个穿马甲的骁骑营旗兵，闯了进来。

那穿黄马褂的看见来人吃了一惊，赶紧打千，叫道：“六爷，您怎么来了？”

蓝袍旗人冷笑道：“我怎么来了？听说旗内有奴才不长眼睛，被人当枪使了，爷还能不来吗？也不看看这里是什么地方！朝廷给事中的府邸，前大学士公子的家门，你们也敢明火执仗地撞！这是领了圣旨，还是领了太上圣谕啊？”

穿黄马褂的退了一步，话也不敢回。

蓝袍人怒道：“还不快滚！”

穿黄马褂的道：“可是，六爷，这是……”他朝着什刹海的方向努了努嘴：“那位的意思。”

蓝袍人冷笑：“你啊，太久没喝草原上的马奶酒，脑子糨糊了！也不看看现在是什么时候，这时候替人出头办事，嫌自己的脑袋太安稳是不是？”

穿黄马褂的犹豫了起来。

“还耽搁什么，跟爷走！”

蓝袍人说着就走了，穿黄马褂的又犹豫了一下，终于也跟着走了。

他一走，那些官兵就跟着走了，差役们眼看不妙，也跟着追到了门外。

广兴的老家人松了口气，把两个男女仆人叫出来，将被撞开的门重新关上，弄了一条棍子代替被撞断的门闩。

一家子的人惊魂稍定，老家人想了想，又到书房来，只见里头已经点了灯，那个叫花子不知道什么时候从书架上取了本书，正在灯下看呢，他见出了这么大的事情，此人却从头到尾未曾慌乱过，心里反而敬畏了起来，低声问道：“这位……爷，可需要上一杯茶水？”

吴承鉴道：“茶水就不用了，你们家的茶太难喝了。就是多点几支蜡烛，太暗了看书伤眼睛。”

…………

广兴回来的时候，只见书房里灯火通明，倒是愣了一下——家里头的蜡烛全都搜刮了出来在书房里点上了，自他搬到这个家以来，这个书房夜里就没这么亮过。

吴承鉴瞧见他，笑了笑说："你们家倒挺热闹。"

广兴冷哼："也亏得我听了消息，求了人火速过来保你，不然你这会不知被逮哪去了！"

吴承鉴轻轻一笑："也亏得你求的人来得还算及时，若是迟了一步，那两百万就打水漂了。"

广兴把剩下那张椅子拉了过来，道："我去替你求情了，不过你的脑袋是什刹海那一位要定了的，要想保下，两百万两……"他竖起了两根手指头，跟着摇了摇。

"原来我这颗脑袋还挺值钱。"吴承鉴轻笑道："却不知道王爷和贝勒爷们觉得我这颗脑袋值多少？"

广兴听到"王爷和贝勒爷"六个字，脸色微变："你说什么！你知道什么！"

吴承鉴若无其事："我知道的不少，不然也不会上广兴大人你的门——难道我会蠢到认为凭着阁下，就能从和中堂手中把我保下来吗？"

广兴的脸一下子就黑了。

吴承鉴拍拍他的肩膀道："不用这么紧张，您背后那几位我虽然一个都没见过面，但账目上其实打过交道，该知道的事情我知道，不该说的事情，我都烂在心里头，所以有什么事情，广兴大人你明说即可。闲话我们先按下吧，广兴大人，直说吧，那几位，要什么数？"

广兴沉吟着，伸出了四个手指头。

吴承鉴道："四百万？"

广兴颔首，正等着吴承鉴还价，吴承鉴就道："行。"广兴眼睛瞪了瞪，立刻就暗忖自己的价是不是开低了？可那是四百万两啊，大清一年的国库收入，也才四千万两上下呢！这一下子就能把整个国库刮一成出来？

就听吴承鉴道："不过我也有几个条件。"

广兴冷笑起来："你都死到临头了，还敢提条件？"

"买卖，买卖！咱们这是买卖！"吴承鉴笑道："既然是买卖，总得商量一下不是？何况这是四百万两银子的大买卖！"

看在四百万两白银的份上，广兴挥手："说吧！"

吴承鉴道："我要求几件事情，事情嘛，一件件地办，办成一件，付一笔钱。"

不等广兴恼怒，吴承鉴先拿起笔来，砚上有他磨好的墨，他背着广兴，写了两张纸，吹干了，折叠好，又摸出他刚才从书房里翻出来的信封，交给广兴说："我可以先付定金，八十万两。"

广兴要打开，吴承鉴拦住道："您真要看？"广兴想了想，手反而停了下来。

吴承鉴道："借封泥一用。"

广兴取了封泥，糊住了封口，吴承鉴就朝封泥上按上了自己的指纹，然后将封泥烤硬，再交给广兴说："里头是个地址，八十万两白银，就藏在那里。"

跟着他又将第二张纸交给了广兴："这是给广兴大人的第一笔辛苦费，白银八万两。静悄悄的，快点去取哦。"

广兴打开这张只是对折的字纸，果然见上头只是一个地址，想起这里若真的有八万两……忽然之间竟觉得这张纸有些烫手。他是还未掌权的准新贵，八万两对他来说，那可是一笔巨款！

随即他又想：吴承鉴刚刚说的什么来着？这是……"第一笔"？

吴承鉴给出他背后的人"八十万两"，就给了自己"八万两"的辛苦费，刚好是十分之一，那最后如果议罪银交易真的完成，那是不是自己能拿到"四十万两"？！

虽然内心有些波动，但毕竟是见过天子的人，这点城府涵养还是不缺的，他哼了一声，脸上若无其事地道："你的条件呢？"

"第一件事……"吴承鉴拍拍自己身上的破烂衣衫："我要回广东会馆住，让那些被赶走的下人赶紧回来伺候我。破庙里太难受了——区区小事，我想啊，八十万两——值吧？"

广兴想了想，觉得背后的那群老爷，今晚既然已经出面把和珅顶了回去，那么让吴承鉴回广东会馆应该也不算什么大事——如果信封中的那个地址真的有八十万两的话。

"第二个条件呢？"广兴问道。

"急什么呢。"吴承鉴笑道："钱嘛，我会痛快地给。事情嘛，咱一件件来……不急，不急。"

唐寅杉　整理摘录

本文已获作者授权

战西关

却却

【导读点评】

不同于《特战先驱》等抗战题材小说热衷于对正面抗日战场的描写，也不同于《和平饭店》《潜伏》这样的谍战小说专注于描写主人公深入敌后与敌人的正面博弈，拥有十分“烧脑”和让人心惊肉跳的情节，《战西关》延续了却却“战系列”的风格，从小处入手，以女高中生的成长为主线，以岭南的风土人情和家庭生活为背景，描写了抗日战争的侧面。

全书讲述了这样一个故事：民国二十七年（1938年），胡佩佩和黎丽娜两个不谙世事的富家小姐的生活被日军轰炸机炸了个粉碎——高中还未毕业，广州作为她们逃避草草嫁人命运的天堂，在日军进攻之际，转眼变成了百姓流离失所甚至暴尸街头的地狱。两人舍弃广州的自由时光、共同的心上人江明月，回到南海老家，却因为家族逼婚，和江明月再次离开南海，加入了政府为培养抗战力量设立的在营模范训练团，准备开始自己的抗日生涯。天有不测风云，日本特务头子谷池因为忌惮胡家万木堂的威望与抗日倾向，一把火将万木堂烧尽，又把罪名扣在了投靠日军的黎父头上，胡家只剩几个女眷和在外的胡荣祖、胡荣安、胡佩佩存活，而黎丽娜也难以面对汉奸父亲，更不知怎样处理和好友胡佩佩的关系。国破家亡之际，胡佩佩和江明月假扮夫妻，黎丽娜借口做生意，三人在广州西关建立起谍报组织，以自己的方式开始了抗日救亡的工作……

《战西关》以两个高中女生胡佩佩、黎丽娜的成长和爱情历程为主线，穿插了黎家、胡家、江家三个南海大族的人物关系，织起一张极周密的网络，在这张大网上，铺陈起了广州西关抗日的故事情节。全书落笔处很小，并未有太多直接的抗战描写，而是着重描摹了抗战时期革命青年复杂的心理活动和岭南地区的风土人情，既精准地抓住了历史的侧面，也让人物鲜活生动，令人印象深刻。

小说虽然是以胡佩佩、黎丽娜两人的感情线为主线来展开故事，但丝毫没有“革命+恋爱”类型小说喊口号、刻板化的局限，反倒将真实的生活与抗日救亡的过程很好地融合在了一起，挖掘出了主流抗战小说不会着重描述的闪光之处。《战西关》能呈现这样的效果，得益于作者采用的叙事策略：

首先是女性主义的视角。抗战通俗小说一般以男性作为主角，其中的女性一般是“绿叶”，大多以隐忍依附的形象示人，被男主角保护，起到一种锦上添花的作用，极少展现自己的智慧和胆识，即使女性成为主角，也很难不被小说中男性角色的光芒所掩盖。“在抗战特别的时代语境下，温良隐忍的依附型女性形象在性别心理需求方面有着隐秘的功能性作用，她能够向战火纷飞、颠沛流离的乱世中的男性提供特别的心理安全感”①，但在《战西关》中，女性成为主角，故事也围绕着女性议题而展开——胡佩佩和黎丽娜的婚恋自由。在南海的谍报工作中，虽然胡佩佩和江明月是合作伙伴，但作者显然花了更多的笔墨在胡佩佩的成长上；黎丽娜更是独当一面，胡荣祖起到的，只是助手和情感支撑的作用。文中还塑造了江泠、江夫人、谭小玉等女性角色，她们都是能够独挑大梁、有胆识的独立女性。

其次是从小处落笔的故事情节。作者避开了抗战正面战场的宏观描写，将岭南式的生活和两个女生的抗日工作很好地融合在了一起：日军入侵前的轰炸，打碎的是两个学生的学业梦和爱情梦；广州沦陷，逃回老家，面对的是家庭的纠葛；就算是描写在广州西关的抗日工作，作者也没有落下对黎丽娜、胡荣祖、胡佩佩、江明月四人生活的描写，黎丽娜盘下文具店，江明月和胡佩佩找工作、讨生活，青菜粥、番薯粥、鱼片粥、杏仁饼、姜撞奶……岭南地区的特色食物频频在文中出现，凸显了地下工作者所拥有的生活的、温情的一面。作者对血淋淋的侵略事实不采取正面描述，而是通过描写抗日活动的艰难，将广州人民继续生活的决心与日寇侵袭后的残破广州进行对比，深刻地体现了侵略战争的残酷性。

在《战西关》中，却却避开了抗战文学喜欢着眼的“正面大战场”“抗日英雄”，从普通青年男女的生活、心理状态写起，还原了抗战时期岭南人民的生活风貌，拉近了读者与书中人物的心理距离，除了让高不可攀的“抗日英雄”变得可理解、可观察外，这样柔化的叙事策略也打破了一些抗战文学喊口号般刻板、强势输出抗战精神的风格，让革命青年的抗战精神在和平的今天变得容易接受。

陈瑞迪 撰写

①韦丽华. 强化抗战文学女性书写的主体性. 中国社会科学报，2015-12-07（5）.

【精选摘录】

第十四章　深入虎穴（节选）

裴醒走了，几个队长也相继换了人，而学员换得更快，换来换去所有的人都变成了生面孔，她成了老大姐，被新生恭恭敬敬叫一声胡老师。

最后剩下的只有江明月。

胡佩佩发现他非常特别，上头不派任务给他，也不让他担任什么重要职位，他好像一直游离于外，上完课就不见人，跟学员毫无交流。

让佩佩更为受伤的是，她能确定一件事，那就是他在躲着自己。

佩佩是个愈挫愈勇的性子，江明月越是想躲，那她就不能让他躲成了，不管怎样，她必须把话说清楚。

佩佩错了，实际上，大家都诚惶诚恐，想去照顾她，但是生怕泄露出什么不好的情绪，招致更大的问题和反弹，所以只能尽量和她保持距离，包括江泮和江明月。

发现佩佩在办公室，江明月并没有感到太大意外，反而有一种心头大定的轻松。

他也好，江泮也好，一直在做心理斗争，不知道如何让佩佩知道家中变故，或者说不知如何处理这样的伤痛。

佩佩落了座，江明月慢条斯理地开始泡茶，工夫茶具还是一位潮汕老师留下来的，这位老师外出做任务之后就杳无音讯，大家都知道，没回来，也就是永远回不来了。

战时的生死太过稀松平常，江明月已经想好把这套茶具留给谁，在他离开之后。

佩佩的手伸向小小茶杯的时候，竟然略微有些发抖，江明月越发不敢吱声，继续洗杯来第二泡。

第三泡的时候，佩佩才镇定下来，很显然也不想喝水了，挺了挺胸膛，等他先开口。

江明月始终沉默，将冷掉的水倒了，继续第四泡、第五泡。

办公室一片寂静，空气中却有无形的箭雨，嗖嗖飞个不停。

不知道过了多久，佩佩败下阵来，低声道："江老师，别来无恙。"

"别来无恙。"

"江老师，丽娜是不是被上头赶走的？"

"算是。"

"她真的要回家？"

"算是。"

"她回三水，回她爸爸那？"

“是！”

佩佩眼睛陡然明亮：“她能回去，我也能回去！”

江明月笑了笑：“你想家了？”

佩佩猛一点头：“当然！”

“喝茶！”江明月突然转移话题。

佩佩下意识端起茶杯，又突然放下来：“你这是什么意思！”

“喝茶就是喝茶的意思，”江明月眼里突然有看不懂的亮光，“喝完我的茶，算是一个结盟，我去替你想办法。”

佩佩抓起杯子，一饮而尽，冲着江明月露出灿烂笑容。

“省委建立后，我们在韶关开了个会，决定把原来东南特委领导的三县党组织和游击部队移交给粤北省委和东江特委领导，我们的工作中心转移到敌后大城市。”

梁生得到消息，连忙赶来和江明月碰面，两人肩并肩从小路慢慢走来，即便确认过周围没有人，两人交谈时还是刻意压低了声音。

要离开这冷得要死的山沟回去广州，江明月并不害怕，反倒是有几分期待，和鬼子斗，老是躲着和逃跑不是办法。

所谓“暖风熏得游人醉，直把杭州作汴州”，人在后方待久了，周围都是这样得过且过的悲观情绪，要不就随大流，要不就只能被孤立，过得生不如死。

“广州是敌伪在华南的中心，广州的工作……”

一阵风吹过山林，梁生重重咳嗽。

江明月拍了拍他的背脊，低声道：“是重中之重，我知道。”

梁生蹲下来狠狠咳嗽一番，这才缓了口气，将衣服紧了紧，江明月连忙把围巾脱下来给他系上，又从口袋中摸出一双手套塞给他，笑道：“手套破了洞，你别嫌弃。”

梁生接过手套戴上，讪笑连连：“粤北山里不比广州，真的快冻死了，等我回了广州，我送你一副手套和围巾，我夫人手艺好极了，打的手套围巾和毛线衣特别漂亮。”

“谢谢！那我就不客气啦！”江明月嘴角微微弯起，心头无限温热。

梁生暖和了一点，脸色严肃起来：“广州的汉奸虽然很多，但很多人都是墙头草，可以争取他们为我所用。比如说黎天民、陈太华父子……对了，你认识他们吧？”

江明月摇摇头，又点点头：“认识他们不难。”

梁生蹙眉想了想：“还有，你的身份绝对不能暴露！”

“明白！”江明月在心头盘算，略一点头。

“我们在广州的力量薄弱，你一定要沉住气，哪怕对至亲好友也不能表明身份。”

江明月笑了笑：“从加入抗日先锋队那天开始，我心里就已经有了准备。”

“我告诉你怎么开展活动，第一，通过自己的社会关系在广州隐蔽下来。第二，寻找正当的职业作掩护。有了正当的、公开的职业，我们才能生存下来，也才能有效地掩蔽自己。第三，就是广交朋友，联系群众，同群众打成一片，在群众中生根。有了群众作掩护，我们才能站得稳，并在与群众密切交往中深入了解，选择可靠的对象，逐步建立组织基础。”

“看来首要条件就是熟悉广州，在广州有一定社会关系，能够站得住脚。”

梁生刚刚讲了太多话，捂着胸口竭力忍住咳嗽，一边大口喘息一边点头。

江明月连忙替他轻轻拍打背脊，低声道：“配合我的人，已经找了吗？”

梁生摇头：“这种同志不容易找，所以要花一点时间。”

“谁跟我联络？”

梁生微微一愣，笑道：“你不要着急……”

“谁跟我联络？”

江明月还是这句话。

梁生苦笑摇头：“你扎下根站住脚，其他人就会来联络你，再由你来领导广州工作。”

江明月也苦笑：“同志们都撤出来了？”

梁生正色点头：“接应你的同志我倒是物色好了，目前还在派人接触。”

“我认识？”

“当然。”

“这么说的话，”江明月想到某个人选，心头大石落定，突然笑起来，“我一定要先站稳脚跟再开展工作，对吗？”

“当然！”梁生有点急了，“别躲躲藏藏，找一份正当的职业，你是中大生，找工作应该没问题。”

江明月点头：“我可以回去做老师。”

“老师……”梁生蹙眉想了想，“我们还有一个任务，广交朋友。”

“交朋友，”江明月莫名烦躁起来，“这可不行。”

“大家都说你脾气不太好，你必须克制。”

“确实很不好。”江明月倒是一点没否认，“我讨厌交朋友，讨厌跟一些莫名其妙的人叨叨一些无聊的话。”

“如果是为了工作呢？”梁生沉下脸，“回到沦陷区意味着什么你也知道，你既然死都不怕，还怕交朋友？”

江明月笑了笑，略一点头，表示接受这个任务。

“去广州潜伏下来，与游击队配合打击敌伪的嚣张势力，给群众一点信心。”梁生冲他伸出手，“江明月，广州交给你了！”

江明月伸出手，和他冰冷的手紧紧相握：“我已经找到助手了。”

梁生愣住了：“谁？”

“胡佩佩，”江明月目光骤然暗淡，“南海万木堂的四小姐。”

…………

第十五章　命运浮沉

“裴队长，你为什么会在这里？”

佩佩病恹恹地坐在办公室，因为发着烧，满脑子都是糨糊，神情也是一片茫然。

裴醒目不转睛地盯着她，对她的所有反应，从表情到动作都十分满意，却根本没想到她只是烧糊涂了不知如何应付。

裴醒没能把黎丽娜送到三水，他看准黎丽娜聪明伶俐，能担当重任，却没想到毕竟血浓于水，她比自己想象的还要滑头。

黎丽娜自然知道他的想法，送她到三水，利用她接近黎天民，要不就威胁利用他，要不就干掉他。

黎丽娜没有给他这个机会，也等于断送了自己回归队伍的机会。

或者说，黎丽娜这一次回广州，从未想到再以汉奸女儿和抗日分子的双重身份活着走出广州。

哪怕她原本可以选择生。

两人才刚出了粤北地界，黎丽娜进一家铺子吃了一碗面，跟铺子老板搭了几句话，借口上厕所溜走了。

裴醒也找人查过，面店老板没问题，这一溜儿的铺子也没问题，黎丽娜就如同露珠进了大江，消失得干干净净。

裴醒扑了个空，气急败坏地回来，实在没了办法，这才把主意打到佩佩头上。

江明月端着一碗粥走进来，和裴醒交换一个眼色，心照不宣地点了点头。

裴醒接过粥放在佩佩面前，佩佩看了看两人，选择先喝一口茶清醒清醒。

江明月根本没有搭理裴醒的打算，坐下来一笔一画写自己的东西，裴醒也没想走，站在一旁一圈圈踱步，似乎刻意将皮鞋敲击在地板上。

咚……咚……佩佩渐渐醒过来，目不转睛地看着江明月，不知如何是好。

粤北山区向来山高皇帝远，不知抗日为何物，要如何宣传，是个值得大书特书的问题，不能全凭一时的热情，也不能全无热情，不然怎能感染贫苦的百姓。

咚咚……脚步声终于停在江明月身边，江明月也刚好告一段落，放下笔，将刚端进来的粥送到佩佩面前。

“凉了。”

江明月只说了两个字，佩佩如同得到圣旨，埋头喝了个一干二净。

裴醒略微退了两步，站在阴影中双手抱胸看着两人的互动，心中的天平左右摇摆。

他并不看好胡佩佩，她没有黎丽娜那种天然的优势，循规蹈矩，做什么事情都有板有眼，而且不收拾的话，外表平常，放在哪里都不打眼。

他需要一个人接近黎天民和日军高官，这样才能完成更大的任务，他不在乎什么青史留名，他们派出去这么多青年，全都有去无回，杀他几个日伪军高官才算不赔本，才能震慑一批日本人和汉奸走狗。

他想过所有的办法，全都功亏一篑，他可以跟其他青年一样舍命，但也知道会跟其他青年一样白白赔上性命。

“江老师，你记不记得我走之前跟你说的话？”许久之后，裴醒才绕到江明月身后，以极为压抑的声音开口。

“记得。”江明月并没有被他影响，继续干自己的事情，拿起热水瓶给佩佩倒了一杯热水。

佩佩将茶杯捧在手里，目光蒙眬地看着两人，脑子里仍是一团糨糊，但是习惯性并且警觉地没有开口。

“你的意思呢？”

“只要抗敌需要，我听从安排。”

佩佩不由自主地点了点头，眼巴巴地捕捉江明月的目光。

他的目光依然冷漠，嘴角却有一抹笑容。

这是难得的奇景，这笑容让她无比安心，他答应过的事情一定会办到，她能很快回万木堂……到母亲面前要个宝，到胡介休面前逞逞能，再让一直瞧不上她的奶奶给她做个好吃的……

“不，我想知道你确切的意思。”裴醒终于从阴影中走出来，挡在两人中间，左看看右看看，最后定在佩佩脸上，“佩佩，你喜欢他，对吗？”

大概是确实烧坏了脑子，佩佩毫不犹豫地点了点头。

裴醒和江明月同时瞪大了眼睛，裴醒万万没想到如今时来运转，真是想要什么就来什么，而江明月也有些傻眼，她点了这个头，等于把命送到自己手里，这叫他怎么受得起！

江明月迅速反应过来，一巴掌拍在桌上，低喝道：“胡佩佩，你脑子烧坏了吗！赶紧回去睡醒再来！”

裴醒一把推开他，逼到佩佩面前，带着笑容一字一顿道：“胡佩佩，看清楚，我是裴队长，我有一个重要的任务交给你！”

佩佩再次点头，露出笑容：“没问题，我想家人了，我要回广州。”

裴醒一拍巴掌，回头冲着江明月露出笑容：“想个名字吧，江组长。”

“赤子。”佩佩仍然笑着，整个人都明亮起来。

裴醒微微一愣，目光定在佩佩脸上，忽而觉察出她惊心动魄的美丽。

此时此刻，她满脸绯红，目光流光溢彩，有说不出来的明艳漂亮。

难怪人们叫她们姐妹花，一朵是带刺的玫瑰，一朵是云雾中的灼灼桃花。

虽然这跟江明月设计的不太一样，但事已至此，江明月也没了计较的心情，将刚刚写好的文章连同一叠稿件交给裴醒，肃然道：“那就是赤子，对祖国忠诚的赤子。”

裴醒接了沉甸甸的稿子，慢慢举起手，对他庄重敬礼。

“赤子”这一小组只有江明月和胡佩佩两个人以及一部秘密电台。

按照裴醒的计划，两人回到广州，立刻找到工作安顿下来，通过电台和裴醒取得联系，直接和他对接，排除一切干扰，将广州沦陷期间的情况一一向他汇报，再由裴醒有针对性地发出指令。

两人从接到任务到启程出发只花了两个小时，两人相熟的老师也好，学员也好，全都在外忙碌，只能就此不告而别，当然，按照纪律，两人也不能告知任何人确切去向，众人相聚多日，这已经成了习惯。

离别成了习惯，死亡也已经习惯，每一次的别离基本上都意味着阴阳两隔，这就是战争的残酷。

不愿意继续这样残酷的生活，那就只能和敌人继续拼命，大家都没有选择。

临别之际，两人在裴醒的带领下也去了库房，路上关卡太多，盘查严格，稍有不慎就会露出破绽，两人还在犹豫，裴醒已将清单交到江明月手里，目光殷殷地看着他：“有问题吗？”

小型收报机、发报机、两套蓄电池、密码本以及半年经费，江明月和佩佩头碰着头看完清单，面面相觑，无人开口。

江明月略一点头，佩佩立刻开口：“没问题！东西在哪？”

东西早就由裴醒伪装好放在行李箱内，江明月拿了两支手枪和几十发子弹，分给佩佩贴身带好，又拿了两支好钢笔和一叠信笺纸，作为两人教师职业的证明。

裴醒丝毫没有干涉两人的选择，他把两人送到码头，目送两人拎着一个皮箱、一个包袱上了船，渐行渐远，消失在天际。

他默然回头，在路上走了很久很久，从日上中天走到明月高悬。

裴醒错了，黎丽娜并不是主动消失，而是遇到了专门来寻找她的故人，被人偷偷带走的。

她遇到的就是陈不达。

陈不达在黎天民和袁茵面前都拍了胸脯，不找到黎丽娜不回来，他也不敢乱跑，蹲在来三水的路上守株待兔，还真给他等到了。

两人先回到袁茵处，袁茵和兰姨向来深居简出，谨言慎行，加上确实万木堂跟她们没有什么关系，好不容易回归到正常的生活，唯一担心的就是黎丽娜的安全。

看到黎丽娜回来，袁茵和兰姨都高兴得说不出话来，忙不迭张罗饭菜。

黎丽娜拦住两人，重重跪下来，嘴角带着一抹诡异的笑容："兰姨，妈妈请您多多照顾。"

兰姨和袁茵面面相觑，根本不知如何反应。

黎丽娜忽而笑起来："妈妈，这是最后一次，我们母女缘分到今天就结束了，多谢您和兰姨的养育之恩，我们来生再见。"

兰姨和袁茵终于明白过来，不进反退，双双瘫软在地。

袁茵不敢靠近女儿，怕自己忍不住去拦阻她，趴在地上朝着她伸出手："丽娜，妈妈对不起你……"

"对不起，我把你生在黎家……"

"不要丢下妈妈，妈妈爱你啊。"

黎丽娜重重磕了三个响头，艰难起身离去，再也没有回头。

黎丽娜没有骗人，这真的是袁茵和兰姨见她的最后一面。

黎丽娜第二站并没有回黎天民的小洋楼，而是独自骑马去了一趟西城。

没有亲眼见到，她还有几分不死心，她舍不得这份姐妹情，更舍不得自己的生命。

如果报道是假的，万木堂被剿也是假的，那么无论黎天民是否投敌做了汉奸，她和佩佩之间还有挽回的可能。

如果是真的，那就只能一刀两断，她的良心也不会允许自己与佩佩同进同出做朋友。

西城确实如传言所说，成了一个荒城，原本繁华的街道被草木侵占，偶有几个人出现，全都是惊弓之鸟，稍有动静就逃得不见影子。

一个白发苍苍的老人拄着拐杖从一个破屋子钻出来，冲着她遥遥摆手："姑娘，这里危险，赶紧走吧！"

黎丽娜略一点头，算是感谢，把马慢下来，穿过以往两人嬉笑追逐的小路，穿过荒草疯长的街道，径直来到街道尽头的万木堂。

她最后一丝希望破碎了，万木堂成了一片废墟，也只有堂前的草木仍然勃勃生长，是记忆中的模样。

什么都不必再说了，黎丽娜绕着万木堂走了一圈，纵马疾驰而去。

黎天民盼星星盼月亮，盼回来这个宝贝女儿，嘱咐厨子做了几遍菜，冷了又撤，撤了又做，最后堆了满满一桌子。

陈不达自送信回来就眼皮直跳，后悔没把人当场逮回来，还让她成了脱缰的野马。

马蹄声声，黎天民发出怪异的一声嚎叫，带着一众亲兵冲出小楼。

黎丽娜坐在马上徐徐走来，手藏在腰间，目光有着嗜血的冷，同样也有惊心动魄的美。

包括黎天民在内，里里外外的人全都看呆了。

幸亏陈不达早就看多了黎丽娜的美貌，对这种美貌还具有免疫力，当即就生出大事不妙的危机感，眼皮也终于不跳了，张开双臂挡在黎天民面前，却被黎天民嫌碍事，一脚踹在他屁股上飞出老远。

陈不达顾不得自己的屁股，趴在地上朝着黎丽娜大喊："丽娜小姐，你清醒一下，黎司令是你父亲，你要替你父亲申冤啊！"

黎天民悚然一惊，尚未开口，枪已拔出来对准黎丽娜。

在他的枪拔出来的同时，无数的枪口都抬起来，齐齐对准黎丽娜。

黎丽娜丝毫没有退缩，还是朝着他一步步走来。

"丽娜小姐，你要替我申冤啊！"刘副官冲出大门，急得直跺脚，"放下枪！这是司令的丽娜小姐！"

众亲兵也醒悟过来，齐声大喊："丽娜小姐，替您父亲申冤啊！"

黎天民也回过神来，把枪往腰间一插，怒喝："你们都给我让开！我宝贝女儿不给我申冤，谁来给我申冤！"

黎丽娜停下来，一直藏在腰间的手拿出来，同时拿出来的还有一把精致的勃朗宁。

死一般的静寂中，刘副官一咬牙，用颤抖的手伸向腰间，却始终没把枪拔出来。

这可是陈不达预想到的最可怕的结局，他瞪圆眼睛盯着黎丽娜的手枪，在脑海中设想枪一响，自己该往哪跑。

黎天民到底是行伍出身，见过大风大浪，哈哈大笑两声，索性敞开衣襟走向黎丽娜："丽娜，没白跑去学一场！来，朝这里打！让你老窦检验检验你的枪法！"

黎丽娜突然笑起来，枪口直指黎天民，冷冷道："你有什么冤？"

黎天民等的就是这句话，手一抬："刘副官，你来说！"

刘副官慢慢走下来，正色道："丽娜小姐，司令和我们都知道这件事绕不过去。可是你一定要相信我们，我们这些人就图赚点钱养家糊口，干不出这样屠杀老弱妇孺的事情，何况杀的还是黎家的恩人，我们南海的恩人。”

陈不达也颤巍巍起来：“丽娜，你要是为了你父亲当了这个司令举枪，我没有话说，你要是为了万木堂的事情冲你父亲举枪，我们所有人都想挡一挡，替黎司令吃这个枪子，黎司令真是太冤了！”

刘副官点头：“日本人从我们仓库搬了100多套衣服，还给司令拍了照片，把这件事硬栽到我们头上，老百姓对我们恨之入骨，丽娜小姐，我们都指望你来想办法，替我们洗刷冤屈。”

黎丽娜一声娇笑，枪声随之响起。

众人不知如何是好，纷纷抱着脑袋趴下来。

一片静寂之后，黎天民爆发出一阵大笑。

子弹打中窗口的玻璃，碎了满地。

刘副官带了头，众人尴尬地发出哈哈声。

陈不达瘸着一条腿走向黎丽娜，朝着她伸出手，讪笑道：“这回你可把我们吓坏了！”

黎丽娜把枪收起来，仍然骑在马上走向黎天民。

黎天民长长伸出双臂：“好女儿，下来吧，以后跟我过好日子！你想要什么我都给你！”

黎丽娜好似累到极点，趴在马上和黎天民对视，黎天民一颗心简直要化成水，发出自己都觉得毛骨悚然的娇柔声音：“乖女儿，你饿不饿，饭菜都做好了。”

黎丽娜冲着他的脸就是一拳头，娇笑一声：“我要去广州，开铺子！”

“好好好，你想去哪里都依你！”黎天民哈哈大笑，“我的钱都是你的！随便花！”

不知道是被这父女俩吓的还是恶心的，陈不达起了一身的鸡皮疙瘩，在心中暗暗发誓，慧剑斩情丝，保命要紧。

胡荣祖听陈不达一五一十说完，拍着大腿哈哈大笑，对这对父女的表演大为惊叹。

陈不达跟着嘿嘿干笑两声，冲他摆摆手：“我说阿祖，你这不想干那不想干，到底想干什么？”

胡荣祖冲他一挤眼：“谁是谷池？”

陈不达大惊失色：“这可不是闹着玩的！谷池这人狡猾大大的，你看黎司令吃了这么大的亏，愣是一个字都不敢往外说！”

荣祖点点头：“那么，谁是谷池？”

陈不达冷哼一声："再问我们就别做朋友了！"

荣祖也不惯着他，拎上桌上的酒壶起身就走。

陈不达气急败坏地拉住他："行了行了，谷池早就走了！"

荣祖突然发了急，将酒壶狠狠砸在地上，揪住他的衣襟怒吼："你为什么不早说！"

陈不达抓住他的手腕，将他按在椅子上坐下来，附耳道："我也是听我老窦说的，黎天民知道惹不起，平时都躲着谷池走，是我老窦跟他干了一阵子。谷池在南海干得好，被提拔到广州进了市府。"

荣祖沉默片刻，咬牙切齿道："不达，你告诉我，怎么去广州？"

陈不达叹了口气："我早就知道我得替老窦还你们这个账。"

陈不达走到屋内打开箱子，拎出沉甸甸的一个布袋，一股脑砸到荣祖怀里。

荣祖掂了掂，打开布袋看了一眼，露出灿烂笑容。

第十九章　坎坷归途（节选）

黎丽娜没有看错，在文具店门口晃了一下露出傻笑的就是胡荣祖！

她既心心念念又存有一丝恐惧的那个胡荣祖！

起初荣祖想得非常简单，进了广州，凭着自己一身本事，再加上一些打点，先进省政府做官，再接触更大的官，继而跟日本高官混熟，找到谷池，买凶把他干掉，大仇得报。

从小到大，他满腹心思都是赌钱喝酒玩乐，真到了要看真本事的时候，他才发现自己什么都不会。

细妹看他敢进广州，也对他满腹期待，以为来了一个帮手，没想到是这么一副没用的臭皮囊，竟然还会吓尿，气得根本不想跟他说话。

荣祖一怄气，冲到街上准备来个曲线救国，租个铺子卖杂货，跟细妹抢生意……除了卖杂货他想不出来别的办法，就是这么没出息。

荣祖在街上逛了一大圈，看到糖水店想卖糖水，看到杏仁饼店也想开一家，等昏头昏脑地踱到文德路，发现这竟然开了一家文具店，顿时一拍脑袋，傻笑起来，别的他不懂，笔墨纸砚他总还认得！

说干就干，他依稀记得佩佩住的地方在光雅里临街的房子，还想省点租铺子的钱，把文具店开在她家——当务之急，就是要先摆脱细妹的白眼在广州安顿下来，省下的钱再去想办法跑门路。

在光雅里街头巷尾走了几个来回，他脑子一片空白，敲了几家的门，要不就是大门紧锁，要不就是被日伪征用贴了封条，要不就是出来一个陌生人，他向来懒散，平常没轿子多跑几步都不愿意，广州来得少，竟然愣是忘了佩佩家的具体地址。

一次次的失望积累成绝望，他又累又饿，挠着头坐在街头，恨不得当个乞丐算了。

一个妖娆的身影娉婷而来，引得路上行人纷纷驻足凝望，荣祖擦了一把汗，觉得自己好像饿昏了头，这难得一见的美人儿竟然有点像自己的心上人，又或者应该叫作心爱的仇家。

老天爷像是跟人开玩笑，赌着钱唱着小曲，莫名其妙就是一锤头敲在人头顶，荣祖顿时泪眼婆娑，起身准备再找一圈，眼看天快黑了，广州现在实行宵禁，入夜满街特务汉奸乱窜，被逮到就死定了。

那妖娆的身影径直来到他面前，这漂亮的高跟鞋，这白花花的腿，这盈盈一握的腰身，这高挺的胸，这……荣祖和她四目相对，呆若木鸡。

黎丽娜的家就在不远处，就像没人住过，到处都是一尘不染，荣祖还是第一次进门，手足无措地坐在沙发上，又惊觉自己刚刚坐到地上，一下子跳起来，盯着黎丽娜傻笑，又醒觉笑得不该，对自己极度厌恶，满脸沮丧地缩在沙发上坐下来。

黎丽娜简直就当他是空气，一进门就踢飞高跟鞋，自顾自擦掉口红洗干净脸，又擦了一点雪花膏，接着换了一身睡衣走进餐厅。

餐桌笊篱揭开，四菜一汤早已做好了放着，荣祖闻到香味，不争气的肚子咕咕叫了起来。

“大哥，还愣着干吗！”

黎丽娜一声令下，荣祖如脱缰的野马一般冲到饭桌前，接过她递上来的碗筷，埋头一顿狂吃。

黎丽娜似乎没什么胃口，小口小口喝了一碗汤，拿起筷子伸向清蒸鱼，却只夹了一小根姜丝回来。

这一来一去，荣祖狼吞虎咽吃到七成饱，放下筷子扫了一眼残余的菜，颇为不好意思地看着她：“丽娜，你要是想吃鱼，我给你挑刺吧。”

“好！”黎丽娜一点也不客气，将筷子递给他。

荣祖接过筷子，把鱼碗拖到自己面前专心致志挑刺。

黎丽娜趴在饭桌上眨巴眨巴眼睛看着他，目光中忽而有一丝狡黠：“化骨龙的故事，你再讲一遍好不好？”

“这有什么好讲的，”荣祖不敢看她的眼睛，低着头摆手，“都是骗你们女仔的啦。”

“你为什么要编这个故事骗我呢？”

“那会不是……不是想吓唬吓唬你，让你开心一下嘛……”荣祖的声音渐渐低微，渐渐哽咽起来。

黎丽娜像是一只偷到糖果的小狐狸，笑得眼睛成了弯月：“我现在也想开心一下，你再讲讲嘛。”

荣祖将挑好刺的鱼推到她面前，胡乱擦了擦脸：“来不及了，我要走了。”

也不等她有所反应，荣祖转身就走，却被人扑上来狠狠抱住。

荣祖再一次傻了。

身后的人克制着什么情绪，浑身颤抖：“阿祖，大哥，你到广州来干什么？”

“我……我来找事做，我要养家……”荣祖突然有些慌乱，试图摆脱她向前走了两步，只是这双手简直要勒进他的骨肉里，根本无从挣脱。

“你别骗自己，你哪里有家，你的家烧光了！万木堂毁了！”

“闭嘴！你闭嘴！”荣祖几乎透不过气来，用力掰着她的手指，“你放开我啊！不准你提万木堂！”

黎丽娜突然松了手，荣祖一个趔趄扑倒在地，刚刚狂塞下去的东西在胃中翻江倒海，连起来的力气都没了，扑在地上一阵狂吐。

黎丽娜也不去管他，摇摇晃晃地靠在角落，用颤抖的手点起一根烟，烟雾和泪眼一起朦胧。

荣祖一口气吐个精光，趴在地上拼命捶打，以头抢地，发出野兽般的闷吼：“我没用，我没用……”

黎丽娜一根烟抽完，转身走进房间，抱着一套崭新的男人的睡衣和毛巾走到他面前。

荣祖撑着身子看了她一眼，慢慢爬起来，踉踉跄跄往外走。

黎丽娜冷冷道：“天黑了，没带证件出去就是死。”

荣祖一屁股跌坐在门口，抱着膝盖把头埋进大腿间。

黎丽娜放下衣物出了门，提着一桶水进来打扫这一团狼狈，荣祖丢脸丢到心上人面前，一咬牙，终于回过神来，抢过所有东西把地板擦得干干净净。

黎丽娜又点了一根烟，在袅袅烟雾中眯缝着眼睛看着他忙进忙出，嘴角高高弯起。

…………

谭小玉的信不管用，江泮的路条也不管用，吴队长夫妻双双被害，江明月和佩佩特意来到热闹的地方找了一个旅馆住下来，绞尽脑汁商讨对策，最后决定冒险利用黎天民黎司令的名头，闯过这最后一个鬼门关。

日伪军十分“关照”各种旅馆，时不时戒严，搜查也是家常便饭，佩佩既是黎司令的女儿，加上确实手头挺大方，来来去去的人马都要照应几分。

有惊无险过了两天，听说广游二队的游击队员们暗中进了城，准备为吴队长夫妻报仇，日伪马上又要进行大搜查，水陆大戒严，两人再不走不成了。

两人拿出最好的衣服打扮成黎司令的女儿女婿，准备第二天一早就出发。

入夜，虽然到处戒严，旅馆上头有人关照，照样赌钱喝酒玩女人，热闹非凡。

两人坐在黑暗中静默等待，佩佩让江明月先进内屋睡一觉，站在窗口窥探。

楼梯咚咚作响，急促的脚步声停在门口，随后门被轻轻拍响。

这不是敲错了门，佩佩探头一看，江明月冲她点头，让她提着箱子先走。

“你们轻点！”

一个熟悉的声音让佩佩停下脚步，她把江明月连同箱子推进屋内，关上门，带着笑容拉开房门：“达哥！”

果然是陈不达！

陈不达笑道：“我听说黎司令女儿来了，特意来拜访，没想到不是丽娜，而是你，这可真是意外之喜。”

只见他一身光鲜亮丽的绸衫，头发不知道打了多少油，在灯火中闪闪发亮。

这模样不是投了敌当了汉奸就是混成了匪，佩佩心里咯噔一声，笑嘻嘻道：“达哥，我好想你们。”

陈不达微微一愣，目光十分复杂地定在她脸上，像是第一次认识她。

这四小姐跟她妈妈雷小环一模一样，向来不怎么讨人喜欢，要不冷着一张脸不理人，要不把自己关在小院看书摆弄花花草草，整个万木堂上下只有荣祖才会无聊透顶，天天哄着她捧着她，当她是个香饽饽。

哪怕是个香饽饽，也跟自己没关系了。

陈不达扫了一眼屋内，果然看到男人的衣物，在心中轻轻叹了口气：“没想到你还先嫁了。”

“我都老姑娘了，不嫁能怎么办。”佩佩歪着头，略带羞涩地把他的目光引到自己身上。

她还是太嫩，不知道他现在跟着陈太华这密探大队长混了这么久，抓捕的人没个一百也得七八十。

嫩也有嫩的好处，如果在外面被抓捕，他就算有十个脑袋也保不住她，她打出黎司令的名号，招来的人只能是自己。

她现在算是自投罗网，而他并不敢拿她怎么办……

陈不达收敛心神，不知所谓地低头笑了笑，声音轻柔下来：“佩佩，你不在后方好好待着，回来干什么呢。”

“后方太苦了！”佩佩气呼呼地转身，以表示自己没有拒他进门的想法，“你在这里吃香的喝辣的，根本不知道我们过的是什么日子！一个月都吃不上一顿肉！更别说糕点糖水，统统没有！”

陈不达跟着她进了门，一挥手，让两个随从守在门口。

佩佩还像以往那样，把自己当成高高在上的主人，也不招呼他，自顾自坐下来玩手帕，略带哭腔道：“达哥，这到处搜查戒严，太吓人了，你说我们怎么回去。”

陈不达慢慢坐下来，笑嘻嘻凑到她面前，冲着她勾了勾手指。

佩佩心中怦怦乱跳，同样笑嘻嘻凑上来：“达哥呀，你有办法吗？”

“我，不是你的达哥，我现在是密探队的小队长陈三金。”

灯火闪烁，窗外传出赌徒的一阵爆笑，像是在她耳边替她加油呐喊：“大！大！大！”

而屋内的那人大概已经跨上窗台，准备弃卒保车了。

佩佩瞪大眼睛看着他，毫不在意让他看到自己眼底的失望和恐惧。

任何表现，都不如失望和恐惧来得真实。

这一把大的，她赌对了。

陈不达收敛笑容，低声道：“你怎么不说话？”

佩佩摇摇头，泪水大颗大颗流下来。

她再一次赌对了。

陈不达以为她想到的是万木堂，忽而整个人以奇怪的姿势蜷缩在椅子上，瓮声瓮气道：“阿佩，你别怪我。这个世道没有好人坏人之分，你看外面这两个，这是跟我的第三批随从，他们今天是密探，明天说不定就成了尸体。”

“不，世上有好人坏人之分。”佩佩明知现在不是时候，仍然莫名想跟他争辩一番，“坏人是不长久的。”

“不管好人坏人，不管长不长久，首先得是个脑袋还留在肩膀上的人，你说对不对？”

陈不达笑眯眯地看着她：“你小时候长得真难看啊，你大哥都生怕你嫁不掉，每天急得团团转，为此我骗了他不少钱，因为我告诉他，如果你嫁不掉，我以后就娶你。”

说着说着，陈不达突然拍着桌子狂笑：“你也不掂量掂量自己什么斤两，还想干点抗日分子的事，不说别的，你看看你那恶心巴拉的模样，达哥……我想你……什么狗屁……”

佩佩一颗心怦怦直跳，低垂着头，目光瞥过所有的角落，想好了在墙角撞死，桌角撞到太阳穴撞死，或者砸了碗用瓷片割脖子……

门开了，江明月慢慢走出来，冲着他一抱拳："达兄，我们不是什么抗日分子，就是想安安生生回广州，刚刚内人也是情急，见笑了。"

陈不达笑容僵在脸上，用力揉了揉脸，看了看佩佩，又看看江明月，目瞪口呆。

他没走！

他竟然没走！

佩佩痴痴地看了江明月一眼，含笑起身介绍："这就是我的先生，我跟你和大哥提过的，当年暗恋的学长。"

陈不达在两人脸上看来看去，脸色阴晴不定。

"你忘了，为了他，我和丽娜还去过你们家想办法，你们家的鱼真好吃啊……"

佩佩说着说着，好似回到甜蜜的往事中，笑容无比灿烂，目光也不再惊惧交集，心机毕露。

一片静寂，窗外的赌徒开始哭天抢地，庄家的女人发出刺耳的笑声。

陈不达转身就走："跟我来吧！"

"这是黎司令的干女儿，你们都给老子让开！"

陈不达这一趟花了不少力气，不仅带了随从，还带上了四个带着长枪的伪军。

黎司令的人谁也不敢拦阻，陈不达带路，江明月和佩佩在大家簇拥下一路闯关，大摇大摆上了驳船，又从驳船转接去广州的小火轮。

陈瑞迪　整理摘录

本文已获作者授权

遍地狼烟

菜刀姓李

【导读点评】

《遍地狼烟》是一部军旅小说。主人公牧良逢是湖南怀化风铃渡镇子上的一名猎手，有着百步穿杨的好枪法，在一次狩猎中碰巧救起了飞机坠毁的援华美军飞行员约翰，并将其带回家中养伤。在养伤的过程中，约翰向牧良逢灌输了抗日思想，也教授了不少枪支知识和军事理论。因缘际会，牧良逢路见不平帮助了被战败国军骚扰的寡妇柳烟，在以袭击军人之罪被带走的路上应用了约翰教他的军事理论，帮助几名国军打退了埋伏的日本兵，被国民党军官赏识，成为一名狙击手。在国军队伍里，牧良逢凭着军事天分和狙击本领，一路过关斩将：刺杀汉奸，收编土匪，营救战俘，炸毁敌人的印钞机，同大部队一起正面抗敌，与敌方狙击手周旋……在出色完成多个军事任务的同时，他也成长为一名素质过硬的中国军人。

小说篇幅不长，主要描写了主人公军旅之路的抗敌故事，如同单元剧，各个故事又有内在的联系，依靠主人公牧良逢的成长历程串联起来。菜刀姓李（本名李晓敏）的这部小说符合大众对抗日小说的期待，将主人公牧良逢塑造成一个铁汉柔情的角色，既有对家国情怀的书写，又充分发挥了军事题材的优势，抗日杀敌的具体情节写得堪称精彩，牵动人心。作者是一名军事爱好者，在文中极其注意细节，对抗战时期军队用枪的型号、特性如数家珍，更是让这部小说增添了历史的真实感。

正如吉云飞在《〈遍地狼烟〉：烽火如何点燃"草根"》这篇评论中所说："在'抗日神剧'层出不穷且禁而难止的今天，抗日逐渐被简化成一种安全的故事背景，武侠、言情、偶像、谍战、性感，所有的商业元素纷纷被添加进了抗日的题材中，最终乱炖出来的'菜'早已与那段历史的本来面目毫无关系。而李晓敏在小说《遍地狼烟》

中对抗战精神的坚持，对抗战历史的忠实，使他对草根英雄的演绎有了坚实的基础，让主人公牧良逢真正成为那个大时代中最闪耀的小人物。牧良逢从山村猎手到抗日英雄的经历，给我们展现的绝不仅仅是一段‘抗日奇侠’式的传奇故事，作者通过这个猎户家的儿子告诉今天的读者，在伟大的反法西斯战争中，这片土地上每一个个体的前途命运都与国家兴亡紧密相连，抗战中的每一处烽火都是觉醒后的中华儿女的英勇反抗。”[①]《遍地狼烟》之所以在一众披着“抗日”外衣的“乱炖菜”中脱颖而出，就是因为它是一部紧扣抗战精神，描写个人抗战精神觉醒，并且忠实还原抗战历史过程的作品。

在某些描写抗日战争的小说中，国民党部队对抗战的正面作用经常被湮没，磨灭了国民党部队在正面战场抗敌的事实。《遍地狼烟》选择把主人公牧良逢设置为一个国民党新兵，在一系列对牧良逢跟随部队作战的描写中，我们清晰地感受到了国民党部队的战时情况和内部军情，作者显然是忠于史实的。

牧良逢这一角色的塑造也十分具有立体感。作为一个新兵，他粗粝、淳朴、奉行个人英雄主义，但这恰恰是制造小说冲突和真实还原当时国民党部队情况的关键之处。吉云飞指出，个人英雄主义的奉行与国民党部队基本组织形态和当时的军队供应情况有关，当时的基层士兵缺乏正统的军事教育，很难升官，文化程度不高，因此保持着“原始式的英雄崇拜”[②]，后勤供应不足也容易导致部队内部的军纪混乱，牧良逢的粗粝莽撞、不听命令的情况、与上下级的冲突是完全有可能出现的。

但这才体现了这本抗战小说的主旨：以个人成长为基点，还原当时的抗战风貌，反映祖国大地上民众抗战精神觉醒的过程。牧良逢对抗日战争的认识，是一点点建立起来的，从安分守己的猎手到杀敌无数的狙击手，牧良逢的成长也是无数个普通中国人的成长，牧良逢的觉醒，也代表着中国这片博大的土地上抗战精神的苏醒。

陈瑞迪　撰写

①吉云飞.《遍地狼烟》：烽火如何点燃“草根”. 名作欣赏，2015（22）：87-89.
②吉云飞.《遍地狼烟》：烽火如何点燃“草根”. 名作欣赏，2015（22）：87-89.

【精选摘录】

第十一章　疯狂的子弹

炮弹带着尖锐的呼啸声撕碎了空气。

鬼子的一式速射炮、九四式90mm轻迫击炮和国军炮营的75mm山炮、82mm迫击炮正在激烈地对射。大地在颤抖着。

震耳欲聋的炮击过后，鬼子的坦克出现了，一共11辆，最近的离牧良逢与小伍潜伏的地方只有300多米。像蚂蚁一样的鬼子步兵浩浩荡荡地跟在坦克后面，冲向对面的国军阵地——他们正在进入雷区。

小伍贪婪地对牧良逢说：“排副，我们要发财了。”说着枪口瞄向了那一片黑压压的鬼子步兵。牧良逢却阻止住他：“发你个头啊！现在不能开枪。”

“为什么？”小伍很是不满，“这都是咱们嘴边的肥肉。”

“你看看咱们的阵地，枪声都停了。”

204团的阵地上，除了炮营还在开火外，其他的几处阵地没有发出一声枪声。

小伍还是不解。

“现在鬼子还在我们阵地火力的有限射程之外，如果我们现在开火，有经验的小鬼子立即就会发现我们躲在他们的眼皮底下。”

鬼子的坦克掩护着步兵终于进入了开阔地，一颗地雷被引爆了，只见一辆坦克被震颤了一下，差点被强大的爆炸力掀翻，履带也应声断裂，在它屁股后面跟着的几个小鬼子步兵更是倒霉，被炸弹炸得飞出老高，成了碎肉。

紧接着又有几颗地雷被引爆，与此同时，国军的阵地终于开火了，DP28轻机枪、ZB26轻机枪以及马克沁重机枪吐出一道道仇恨的火舌，一时间枪声震耳欲聋，各类长短枪也一齐开火了。

牧良逢瞄准了一名站在坦克后面龇牙咧嘴的挥刀尉官，一颗子弹就将他送上了西天。

小伍见排副开火了，也射出第一颗子弹，可能是杀敌的心情太过迫切，枪打偏了一点，将一个鬼子的小耳朵打掉了。

“妈的，枪法真烂。”小伍自嘲一声。

“你就想象这是在打靶场上，那些小鬼子都是些木靶子。”牧良逢给他提供一些意见。说完这句话，他就再不吭声了，埋头瞄准了一个正趴在地上的重机枪手，那小鬼子瞄着对面的国军阵地扫射得正过瘾，另一个助手在帮他配弹。

牧良逢的子弹一下子就钻进了他的脑袋瓜子。那重机枪手也没来得及哼一下就见他的天照大神去了。

鬼子助手见主射手死了，把他一把推开，从旁边叫过一名小鬼子帮他，自己守住那挺重机枪又扫开了。但是他的子弹远没有牧良逢的快，还没开两枪，一颗子弹又钻进了他的脑袋。

旁边的小鬼子一看这枪太邪恶了，谁碰谁死，大概猜到这附近有狙击手埋伏了，就趴在地上东张西望。

牧良逢以最快的速度褪换上子弹，没等他发现自己的位置，又射出了一发子弹。

鬼子头一歪，头上的钢盔掉在地上，一股鲜血从他的脸上流出，他本来是趴着的，现在真的不用站起来了。

国军阵地的顽强抵抗大大超出小鬼子的意料，加上中间那片雷区的威胁太大，日军开始溃退了。一辆正在往回跑的鬼子坦克着火了，显然是被国军的重炮直接命中，两个坦克兵打开车盖，从里面爬了出来。

“王八蛋，躲在铁壳子里打不着你们，现在看你们往哪里跑？小伍，干掉一点钟方向那两个坦克兵。”

小伍子的枪口一下子移动到这边，牧良逢已经先开枪了，一个坦克兵还没来得及跳下车就被牧良逢击落，另一个看情况不妙，跑到另外一辆坦克侧面去了。这鬼子极狡猾，以为这样就很安全了，没想到还是有一颗子弹追上了他。

国军阵地上的枪声稀了，牧良逢和小伍这边也停了。

“小伍，刚才那个开坦克的小鬼子是不是你击中的？”

“不是。”小伍说，“他跑得太快了，我根本瞄不准。”

牧良逢说：“那肯定是排长他们那边打的。”

“排副，你干了几个？”

“七个。你呢？”

“打死两个，打伤一个。排副，你好像都不用瞄准的，直接开枪就打到人家的小脑袋。教教我，那招是怎么用的？”小伍凑了过来。

牧良逢也不知道该怎么给他说，那完全不是技巧，而是一种感觉，只要他一提起枪，那子弹就好像自己长了眼睛一样。

“要我们中国军人都有你这枪法，只怕早打到东京去了，让他姥姥的天皇去养王八。”

双方还在炮战，但是日军的火炮明显占有优势，慢慢地，国军的炮击停了，日军的大炮却还在怪吼着。这年头物资匮乏，中国稍微先进点的武器都得花钱在国外买，有些型号的子弹还要看老毛子和美国人的脸色。

什么都金贵啊！

日军的第一轮地面攻击停了没有20分钟，天空中就传来了轰隆隆的引擎声，几架日本零式战斗机朝国军阵地一个俯冲，机枪啪啪啪在对面的国军山头上扬起一道冲天的尘埃，随后，炸弹像雨一样地落了下来……

“狗日的，有种下来枪对枪。”小伍咬着牙狠狠地骂了一句。

日军的第二轮进攻开始了，牧良逢和小伍看到令人震惊的一幕：鬼子也不知道是从哪里抓到了一百多个中国老百姓，押着他们一字排开走在队伍的最前方，慢慢地走向雷区……坦克远远地跟在人群的后面开火。

牧良逢看清楚了，老百姓被绑在一条长长的绳子上，其中还有很多妇女和未成年的孩子，在他们的身后，跟着一排排雪白的刺刀。

“杂种，亏你们想得出来，用我们的人去挡子弹踩地雷。”牧良逢的眼睛都要喷出血来了。

“排副，怎么办？”小伍虽说是个老兵，可这样的阵势也是第一次看到，一下子傻了眼。

“等等，先看看我们阵地是什么反应。现在我们还不能开枪，一开枪我们俩准完蛋。”

“完蛋就完蛋，老子豁出这条命了。”小伍眼睛睁得滚圆。

“现在不是冲动的时候。”牧良逢咬着牙齿瞪了他一眼。

人群正在慢慢地移动，离雷区越来越近了，一个看起来有七十来岁的老人突然喊了一声，第一排的人们全部停住了。老人头戴着一顶破草帽，肩上搭着一件灰褂子。下面的裤腿卷过膝盖，没有穿鞋光着一双脚，他瘦削的身子在人群的中间实在是不起眼。

“对面的兄弟们，你们只管开枪，我们死也不愿意给鬼子当炮灰。记得多杀鬼子，给我们报仇雪恨！”老人歇斯底里地冲着对面的国军阵地吼了起来。

“对，我们死也不给小鬼子当炮灰。你们快开枪啊！”

但是对面的国军一点动静也没有。

一个小鬼子指挥官大概听懂了老人的话，气得哇哇大叫，操着一把长刀从后面追过来，想砍了老人。可是没等他近身，对面分来一颗子弹，穿过了他的眉心。

“乡亲们，你们不要慌乱，大家一起往我们这边跑，不过要记住，千万别踩放着玉米棒子和石头的地方。”对面传来了国军阵地的声音。原来工兵连的那帮家伙怕以后不方便清理战场，也怕误伤了自己人，特意在埋雷的地方做上了记号。

紧接着，几颗子弹从对面射了过来，有两节绑在老百姓身上的绳子被生生打断了，这样一来，原本被一条绳子绑着的老百姓被分成了三节，活动的空间相对灵活了许多，真不愧是中国的神枪手。

老百姓得到指令，立即往对面中国军队的阵地跑，因为鬼子怕他们踩到地雷后伤了自己，所以和老百姓保持着一定的间隔。但是他们的枪却开火了，一时间，成群的老百姓倒下在血泊之中，国军阵地也开火了，各种枪支喷射出仇恨的火花，炮兵更是发威了，成吨的炮弹从天而降，这时的中国军人，不再精打细算，不再看着腰包过日子了，他们只想尽可能地把自己的悲伤和愤怒发泄出来。

由于炮火太过猛烈，小鬼子一下子被打蒙了，哭爹喊娘往中国军队阵地死冲，什么皇军不可战胜，什么大和民族万岁，通通见鬼去吧！这时的中国军人已经彻底打红了眼，开始排山倒海地从山坡上冲了下来，本来是一场阻击战，结果演变成了反冲锋。

冲下来的中国军人接应起跑过来的一大半老百姓，然后冲进雷区，与鬼子展开了白刃战，刺刀、大刀片子上下横飞，前面的倒下，后面再填上，一个民族的尊严，一支军队的士气，很久没有像今天这样淋漓尽致地表现过了。

牧良逢和小伍手中的枪开始一发接着一发地射向战场。他们看到，雷区不时有地雷被引爆，鬼子和国军被掀翻。双方混战在一起，鬼子的坦克也只能干瞪眼，飞机在上空转了几圈也无从下手，只好胡乱往主阵地上丢了几颗炸弹，草草收兵走了。

一直杀到天黑，两军才各自丢下一片尸体退回阵地。

第十二章　月黑风高杀人夜（节选）

月光如霜。

山林的上空有着一丝淡淡的光亮，为了防止对方夜间偷袭，不时可以看到雷区上空会升起一颗照明弹。

“排副，我们是不是就趴在这里等天亮？”小伍问。

牧良逢没有回答这个问题，拿出一些干粮和水吃起来，打了一天，居然忘记了饥饿。

两人胡乱吃了些东西，牧良逢轻轻地站了起来：“我偷偷摸过去看下。你在这里等着，我没回来之前千万不能睡着了。”

“不行，我跟你一起去。”

“人多目标大，我四处转转，看明天有没有必要换个狙位，狙击手在一个地方待的时间越长，就越危险。”

小伍就没再说话了。

牧良逢警惕地查看了一下四周的环境，确认安全以后才慢慢地摸进石山后面的树林。走了七八分钟，就看到对面的一个山坡下灯火通明，几个大帐篷扎在那里，原来是鬼子的营地，四周停满了汽车和坦克还有山炮，成队的鬼子来回不停地穿梭着。

牧良逢爬上一棵树，通过光学瞄准镜目测了一下距离，从他所在的位置到最近的一个帐篷至少也有700米。在这个距离，尽管是晚上，但是对牧良逢来说，猎杀一个目标肯定没有问题，但是这样一来，日军就可以马上根据对枪声的判断找到他，就算全身而退，那个绝佳的狙击位明天也彻底废了。牧良逢不想因小失大，从树上慢慢滑下来，准备往回走时，突然听到离雷区不远的树林下有人在说话，便悄悄地摸了上去，前方50米左右的地方有十几条黑影站在那里说着日本话。

尽管天上有点月光，但在树林里还是看不清楚他们的长相，就在这时，国军的阵地上打起一颗照明弹，将夜空一下子照亮了，牧良逢这才看得清清楚楚，原来是十几个日本军官正站在那里指指点点，估计是研究地形讨论明天的战术，小鬼子真是“敬业”啊！牧良逢心里一阵狂喜，真是老天开眼了，该自己发这笔大财。

他摸了摸腰间，三颗100式基斯克手雷还挂在那里没开张呢！

牧良逢对手雷没什么研究，还是前几天猛子教的，因为军火金贵，他没能实弹训练过，只是知道操作。

他摸出一个手雷，就在这时，他身后不远处突然有点动静，猎人的耳朵是最灵敏的，他的枪口马上甩了过来。

“吱吱！”

不远处发出一声虫鸣。牧良逢这才放下心来，小伍耐不住寂寞跑出来了。

小伍摸过来，牧良逢指指前方的十几个说话的日本军官，又指指自己手上的100式基斯克手雷。小伍子立即回意，也摸出一个手雷来，牧良逢竖起三根手指头，小伍点点头，拉开了手雷上的扣弦。

三、二、一——

两颗手雷不偏不倚落在鬼子军官堆里，轰地两声巨响，鬼子军官至少有一半当场毙命，剩下的几个非伤即废。小鬼子反应真快，一听到手雷的爆炸声，立即就有一大堆的鬼子从四面八方包抄过来，牧良逢顾不得许多了，拉起小伍就往狙击点跑，两人借着夜色掩护，一路狂奔。走到这里，牧良逢一惊：“这里待不住了，鬼子马上就会搜山，我们得从雷区回去。”

“我们不要命啦？！冲去雷区不被地雷炸死也会被自己人打死。”

“不要踩有石头和玉米棒子的地方就行了，我们慢慢摸回去吧！”

日军果然在搜山了，军犬狂吠不已，手电和火把到处晃动。

没有时间考虑了，俩人慢慢地从石山里面跑出来，借着月光慢慢地往雷区中央爬，四只眼睛盯着地面，哪里有石头，哪里有玉米棒子，早就一片零乱，根本无法辨认。牧良逢在前，小伍紧跟其后。

“离我稍微远点。”牧良逢回头说。

小伍说：“我比你有经验，我到前面去。”

“地雷还认识人啊！？不要啰唆跟着我走就行了。”

不知道是地雷埋得不够多，还是一天下来被引爆得差不多了，俩人居然毫发无损地摸回来了，站在自己阵地的山下，终于松了一口气。

“上面的兄弟们听着，不要开枪，我们是204团狙击排的小伍和牧良逢。”小伍朝上面喊了一嗓子。

“知道是你们两个，要不早打死你们了，快上来吧！”吴连长的声音。

对面的日军在军犬的引导下，终于追到了他们隐藏了一天的狙位，又听到小伍在对面喊话，气不到一处来，冲着这边就一顿乱枪扫射，但是立即遭到国军阵地的机枪反击，只好无趣地回去了。

第三十八章　绝地营救

警备队的大门紧闭，街上黑漆漆的，只有两旁的灯笼闪烁着阴森的光。

“里面有多少人？现在都在干什么？”牧良逢问林豹子。

“50来号人，其他的都在战俘营，我出来的时候他们都在睡觉，估计这会儿还没醒。”

小伍满脸狐疑：“这么早就睡觉了？”

林豹子说：“他们要值夜班，所以下午一般都在睡觉。”

牧良逢示意他去敲门，林豹子点头哈腰地上前敲门。过了一会儿，一个眯着眼睛的警备队员来开门：“队长，你不是快活去了吗？咋又回来……”话还没有说完，他感觉到脖子上凉飕飕的，阿贵的一把长刀已经架在了他的脖子上。

牧良逢和其他的弟兄乘着这个当口，冲进大院里的几间房子一看，几十个警备队员果然还在睡觉，牧良逢第一时间将靠在墙边的枪全部缴了。汉奸们已经被惊醒，一看眼前这情形慌作一团。

“不想死的都老实一点。”猛子把手上的枪顶上火，低吼一声。

这群警备队不是地痞流氓就是地主恶霸出身，平时唬唬老百姓还行，碰到这样的情况，一个个早就吓得屁滚尿流，大气都不敢出了。

“我再问你们一次，鬼子在战俘营有多少兵力？”

一群警备队员无人吱声，生怕说错了话招来杀身之祸。“快点说，不说现在就砍了你们的狗头。”

林豹子连忙插嘴说：“长官，我刚才不是说了吗？有两个中队的鬼子。”

“队长，下午的时候不是调走一个中队了吗？”一个傻乎乎的警备队员无意中透露出这一条重要情报。

牧良逢一听大怒：“狗汉奸，你竟然敢骗我们，快说，鬼子另外一个中队调到什么地方去了？”

林豹子看着这个愚蠢的部下，暗暗叫苦：“长官，我真不知道鬼子的调动。麻子，你刚才说鬼子调走了一个中队，是怎么回事，快给长官解释一下。”

那个说鬼子调走了一个中队的警备队员意识到自己失言，但为时已晚，只好硬着头皮说：“另外一个鬼子中队调到县城去了，好像是要应付国军的反攻。”

“狗汉奸，死到临头居然还敢骗我们。”牧良逢火了。阿贵看到排长生气了，二话没说，抽出长刀在林豹子的耳朵上一抹，只听到一声惨叫，林豹子的一只耳朵就丢在了地上。

阿贵的动作一气呵成，连牧良逢都愣住了，他没想到这个新兵下手居然挺狠的。

“排长，把这群狗汉奸毙了算了！留着他们没什么用，还祸害当地百姓。”小伍也杀气腾腾地说。

这群汉奸一听要杀光他们，都慌成一团，跪在地上一个劲儿求饶。

牧良逢到底还是下不去手，只是将他们绑了起来。接着大家换上警备队的衣服，拿出情报部门给他准备的一张战俘营区图，研究战术安排。计划是这样子的：战俘营只有一个入口，四周一共有四个木制炮楼，上面各安了一挺机枪和一盏探照灯，周围是通了电的铁丝网，防守如此牢固，强攻肯定不行。所以决定让全排士兵化妆成警备队的人，摸到营区口“接防”，然后安排一个班的兵力将警备队的50多名被俘的汉奸押至镇口，开枪引出战俘营的鬼子来支援，然后大家趁着战俘营兵力空虚，一举将战俘营拿下，迅速救人离开。

计划就这么定下来。牧良逢带着几十个化装成了警备队的士兵，押着两个换班的警备队员在前面带路，直扑战俘营。而另一边，一个加强班押着剩下的汉奸去了镇口，没过一会儿，镇口就传来了激烈的枪声，枪声很杂，有机枪和各类步枪的声音，不时还掺杂着一两声手雷的爆炸声……

牧良逢带着人快步跑向战俘营，战俘营的鬼子中队长秀田显然是被这突如其来的枪声搞蒙了，跑出来看情况。

“皇军，不好啦！镇口发现了中国军队。”牧良逢和他的士兵假装一片慌乱。

秀田中队长一瞪眼：“八嘎呀路，这里怎么会有中国军队？他们的多少人的干活？”

“至少有两百多人，都有重武器，我们警备队根本不是他们的对手。”

秀田中队长傲慢地说：“这一点点中国军人，就把你们吓成这个样子？你们的不行，看皇军去收拾了他们。”

牧良逢一看这个秀田是个四肢发达、头脑简单的家伙，就唬他说：“秀田太君，那帮中国军队还说，他们这次来就是打你秀田的。”

秀田大怒，拿起口哨一番狂吹，没一会儿，一个中队的鬼子全部集合：“留下一个小队，其他的统统跟我去消灭支那军。”说完，鬼子们点起了火把，扛着各类轻重机枪和迫击炮列队跑出了战俘营。

经过牧良逢他们身边时，恼怒的秀田大吼说：“你们的好好守好战俘营，跑了一个战俘，你们通通死啦死啦的！”

“警备队”点头哈腰：“嗨！嗨！我们一定守好战俘营。”说完，一个排的士兵压低着脑袋跑步进入战俘营，并迅速控制住各个要害位置。没一会儿，镇口就激烈地“交上了火”，并且枪声越来越远，看来加强班已经将鬼子引向山边了。

牧良逢根据地图显示的位置，带着几个人直扑关押战俘的几间大草棚子，几个白天值班的警备队员看到几张陌生的脸孔，挡住了他们：“你们是什么人？以前怎么没见过。”

牧良逢说：“老子是中国人。”

几个警备队的汉奸见情况不对，正要举起枪来，却已经迟了，几把长短刀一顿猛刺，转眼间几个汉奸就倒在血泊之中。

牧良逢一脚将草棚的木门踢开，一股恶臭扑面而来。灯光下，房子里横七竖八躺满了战俘，看到有人冲进来，战俘们立即站了起来。

“兄弟们不要害怕，我们是自己人，来救你们的。”牧良逢轻声说，“大家现在跟我们走。”

房子里的战俘一听到自己人来救他们，都很激动，斗志一下子被激发出来，有几个年轻的战俘甚至激动地哭了。好在他们被俘的时间不算太长，身体状况基本良好，有几个受了轻伤的战俘被大家扶着跑了出来。

一看到排长得手了，早在外面负责接应的猛子和小伍他们立即动手，一拥而上，干掉了鬼子四个炮楼上的机枪手，剩下的十来个鬼子和数十个汉奸一下子被打蒙了，还没反应过来就被早已架好的机枪和冲锋枪“突突突”扫倒了一半，一时间，战俘营里枪声四起，鬼子和汉奸乱成一团。

“兄弟们，速战速决，千万不可恋战。”说话间，牧良逢举起枪干掉了一个跑向机枪位的鬼子。另外一个小鬼子已经端着刺刀扑到他的前面，由于距离太近，牧良逢慌乱中居然一枪打空，那雪亮的刺刀近在咫尺……

眼看牧良逢就要被这冷不防的一刀捅倒，突然，一把长刀迎了上来，以迅雷不及掩耳之势架开那鬼子的刺刀，将他一刀砍翻在地。

“排长你没事吧？”原来是阿贵，这小子一晚上什么都没干，就这样寸步不离地跟着牧良逢，为他做保镖。

获救的战俘在绝境中看到了希望，纷纷捡起地上的枪支参加战斗。他们本来就是军人，枪一到手立即就成了战斗力。牧良逢带着几百号兄弟一口气消灭了剩下的鬼子汉奸，然后掉头往计划好的路线撤退。

且说另一边正打得热闹的秀田中队长，他们赶到镇口时，果然看到了“不少中国军人”的身影，架在路口的机枪吐着火舌。秀田连忙命令他的中队发起进攻，一顿乱枪扫射后，不少“中国军人”纷纷中枪倒下。

“哈哈哈……”秀田狂笑一声，向他的手下吹牛说：“中国军人的，不堪一击。”

为了消灭残敌，他又命令部队继续追击，一步步将剩下的十来个“中国军人”围困在一块稻田里。这时，镇上的战俘营方向也传来了枪声，秀田这才意识到自己有可能上当了，他命令手下尽快结束“战斗”，把这些“中国军人”抓回去，然后立即回援战俘营。几十道手电筒扫向稻田，秀田这才看清楚了，原来被他们“围剿”的“中国军人”只不过是镇警备队里一群被绳子绑着、嘴里塞满东西的狗腿子，为首的正是他的警备队长林豹子，只见他一只耳朵不见，还在流着血，鬼子们把他解开后，他打个苦腔说：“皇军，你要为我们报仇雪恨啊！”

而此时，真正的中国军人早就乘乱跑掉了。

“八嘎呀路！”秀田中队长恼羞成怒，终于想起了中国兵法上的两个成语：调虎离山，声东击西。

秀田中队长一面下令部队速度回去，一边让通信兵向县城紧急求援。没多久，县城出动了三个中队的鬼子兵，在汽车和少量装甲车的运送下，直扑战俘营所在的小镇。

第三十九章　身陷重围

天黑路滑，牧良逢只好命令部队点起了火把加快行军速度，关一民在关键时刻又发挥了作用，他是本地人，对地形熟，在他的带领下，大家没有迷路，进入了原定的撤退路线。但是他们才刚刚退到山上，秀田中队就追上来了。

这次营救任务，除两位兄弟轻伤，大获全胜，但牧良逢现在还不敢太乐观，大敌穷追不舍，他的排又只有70多支轻武器，被救出来的兄弟人数虽多，但都没有武器。只有从战俘营里抢来的30多条枪，以他们的战斗素质与武器装备，与一个200来人的鬼子中队较量倒不是全无胜算，牧良逢担心的是一旦被鬼子缠住，就有可能被鬼子的援军合围，全军覆没。

“关保长，你给救出来的兄弟带路，由猛子带一个班护送你们返回驻地，我们在这里阻击追兵。掩护你们撤退。”牧良逢果断做出决定。

猛子一听急了：“这次说什么也不行，你带战俘们先撤，我来掩护。”

“现在不是争论这个的时候，你们听我的。”

猛子态度坚决：“不行。”

牧良逢火了：“我是这里的最高长官，我现在命令你马上带人撤退。”

“放屁！”猛子火了，“你个新兵蛋子还是老子带出来的，现在敢命令我了。”

“两位老大不要争了，由我护送战俘们回去行不行？”小伍站了出来。

牧良逢见一时也说服不了猛子这头蛮牛，只好答应了。小伍带一个班跟着关一民和战俘们撤退了，牧良逢想了想喊住他：“小伍，这次任务艰巨，就算全班战死，也要护送兄弟们回家。”

“放心吧，排长。”小伍严肃地应了一声，背起枪掉头走了。

士兵们已经与鬼子交上火了，因为天黑，加上地理优势，秀田中队被压在山脚下寸步难行。

“兄弟们，我们边打边撤，否则被鬼子拖住就麻烦了。”牧良逢说着朝山下开了一枪，一个打着火把的日本兵立马倒下了。鬼子意识到火光对自己的不利，把手电筒和火把全部熄掉，整个战场一下子陷入夜色之中。

“撤！”牧良逢轻声喊了一句，带着部队迅速撤出阵地。

秀田中队听到上面的枪声一停，又开始追击上来。

“他妈的，真是阴魂不散。”牧良逢命令通信班，“给我呼叫团部，请求增援。”

“排长，我们这离团部少说也有一百多里，团部增援我们的可能性不大，就算增援我们，必然会引来更多的鬼子。”通信班长小心翼翼地说。

“我知道增援的可能性不大，但总得试一试。就算他们不能提供兵力支援，也要让他们接应战俘。”其实牧良逢心里最担心的还是这个，如果鬼子发现了战俘的去向，必然会派重兵围追阻击，那样的话，凭小伍的那十来条枪，根本无法为战俘们提供保护。想到这个，一股寒意从他心里涌起。

“这样不是办法，我们撤退肯定跑不过鬼子，他们有手电火把，我们两眼抹黑，如果打着火把，无疑是告诉鬼子战俘的方向。”猛子凑了上来，“得赶紧想个办法。”

牧良逢急中生智：“有办法了。”

“什么办法？”

“地雷。”

“你在说梦话吧？”猛子说，“我们哪来的地雷？”

牧良逢没有理他，而是冲着他的手下喊：“大家都把手雷拿出来。”大家不解地看着他的排长：“排长，要手雷干吗？”

“做地雷啊！”牧良逢让大家点起火把，将手雷固定在一棵树下面，然后用找来的一根绳子绑在手雷的弦上，另一端绑在旁边的树上。

“看到没有，大家就这么做，每隔一二十米放一颗手雷，鬼子的追击速度必然会放慢，我们才有更多的撤退时间。”

“这个办法可行。”排里的兄弟纷纷学着牧良逢的动作在周围拉起一张雷网，然后迅速撤退。不一会儿，鬼子就追上来了，牧良逢他们还没跑出两百米，后面的手雷就接二连三地响了起来。鬼子被这种“地雷”炸了几次，再不敢肆无忌惮地追击了，小心翼翼地向前推进。

牧良逢带着兄弟们一路狂奔了五六里地，将秀田中队远远抛在了身后。“排长，你这招还真灵，我们再跑个把小时估计能追上前面的兄弟了。”

牧良逢也乐呵呵的，以为终于把鬼子甩掉了。就在这时，他突然听到对面山坡上传来一声草木被踩的声响。“趴下！丢了火把！”他大喊一声，对面黑暗的树林中，一排子弹已经打了过来，走在前面的两个兄弟来不及卧倒，立即中弹倒下。幸好牧良逢发现情况有变，否则这群打着火把的兄弟无疑成了人家的活靶子。

原来，埋伏在对面的正是刚刚从县城赶来驰援的一个鬼子中队，他们在当地汉奸的带领下，抄近路赶到了牧良逢他们的前面。

前有强敌后有追兵，更严重的是，鬼子们埋伏在黑暗里，这是牧良逢最不愿意看到的情形。

第四十章　奇招突围

比起秀田中队来，对面黑暗中的鬼子显然更难对付，他们是日军第21旅团下属的松村一郎中队，这群鬼子都是身经百战的侵华老兵，中队长松村一郎更是个中国通，说得一口流利的中国话，对中国历史以及琴棋书画和兵法都颇有研究，于是这个小鬼子便恬不知耻地自诩为汉学家。

两个小时前，他接到大队长下达的紧急任务，简直不敢相信自己的耳朵，一小股中国军队竟然在一个皇军中队和一个警备队的眼皮底下，从森严壁垒般的战俘营中救走了三百多个中国战俘，先是使出“声东击西”和“调虎离山”将愚蠢的秀田中队引开，然后又用“借刀杀人”之计，让皇军消灭了警备队。另外，这伙军人的战斗素质也让他大开眼界，刚才的一点异常，他们就迅速熄灭了火把，散开卧倒，连半点慌乱也没有。这让他暗暗佩服，他迫切地想会会这支中国军队。他们埋伏在树林里，中国军人的火把一熄灭，他们的枪声立马就停止了，在他们看来，这群中国军人已经是阵亡名单上的人了，作为同行，松村一郎多少有些替他们惋惜。

“排长，这下怎么办？”二班长在黑暗里问。牧良逢脑袋瓜子转得飞快，他要想一个突围的办法，否则后面的秀田中队一逼上来，就危险了。现在月黑风高，他不担心晚上鬼子会发动大规模的进攻，但是天一亮，他们唯一的掩护也没有了，完全暴露在鬼子的枪口底下。

秀田中队越追越近，成排的火把和手电筒排成了一条长蛇，从后面包抄过来。牧良逢的眼睛在黑暗中扫视着，他隐隐地看到，自己周围三面环山，估计鬼子已经将这三个方向完全控制住了，唯一无人看管的左边是一道深不见底的悬崖绝壁，下面是哗哗的水声，估计是一条河。

牧良逢灵机一动，他决定再次利用一下后面这个有勇无谋的秀田中队。“排里有没有会说日语的？给我大声骂鬼子。”

排里正儿八经会说日语的没有，但骂人的日本话大家都会几句，什么混蛋啊！蠢货啊！并且骂得有板有眼，以假乱真。弟兄们听到排长下命令骂鬼子，以为排长准备做最后一拼了，索性死前骂个痛快，一起朝埋伏在前面的鬼子大骂。牧良逢还特意让两个日语稍好一点的兄弟用日语喊了几声：“我们是自己人，秀田中队的。”

树林里的松村一郎被这突如其来的“日本话”给搞糊涂了，他愣了一下，然后马上意识到这是中国军人的阴谋诡计，想玩这手金蝉脱壳。他冷笑了一下。

“长官，对面会不会真的是秀田长官的人？”松村一郎手下的一个小队长也糊涂了。

“不不不！他们绝对不是秀田的人，这只是中国人的一点小伎俩，我们不要上当。”松村一郎自以为是地奸笑一声：“我不是秀田那个蠢货，没那么容易上当。”

牧良逢看着兄弟们骂了一番，对面一点反应也没有，居然嘿嘿笑了起来。

猛子的手下的兄弟们都被牧良逢搞糊涂了：“这有什么用啊！日本人不会上当的。”

牧良逢没理会他们，他命令所有人一起开火，一时间，子弹像雨一样地朝对面的树林飞去，树林里的松村一郎看到中国军人开火，以为这些中国同行们按捺不住了，准备做困兽之斗，于是也下令还击。

后面的秀田中队已经越来越近了，牧良逢又命令士兵掉转枪口，专打开手电和打火把的秀田中队，一个排枪后，秀田中队几个打着火把和手电筒的鬼子倒下去了。其他的人赶紧熄灭了火光和手电筒。

牧良逢这才说出他的真实意图：“留下一个班开火吸引两边的火力，其他的人跟我向秀田中队的方向撤退。除了留下的一个班外，其他的人不准开一枪，跟我悄悄地摸上去。”

猛子说：“这次我来带队吧！”

“你不够机灵，不行。”牧良逢呛了他一句，“二班长，你带几个人留下来开火，你的任务是吸引两边的鬼子交上火，然后马上找秀田中队的空档撤出来，我们在外围等你们。”

二班长机灵，立即明白了排长的意图，又是借刀杀人，想趁着夜色，战场混乱，让两伙鬼子狗咬狗。他答应一声。

“我给你十分钟，十分钟后我们在秀田中队的外围会合。”

“是！”

因为后面的秀田中队刚刚追到，加之人数有限不可能迅速形成合围，牧良逢借着边上的空档，带着手下的兄弟摸到他的侧面。秀田看到前面火力超猛，丝毫没有意识到中国军队的主力已经移动到了他的侧翼，另外，由于事发突然，他不知道松村一郎中队已经赶到他前面埋伏了。看到前面这伙“中国军人”，他恨得牙齿痒痒，这次他们在自己的眼皮底下救走战俘，让自己颜面无存事小，搞不好还会让自己被撤职查办。

所以一追上这群“中国军人”，他就迫不及待下命令开火，但是天太黑又不敢盲目进攻，只好先用火力压制，他调来迫击炮，对前面的树林火力最集中的地方一顿炮击，直把对面他的日本老乡松村一郎炸傻了，他万万没有料到，对面的这群“中国军人”居然还有这么强悍的炮火，松村一郎中队在经受炮火的重创后，也火了，各类轻重武器也一齐往秀田身上招呼。

二班长乐了，看到两伙鬼子交上了火，立即找了个空档，带着几个兄弟偷偷地溜出了包围圈。在没多远的地方，牧良逢果然在等着他们。

“排长，你真是神了，将来一定可以当将军。”一个排的兄弟没有不服气的，就连蛮牛猛子也彻底服气了，这个背起枪杆子没多久的新兵好像天生就是块打仗的材料，临危不惧，沉着冷静，关键时刻还能玩出不少鬼点子来。

“哈哈，他们真打起来了？”牧良逢问二班长。

“打起来了，连迫击炮都抬出来了。”

“哈哈，兄弟们，我们换条路撤了，让他们狗咬狗。”

再说秀田这边，越打越感觉不对劲儿，这家伙虽说是个大老粗，可冷静下来仍然发现了问题，对面的枪炮声怎么都是日本货？三八大盖、歪把子机枪、九七式81mm迫击炮、八九式重掷弹筒，就连手雷都是正宗的日本香瓜。

秀田命令停火，让通信兵联系县城的大队。而对面的“中国通”松村一郎可不这么认为，他的理解是这群中国军队之所以有这么强的火力，肯定要在偷袭了战俘营后，劫获了皇军的武器装备，才有这么神勇。刚才与他们交火的有可能是中国军队的主力，后面来的火把和手电筒是被救出来的战俘。加之一番交火，手下伤亡极大，所以他铁了心要消灭这伙“中国军人”，只要拖到天亮，另外两个中队的援军赶到，这伙中国军人就上天也无门了。

秀田的通信兵联系上了县城的大队，猜到对面的部队极有可能是自己的友军——松村一郎中队，立即派人喊话：“我们是秀田中队，对面是不是松村一郎的部队？”松村一郎冷笑一声：“八嘎，还想跟我玩这一手？”命令手下往死里打。又打了好一阵子，秀田越发觉得不对劲儿，让手下人点起了火把，一时树林里亮了起来，两伙鬼子这才发现，原来打得头破血流的都是自己人，中国军人早就不知什么时候消失得无影无踪了。

陈瑞迪 整理摘录

本文已获作者授权

邓家铺子

李逸轩

【导读点评】

长期以来，提到网络小说，人们会下意识地想到仙侠、都市、言情、古言或者网游题材，但实际上，历史题材作品早已在网络小说中成为一大门类。“历史类型作品质量好、作者会用心写故事，它的门槛相对比较高。”谢思鹏认为，在这样高门槛之下，写历史题材网络小说的作者知识文化各方面素养较高[①]。在可以预见的未来，历史题材小说会掀起新的热潮。

广东作家李逸轩的小说《邓家铺子》以广阔的社会现实生活为背景，以传统文化“渔鼓戏”由盛而衰的发展为主线，成功塑造了一系列有血有肉的人物，描绘了时代变迁中新旧观念碰撞的火花，深刻剖析了社会发展中存在的各种矛盾，让我们从中感悟到虽然人生诸多曲折，但积极应对生活才是我们永远的追求。

小说以男主角戏生在煤矿的一场车祸为开端，肇事司机贺琛带着二胡去医院探望，从而引出戏生对于家乡邓家铺子的回忆。全文采用第二人称叙述的方式，仿佛是一幕全景大戏，诉说者以俯视的角度，与书中的人物拉开一段距离，从而给人一种客观冷静细致述说与剖析的感觉。

小说以秋水、白子服以及邓川的感情纠葛为主线，描写了在时代的发展中，新事物、新观念对传统文化的冲击，但作者并不仅仅局限于控诉这种冲击力，而是用尽笔墨描写了白子服这个正面的形象。白子服靠着自身的坚韧和毅力，一直走在引领接纳新事物的路上。当渔鼓戏在乡亲们心中的仪式感逐渐消失，他面对着新旧交替的嬗变之痛、家族成

①任晓宁．历史类IP价值重估．中国新闻出版广电报，2017-08-16（7）．

员生老病死的世事沧桑，自觉无力回天时默默地抗争，但更多的是积极顺应并做出调整。他的一生处于时代的变革期，性格上带有明显的时代烙印。他做各种付出与调整时心里未必没有迷茫，未必没有纠结，但除了坚守，他不曾表露过疲惫和放弃，体现了中国传统男性的优秀品德。全篇以他为轴心，将所有与他相关的人物命运贯穿始终。

作者李逸轩是个驾驭长篇的高手，在传统文化面临通俗文化的冲击时，他在人物命运的开掘上浓墨重彩，更凸显出人物精神、情感和性格的光辉。小说的章法结构上更具备可圈可点之处，作者采用一明一暗两条线，秋水与白子服、邓川的情感纠葛始终贯穿其中。其中塑造了许多有血有肉的人物形象，人物语言和心理描写细腻周到：正面人物的举动让人顿生豪气，反面人物的言行则在各种因素作用下让人痛恨之余禁不住心生怜惜。可以想见，小说作者是带着一份悲悯的情怀去体味文字里的人生的，因而字里行间洋溢着真切饱满的时代情绪，生活气息浓厚，让读者自然而然地与文中人物的命运融为一体，不由自主地带着几分苦涩和几分甜蜜去品味动荡变革时期的感情。

再者，作者语言技巧运用娴熟，加上独具匠心的情节设置、或深或浅的伏笔，全文犹如讲故事一般娓娓道来。尤其是小说结尾——当读者面对着几个悲剧人物的命运，还深深沉浸在一种沉重的悲悯情绪中时，忽然得知戏生的亲生父亲竟然不是白子服，而是那个可怜且可恨的邓川，恍然大悟中多了一份意外的阅读享受——堪为惊人一笔。前半部分中秋水与白子服圆满而无须再赘述的爱情里，突现层峦叠嶂，再现疾风骤雨，小说的节奏也于平缓中见紧迫，平静中起波澜，让人心起伏不已，所有过眼入心的情节勾连灵动，真正做到了前有蓄势、后有照应。

小说《邓家铺子》与社会发展的历程相结合，表现了一个村子在社会上升与时代变迁中繁华与衰落的过程。语言舒缓，情感刻画细腻，对人性阴暗面的适当揭露，增加了小说的可读性。借着传统戏种渔鼓戏，小说从一个家族延伸至一个村庄，再进入城市，把一代甚至几代人应对变革的方式与情态，描写得有声有色、活灵活现，也带给读者几许疑问和思虑——面对人性的丰富，我们在社会变迁中该如何挖掘生存的意蕴，如何挖掘精神的向度？①

唐寅杉　整理撰写

①周曦．文化交替中的探求．https：//www.sohu.com/a/258477265_737195．

【精选摘录】

一

你在南方山区的一个矿井里当一名矿工，已经四五年。

你清楚地知道这个工作的危险性。矿井里发生的任何一场事故，都有可能让你面临生命危险。矿工的工作虽然辛苦繁重，但是工资高，且从不拖欠，你看中的就是这一点。就算最近几年全国各地不断报道大小矿难，也丝毫没有降低你从事这项工作的热情。你时常用“富贵险中求”“生死有命”这样的语句来麻醉自己。你盲目地坚信，电视里失事矿工那样悲催的命运不会降临到你的头上。当然，最现实的理由是，你急需用钱。你没有别的更好的出路。

那天，在矿山口狭窄的山路边，你热情地帮着同事指挥倒车。开车的是一位刚来矿山不久的年轻小伙子，估计从来没有面对过如此危险的路况——坑坑洼洼的山路旁边是一座高耸的山崖，车子的操控稍有不慎，就有坠入深谷的可能。在这个矿山口，即使熟门熟路的老司机，也不敢放松紧绷的神经。太过紧张的缘故，那小伙子把握不好脚下的力度，大卡车被开得一顿一顿的，微调了好几次车身，还是倒不进预设的位置。突然，那小伙子猛地一踩油门，装满泥沙的大卡车控制不住地往后一滑。正在车尾打着手势专注指挥的你，一时躲避不及，被顶着卡在了岩石和大卡车之间。

万幸的是，在周围同事的高声提醒下，那小伙子立即死死踩住了刹车，止住了大卡车继续后退的趋势，然后仓皇地快速换挡向前移了几步。即便如此，你还是感觉胸口一紧，令人窒息的压迫似乎要把你碾成齑粉，接着意识里响起噼里啪啦的清脆的骨头破裂之音，然后无边的黑暗涌来，你晕了过去。

那小伙子吓得面色惨白，虚着脚跳下大卡车，差点儿站立不住。在众人手忙脚乱的一通忙活下，你脑袋耷拉着被抬上了另一辆车。一个老司机跳上驾驶座，熟练地打火启动，然后拖起一路蜿蜒的滚滚黄尘，分秒必争地往山下的医院赶去。

准确地说，你是被一阵浓烈刺鼻的消毒水气味呛醒的。你对消毒水的气味异常敏感，从内心里排斥，因为它总让你产生许多不好的联想，比如伤痛、眼泪、哀嚎，甚至是死亡，但医院里似乎每个角落都散发着这种气味，你无从逃遁。从小到大，你对进医院看病这件事有着莫名的排斥和恐惧。就算生病你也不愿意去医院，仿佛那是人间发生悲惨事件的集中营，避之唯恐不及。病到身体实在受不了时，你才去药店买点药，简单对付一下，然后硬挺着和疾病对抗。你相信，强健的身体，疾病是无法入侵的。这个结论，是你在最青春的那段岁月里得出来的，有种人定胜天的豪迈。你希望这辈子都不要去医院。生命终结时，你宁愿葬身大海或者抛尸山林，任其腐烂。你不知道从什么时候开始有了这样古怪的念头，总之你不想和医院产生任何瓜葛。

挣开蒙眬的眼，你口干舌燥，而且急需解决某个生理需要。来不及仔细察看一下身在何处，你像平时那样随手掀开盖在身上的被子，起身探脚要下床。撕裂般的疼痛传来，你倒吸了一口凉气，不得不咧着嘴再次仰面躺下，同时发出痛苦的呻吟。你盯着有个蛛网的天花板，回想了一会儿。断掉的记忆续上，你明白了是怎么一回事儿。

这应该不是一个很大的医院，单人病房里的陈设简单老旧，被子白里泛黄，铁床的边沿锈迹斑驳，一个有点年代感的热水瓶矗立在离你不远的床头柜上，窗台下紧靠墙壁有一排浅黄色的小木柜，一扇柜门半开不开地敞着。环顾一圈后，你镇定下来，才发现你的右手插着针头，一根长长的明胶管里有节奏的点滴无声地流淌着。

这时，一个女医生推开门，低着头走了进来。她白衣白帽加蓝色口罩，包裹得严严实实，你只能看到她纤细苗条的身材，以及清澈透亮如黑色水晶般的双眸。她的手里拿着一本病历本，胸前挂着一个听诊器。走到床边，她检查了一下你头顶上方的吊瓶，然后俯下身子，用手探了一下你的额头，自顾自地说没有发烧，醒来了就好。她的嗓音低沉沙哑，但不失性感，有点台湾歌星黄小琥的味道。停顿了一下，她叮嘱你不要随便乱动，说你有七八根肋骨开裂，必须要平躺着静养，等待伤口慢慢愈合。你顾不得钻心的疼痛，着急地问她你多久能去上班。她瞪了你一眼，带着训斥的语气说，不要命你就去上班吧，都这样了还想什么工作。你是要钱还是要命。不好好休养，你一辈子都别想再去上班。你哂然一笑，语带调侃地说医生的话最不可信，尽喜欢危言耸听。她白了你一眼，不理你，估计听多了这样的言论，也就懒得跟你争辩。

她拿着听诊器在你的胸前听了一会儿，在病历本上龙飞凤舞地划拉了几下，然后合上本子准备离开。她转身的同时，你终于忍不住了。你怕再不解决，大有在床上“画地图”的可能。你红着脸结结巴巴地表达着你的需求，说你想要去洗手间，并请求她帮忙叫个男医生来。接下来，她若无其事地做了一件让你无限羞赧的事，以致在随后的日子里只要见到她，你都会脸红心跳。

听清楚了你的需求后，她并没有去找男医生，而是默不作声地弯下腰，飞快地从床底下拿出来一个深蓝色的尿壶。她掀开被子，麻利地褪掉你的病号裤，抓起你疲软的下体塞进尿壶口，然后别过头，说，赶紧尿。她在做这一系列动作的时候，你一点心理准备都没有，甚至来不及做一些本能的防护反应。你接收到她“赶紧尿”的指令后，脑袋轰地一下蒙了，心狂跳，尴尬到不行，刚才的急需仿佛被吓得瞬间倒流了回去。

你久久尿不出来。

她好像并不着急，也不催你，一只手提着尿壶，侧身叉腰站在床边静静地等待着。

她肯定明白，催促只会使事情变得更糟。你平复了一下狂乱的心情，知道只有尽快尿出来才能化解眼前的尴尬，才能抹掉病房里行为艺术一样令人浮想联翩的画面。你闭上眼，全身心放松，并尽量想象自己正置身在空无一人的洗手间里。

你艰难地释放着。

时间仿佛被无限拉长，直至静止不动。

你清楚记得这件事情结束的临界点。她的每个动作都像慢镜头，她拉上你的裤头，帮你盖好被子，提着尿壶转身，一扫而过却让你如火灼烧的眼神，全部清晰地烙印在你的脑海里。她的背影消失在门后，脚步渐远，你才像魔法失效一样地恢复过来，回到正常的时间序列里。你长吁了一口气，确认病房里再无他人，这才真正自在起来。

这季节，已是深秋，但你感觉仍在盛夏，窗外绿树满地，不见一片黄叶飘落，病房里的空调依旧冒着丝丝凉气。在南方常年如夏的天气里，你尤其怀念故乡冬天的冷冽。只有在冷风如刀片乱舞的环境里，你的思维才会被激活，胸中才会不由自主地生出一种与天斗其乐无穷的壮怀激烈。南方的天气，恒温箱一样，你感知不到季节的变换，有种无所适从的茫然，慵懒的思绪板结在一起，像一块凝固不化的黄油。

…………

三

窗外天边的云霞，棉絮般堆积着。夕阳的余晖，像云霞中跌落的一只只金色蝴蝶，它们轻盈地穿过繁茂树林的枝叶间隙，透过洁净如洗的窗户玻璃，在狭小的病房空间里翩跹起舞，搅动起一片闪烁的光影。

这时，久未说话的贺琛，弯下腰对你说，我拉一段二胡给你听吧。不容你表现出过多的反应，他自顾自地打开地上的黑色包裹，取出一把古朴沧桑的二胡。他坐直身子，从容自然地把二胡的琴筒放在左腿根部近小腹的位置，然后一手拿着琴弓，一手握住琴杆，摆出架势准备开拉。

从你躺着的位置斜望，金色夕阳柔和的光打在贺琛的身上，恰好消弭了他衣着的破旧邋遢，肌肤变得细腻光滑，深褐色的头发根根透亮，落魄的颓唐似乎也一扫而光，整个人就像一座被技艺高超的工匠细心打磨的雕像。

你的嘴角，悄然升起一抹意味深长的笑。你对自己最初的预感，更加深信不疑。你稍稍调整了一下扭曲的身姿，戏目微闭，静静地等待着，等待第一个音符的拉起。

舒缓悠长的二胡声，流水般倾泻，并迅速漫延开来，溢满整个病房空间，水波縠荡漾。随着乐曲的漫起，你的心情立刻愉悦起来，像浸泡在水温刚刚好的浴缸里，熨帖舒坦。一会儿，琴声渐变，音调上扬，变得清越激昂起来。那声音像一个无形的钩子，它破开虚空，迅疾而来，一把勾起你内心最为柔软的部分。你左支右挡，无从逃遁。那个尘封在心底，被一层层时光掩埋的已然死去的乌托邦式的理想，似乎又有了破土复活的迹象。

贺琛的精湛琴艺，你不得不惊叹。

从他拿出二胡那一刻所表现的独特气度，你知道他一定在这个乐器上浸淫已久，但他出色的演奏还是大大超出了你的预期。他长而白皙的手指，在琴弦上滑动跳跃，轻盈灵巧，就像一只水面上翩飞的白色仙鹤，他另一只拉琴弓的手，大开大合，姿势优雅，配合着身体的自然律动，那神情那气质，大师风范也不过如此。他脸上的情绪时而怡然自得，时而神思恍惚隐含忧郁，与乐曲所表现的意境完全吻合，水乳交融。你猜想，他演奏的，一定是他最为拿手的曲目。

你看着他，内心的欣喜溢于言表，大有伯牙遇见钟子期那种相知恨晚的感觉。这些年，你四处漂泊，艰辛的生活磨平了你所有的锐气。你武装着自己，披挂起一副副坚硬的外壳，最初的心早已被重重覆盖，连你自己都无从寻找。

回头凝望走过的路，除了发出一声深深的喟叹外，你时常想，红楼梦里“落了片白茫茫大地真干净”所隐喻的，对现实生活中一些人的命运来说，何尝不是如此。这么多年来，不可捉摸的生活洪流裹挟着你不停向前，并且不时改变航向，以致最后，你完全忘了最先开始的航道。你茫然、迷失、孤独，活得一点不像自己。可以说，你所经历的一切，都不是你想要的。但那又能怎么样？生活像严丝合缝的齿轮，总是一环扣着一环，一旦运转，再强大的力量，也无法让其逆转。偶尔，你也会幻想，想象自己像超人那样，一拳砸碎所有加在身上的桎梏，然后带着自由的心，飞离这牢笼一样令人窒息的生活。

一曲终了，贺琛按住琴弓，收敛起饱满的情绪，又黯淡成落魄的模样。他用手理了理刚才拉琴时甩乱的发丝，羞涩地看着你，就像一个表演完艺考节目后的孩子，忐忑不安地等待着评委的评价。

你不顾手上正插着吊瓶，轻轻合掌拍了拍，悠悠地说，《闲居吟》的意境理得准确到位，指法也精湛，虽然开头有几个音短促了些，但总体来说，瑕不掩瑜。贺琛似乎早料到你会这么说，他知道你肯定能听得出瑕疵来。对你过誉的夸赞，他似乎有些不好意思，但脸上的表情努力维持着淡然笃定。沉思了一会儿，他爱惜地抚摸了一下琴筒，忍不住问道，白兄，这二胡有些年头了吧？音质真好。你点了一下头，一副陷入回忆的表情。一会儿，你回答他说，少说也有几十年了吧。这是你外公留下来的遗物。贺琛接着说，前几天，他去矿山板房，看你的床头摆着这把二胡。他想病房的生活肯定无聊，于是擅自拿了过来，因为他也稍微懂点儿二胡。他说，你不会怪他乱动你的东西吧。

你摇了摇头，然后长长叹了一口气，答非所问地说，知音难觅啊。这是你这些年来，最开心的一个下午，从未有过的舒畅。你得感谢他。贺琛想不到你会这么说，对你把他引为知音，明显有点受宠若惊。他想表达出这种感觉，但又觉得说出来太过肉麻，于是只好搓着手，咧开嘴傻傻地笑，已经没有了刚进来时的局促不安。

贺琛说他的二胡启蒙老师，是村里一个叫刘爱国的瞎子。他嘿嘿一笑，感叹说，二胡和瞎子真是绝配，有名的阿炳就是如此，可能二胡声音的特点，适合表演悲伤凄凉的旋律。他说刘爱国不尽然那样。他拉的二胡曲，清脆明亮，给人感觉欢快闲适，似乎清苦的生活中蕴含着无限希望。他虽然是个瞎子，但对生活充满热爱。他喜欢说笑，爱讲故事，经常惹得周围的人发出阵阵大笑。童年的贺琛，就有不少时间坐在他的身边，每次听得津津有味，父母叫他回家吃饭时也不愿意挪开步子。

刘爱国从不向人抱怨生活中的不便和委屈，每天过得乐呵呵的，仿佛生活只有快乐和欢笑。父母过世后，为了不给兄弟们添麻烦，他尽量做到自给自足。让人惊奇的是，他摸索着学会了一项明眼人都未必能学好的木匠手艺。他能用杉木或楠竹，做出各种生活用品，小如板凳、椅子、饭桌、长凳，大如衣柜、书桌、木床等，一点不比正规的木匠差。经他的手做出来的所有产品，结实耐用，每一个细节都精心打磨，或古朴或新潮，尽善尽美。毫无疑问，他是一个追求完美的人，虽然看不见，但并不妨碍他对美的认知。如果不是亲眼所见，你很难相信，那些艺术品一样的生活用具，是一个瞎子独立完成的。

听大人们说，刘爱国生下来是个瞎子，从来没有见过这个世界的样子。他对世界一切事物的认识，都是通过眼睛以外的器官来感知的。有时，他对事物的认识，比正常人更准确立体。他这些特别的能力，常常让贺琛感觉不可思议。关于他的经历，以及他内心世界的隐秘，是贺琛年少时最感兴趣的事情。

忙碌之余，刘爱国喜欢盘腿坐在屋外的石墩上，随意地拉上一段二胡，以作劳累后的片刻休憩。贺琛经常在这样的空档里，跑去找他学习二胡。在他手把手的指导下，贺琛很快拉得有模有样。后来，因为学业，他渐渐远离了二胡，但从未荒废。他自学了很多二胡曲目，而且技艺日渐精湛。工作后，他时常想起刘爱国，并以他作为激励自己的榜样。

两年前，贺琛听父亲说，因为兄弟间的相互推诿，患了重病的刘爱国无人照顾，最终在一个寒冷的冬天里，凄惨地病逝在了床上。得到那样的消息，他极为难受，当场哭了起来，全然不顾周围同事投来的不解眼神。

一番唏嘘后，你试探着问贺琛：“你听说过渔鼓吗？”

第六感告诉你，他懂。贺琛的眼神里，闪过一丝惊异。他没有直接回答你的提问，而是调整好坐姿，重新拉起了二胡。你有些激动，眼神狂热，这正是你从小就熟悉的旋律和节奏。渔鼓，是你家乡的一个地方戏曲，很少有人知道，能达到表演水准的人，更是少之又少。你曾经偷偷地在无人的地方拉过无数次，但毕竟是独自一人，常常茫然四顾心惘然。想不到因为一场车祸，让你碰到了一个志同道合的人，真是“祸兮福之所倚”。他乡遇知音，这是一件何其稀有，又是何其幸运的事情。你忍不住和着节奏和旋律，大声唱了起来，忘了今夕何夕，真有“老夫聊发少年狂，左牵黄，右擎苍”的逸兴飞扬。

你唱的是渔鼓传统曲目《樊梨花征西》。即便多年未唱，所有唱词，你仍然烂熟于胸。可以说，无论从哪个唱段切入，你都不会出错。小时候，在母亲的严苛要求下，你学会了几十首渔鼓的传统曲目，这个就是其中之一。你双手挥舞着，自然地做着表演动作。直到因为用力过猛，牵连起胸腔内传来的一阵剧烈疼痛，你才不得不收手住口。

眼里的泪，不自觉地流了出来，你分辨不清是因为疼痛，还是因为感动。那些曾经以为已然遗落的生活片段，漂浮上来，一帧一帧，清晰定格在脑海，随着记忆齿轮的“咔咔”转动，串联成一幕幕鲜活的电影画面。

你很久没有这么真情流露了。

贺琛放下二胡，站起来，不知所措地看着你。

他本不善言辞，你一哭，他更加不知如何安慰。

你慌忙擦掉脸上的泪，挤出一丝笑容，歉然地说，没事，只是想起了过去。

四

你出生的地方，叫邓家铺子，一个封闭落后的小山村。

村里人都叫你戏生。戏生戏生，因戏而生。这个名字有戏谑的味道，却也基本符合事实，你不接受都找不到反驳的理由。你的出生，可以说轰动全村，街知巷闻，并且大部分村里人都在现场见证。这在乡村，是一件多么不可思议的事情，但它确实发生了。村里人至今说起来，依然津津乐道。结合大人们的描述，加上丰富的想象，你常常觉得自己出生时的场景，堪比一幕精彩的戏剧。

那年月，乡村里，红白喜事或农闲之余，都时兴打一场渔鼓。渔鼓，是你家乡一个具有浓郁地方特色的古老戏曲，据说北宋时期就有了，一直延续至今。打渔鼓的主要演奏乐器，有二胡和渔鼓筒。渔鼓筒通常由一长约二尺四寸、圆周九寸大的无节竹筒，蒙上一张软硬适中的猪皮膜制作而成。

之所以叫打渔鼓，除了老百姓叫得多了约定俗成这一原因之外，最主要是因为表演者要在表演的过程中不时用手击打渔鼓筒，发出节奏忽快忽慢的“咚咚咚咚”声。当然，光是不停敲击渔鼓筒，无法称其为戏曲，还得配合说唱，或一人连说带唱，或男女二人双重唱，或多人说唱。一个渔鼓团体，最简单的组合，三人即可，通常一男一女在前，且说且唱，一人坐在稍后不远处拉着二胡伴奏。在那个文娱活动严重匮乏的年代，打渔鼓，是一场全村男女老少翘首期盼的视听盛宴。

那时，在所有走村串乡的渔鼓表演队中，你母亲秋水最具知名度，没有之一。她受欢迎的程度，用万人空巷来形容一点儿也不为过。这么说吧，她的团队只要出现在某一个村庄，不仅本村的人倾巢而出，就连周边村落的人，都会相携着赶来。她受到的狂热追捧，还可以从另一方面来说明，比如本来她在一个村预定只表演七天，但到最后，欲罢不能的村人，一遍遍加戏，半个月后还舍不得让她走，以致她行程的下一站有人不停来催。她有一批忠实的观众，农闲时追着她跑，她去哪里表演他们就跟到哪里。有时，即使是远在几十里外的其他乡镇，他们也会带着干粮赶过去，其痴迷程度一点儿不比现在的追星族逊色。

秋水，这个名字，知名度实在太高，以致私底下你也跟着村里人“秋水秋水”地叫你的母亲。偶尔，你还会顺带着直呼父亲以及其他亲人的名字。对于你的“忤逆”，他们都知道，听说了也只是摇头笑笑，并没有表示激烈的反对。母亲秋水甚至对你说，当面叫她秋水也没问题，名字只是代号，重要的是心里尊敬就行。

刚怀上你的那几个月，秋水忙得脚不沾地，满村游走，邀约不断。有一次，在戏台上因为太过投入，悲伤得难以自已，差点儿流产。休息了两个月，等胎儿稳定，她又挺着大肚子接了好几场戏。在她的观念里，戏大如天，一旦上台，她不再是她，而是戏里的角色。秋水的性格爽朗大气，答应的事情不去做，比要了她的命还难受。若不是你父亲白子服暗地里挡掉所有的邀约，她还要继续在戏台上唱个不休。

回家待产的头几天，闲下来的她，浑身不习惯，好像瘾君子突然戒了烟。她不解地自言自语，怎么突然接不到戏了？不应该啊。现在正是农闲，往年这个时节戏约总是不断的。她向白子服抱怨，并让他去各村联系，看看有没有戏约。正在调弦的他，放下手中的二胡，伸手摸了摸她越发隆起的肚子，轻描淡写地说，还没见过这么圆润的樊梨花，怎么舞枪弄棍？秋水沉思了一会儿，扑哧一笑说，说不定那样的樊梨花别有一番风韵呢。父亲不经意的说辞，让秋水意识到不能给观众一个可笑的艺术形象，同时知道更不能带着肚子里的孩子去冒险。于是，她忍着不时涌上心头的戏瘾，安心在家休整，偶尔吊吊嗓子，静待你的降生。

秋去冬近，万物凋零，空气里透着阵阵寒意。这天，一大早，那条穿村而过的、湿润的灰白色石板路上，走出一个小脚老太。她佝偻着背，慢腾腾地踱着步，不时把手搭在额门上，向前探着雪白的头，四下张望，沟壑纵横的脸上看不出任何表情。她走过石板路，穿过一条杂草丛生的湿润田埂，来到溪畔。她小心翼翼地踩过光滑的石阶，晃晃悠悠地跨过一条间隔着铺有青色条石的小溪，来到山脚前的你家。

她是去找秋水的。

一年前，她和秋水私下说好，一定要在她七十大寿的寿宴上打一场渔鼓，让远道而来的亲戚朋友们开开心心地热闹一番。她的家人知道秋水正大着肚子，不方便唱戏，都劝她改请别的渔鼓队。她不愿意，说非秋水不可。家人拗不过，说要请她自己去。她不信，说才去临县老姐妹家住几天，秋水就怀上了？她的家人哈哈大笑说，你都去了快一年，早够时间生一个孩子了。她不死心，说已经跟亲朋好友夸下海口，哪能更改？并说要亲自去看看秋水，即使她不能唱满全场，唱几句也行。其他渔鼓队，哪有她那般韵味？

她是邓家铺子有名的媒婆，村里无论大人小孩都叫她五婶，时间长了，她的真实姓名反而无人记得。从年轻时起，五婶就喜欢做媒。只要看到村里有适龄的年轻男女，她都忍不住想要去牵线搭桥，热心地撮合。她长相喜庆，口才好，又善于察言观色，一说话更是滔滔不绝，具备一个媒婆该有的全部素质。她做媒很少不成功，不仅村里人喜欢找她，就连周边几个村落的人，都慕名而来。

但是，她偶尔也有乱点鸳鸯谱的时候。回顾她的做媒历史，估计最大的败笔，是昧着良心撮合了残疾人刘响来和他表妹邓顺秀的婚姻。刘响来的父亲刘一振，是邻村的一村之长，一个大能人。但再大的能人，也有解决不了的问题。他儿子刘响来的婚姻大事，是他的一块心病。刘响来生来痴呆，脑袋歪斜着伸不直，见到人吃吃地笑，并不时流着悠长的口水。不知道为什么，那么呆傻的一个人，成人后却看上了表妹邓顺秀，并追着说要娶她做老婆。那时表妹邓顺秀长得像花儿一样，像一朵盛开的玫瑰，只是家里穷得叮当响，一家人使劲儿在地里刨食，也有填不饱肚子的时候。刘一振是邓顺秀的姑父，他知道儿子的心思后，经常变着法子接济她家，向她示好。后来，在五婶舌灿莲花的游说下，邓顺秀鬼使神差地答应嫁给刘响来，并风风光光地举办了婚礼。

邓顺秀嫁给刘响来，最难过的人非段崇义莫属。他追求过邓顺秀，也获得了她的回应，只是两人没有公开恋情，一直保持着私底下的来往。邓顺秀的父亲，是一个嫌贫爱富的人，他看不起段崇义比他还穷的家底。有一次，他看见他们俩靠在一起卿卿我我的样子，于是气愤地冲上去，分开他们，并公开说要想娶他的女儿，没有多少礼金，别妄想癞蛤蟆想吃天鹅肉。邓顺秀找到段崇义，说要跟他私奔，一起南下打工。段崇义不愿意，说打工辛苦，他一个人去就行，并让她在家等他。他保证说一两年内肯定赚够钱，再回来光明正大地把她娶回家。说完第二天，他背着包打工去了。

哪知等他回来时，邓顺秀嫁人了，还嫁给了一个傻子，只因为对方家里有钱。他去找邓顺秀，质问她为什么忘了当初的约定。邓顺秀没有正面回答，只是让他忘了她。她说她现在很幸福，并预祝他找到属于自己的幸福。很显然，邓顺秀说了假话，那样的婚姻，怎么可能是她真心想要的。没多久，不幸开始显现。没有感情，生无可恋[①]的邓顺秀，直接跳进山后幽深的水库里，结束了年轻的生命。

…………

九

你似乎有这样的心理倾向，总认为回忆里的种种过往，才是人生最美好的篇章。而对眼下正在发生的事情，却缺乏应有的感知和领悟，从而常常得出在未来看来失之偏颇的结论。换句话说，那些现在看来非常美好的过往，在过去的某一个时间点，可能是你最为厌倦或恐惧的事情，唯恐避之不及。同一件事情，美好，抑或不美好，往往随着时间的推移，会有截然不同的评价。偶尔在无聊的时候，你喜欢做这样的对比，并把自己置身在某一段回忆里，重新体会当时的感觉。你比照着发生在你身上的一系列奇妙而又不可抗拒的各种事件，常常会有一种消极无力的挫败感。

最先让你体会到这种挫败感的是学习二胡，且持续了很长一段时间。很小的时候，一旦空闲下来，秋先总是有意无意地向你灌输二胡有关的知识，让你试着弹拨二胡的弦，让你识谱，等等，他命令的口吻里有种揠苗助长般的急迫。从外表看，秋先给人的感觉，仙风道骨且和善有礼。实际上，他的骨子里透着军人的强硬和说一不二。那时的你，经常受不了他毋庸置疑的命令口吻，叫嚣着反抗他的权威，但每次都被他不怒而威的气势吓住，只得乖乖地听从他的安排，投入到枯燥的二胡学习之中。

多年以后，回想起来，那段枯燥的学习经历，反而成了你人生中最为美好的回忆之一。你从内心里感激秋先对你近似变态的高压管制。以你好玩懒散的个性，你很难在某一件事情上持续那么长时间的热情。也许，秋先早就从你的性格中看到了这一点，并强制着约束你的行为。对秋思和白远航，他可从不强迫他们做任何事情。

在学习二胡这件事情上，秋先不可通融得有点面目可憎。但除此之外，他和你相处得更像一个朋友，平等而民主。那时的他，像换了一副面孔，和蔼可亲得就像从画卷中走下来的修真老道，飘飘兮若仙。作为学习之余的奖励，他喜欢给你讲各种有趣的故事，其中有仗剑天涯的武侠故事、炮火连天的战争故事、令人毛骨悚然的鬼故事……他

①生无可恋，网络流行词，意为活着已经没有任何可以留恋的人和事了，生命已经没有意义了。

的脑袋里似乎有一座采之不尽、永远也挖不完的故事之山。

在他连说带演的精彩讲述下，你每次都听得津津有味，意犹未尽。后来，听众中又多了秋思和白远航两个忠实拥趸。听故事的过程中，他们俩更夸张，各种丰富的面部表情，表露出他们激烈的内心情绪。

听故事，最好在夜晚，尤其是在漫长的冬日之夜。记得有那么一些夜晚，屋外北风呼啸，天空中撒下的雪粒，蹦跳着落在屋瓦上、树枝上、台阶上、地上、田野里，沙沙作响，像一首谐韵天成的合奏曲。你和秋思、白远航，围坐在烧得通红的火塘旁，拥挤着抱在一起，一脸紧张地听秋先讲一个以前从未听过的鬼故事。不远处，桌上一盏煤油灯，灯光如豆，在房屋各个缝隙间吹来的冷风中，忽明忽灭。

也许是秋先故意为之，他讲的鬼故事，恰好暗合着当时的外部环境。他控制着说话的语气、声调、节奏，仿佛描绘的场景就在眼前，堪比一幕幕精彩的电影画面，活灵活现至极。即使听惯了鬼故事的你，也禁不住紧张地四周张望，似乎故事中的妖魔鬼怪，就蹲守在某个阴暗的角落，随时张开血盆大口向你扑来。白远航更甚，他依偎着你，嘴里发出尖叫，激动得双手伸过来与你紧紧相握，一手的汗。你似乎听到了他手心汗水滴落地上的吧嗒声。秋思看起来颇为平静，但她不停拉扯衣角的手，透露出她内心的紧张程度，绝不亚于你和白远航。她在努力克制着，不让自己喊叫出声。

直到火塘内的木炭，熄掉最后一丝光亮，刺骨的寒意从四周涌来，你们才在秋水的多次催促下，带着不尽的余兴，各自回床睡觉。后来你知道，秋先讲的鬼故事，大都取材于蒲松龄的《聊斋志异》，只是加上了他丰富的联想和自由发挥，人物、情节变得更加饱满完整而已。但毫无疑问，秋先的鬼故事，丰盈了你的整个童年。

当然，除了讲述各种各样的故事之外，秋先还喜欢跟你们讲他自己。他漫长的人生经历，本身就包含着许多情节曲折、惊心动魄的故事。他说他年轻时做过最苦的活儿——挑盐的挑夫，去远在千里之外的广东挑盐。那时，盐业不发达，人们要想获得生活必需之盐，极为困难，特别是一些山区里的乡村，更是如此。于是，挑盐这样的行当应运而生。挑夫们挑着一百多斤的盐，全凭肩挑脚走，没有任何交通工具可以搭乘，通常一个来回，要好几个月时间。其中的艰辛与苦楚，只有经历过的人才能懂得。

唐寅杉　整理摘录

本文已获作者授权

秘宋

荆泽晓

【导读点评】

《秘宋》一书于2017年7月开始在阿里文学书旗小说网连载，是一部偏现实向的古代谍战小说。作者荆泽晓2000年开始小说创作，擅长悬疑推理，《秘宋》是其重大类型转变作品。故事在真实的历史背景下展开，以一个虚拟的小人物为主线，配以真实的历史人物如苏轼和王韶，让真真假假的历史事件和虚拟事件搭配在一起，把间谍和反间谍战写得出神入化。故事的梗概如下：

宋神宗年间，汴京城南的小院子里住着这样一个“异类”：他既不是走科举晋升路线的正经文官，也并非可上阵杀敌的纯粹武人，却和名动京城的苏东坡、心高气傲的王雱来往颇密，既得欧阳醉翁赏识，也引王安石赞“有范文正遗风”。此“异类”正是主人公刘瑜。自现代穿越至大宋的刘瑜生在一个殷实的耕读农家，在崇文抑武、文学追求极高的大宋，他科举无望，既不会也无意于造琉璃弄炸弹，便远赴边境钻研拼命，好一番折腾终于得了个“权发遣城南左军厢公事”的差事，用现代话来说，就是个“街道办干事”。一个街道办干事如何得庙堂重臣称道，甚至在王安石变法时斯明哲保身，不站阵营而成“孤臣”？这正是该作品人物设计的别出心裁之处——将向来与抗战有亲缘关系的谍战题材放置于崇文抑武的北宋，而主人公刘瑜便凭借一身间谍与反间谍的才能潜伏渭源、经略东京、熙河开边，创建皇城司谍报网络，为积贫积弱的大宋重铸华夏锋刃。但对“西灭吐蕃，南平洞蛮，夺夏人五十二砦，高丽来朝”，而终又为金所伐、南北分裂的大宋而言，刘瑜所建立的谍报网络到底能支撑几时？面对历史的巨大车轮，刘瑜隐去，此后种种变数与定数，皆留与后人评说。

在关于宋代的通俗叙事中，《水浒传》自然是深刻博大之最，“八方共域，异性一家”的绿林侠士聚义又被招安，走的是下层民众的反抗之路。即便是在类型小说的范畴里，《孤城闭》浓墨重彩描写历史卷宗下个体的悲喜，也称得上是珠玉在前。而《秘宋》则开辟了一条新路：既不是《清明上河图》里车水马龙的风俗市井，也不是《西园雅集图》里抚琴唱和的文人雅士，更不同于仗义疏财的绿林好汉，荆泽晓塑造出来的刘瑜聪明、无赖，甚至为达目的无所不用其极，但却是个“明知不可为而为之”的勇士。刘瑜有着现代人的思维，他深知大宋的命运，但既已身居此世，便应为其谋、为其虑，即便是蚍蜉撼树，也决不回头。

荆泽晓的叙事视角十分中庸，这首先体现在刘瑜的身份上。作为一个穿越者，刘瑜与一众历史人物交往时常带着“上帝视角”——戏谑苏轼，调侃王雱，大骂奸臣蔡京、童贯。但也正是因为熟知各人秉性，刘瑜才能知人善用，建立起“直达天听”的情报网络，走出了一条居于庙堂却又非文非武的“孤臣”之路。荆泽晓对宋代复杂的官职体系了如指掌，书中信手拈来的官职名称、历史人物和文白夹杂的语言风格可见其不凡的文学功底，像是调侃王雱“獐边者是鹿，鹿边者是獐”实为废话的段落，着实令有心的读者拊掌而笑。

中庸还体现在小说整体风格上。荆泽晓文白夹杂的语言风格和令人初读云里雾里的陌生官职，会劝退一部分为消遣而来、习惯于“爽文”轻松体验感的“小白”读者；而晦涩语言风格之下重生升级的“爽文”逻辑又会使那些求真、求知的读者愤而弃文。这种“中庸”使《秘宋》在文学逻辑与商业逻辑之间左支右绌，使读者因宏大救世理想的感召和惊心动魄的谍战情节升腾起来的澎湃激情，被冗长的解读给部分消解掉了。但总的来说，《秘宋》是一次“中庸”的试探，也许这个试探并不算极为成功，却也足够有价值、有风格，值得探讨与借鉴。

杨孟媛　撰写

【精选摘录】

第三十七章　这杯我也喝过（节选）

这时却听着门外有人长笑道："刘子瑾，都过了这么些日子，你还是一无所得。我看你便是再折腾两个月，也鼓捣不出东西来。"

那人说着，抚须行入，正是风流才子苏东坡。

苏东坡入来一坐定，语重心长道："你弄不出来字验，迁怒于人有什么意思？还不如老老实实回禀官家，就是弄不出来好了。让你搜捕细作倒也罢了，官家要你这特奏名，来作这字验，也真真是强人所难啊！"

苏东坡看着两杯清茶泡好，倒要伸手取了一杯，还没开口，就听着刘瑜没好气道："这杯我喝过的。"

苏东坡放下杯子，取了另一杯。

"这杯我也喝过。"

第三十九章　差遣（节选）

先从宫里传出来的话，说官家，也就是大宋天子，说曾公亮把字验录入《武经总要》，极为不妥。故之现时差了馆阁读书的刘瑜在编新的字验。这本是极机密的事，但于此间年月，上下五千年里，士大夫最爽利的时节，想要在士大夫之中保住这机密？至少皇帝差刘瑜编字验这事，是不太可能教中枢的宰执不知道的了。

中书门下的公事房里，墙角置了几盆冰，入得内来，倒是略为少了些暑气。

但坐于此间，位极人臣的两位，其中却有人颇有些火气。

按说官做到这份上，所谓丞相气度，应该是泰山崩于前而不改色。

可是欧阳修这位自号"醉翁"的枢密副使，气得吹胡子瞪眼睛，大骂："竖子张狂！"

他不得不骂，因为先前刘瑜升官，就是欧阳修点了刘瑜的名，去办那差事。所以官家委了刘瑜，去编新字验。

而为什么会让官家有了这想头？无非就得从刘瑜骂曾公亮说起。

刘瑜曾骂过，曾公亮和丁度把字验编入《武经总要》，与国贼无异。

尽管是私下骂的，但宰执们要探查，这话终归是撩将出来。

欧阳修必须得有所表示，要不然，就成了他授意刘瑜这么干了。

年已七旬的曾公亮坐在边上，倒是安慰欧阳修：“永叔，何必与小儿辈计论？”

说着曾公亮还笑了起来。

他真的没把这个当一回事。

刘瑜是谁？

对于这中书门下的大佬来说，或者得这么说才合适些：刘瑜是哪只蝼蚁？

曾公亮怎么会去跟一只蝼蚁置气？

只要确定了不是欧阳修授意这么干就得了。

这时却又有吏员匆匆奔入，是曾公亮的心腹长随，跪下给几位宰执磕了头，方才对着自己老爷禀道：“听宫里传出来的话，魏公公去催促刘某字验事宜，刘某对曰‘臣本布衣，躬耕于南阳’。”

“岂有此理！不当人子！”欧阳修听着拍案而起。

接着更是道：“广南东路或广南西路，择个下县，教他去当个主簿还是县尉罢了！”

有时候，骂人，不一定是有恶意。

欧阳修发作刘瑜，却便是为了周全他。

因为他很担心，自己如果不在东京了，刘瑜这性子，会招惹来什么祸事。

例如刘瑜骂曾公亮，曾公亮的确不会计较，但曾公亮的门生旧部，不见得就不会计较了！

如果不是刘瑜和苏东坡走得近，被默认为欧阳修这一脉的，刘瑜的日子不见得能过得这么安稳。而此时党争已起，欧阳修已有离开中枢的意思，所以他打算直接把刘瑜安排了边远的广南东路、西路，也就是广东、广西，以免在东京惹祸。

曾公亮挥手教那长随退下，却是抚须笑道：“呵呵，永叔，何至如此？宁鸣而死，不默而生，文正公门下嘛，原是当有的道理，不须介怀的。”

文正公，指的就是范仲淹。

宁鸣而死，不默而生，也是范仲淹的名言。

欧阳修听着苦笑。

他为什么会点刘瑜办差？

一个特奏名出身的九品官，就算在边境立了些功劳，怎么会入得欧阳修这枢密副使的耳？

因为刘瑜是范仲淹的徒孙，而欧阳修和范仲淹，是绝好的交情。

欧阳修写《醉翁亭记》，就是替范仲淹说话，而导致自己被贬去滁州！

刘瑜是文科生，烧玻璃炼钢铁他是玩不成，但至少范仲淹这等人物的生卒，他是记得清楚的。而恰好他的祖籍，就在徐州。

没错，范仲淹就是死在徐州。

要是在范文正风光的年月，就算因吕范之争远离朝堂，刘瑜依旧连他的面都见不着。

范仲淹去得军中，也是一样名重八方的，哪里是刘瑜见得着的？

不过到了庆历年间再被贬，范仲淹又是好直言。

朋友劝他别再乱说话，他就回了“宁鸣而死，不默而生”，这时就真的有点生人莫近了。

所以刘瑜得见范仲淹，正是后者落魄，抱病去赴任。

所谓虎死架不倒，范仲淹能文能武，再落魄也不至于到李白、杜甫的地步。

但路过徐州，刘瑜就来了个拦路请安。

当时他不过三岁左右的光景，别人还在撒尿玩沙，他可是雄心壮志，一心长大了就要烧玻璃炼钢铁，记得范仲淹会死在徐州，哪里会放过这弄险的机会？

于是小人儿跪在官道，倚小卖小，自称私淑弟子。

难道范仲淹的从人还纵马踩死一个三岁大小的孩童不成？

在责成左右去寻这孩童家人来领走之际，这点时间，就是刘瑜的了。

他死缠烂打，凭着三岁的模样，对答有礼，逻辑清楚，真让他见到范仲淹一面。

范仲淹就是病到糊涂了，也不可能按着刘瑜所求，收他为徒。

不过三岁小孩，占了个童言无忌，拍马屁倒也拍得范仲淹难得有了笑意。

所以得了范仲淹一句话，叫跟在身边的儿子范纯仁，闲来可教刘瑜读书。

但那时刘瑜看不上范纯仁，想着争霸天下、王图霸业的人，范仲淹这种千古名人倒罢了，范纯仁是谁？刘瑜是真看不上，除了逢年过节写个信去问候，平时压根就不愿理会。

后面刘瑜发现王图霸业折腾不动，烧玻璃炼钢铁也搞不起来，想要修复关系时，范纯仁却又对刘瑜显得淡泊了。范仲淹当时是病重，范纯仁可没生病，他觉得这小孩名利心太重，加上后面刘瑜走动得少，范纯仁真不待见他。

不过，一个师徒名分，却还是改不了的，只是知道的人不多。

但曾公亮却是晓得的，所以才有这话。

欧阳修怕的，也就是这个。

范纯仁不待见刘瑜，胡瑗、孙复、石介、李觏这些范门子弟，当然也不会理刘瑜了。

但范仲淹的政敌，可实在太多了。

“罢了，永叔，老夫也知你要保全文正公一脉的心思，寻个鱼米之乡，给他个差遣便是。”曾公亮笑着放下茶碗，却是对欧阳修这般说道。

这时却听外面有人沉声道："明公，此事不可为！"

入得内来的，却正是参知政事，王安石。

第五十章　刘瑜的身份（节选）

此间的年月，已非天可汗的大唐。

无论是这庄子样式，还是花厅的筑造格局，是很难找到唐时的雄壮奔放。

但无论是院间的井栏，还是窗花的样式，却有一种宁静的深沉。

刘瑜便坐在这种深邃的恬静里，端着他手中的茶，极有耐心地等着耶律焕的回答。

耶律焕，射雕者耶律焕看着坐在上首的刘瑜。

让他自己觉得疯狂的，不敢置信的，他竟有着仰望星空的感觉！

这怎么可能？

他是射雕者，他是大辽的宗室子弟，他素有多智之名。

就算是先前在审讯室，被刘瑜所诱供，那也不过是关心则乱啊。

可是站在堂下，他真真实实，便有这样的感觉。

望着刘瑜。

如是仰望星空。

他看不透那苍穹星空，看不透刘瑜。

刘瑜摇了摇头，放下那杯茶，却对耶律焕说道：

"立志不容迟，你下去，好好想清楚，我们再谈。"

理想，当然也就是志向。

然后他竟没有再给耶律焕一分半点时间，直接就挥手示意左右的小黄门，把人带下。

苏东坡已经先行离去，魏岳在边上，看得张口结舌。

待那耶律焕被带下，他无奈地说道："你当真是天生吃这碗饭的！"

"职方司那边的人手，送来的消息，这耶律焕，在辽国是出了名的难缠。"

"大宋派去的细作，给这厮起了个诨号，唤作是'鬼见愁'，到了你这手里，却是任你揉圆搓扁。"

魏岳摇头道："便是亲耳所闻、亲眼所见，也觉不可置信啊！"

随手倒了那杯残茶，刘瑜重新冲了一杯茶，没有说什么。

在魏岳和苏东坡看来不可思议，其实对于刘瑜来讲，这是必然的结果，没有偶然。

他为什么要选在这个时候来见耶律焕？

为什么是明月初上？

为什么是在这花厅，而不是正厅？

为什么让童贯把人带入去，在过门坎时，让童贯用肩头看似无意地挤了耶律焕一下？

为什么要撤掉那花鸟屏风，为什么要问耶律焕的理想是什么？

这无一不是心理暗示，这个时候，这个格局，无形中，已经给了耶律焕一种感觉。

一种仰望感，一种难以匹敌的感觉。

包括只问了两句话不再谈下去，也同样是一种心理暗示。

当然，就算刘瑜把这些关节都说开了，换个人来做，绝对也没这效果。

这就是天赋。

刘瑜不单比魏岳他们在犯罪心理学方面有更多的知识；重要的是，正如魏岳所说，他就有这天赋，他天生就是吃这碗饭的！

魏岳看着刘瑜不急不躁地泡茶，忍不住问了一句："字验之法，你也不能只教给那小丫头啊，总要教出一批人手，才好推行。要不然光是那小丫头学会了，就算过几天的考校过了关，只她会，有什么用？"

刘瑜拿起折扇敲了敲桌子，向魏岳问道："听见响吗？"

"你有话就说，有屁就放！咱家这么大年纪，整天来受你这窝囊气，就是三四品的大员，见了咱家也客客气气的！"魏岳真恼火了，有点语无伦次，前言不搭后语。

因为他在刘瑜面前是真憋屈。

不单憋屈，他还得忍着，因为本来细作这方面，就是皇城司该管的行当。

偏生出了问题，得找到刘瑜头上，而后者恰恰又能生事！

于是干这勾当的皇城司公事魏公公，真的是忍得很痛苦。

刘瑜看着他这模样，倒也没有再吊他胃口："我在你边上敲桌子，你自然听得见响。"

"我要在隔壁房间敲桌子呢？"

魏岳真不耐烦了："你去岭南敲桌子好不？"

刘瑜倒没生气，反而笑了起来："便是这道理了。"

"要培训出能用密码的人手，就得离辽人、西夏的耳目远一些。"

"在东京搞这个事？你别提你手下儿郎如何卖命，你要真有掌控力，会等耶律焕都到我边上院子，都把萧宝檀华哥脚上的铁链斩断了，还没发觉，要等仙儿来给我示警吗？真在东京办这事，还不如不办！"

这话虽糙，但却真把魏岳说服了。

魏岳沉吟了一下，抬头瞪着那牛眼："你要一个放外的差遣？"

"我不单要差遣，还要经费。"刘瑜斩钉截铁地回答。

"若是给不了你差遣呢？你要知道，让你听于馆阁读书，是官家的意思。"魏岳也是敞开了说话。因为这事真不好办，尽管他知道刘瑜有点强词夺理，但道理说得通啊。退一万步说，刘瑜开口要一个实缺的差遣，凭他的功劳，也是应该的，所以魏岳也没法拒绝。

“那您自己去办差，我老老实实去馆阁读书。”刘瑜下定了决心。

魏岳盯了刘瑜半晌，悠悠地长叹了一声：“你这猴崽子，咱家只管报上去，至于成与不成，却要看你的福缘了。但你要知道，若是硬生这么呈上去，惹得官家不快，你这前程，就化为乌有了！”

别看包拯在世时，可以喷到皇帝一脸口水。要知道包青天可是龙图阁直学士，又是三司使、枢密副使的实职，三司使差不多就是经济部长，枢密副使就是大宋军事系统理论上的副长官啊！

皇帝不爽也要忍，但不见得皇帝会忍刘瑜这个八品小官儿。

但刘瑜很坚定：“这事在汴京办，我没本事办好，没本事办好的事，不如不办。”

魏岳只好答应呈报上去。

其实有一些事，他不好跟刘瑜说。

不单单是皇帝让刘瑜在馆阁读书。

宰执那边，除了欧阳修之外，王安石就明确说过，刘瑜不能离京；而王安石的意见，曾公亮向来是附和。

想要外放实缺？

望着刘瑜的魏岳，不住地摇头苦笑。

他觉得刘瑜要倒霉了。

尽管他一点也不希望刘瑜倒霉。

其实，他为刘瑜担心的，不是惹得大宋官家不快。

这事也呈不到王安石、曾公亮的案头去。

细作、线报这方面的事，内廷是皇城司的差事不必说；外廷却是委了一位举世瞩目的天才在兼理。

此天才可不只是进士及第的学霸，而是能做到崇政殿说书位置的人物。

说书，不是茶馆的说书人，而是为皇帝讲说书史，解释经义，并备顾问。

形象一点来说，大贤程颢，所谓“程门立雪”，程门的“程”，就是程颢的“程”！程颢就干过崇政殿说书。这官不算很大，但真不是有大学问的，干不来这事。后世的文天祥，也干过这差事。

魏岳是不能跟刘瑜说得太白，刘瑜其实是没资格去惹得官家不快的。

但若是恶了这位崇政殿说书，只怕比得罪皇帝还麻烦！

这有大学问的人物，性子向来孤傲，若见着刘瑜八品小官，要挟宰执，说不定便会发作。

他真要下手整治刘瑜，那当真是欧阳修也救不了刘瑜了。

如何是好？魏岳很苦恼。

第五十七章　你这朋友我交定了（节选）

刘瑜却不慌张，只是问王雱一件旧事。

据说在王雱才几岁的时候，有客人把一头獐子跟一只鹿，装在同一个笼子里，送给王家作为礼物。当时客人就问王雱："何者是獐？何者是鹿？"

当时王雱才几岁，根本就没见过獐子和鹿，于是想了一阵他就回答：

"獐边者是鹿，鹿边者是獐。"

刘瑜问的就是这事："此事是否有假？"

被问着得意事，王雱虽不至于脸有得色，但也和善了许多，抖开扇子道："孩提旧事，何足道？"

但谁知刘瑜就从这里开喷："所以说你爱讲废话，就是这样！"

"子曰'知之为知之，不知为不知'，明明你就不知道，为什么要说废话？"

"你说完还是不识得，哪个是鹿，哪个是獐。"

"并且你答非所问，人家要考量的，是你对于野兽的认知，你答的是什么？你不单好说废话，连审题也不过关。我当时听说你中进士，我都怀疑科举里面，是不是有黑幕？结果找了你的卷子来看，倒又还好了。"

一路喷到这里，刘瑜直接把桌上两个酒瓶放在一起："这里有一瓶美酒，一瓶毒药。哪是毒药？哪是美酒？行了，你不用开口，我知道，酒旁是毒，毒旁是酒！你这不是废话吗？有意义吗？承认自己不知道，很难为你吗？"

王雱一时被喷到有点发昏，他还真没这么被喷过。

等他回过神要开口，又被刘瑜截住：

"你知道什么叫社会责任感吗？能力越大，责任越大！"

"你都被称小圣人了！"

王雱连忙分辩："那是旁人所谑，为兄从不曾以此自许！"

"又是废话，你也没否认啊！再说，别人这么说你，你认不认，都说明你有这样的声望。"

"你都身为小圣人了，你以说废话为荣，还觉得这很有智慧。"

"百姓就会仿效啊，鼓励自己的孩子学你说废话；行伍也会跟风，斥堠回报军情，友军就在敌旁，敌旁便是友军！这汉唐基业仍蒙胡尘，都是你们这些人害的！”

王雱当场就不干了：“哪份军报这么写？你不要胡说！”

“现在不会，以后说不定就会！”

“强汉年月人家怎么说？虽远必诛，多清楚？有跟你一样说废话的小圣人吗？”

刘瑜是得理不饶人，一连串地狂喷：“为何现在不复三代之治？整个华夏的风气，就被你们这样的人带坏了！”

“世兄生迟了。”边上男装丽人却缓缓插了一句。

“若生春秋，当可以与苏秦、张仪之辈并肩。惜今是大宋，纵苏、张复生，也无用武之处。”

她确实厉害，一句就点破了刘瑜所有的攻势：不过诡辩。

王雱听着拍手笑道：“好！此句当浮一大白！”

第一百零四章　雪夜遗珠（节选）

连回到家里的王雱，都被妹妹王芮埋怨：

“大兄公器私用，欲置子瑾于死地！我去寻大人分说！”

她说的大人，指的就是父亲王安石，这年头一般都是管自己父亲才这么称呼的。

王雱很无奈，军国大事，王芮本就不应该掺和进来的：“不要乱来，若教大人知道，为兄只恐逃不了责罚。”

王芮和刘瑜还谈不上情愫暗生，王雱有点过于担心了。

但两人不断的书信来往，却也算是知己挚友或者说闺蜜了。

听着王雱这么说，她便对王雱恳道：“那大兄才学无双，就帮一下子瑾嘛！”

能被称为“小圣人”，王雱的才学也好，天赋也好，当然都很高。

而他自视也高。

可是这件事，连他也只能苦笑叹息：“非不愿，实不能矣！一言干关军国事啊！”

王芮听着，俏脸发白，她是王安石的女儿，自是知晓轻重的，也清楚她哥哥的性子。

连她哥哥都说了，“实不能矣”，这事刘瑜如何办得下来？

王雱尤怕妹妹纠缠他帮刘瑜的忙，干脆说开了：“他得罪了太多的人，为了一个侍妾，硬按着向宗回低头赔罪，你以为，宫里娘娘，会对子瑾一丁点看法也没有？虽然娘娘不至于去为难一个八品小官，但不等于一个八品小官，就能抡圆巴掌，这么扇后族的耳光啊！”

“这事，我帮不了他，或者说，天下间谁也帮不了他，他只能赌。”

“成则自此之后，朝中用间之道，无人敢质疑刘子瑾的意见。”

王茴紧张地问道：“不成则去官削职，追夺出身以来文字？”

“不是这样的。”王雱咳了起来。

好半晌消停了，喝了口茶水，才开口：“他若赌错了，则身败名裂，成为误国奸贼，不学无术的谄媚小人！先前种种，一并归结起来算账。所以，为兄才劝你，不要跟他走得太近，这书信，也停了吧。你要知道，你是王家的女儿，不求刘子瑾平步青云，只要他能稳稳当当行在仕途，难得与你投缘，为兄倒也不去错你等的事。”

“他要死了，死了还要遗臭万年，是吗，大兄？”她截住了王雱的话头，幽幽地问道。

谁知道，谁能说出，王韶所谓单骑平定蕃部，能成不能成？

这世间没有人能给出答案啊，连王韶自己，其实心里也没底的，要不他去做就行了，何必上折子来请示？

所以刘瑜怎么可能知道，王韶行不行？

死不可怕，死后还要蒙上误国奸贼等称号，身败名裂，遗臭万年才是最可怕的。

王雱被妹妹逼到无奈，喃喃低声说道：

“若我是子瑾，或得急症，撒手西去，不失一个体面。”

说白了，就是服毒自尽，报个急病而死，好过遗臭万年。

雪花纷飞的夜，雪白的锦裘包裹着一点炽热，就这么决绝地投入无尽的黑暗里。

身为王安石的女儿，她自然不可能上演红拂夜奔的戏码。

所以那夜奔而去的是她贴身的丫鬟，情同手足的女孩。

王茴倚栏远望，明眸如蒙上一层迷雾，只是天寒，再热的泪，极快便冷，冷得教人揪心。

她着实是聪明的，无论是作为王安石的女儿，还是王雱的妹妹，耳濡目染之间，她看翻了这官场的许多事，故之对她来说，尽管是豆蔻年华，却早就无了少女的绮思。

对于王家的女儿来说。

刘瑜，完了。

这是一个很清楚的结局。

她不会去高呼抢地，也不会是唱什么“山无陵，江水为竭，冬雷震震，夏雨雪，天地合，乃敢与君绝”。

她教丫鬟送去的书信里，不再是往日里的诗词。

是让刘瑜脱身的办法。

“不要做傻事。”在她身后，王雱幽幽地叹了口气，走了过来对自己妹妹说道。

王茴回身，长袖不经意掠过眼角，微笑着对兄长道：“放心，我不擅卖酒。”

她用的，是卓文君跟司马相如私奔，当垆卖酒以谋生的典故。

王雱摇了摇头，又是长叹一声，伸手拍了拍栏杆，终于没有再说什么。

他能说什么？

这本是他安排给刘瑜的公务，这本也不是他自己要安排给刘瑜的公务！

而是朝廷上的大佬们，甚至包括后宫的各方面势力，角力、妥协之后，得出来的结果。

不是他可以抗衡得了的事。

哪怕王雱素有小圣人之称，也无法抗衡。

因为涉及的各方面势力太多了。

其中包括了店宅务、后族、京师等着称耗之类灰色收入的低层官吏、新旧党之争……

不是跟哪个大佬打一声招呼就可以的事。

除非他父亲王安石，直接撕破了脸，才有可能中止这件事。

但王安石便是得了失心疯，也不会去为一个无亲无故、甚至连表态站队都不愿意的八品小官开口得罪所有人吧？

王雱说不出什么劝解的话，只好黯然退下。

但是王苘，眼眸里映着这雪夜的星芒，隐约还有一点光亮。

当阿全叔引着王苘的贴身丫鬟，来书房见刘瑜时，后者却就失笑起来：

“这么冷的夜，冷得连星星都要熄灭，她这么狠心，却支使你跑过来？”

那丫鬟冻得连脸颊都通红，听着他的话，气得呸了一口：“亏你还笑得出来？”

王苘的愁颜，这贴身的丫鬟最是知晓，刘瑜的死活，与她无关，自家主子的不快，她却是感同身受。说着她便把怀里的书信掏出来，放在刘瑜书桌上，连告辞的话都省了，急急便出了门，回去复命。

第一百三十四章　程颢之怒（节选）

牢入口行来的，却正是不愠不火的程颢。

他看着这少年，摇头道：“刑和叔，涵养须用敬，进学在致知，你若悟不通这一层，终是为其所障啊。”

紧接着，程颢就在这昏暗大牢里，开始上课，没错，就是老师训学生。

这位刑和叔，名恕，和叔是他的字。

以前在程颢门下学习过，的确是他的学生。

程颢足足说了二十几息，一点也没停下来的意思。

刘瑜就先受不了，打断他道：“伯淳，高公子说是奉太后旨意，前来提这几名铁鹞子，你怎么看？”

程颢才想起来，自己是听着蔡京溜出来报信，说有人持中旨，要绕过刘瑜，来皇城司大狱提人犯，还持刀仗剑的，所以他才生气下来看看。谁知道一看见自己旧时学生，老师瘾一上来，就忘记这事了。

这时听着刘瑜提起，程颢清了清嗓子：“此非一家之议，人犯所涉，是为军国事，岂能以中旨提人而去？”

高公子面对程颢，就不敢跟面对刘瑜那么放肆了。

士林的声望值在那里，别看这大半天里，程颢被刘瑜支使得团团转，觉得这位官职也不高，是个小角色？

那是因为在细作、间谍上，刘瑜的专业素养、天赋，直接让程颢服气了！

并且发生东华门遇袭的事，程颢知道轻重，愿意听从刘瑜这专业人士的指挥。

就是王安石，被程颢当面喷了，还要“为之愧屈”。

当今天子，被程颢捉住讲课，讲到中午了，程颢还不放过皇帝，搞到皇帝没午饭吃！

所以高公子对上程颢，却就收敛了许多：“先生所言极是。公绘无礼，自当归去，闭门读书以求自省！”

高公绘是怕程颢等会也捉他上课，全然没有之前的嚣张了，打了眼色给手下，示意他们收起刀剑，眼看就要溜回去。

可是刘瑜怎么会这样就放他走？

“且慢。”刘瑜第一时间就挡住了他。

“高公子先前说道，是奉旨而来，安可如此遁走？”

程颢也点头道：“奉旨而来，当备档。”

刘瑜更逼进一步，指着那两个入内院子的杂役说道：“高公子，何苦陷人于不义？”

因为这两个入内院子的杂役，为高公绘引路，就是因为对方奉有旨意。

若是高公绘就这么走了，那他们两个算什么？

真如刘瑜所说，是要当内应来劫狱吗？

并且，真要高公绘就这么走了，这两个入内院子的杂役，以刘瑜的性子，是不可能有好下场的。

所以这两位也禁不住出声道：“公子先前相告，是有太后旨意的啊！”

“如非公子说有太后旨意，小人安敢不报与左正言，便私自引路入狱中提人犯？”

这两个也是人精，知道这关头要真让高公绘就这么走掉，那自己只怕小命不保！

转脚敲钉，无论如何，也要把高公绘先前说过有旨意的事，先钉实下来。

刘瑜看着，禁不住“扑哧”一声笑了出来：“高公子，你看，便是下官不挡你，你也走不了吧？”

第三百四十一章　算无遗策（节选）

白玉堂的身体素质很好，这么些年，纵横江湖的大侠，靠的可不是嘴把式。

那一旦动手，那些玄之又玄的玩意，就靠不住了。

无非就三个字：力、速、准。

力气、发力要强大，出刀的速度要快，刀要够稳够准。

真动起手来，无非也就靠这三条。

而要做到这三条，指望一扫地僧式的人物，必定是不成的。

白大侠一身腱子肉，绝对不比从五六岁就有意识练肌肉的刘瑜逊色。

“直阁相公，气力不亏，他的手也足够稳，但他想得太多。这是没有办法的事，想得多，出刀便慢了，慢了那一眨眼，就是生死了。”白玉堂喝了一口酒，对着瞎征这么说道。

哪怕到这地步，他也仍旧很客气地称刘瑜为“直阁相公”，而不是加以咒骂，这倒就让瞎征更高看了他几分：“看来白将军对刘子瑾，还是有几分恩情的牵挂？”

“是，他日若如关云长，华容道上遇了曹操，我白某人，也会放直阁相公一马。”

白玉堂毫不掩饰地这么说道。

不论什么年头，无耻，总是很容易的事。

出卖旧主，卖身投靠，这样的人物，瞎征也见多了。

于是，就算流落到青唐，还对刘瑜保持着敬意的白玉堂，倒就显出他的不凡来了。

更让瞎征感叹，刘瑜真的是有眼光。

“白将军，就请留在青唐吧。不论将军是要一展宏图之志，还是希望得到宋国的官职封赐。只要将军助我，让青唐壮大起来，则一切皆有可为！”瞎征说到这里，便颇有些激动了，“君不见，董太师，尚西夏公主，又得宋国封赏？而相比之下，在宋国勤勤勉勉数十年的官员，又有谁人能在董太师这年纪，就得到这样的殊荣？”

白玉堂喝尽了杯中的酒，边上侍候着的女奴，殷勤地添满了杯子。

他并没有说话，也没有开口。

甚至他都不知道该说什么。

是的，刘瑜并没有正式给他一项任务，也没有正式地给他指定联系人。

他没有目的，不知道要完成什么目标；

他也没有后备方案，没有撤退方案，没有接应的同伴。

是的，什么也没有。

所以他能说什么呢？他只能默然地再喝上一杯酒。

瞎征也沉默了下来，在他看来，这是一个白玉堂向他提出筹码的姿态。

于是他们便默默地喝酒，直到喝下第五杯，瞎征终于忍不住开口：

“白将军，我要建立一个类似于探事司这样的机构。我知道，宋国刘子瑾，甚至辽国、西夏，都有许多虫子在青唐活动。而我希望能把他们都捉出来，我不是刘子瑾，我不需要审判，找出来，处理掉就行了。”

白玉堂没有开口，不是他比瞎征更能忍。

而是他不知道该说什么，这真的是一个尴尬的问题。

否则的话，他在喝下第三杯酒时，就想开口打破沉默了。

这时瞎征开口，他当然马上就往下接话：“我要人，要马，要钱。”

“可以。”瞎征笑了起来。

他今天开心，因为他想要办的事，架子总算搭了起来。

这个机构当然不会叫皇城司，也不会叫探事司。

而是叫作堆米寺。

如果刘瑜知道这事，他会很惊讶，因为堆米寺原本要到几百年后才建立的。

当然，也许历史上这个时期就曾有过一个堆米寺，只是没有记载？天知道，也许如同中原的村头，都有一间土地庙。

堆米寺的主持是一个叫丹增色拉的僧人，据说，是归宋的僧人，结吴叱腊的弟子。

“此后，则白将军判宋国事、筑录羽城判西夏事、阿叱判辽事，丹增色拉大师主寺诸般事务，不论寒暑日夜，有事则立即报知于我。诸位，可都听着？”瞎征说着举起手中的杯子来。

席间诸人也纷纷举杯，口中称道：“是，都听着了。”

“那么，今天宴后，就先把这第一件事料理了吧！”瞎征喝尽了杯中酒，冷冷地笑了起来。

第四百零六章　丹心何必题汗青（节选）

这时外间便听着喧哗：“官家！”“见过官家！”

却是皇帝过来了，王安石和曾公亮起了身迎了出去，刘瑜便也跟在他们身后。

皇帝很年轻，对王安石和曾公亮也很尊重，入得内来便开口：“我只是听说，刘爱卿来枢密院述职，便过来看看。卿等不须理会，我随便听听就可以。”

他没动辄称“朕”，他也没有什么君临天下的气概，毕竟现在的相权，是足够跟皇权抗衡的。但王安石和曾公亮，却也不可能真的就敢不管他，把皇帝晾在边上，让他真的随便听听就算了。

于是王安石清了清嗓子，终于结束了刘瑜的“罚站”。

“从赴秦凤始，你自己把诸般事务，都捡要紧的，说一说。”

刘瑜拱手道：“诺。”

然后便依着王安石的吩咐，一一简略地讲述，中间有皇帝感兴趣的，刘瑜就不得不细说上一番。皇帝也是人，也是好八卦的，说到跟梁太后之间的事情，皇帝便问多了几句。

刘瑜不得已说道：“彼为刀俎，我为鱼肉。臣不得已，为留有用之身，也只好虚与委蛇。但她百般折磨，要臣到夏国为官，却是万万不能的。”

“这事我也有听闻，她怎么折磨爱卿的？”皇帝就在这关节开始八卦了。

刘瑜就不好说了，难道要在枢密院，讲他和梁太后怎么搏斗吗？

“官家，此非礼也！”王安石和曾公亮就听不下去了，马上就要开启喷皇帝模式。

皇帝也是机灵的，看着这两位相爷不对劲，吓得连忙说道：“刘爱卿只管述职，我只是随便问问，不必作答的。”

刘瑜松了一口气，倒是接着把这一路上的事情，简略说完了。

王安石和曾公亮拈须不语，因为刘瑜干的事，是有功的，也是有过错的，这怎么赏罚，都得有个说法，要不然以后怎么服众？不能说就这么功过相抵算了，那会让人寒心啊，谁还为国家出力？

但没等他们开口，皇帝却就抑压不住问道：“刘爱卿此行居功甚伟，想要什么赏赐，只管说来！”

“回官家的话，为君父分忧是臣子本分，刘瑜不用尚书郎，愿驰千里足，送儿还故乡。”

刘瑜在皇帝面前所说的，当然谁都知道，是借木兰诗里“木兰不用尚书郎”的句子，以明心迹了。

他连尚书郎都不要了，就是要还故乡。他不是在考虑是要进计廷还是从安抚经略使那里做起，而是压根就不想要再当官了。

“刘爱卿何故弃朕而去！”皇帝一听就接受不了了。

边上曾公亮也开口劝道：“子瑾，你如今也是做到一路经略相公的人，不要再耍这种小性子。有弹劾你贪墨，那就让人去查嘛，你理会他干什么？”

甚至曾公亮还望了一眼王安石，半开玩笑地说道："不成王相爷能还得了王子纯清白，老夫便看着你刘子瑾蒙冤吗？"

王韶也是被弹劾，侵占弓手田地什么，王安石把他保了下来，的确是有这事的。

曾公亮这话，几乎摊开了说，便是刘瑜真贪墨了，又怎么样？他一样愿意站出来保住刘瑜。

"臣不敢当官家厚爱。"刘瑜向皇帝行了礼，又向曾公亮道了谢，之后才说出自己要辞官的原因。

而他说服皇帝和曾公亮、王安石的理由，当然不是他的人生理想，就是不为奴，衣食无忧，他不愿去肩负这个时代，他不愿去站队，因为他知道新党马上就不行了，接着旧党又在司马光和高滔滔带领下，丧权辱国。

他要敢这么说，那大宋对文官再客气，只怕也不得不让他刘瑜犯个什么恶疾，药石无效而亡。

他要辞官，关键也不在于此。

大宋的胜负手，不是王安石这时的轰轰烈烈，而在章惇上台之后，默默地恢复元气，再出兵西夏、吐蕃，收复失地，开疆拓土，驱逐西夏人并以沙漠为界；辽人作势恐吓，章惇直接下令，敢越界就杀了，辽人自然不敢来。

那个时刻，才是大宋的胜负手。

要完成刘瑜不为奴，或是不亡天下的理想。刘瑜更愿意，在那个时候帮章惇一把。

而如果作为一个官员，他自问，自己不可能做得比章惇更好。所以他留在官场，是没有意义的。

"臣尝闻，善守者藏于九地之下，善攻者动于九天之上，故能自保而全胜也。"刘瑜深吸了一口气，对着皇帝和两位相爷，用他们能理解的话，说出了自己的思路，"臣之所擅，不过细作。细作者，在于不知姓名，无从捉摸，因此防不胜防。细作并非勇将，不是名帅，不当有赫赫之名，不应有惊天之功。"

他边说，王安石和曾公亮频频点头，皇帝听着，也渐渐入了神。

"臣瑜，愿请消除一切出身文字，以教敌国无所寻踪，方能一展所长，为国家出力，为百姓开太平，为君父效命。"

杨孟媛　整理摘录

最强兵王

丛林狼

【导读点评】

丛林狼的网络小说《最强兵王》是一部令人惊喜不断的军事类作品，不仅有着奇思妙想的伏笔，还有严谨的剧情高潮，从某种程度上推进了军事类网文写作的新方向。

主角罗铮一直以特种兵为一生奋斗的目标和方向，但不料刚入新兵连就被下放边防哨所。眼看终生再难梦想成真，他却因一次境外佣兵团的入侵而巧遇机会。在这场行动中，他配合强悍女特种兵蓝雪，表现突出，生死危机间展现出强大的意识天赋，终从边隅一角走出，朝着曾经的梦想前行。殊不知，这一次离开，成就了他一生的灿烂光华。

小说中，不但女主蓝雪智勇双全、武艺高强，而且罗铮的战友个个身怀绝技，如“鬼手”快刀术、“雪豹”关节技、“山雕”狙击术、“酒鬼”醉拳和飞针技法、“雪狐”打穴技、炊事班老常的排打功等，均描写得相当出彩。从感情色彩来看，《最强兵王》这本书不仅展现了特种兵战斗生活的惊心动魄，还体现了那种敢为人先、为民出鞘、为国而战的“兵王”精神，令生活在和平时代的读者肃然起敬，佩服不已。从具体章节来看，不管是罗铮在丛林中生死枪战、狙击对决的情节，还是杀入狼巢，雨夜屠狼的场景，其中对部队生活、山川地貌和环境的描写均令人有身临其境之感。整本书内容激动人心，故事情节紧凑有序，使人阅读中不由得备受震撼。

作为2014年军事题材小说的标杆，《最强兵王》是当年腾讯文学年度销售冠军。具有如下特色：

首先，《最强兵王》这部作品最大的特色为其在军事战斗上的细节描写，尤其是对特种兵狙击的描写，画面感非常强，仿佛小说中人物的每一处毛孔都显露无遗。在战术设计、武器装备、生死搏杀情节上，作者的描写独具特色，很好地将特种兵那种敢为人先、英勇阳刚的气概一展无遗，使整个故事的主线与支线巧妙连接，人物举手投足间都挥洒出属于军人的英雄风采。

其次，小说对人物的刻画非常生动。尤其是主角罗铮，其一举一动都是整本小说精气神的象征。他数次九死一生，却一直保持初心，哪怕将要面对万千磨难，他也从未想过退后。他心中清楚，身为一名特种兵，如果他心生胆怯，那将注定是背后那群需要保护的人的灾难。正是他这种有情有义的性格，使他在博得女主芳心的同时，也不断感化身边的队友，成为那个最值得信赖的“头儿”。此外，作者对文中的反面角色也煞费苦心地进行了鲜明的刻画。如野狼佣兵团头领“狼王”的深仇积恨，轮回杀手组织的惨无人道，菊花忍者的阴险狡诈……都在作者笔下的世界中栩栩如生，活灵活现。

尽管小说中许多关于特种兵军事知识的描写可能与现实中真正的军队生活有所出入，但这些细节与作品人物性格特点的完美融合，还是让人在开阔视野的同时，对特种兵这个职业心生敬意，甚至让年轻人生出向往之情，热血澎湃。

唐宇　撰写

【精选摘录】

第二十章　寻水之道

“先辈用生命总结出来的战技岂能有假？外人不懂罢了。”蓝雪说道，脸色恢复冷艳，“下面教你步测法，就是以步幅来量距离。它适用于站立点与所测点可直线通行的情况下。”说着，蓝雪上下打量起罗铮来。

“怎么了？”罗铮惊讶地问道。

“你身高一米七六，复步长约一米五，从出发点到目标多少复步，乘以1.5米就是距离了，不过，行进时要对正所测终点，照直线行进，步幅要均匀，遇有起伏地面时要适当调整好步幅，防止过大偏差。”蓝雪脸色冷艳地说道。

“呃？太好了，这么说我走到哪都不用尺子了，双脚就是最好的尺子。”罗铮讪讪地笑道，将蓝雪的话暗自记下，忽然看到不远处灌木有些羽毛，仔细一看，灌木丛里面有个野鸡窝，当即说道：“为了报答你的传授之恩，中午请你吃叫花鸡如何？”不待蓝雪答应，快速跑了过去。

…………

蓝雪深深地看了罗铮一眼，眼睛里复杂神色更浓了，看得罗铮浑身不自在，蓝雪将眼神移开，看向前方说道：“丛林里找水不外乎一听二嗅三看，凭借灵敏的听觉器官，多注意山脚、山涧、断崖、盆地、谷底等是否有山溪或瀑布的流水声，有无蛙声和水鸟的叫声等。如果能听到这些声音，说明你已经离有水源的地方不远了，并可证明水源是流动的活水，可以直接饮用，但要特别注意的是，不要把风吹树叶的‘哗哗’声当作流水声。”

“嗯。”罗铮从小打猎，当然知道一些找水的办法，但没有总结过，听到蓝雪说的话，生出一种醍醐灌顶的感觉。

“嗅就是尽可能地嗅到潮湿气味，或是风带过来的泥土腥味及水草的味道。然后沿气味的方向寻找水源。当然这要有一定经验积累；看就是凭着丰富的经验和知识，去观察动物、植物、气象、气候及地理环境等也可以找到水源，如山脚下往往会有地下水，低洼处、雨水集中处，以及水库的下游等地下水位均高。另外，在干河床的下面，河道的转弯处外侧的最低处，往下挖掘几米左右就能有水。但泥浆较多，需净化处理后，方可饮用。”蓝雪神情严肃。

罗铮认真将这些知识记下，认真听听，使劲嗅嗅，在周围看看，除了树林还是树林，倒是空气中带着些土腥味，不注意还真发现不了，当即指着一方说道：“那边应该有水，我猜得对不对？”

蓝雪点点头，一边朝有水的方向走去，一边说道：“炎热夏季，地面久晒而不干不热的地方地下水位较高，寒冷冬季，地表面的缝隙处有白霜时，地下水位也比较高；生长着香蒲、沙柳、马莲、金针（也称黄花）、木芥的地方，水位比较高，水质也好；生长着灰菜、蒿蒿、沙里旺的地方也有地下水，但水质不好，有苦味或涩味，或带铁锈；独树发芽或者不黄，地下有水；夏蚊虫聚集，且飞成圆柱形状的地方一定有水；有青蛙、大蚂蚁、蜗牛居住的地方也有水；另外，燕子飞过的路线和衔泥筑巢的地方，都是有水源和地下水位较高的地方。再有，鹌鹑傍晚时向水飞，清晨时背水飞；斑鸠群早晚飞向水源，这些也是判断水源的依据。”

罗铮就像干涸的沙床尽情地吸收着水分一般，将蓝雪传授的知识牢牢记住，以前打猎也有相关经验，但不够全面、系统，听了蓝雪的话，结合以前的经验，罗铮豁然开朗。

“天空出现彩虹的地方，肯定有雨水；在乌黑、带有雷电的积雨云下面，定有雨水或冰雹；在总有浓雾的山谷里定有水源；靠收集露水也可缓解些燃眉之急；另外，可以直接从植物中取水，比如野芭蕉，也叫仙人蕉，也可从野葛藤、葡萄藤、猕猴桃藤、五味子藤等藤本植物中获取饮用水。另外，在春天树木要发芽之时，还可从野梨、山榆树等乔木的树干及枝条中获取饮用水。注意：千万不要饮用那些带有乳浊液的藤或灌木、乔木的汁液，有毒。另外，还可以从芦荟、仙人掌及其果实中获取饮用水。”蓝雪继续说道。

两人不知不觉来到一条溪流边，蓝雪看着缓缓流落的山泉说道：“野外饮水也需要注意，一般而言，需要将净水药片放入水容器中，或者用医用碘酒代替净水药片对水进行消毒，漂白剂和食醋也可以起到消毒的作用，都没有的话，水煮沸5分钟也是消毒的好方法，如果寻找到的水是咸水时，用地椒草与水间煮，能防止发生腹痛、腹胀、腹泻，如果水中有重金属盐或有毒矿物质，应用浓茶与水间煮，最后出现的沉淀物不要喝，当然，这些知识现在用不上，你只需要记住就好了，这里的山泉不错，用头盔净化后可以直接饮用。”说着用头盔接水去了。

两人喝了点水，罗铮快速和了些黄色黏土抹在野鸡上，两人找了个干净的地方，寻了些柴火，罗铮用蓝雪教的无中生火之法点燃篝火，挖了个坑将野鸡埋下去，再把篝火移到上面，拍拍手，兴奋地说：“好了，等会儿就能吃了。”

…………

第八十四章　打穴杀技

罗铮看着大队长离开的背影，感激地昂首挺胸，郑重地敬礼，目光坚定，动作有力，旋即坐下来继续劈砍干柴，目光清澈，脸色刚毅，每一刀都聚集了全部的精气神，脑海中只有手上干柴的纹理，刀势如风，划破空间壁垒，带着隐隐的音爆声，准确命中位置。

咔嚓一声，干柴被劈开成两半，罗铮怔怔地看着躺在地上的干柴，没想到自己居然做到了，不由大喜，更加坚定了自己的训练之法，匆匆拿起又一根干柴，仔细回忆刚才的感觉，再次劈下去，却发现军匕卡在了干柴里面，罗铮没有灰心，抽出军匕继续劈开起来。

时间不知不觉就到了晚上，天太黑，看不清楚，没办法继续劈开干柴，罗铮也累得胳膊浮肿，抬不起来了，全身力气更像是被抽空了一般，不得不躺在床上休息，没多久，老柳拿着一瓶云南白药喷剂笑呵呵进来。

…………

“客气。”老柳笑道，帮罗铮搓揉了一会儿手臂，见消肿了许多，便示意罗铮趴在床上，一边说道：“人体结构和穴道熟悉不？”

“人体结构知道一些，穴道不懂，怎么了？”罗铮惊讶地反问道。

“人体周身约有52个单穴、300个双穴、50个经外奇穴，共720个穴位。有108个要害穴，其中有72个穴一般点击不至于致命，其余36个穴是致命穴，俗称死穴，死穴又分软麻、昏眩、轻和重四穴，各种皆有九个穴，合起来为36个致命穴，生死搏斗中，作为必杀使用。”老柳缓缓地说道。

“柳哥，你知道得真多，给我说说呗。”罗铮好奇地追问道。

“百会倒在地，尾闾不还乡，章门被击中，十人九人亡，太阳和哑门，必然见阎王，断脊无接骨，膝下急亡身。”老柳缓缓地说出了一句似歌谣似口诀的话来，手缓缓摸上了罗铮的脑袋，手指在脑袋上游走，一边说道：“头有九穴，百会、神庭、太阳、耳门、眼明、人中、哑门、风驰、人迎，击中不死则昏。”

罗铮根据老柳手指游走触摸的位置瞬间记住了头部九大穴道所在位置，结合以往的搏击训练，很快反应过来，知道老柳这是在教自己真本事，赶紧打起精神，放开身心认真听取记忆起来。

这时，老柳的手慢慢放到了罗铮后背第四胸椎位置轻轻说道：“胸腹要害穴14，背腰要害穴13，比如四胸椎棘突下旁开1.5寸处为肺俞穴，属足太阳膀胱经。击中后，冲击心、肺，破气机、易死亡；上、下肢要害穴位5个，记住36死穴对你有莫大好处，当然，其他穴道并不是不用管，也有其妙用，怎么样，想不想学老哥这手本事？”

“想，太想了，请柳哥教我。”罗铮惊喜地说道。

“嗯，你以后白天劈柴学刀法，晚上跟我学穴道必杀技。”老柳认真地说道。

“是。”罗铮大喜，赶紧答应，一直以来，罗铮除了小时候打猎练过的野路子外，系统的武技就只有第三套军体拳了，像老柳这种打穴必杀技，是真功夫，可遇不可求，罗铮当然不会推辞，虽然不知道老柳为什么传授真功夫给自己，但现在不是询问的时候，得打起精神来。

“嗯，今天先教你头部九要害。”老柳起身来，朝外面走去，罗铮惊讶地看着离开的老柳，搞不懂唱的是哪出，没多久，见老柳去而复返，手上拿着一个骷髅人，放在旁边，示意罗铮起身来，指着百会穴说道：“百会穴在头顶正中线与两耳尖连线的交点处，为督脉，为手足三阳、督脉之会，被击中后，脑晕倒地不省人事，锐物击中必死，比如三棱军刺或者军匕。”淡淡的话让罗铮打了个寒战，脑海中浮现出一个人被三菱军刺刺中百会穴倒地而亡的画面来，很快，罗铮就变得兴奋起来，这可是真正的必杀技，凑上去仔细记下百会穴的具体位置。

“神庭穴，在头前部入发际五分处，为督脉，是督脉与足太阳膀胱经之会穴，被击中后头昏脑胀。”老柳继续认真地传授起来。

老柳教得认真，罗铮学得仔细，时间在不知不觉中溜走，罗铮就掌握了头部九大死穴的具体位置，老柳让罗铮在自己头部指认了一番，确定无误后，见时间还早，罗铮学得很快，一点就透，欢喜之际，传授起胸腹14个要害来。不到一个小时，老柳发现自己还是低估了罗铮的领悟力，干脆把人体36死穴和不同击打技巧下的作用一次性全教给了罗铮。

等罗铮全部记下时，已经是凌晨一点左右，老柳看看时间，担心罗铮休息不够影响身体，叮嘱罗铮休息后离开了，罗铮感激地将老柳送到门口，然后躺在床上休息，运起了家传呼吸之法恢复身体损伤，一边回忆36死穴具体位置。

…………

第七百零三章　生死对狙

“轰！”一声巨大的爆炸声响起，惨烈的红云冲天而起，将周围夜幕撕开，发出耀眼的光芒，映照出周围所有人惊骇的表情，罗铮借着红光发现武装直升机被大爆炸肢解成无数残骸，到处飞溅，螺旋桨更是将好些人直接拦腰斩断，残肢碎肉横飞开去，凄厉的惨叫声在夜色下诡异至极。

“呼！”罗铮握紧了拳头，内心狂喜，郁闷的心情一扫而空，总算出了口气，迅速收起狙击枪，正准备撤退，忽然一股滔天的危险气息席卷过来，眉头猛跳，不安的情绪压抑着心脏，血液仿佛都凝固了一般，不由大骇，拼命往下一缩。

“咻！”一发狙击弹几乎贴着头顶飞了过去，如果再慢上哪怕是十分之一秒，必死无疑，罗铮大吃一惊，感觉后背凉飕飕的，全是冷汗，额头上也满是豆大的汗珠，这种和死神擦肩而过的感觉真不好受。

“没事吧？”蓝雪焦急地问道。

“没事。”罗铮长吸一口气，强迫自己冷静下来，慢慢朝一旁爬去，坐在地上，长吁一口气，将心扉中的压抑全部吐出来，感觉心脏恢复了正常跳动，血液也正常流淌起来，这才松了口气，刚才那一枪实在是太危险了，没想到自己仅一枪就被对方发现，而且还是在夜幕下，对方是个高手。

想到这里，罗铮好胜心涌了上来，左右看看，发现一侧有个斜坡，斜坡并不陡，斜坡朝敌营方向有道隆起的土堆，人爬过去正好可以遮挡住，爬过斜坡后，下面是个低洼地带，到了那里，敌人狙击手就够不着了。

罗铮想了想，没有爬过去，而是摘下了防弹头盔，朝斜坡方向低空甩了过去，速度不是很快，从远处看有点像人戴着防弹头盔快速爬过去的样子。

“砰！”黑夜中，一发狙击弹尖啸而来，准确地击中隆起的土堆，子弹穿过土堆，击中防弹头盔，防弹头盔被打得滚出去好远，顺着斜坡滚落下去，罗铮看到这一幕，大吃一惊，对方比预想中还要厉害，用的狙击枪夜视能力很强。

这时，敌营冲出来大批军队，显然是敌人狙击手报告了自己的位置，敌人派兵追击过来了，耳麦里响起了蓝雪马上撤离的要求，罗铮面对强敌，并没有慌乱，而是抱着狙击枪坐在地上，将五发狙击弹压进弹仓，脑海中会意敌人狙击手的位置，一边仔细感知周围风速和距离，计算着狙击点。

敌人追击声越来越近，蓝雪的呼喊声也越来越急促，严重干扰着罗铮的计算。干脆将耳麦关闭，深吸一口气，强迫自己冷静下来后，罗铮抱着狙击枪忽然暴起，直挺挺地站着，仿佛战神一般，狙击枪平举在肩，迅速瞄准预定位置，脸色一寒，手指头迅速扣动了扳机。

“咻咻咻咻咻！”罗铮一口气扣动了五次扳机，五发狙击弹仿佛连珠箭一般，朝预定目标扑杀过去，夜幕下，令人崩溃的呼啸声仿佛死神在狞笑，连续点射出去的子弹仿佛机枪短促连射一般，将狙击枪当机枪使，罗铮也是迫不得已，敌人隐蔽较深，而且没有时间瞄准，只能凭感觉射击，不可能一枪建功，所以，只能靠足够的子弹来火力压制对方，碰运气杀敌了。

罗铮很清楚，敌人非常强大，如果不干掉对方，自己根本不可能有活路，没有追上来的敌人，罗铮不介意和对方慢慢耗，对狙一番，但敌人已经冲上来了，留给自己的时间非常有限，拼是死，不拼也是死，罗铮豁出去了。

大敌当前，不是敌死，就是我亡，罗铮很清楚敌人的强大，忽然暴起开枪可以抢占先机，凭感觉射击也能将瞄准的时间节省下来，让自己多射出去几发子弹，能不能打中目标罗铮也没底。

连续扣动五次扳机后，罗铮没有看到对方开一枪，不由一惊，迅速卧倒，举起了望远镜察看，发现矮墙已经被自己的狙击弹打塌，将狙击枪埋住，只露出个枪管，狙击手看不见影子。

枪是狙击手的第二生命，没理由被砖头埋起来不管，罗铮一怔，旋即大喜，对方不是死了就是伤了，或者狙击枪不能用了，不管哪种，都对自己有利。机不可失失不再来，他戴上夜视仪，抱起武器掉头就跑，在夜幕下仿佛猎豹一般，速度飞快，耳边都响起了呼呼风声。

奔跑了十几米，没有意料中的狙击枪声，只有散乱响起的其他普通枪声，罗铮直接无视，咬牙加快了奔跑速度，一口气冲到了红外线监控阵地，既然已经暴露，没必要缩手缩脚，罗铮直接冲入阵地，继续狂奔。

…………

第七百八十七章　找到目标

寂静的月夜下，几道黑影不断地在屋顶快速闪烁，一个个仿佛幽灵一般，悄无声息地往前推进，交替掩护，不断将隐蔽处埋伏的暗哨抹杀，不知不觉来到了小城镇中心位置的最大庄园附近，大家潜伏起来，冷静地观察着前方庄园，等待着最后的攻击命令。

罗铮也杀了过来，一路上几道暗哨的警惕性都不高，加上夜晚太困，一个个睡得迷迷糊糊的，到死都不知道怎么回事，根本挡不住罗铮和鬼手的联手攻击，唯一一名暗哨警觉地想要开枪，被鬼手弩箭直接射穿了咽喉，当场毙命。

来到庄园附近的一堵矮墙隐蔽好后，罗铮冷静地观察着前方，森冷的目光散发着坚定的杀气，仿佛伺机而动的猛兽，正盯着自己的猎物一般，过了一会儿，罗铮将庄园大致地形记下后压低声音说道："雪豹，和虎王前辈直接从正门攻击进去，雪儿负责跟进，把守住大门，我和鬼手从后门攻击进去。"

"是。"大家低声应道，几道黑影在月色下闪动，幽灵一般。

两人朝后门扑去，后门有四个守卫的武装分子，昏昏沉沉的，罗铮给鬼手打了个手势，鬼手迅速冲上去，手弩瞄准其中一人迅速扣动了扳机，只见一道乌光闪动，在月色下格外诡异，瞬间没入目标脖颈。

得手后鬼手并没有停歇，继续扣动扳机，又是两支弩箭发射出去，罗铮也动了，朝前猛冲几步，直接从屋顶跳了下去，玄黑色龙牙划出一道恐怖的死亡弧线，迅速看中另一名目标，事发突然，对方根本没有任何反应，被直接砍倒在地。

得手后，罗铮捡起一把枪，将对方身上的弹夹拿走，鬼手也跳了下来，捡起一把枪和几个弹夹，两人交换了一个眼神，迅速来到后面，一左一右靠着门两侧墙壁，竖起了耳朵听起来，没有任何动静。

罗铮冷峻的目光扫过周围，确定没有危险后，给鬼手打了个掩护的手势，自己推了推门，门是实心木板做的，在这个穷苦的沙漠地区，许多人家连门都没有，只是挂一道布帘之类的，这种实心木板门在这里算稀罕物了。

罗铮用力推开木门，朝前一个虎扑，顺势倒地，一个翻滚进了门，举枪四顾，森冷的目光快速搜索敌情，却发现是个小花园，周围种植了一些耐干旱的植物，大约两百平方米，没人，前方是房间，黑乎乎的，没有动静。

鬼手跟进来，两人一前一后，交替掩护推进，来到一间房门口，罗铮给鬼手打了个手势，鬼手会意地点头掩护，罗铮谨慎地推开门，里面是大通铺，躺着十几个人，两人默契地点点头，快速闪了进去，倭刀照着熟睡的人脖子上砍去，在锋利的倭刀下，所有人死得悄无声息。

十几个人被两人轻松干掉后，两人闪出了房间，推开了另一间房门，里面还是十几个人，睡在大通铺上，好些人发着匀称的鼾声，两人默契地点头，森冷的目光在夜色下杀气腾腾，迅速动手，将这些人也全部干掉。

一口气杀了两个房间的人，罗铮和鬼手迅速撤离，查看其他房间，没有了人，耳麦传来一阵人声，两人迅速停止了前进的脚步，捂着耳麦细听起来，是人在对话，罗铮一怔，迅速反应过来，给鬼手打了个手势，两人快速朝前冲去。

不一会儿，两人冲到一间独立的别墅附近，在门口看到两帮人对立着，正是虎王和雪豹，虎王和对面一个人在说话，两人快速冲了上去，警惕地看着目标，五名黑衣人，还有一个富态的中年人，正和虎王对话，说的是本地语，罗铮听不懂，不由得看向虎王，没想到这家伙还懂本地话。

“说话的是大首领，旁边那个是石井，身后都是死神。”雪豹压低声音说道。

大首领也看到了过来的罗铮，阴冷的目光扫了罗铮一眼，旋即看向虎王，继续叽里咕噜地说着什么，虎王见罗铮赶到，冷哼一声，忽然用国际通用语喝道：“废话少说，你是自己动手还是老子送你一程。”

罗铮一怔，旋即喝彩起来，虎王就是虎王，永远都这么霸气威风，这时，一名黑袍人上前几步停下，双目谨慎地看着虎王，缓缓拔出了倭刀，刀拔出不到一半，罗铮就看到一道灰影闪过，那把刀呲的一声归鞘，那个拔刀的人倒飞出去，重重地摔在地上，死命捂着心口，站不起来了。

…………

第一千四百二十四章　无尽威胁

死一般寂静的雪原峡谷，天空灰蒙蒙一片，夜已经深了，天空看不到星星，也看不到月亮，甚至连只飞鸟都没有，只有雪沫子随风飘舞，打着卷飞走了，偶尔有几颗积雪球从树枝上掉下来，落在地上，给这片死寂一般的峡谷平添几分生机，除此之外，周围一切静得吓人。空气里的血腥味被寒风吹散了许多，一处山坡上，一具尸体被打成了两截，鲜血将周围雪层染成妖艳的红色，一把轻机枪掉在附近，尸体身上的子弹链也被染红，掉在冰寒刺骨的雪地上，看上去恐怖至极，一股肃杀气不仅没被寒风吹散，反而更加凛冽地弥散开来，充斥着峡谷。

一处山坡后面，罗铮静静地趴在地上等候，刚才把握时机干掉了一名敌人，其他敌人迅速就地隐蔽起来，只能判断大致位置，看不到身影，罗铮知道这帮人不简单，却发现还是低估了，他们无论反应力还是应变力，都非常高，显然都是身经百战的老兵，面对这样的敌人，罗铮不敢有丝毫大意。

寒风还在吹着，空气中的杀气愈发凝重起来，狙击步枪杀伤力恐怖，两百米内将人打断不是问题，但面对看不到的敌人也没有办法，罗铮知道不能再等了，必须撤离，否则会被包围。

周围静悄悄的，听不到任何响动，罗铮知道不能再等，收起了狙击枪准备换地方隐蔽，眼角余光看到一个土坡，土坡高两米左右，倾斜向前突出来，下面并没有积雪，形成一道雪沟，沟深两尺左右，足以容纳一人。

罗铮忽然灵机一动，将背包解下来丢出去好远，操起了AK-74步枪，子弹推上膛，快步来到土坡下面，将身体藏在了雪沟里面，再将周围积雪往身上拨弄了些，不到跟前绝对发现不了。

敌人还剩下四人，但都是精锐高手，肯定能想到自己会撤离，反其道而行之说不定能够收到意外效果，罗铮枪口朝前静静等待着，身边是土坡，就算敌人在土坡上也看不到反斜面下面的自己，有厚厚的雪层遮挡，罗铮并不担心被发现。

周围静悄悄一片，时间一分一秒地过去，敌人没有任何行动，这让罗铮怀疑起来，时间拖得越久对自己越不利，说不定这会儿已经有援军赶来，到时候自己必死无疑，想到这里，罗铮担忧起来，很想冲出去大杀四方，但还是理智地控制着情绪，不敢乱动。

五分钟过去了，敌人没有异常，十分钟过去了，敌人还是没有异常，罗铮等得都怀疑敌人是否还在附近埋伏。他不由担忧地看看天色：已经过去这么久了，敌人援军也该到了吧？罗铮内心担忧不已，但理智告诉自己还不能出去，至于什么原因，罗铮自己也不清楚，这种感觉很奇妙。

这时，天边忽然传来螺旋桨的轰鸣声，罗铮大惊，抬头一看，是武装直升机，仿佛九天之外滚滚而来的战神，带着无可匹敌的气势呼啸而来，直升机是步兵克星，罗铮脸色大变，更是不敢冒头了。

人类两条腿不可能跑得过直升机，更何况周围还有四名敌人，这会儿出去就是送死，但不作为也是等死，罗铮焦急万分，脸色森寒如霜，虎目中跳动着怒火，一动不动地观察着周围地形，寻思脱身之计。

很快，武装直升机呼啸而来，在上空盘旋，或许是在确认地面人物身份，并没有马上发起攻击，等了两分钟左右，罗铮见直升机还是没有攻击，反倒是一名敌人出现在视野中，正警惕地在雪地上匍匐爬行。

罗铮看到这一幕顿时大惊，头上有直升机，眼前是敌人，出去是送死，不反击会被发现，也是个死，反击也会暴露，还是个死，横竖都是死，罗铮顿时怒火中烧，豁出去了，迅速瞄准爬上来的目标。

横竖都是个死，就算死也要拉个垫背的，罗铮虎目微闭成针芒状，迅速瞄准了爬上来的目标，对方警惕地东张西望，注意力迅速被丢在一旁的背包吸引过去，根本没有发现另一侧雪地里隐蔽的罗铮。

机会难得，罗铮愤怒地扣动了扳机，上来就是三个急促点射，子弹呼啸出膛，带着罗铮无尽的怒火呈品字形扑了上去，仿佛猛虎亮出了自己的利爪，对方反应也不慢，感觉到危险后根本不去观察，而是迅速翻滚起来，试图躲避开攻击，但罗铮知道这些人不简单，瞄准的位置都已经做了提前估算。

这么一来，目标等于是自己送了上来，成为靶子，三发子弹几乎同时射中目标，一发射中头部，直接穿透头盔，子弹动能减慢，但还是没入了目标头部，搅动了一会儿停下来，留在了目标脑中，另外三发子弹分别击中目标的肩膀和心口位置，溅起了一大蓬血花，在空中绽放，诡异之极。

目标来不及哼一声就被当场打死，鲜血顿时染红了周围，罗铮没有动，警惕地抬头看去，发现直升机呼啸而来，杀气腾腾，却没有开火，而是在上空盘旋起来，显然并没有发现斜坡下面隐藏的罗铮。

看到这一幕，罗铮暗自松了口气，不敢乱动，紧紧地趴在地上等待着，一旦被发现必死无疑，但这样也不是长久之计，一旦援军从四面八方围拢上来，自己还是个死，想到这里，罗铮迅速观察着周围地形寻思脱身之计来。

这时，罗铮发现有一人摸了上来，将被打死的敌人尸体拖了下去，罗铮忍着开枪的冲动等待着，这个时候开枪会暴露自己，天空中的武装直升机发出令人崩溃的轰鸣声，剩余三名敌人随时都有可能摸上来，怎么办？

无尽的压力让罗铮紧张起来，他全身肌肉绷紧，变得酸胀僵硬起来，额头上更是冒出了冷汗，握着枪的手臂也有些不听使唤了，这个现象让罗铮更是焦急。他暗暗提醒自己，必须尽快想出办法才行。

唐宇　整理摘录

佣兵之王都市行

天堂羽

【导读点评】

雇佣兵、枪战、肉搏、英雄、美人……这些元素汇集在灯红酒绿的都市背景下，似乎是香港动作片的经典场景，却都出现在天堂羽笔下的小说《佣兵之王都市行》中。主人公陈劲是一名实战经验丰富的雇佣兵，同时也是世界一流雇佣兵团队的团长。为了寻找多年前父亲惨死、母亲失踪、自己被迫流亡异乡的真相，他选择以父亲战友叶天寒未来女婿的身份掩人耳目回到国内，却在回国不久后就卷入了接连不断的风波之中。在大显身手、化险为夷的同时，陈劲与叶天寒之女叶孤菱的感情逐渐升温，二人关系也从“假婚约”到了“真情侣”。他的身世和数年前家破人亡的真相也逐渐浮出水面，一切都涉及多年前的一场实验……

正如书名《佣兵之王都市行》，小说讲述的是一个“兵王”在现代化都市充分发挥战斗力的故事。在这个故事里，我们能寻觅到在武侠小说或者传统香港动作片中能看到的熟悉情节：复仇动机、英雄救美、势力斗争、战场搏斗……也能找到与自己生活息息相关的场景：出租屋、酒店、城中村、公交车……虽然文中的城市皆为虚设，大家却都能在其中找到自己的城市的影子，其中还穿插着现代男女的情感。整个故事既贴近生活，又有艺术的成分，既保留了传统武侠通俗小说、香港动作片中的常见元素，又十分“接地气”，反映了现代人的价值观和生活方式。将传统和现代融合，天堂羽做了三大“拆解”：

最主要的是对英雄人物的拆解。在传统武侠小说中，英雄不但能力上是超人，在道义上也是超人一般的存在，讲仁义礼智信，遇见美女不为所动，不轻易谈金钱。但“佣兵之王”陈劲简直是与之相反的存在，就如同金庸“反武侠”小说《鹿鼎记》中的主人公韦小宝一样，不仅不像英雄，反倒像贪财色鬼。陈劲一出场，就一连碰见三个美女，轻佻的动作和油滑的言语，让人误以为是跟踪女性的流氓；见叶孤菱对自己爱理不理，便主动提出来当她的司机，第一时间想着薪酬问题；在战斗时也是不拘小节，以打倒对手为主，从不介意偷袭、阴招、损招，以格斗技能为基本，以智慧胆识为辅，以G药水这种“金手指”为加成。天堂羽塑造的是一种“草根英雄”，而非“侠义英雄”。

二是对故事背景的拆解。在传统注重打斗和势力争端的小说中，一般都强调一个“江湖”背景，这个江湖是显性的，与俗世相对立，不讲俗世规矩，又被正与邪两股绝对势力所占据。但在《佣兵之王都市行》中，江湖是隐性的，只有现代的商业市场、政治关系、军事力量，而雇佣兵就像影子一样穿梭其中，亦正亦邪。陈劲作为雇佣兵团的领头人，既秉承雇佣兵行事的宗旨，也要受国内的法律约束，不像之前江湖里的人物那般快意恩仇，而是时时掂量自己手中已有的牌，对自己的价值和资源有清楚的估算后，再做出与之相对应的行动，这符合现代人做事遵守社会规则、在意行为后果的价值观念。

最后是对情感关系的拆解。主人公陈劲作为这本小说中的“大男主”，情缘不断，但作者在描写这些情感关系的时候，抛下了绝对的忠贞观念，陈劲与这些女性角色的关系，既像情人，又像朋友，一定程度上反映了现代多元的情感观。

《佣兵之王都市行》的三大拆解让英雄变草根，江湖变社会，故事背景设置让人感到亲切，打斗场面、战术描写也非常精彩，但其中也有局限，最明显的就是女性角色的设置和情感关系的描述。在这本小说中，女性角色形象过于刻板化、单一化，作为辅助性的角色存在，最大的贡献就是给男主人公提供线索、情感支撑，在更多时候成了被男主人公拯救、凸显男主人公能力、丰富男主人公性格的“绿叶”，而不具有立体的性格，也没有发挥自身能力和智慧的机会，书中情感关系虽然体现了现代人情感自由的多元观念，但也有过度追求情感宣泄和快感的“狂欢化”倾向。

陈瑞迪　撰写

【精选摘录】

第760章　调包计（节选）

有着厚底和纹路的军靴，可以更大程度避免打滑，可以防止被石头硌到脚掌，高帮还能保护脚踝。

但除了这鞋子之外，陈劲发现自己身体的控制力，也较以前有了很大的提升。他几乎等同于在平地跑步一样轻松，根本没有对各种危险的担忧。

这当然得益于总体实力的提升，在各方面都会凸显出来。

但即便很轻松，陈劲却是控制住了速度，没有让自己高速狂奔。

因为定位信号还在他这里，如果他表现出最好的实力，谢伟国肯定能看到，进而会对手下做出更谨慎的安排，那对他当然不利。

而且他判断这一支队伍已经提前分散开来了，那他在这半个小时里多跑一点距离，也没有任何意义。

所以他一边以一般的速度跑着，一边主动搜索着抓捕他的人。

在离开了十五分钟之后，距离十二点正式开始还有十几分钟，陈劲停下来看了一下时间。

他们没有搜走他的手机，但现在看也明白，因为这里根本没有信号。大概是因为这一带都没有人，所以附近没有一个通信基站，或许还加入了信号屏蔽。

他停下来，是因为发现了一个很好的设陷地点，也隐约感觉到有人埋伏着。

他不想给谢伟国留下把柄，所以还是决定等到十二点才开始动手。

不过这十几分钟，也不会干等，他把衣服放在了一个地方“藏身”起来之后，就开始慢慢沿着更大的范围观察了起来。

这些人果然有野战的经验，并没有选择最佳的藏身之所，而是选择了一个相对比较好，却既能瞄准陷阱之处，又能瞄准最佳藏身之处的地方。

如此一来，若是经验不足的猎物，就会进入陷阱范围之内，轻松搞定。

如果是一个成熟狡猾的猎物，觉察到可能有陷阱，会将计就计，最佳藏身之所便会反过来成为猎物的目标。现在藏身的地方，一样能把猎物搞定。

可惜他们遇到的猎物是陈劲，比成熟狡猾更进一步，连他们“将计就计”的算计，都算计到了！

迂回搜查到了目标之后，陈劲便小声地一点点靠近，时间的充裕，让他可以更从容。

当时间到了十二点，空中响起了一声枪响，明显是从那个临时指挥所的山顶传来的，大概就是明面正式开始了吧？

说给他半个多小时藏身，结果在正式开始的时候，他们的人早已经埋伏在各处！

陈劲暗暗冷笑，他现在就要好好地打个脸！

枪响不过几秒，早已经准备好了的他，快速地完成了最后一步的进攻！

几米的距离，在陈劲的冲刺之下，瞬间就到了。身体用了树叶伪装的士兵，正持枪瞄准埋伏着。听到身后有异动，反应也非常快。只可惜刚来得及转过头来了，枪口才掉转到一半，重重的军靴已经踹到了面前！

这些都不是普通人，估计就算不是特种兵，也是差不多的了。所以陈劲出手，一点都没有留情，这一脚就直接把人踢晕了过去！

一击得手，虽然没有什么施展的空间，但让他感觉很爽。因为平时动手，他都必须小心忍着，以免一不小心就把人打重伤了，只有在和侯宇澄这个高手过招的时候，才可以全力施为。

现在这些士兵的抗击打能力都不低，不用怕把他们一下打残了。

把人踢晕了之后，陈劲当即把他的枪夺了过来，瞄准了他的身体，准备先来上一枪。

一枪触发激光接收装置，指挥所马上就会知道这里的状况。演习才刚刚数秒钟，就有抓捕的士兵被“毙了”，直接打脸他们的说法！

但端着枪，陈劲又迟疑了一下，没有开枪。

他不是怕这是实弹，如果每个士兵都用了实弹，他们自己也知道的话，那就等于他们都是要他命的！

那他真的是要寒心了，就算闹大也不惜把他们个个都干掉！

现在让他迟疑的，是谢伟国和指挥官们到底在不在乎脸。

刚才只是说给他半个多小时，十二点正式开始，可没有明确地说他们十二点才出发啊！那这样根本起不到打脸作用，反而会让他们警惕起来。

这让陈劲忍了下来，打爆这一个会引来更多的麻烦，而赢得这场较量，才是真正的打脸！最好是把他们逐一找出来“干掉”，最后杀回到指挥所，把指挥官们都“干掉”，才是真正打谢伟国的老脸！

那怎么处理这第一个被反猎的目标？

陈劲第一个想法，是再给他来一下狠的，让他四个小时内醒不过来。毕竟他一个人要对抗不知道具体多少人的一支队伍，少一个就轻松一分，这就是逐个击破的真谛。

但他又想到了另外一个玩法，不是有定位吗？当即把这个人身上的激光系统服装脱了下来，然后拿着转移到了另外一个地方，先放在了地上，造成“换了一个地方埋伏”的假象。

陈劲再过去把人移动到了他之前放下自己服装的地方，把属于他的那一套，换到了这人的身上，又对他掐弄了一番，让他能够很快苏醒过来，最后把他随意扔在了树底下。

这人醒来之后，发现没有被“杀”，那当然继续执行任务。而这个埋伏点，已经被识破了，当然只能找其他的地方，如此便能带着陈劲的信号移动。服装都是一样的，只有指挥所能看到信号的不同。

而陈劲自己，则回去“埋伏的地方”，把那一套换上，由罪犯信号变成了士兵信号，继续往其他的地方搜寻士兵。

第761章　石缝里的人

一切都如同陈劲猜想的那样，他们的士兵早已先埋伏在各处，所谓给他半个小时时间，不过是等着瓮中捉鳖而已。

按照这样的进度，根本不需要四个小时，如果指挥官真的准备了那么多时间，那极有可能是利用他来练兵，类似于猫抓老鼠玩，不会一下把他抓住，等一次次的演练完了，最后才把他给拎出来。

这样的安排，是有点诡异的，陈劲猜想只有一个可能，那就是给谢伟国的亲兵制造“意外”的机会！

如果是一个队伍抓他一个人，从正常逻辑上来说，应该是不难做到的，出意外死亡，反而不好解释。但如果是一次又一次的演练，长时间下来，他的体能会被消耗光，那再出一点意外，就正常多了。

明白了他们的安排之后，陈劲就不客气了！

其实这些日子以来，他也是憋得慌了，算起来也只有刚来那阵子，为了救叶孤菱而跟荷枪实弹的眼镜蛇佣兵团动手的时候，比较考验能力。然后就是跟侯宇澄的武力对抗，其他时候都不算什么大问题。

今天能在这样的山林之中，和一队优秀的士兵战斗，对他来说，简直有一种龙归大海虎归山的感觉。

凭着比他们更加丰富的实战经验，以及对伪装、反伪装的精通，又是在将计就计的情况下，他一路搜寻，连续挑了五个士兵，加上第一个，已经是放倒了六个！

除了需要第一个带着他的定位之外，后面的五个，他都重重打晕过去，如果没有人为救治，足以让他们昏迷半天才醒过来。

每弄倒一个人，陈劲都把服装对调，换上新的继续走。这样出现在指挥所，就是两个人汇合之后商量了一下，替换着埋伏，让人换一下环境。

要不然大家都在守株待兔，却出现一个士兵满场跑，也必然会被怀疑。

不过六个人下来，时间也过去了快一个小时！

因为他们都不是互相埋伏在很近的距离，真要附近另外有人埋伏着，陈劲也不方便动手，因为马上就会被发现，进而被围攻的。

而因为定位的关系，他个人不方便展现出太快的速度，换了其他士兵的定位服装，同样也不能以太快的速度移动，要不然会被熟悉的指挥官怀疑。加上还要考虑到在山林之中上山下坡的难度，不能像在平地一样飞奔。

发现一个敌人，需要小心翼翼地勘察和侦破，而在逐个击破之前，也需要花更多时间把敌人周围的环境侦察一番，以免被夹击。

如此花费的时间便不少了。

但陈劲丝毫不着急，对于狩猎，他向来非常有耐心。再一个，今天按照安排，他才是被狩猎的猎物，该着急的是那些猎人们！

随着时间的推移，没有发现陈劲踪影的这些猎人们，应该会从埋伏的地方出来，开始联合起来地毯式搜索，尤其是混在其中的两个亲兵！

陈劲觉得再捕猎几个，就可以轮到他埋伏起来等着敌人送上门了。

通过六个人的装备，他也发现了另外一个问题，他们的服装基本上都是一样的，除了有枪支之外，并没有耳麦。

不知道是指挥官对他的手下士兵们的自信，还是为了加大他们练兵的难度。或者这也是谢伟国的要求，把局面打乱，让他的亲兵可以更好地动手？

不管是出于哪一种目的，对陈劲现在是方便了许多。否则的话，指挥所知道了他的踪迹，可以直接联络到所有人，里面的士兵也可以通过呼救求援。

现在，他的目标是一个在石头缝间伪装藏身的士兵。

发现这个目标之后，他有点不好下手。别的人，都可以绕到后面偷袭，可是这个人却背靠着整个山壁，只有正面一条途径。

通过仔细观察，发现了附近就只有这么一个人，陈劲也没有绕路的打算。没有对讲机，不能联络其他人，只能靠声音，便是吼叫，能传出去的距离也有限，而且就算真的有人赶过来，他也有把握能把人先放倒！

从侧面观察，陈劲也觉得这个人选择的地方，是一个极好的藏身之所，用来守株待兔是极佳的，缺点就是限制同样大，想要转移比较麻烦。

在石壁缝隙里面，那人一动不动，身前用了很多草伪装，如果不是陈劲高度戒备，可能就直接从旁边过去了。

计算了一下距离，陈劲从地上抠了两块尖的石头出来，然后迅速地投掷了出去，紧接着的是第二块！

他能看到对方，理论上对方也有可能看到他，没有发现是因为他非常小心，而要瞄准石缝投掷石头过去，必然要伸出手臂，如此明显的动作，也肯定会被对方发现。

石头达不到子弹的速度，要闪避并不难。所以他抠了两块石头，第一块作用不大，第二块才具有杀伤力！

其实对方藏身在石缝之中，闪避也就只有是后仰低头之类，而不能真的跳开闪避，更可能的做法，是用手里的枪把石头砸开，这样紧接而来的第二块，则极有可能建功。

结果让陈劲有点意外，对方既不抱头低下，也不是用枪格挡石头，在一看到他手臂的时候，石缝中埋伏的人，竟如同脱兔一般，当即从里面蹿了出来！

他冲出来，就等于是迎上了石头，但出来外面后，他只是轻盈地向旁边迈步，便恰巧避开了第一块石头，同样也避开了紧随而来同一轨迹的第二块石头。

即便这人头上脸上都还挂着草，但陈劲还是一眼就看清楚了，这个人正是昨天晚上在酒店客房里面和他动过手的那个谢伟国亲兵警卫！

难怪对方第一反应是蹿出来，而不是开枪，就是在等他啊！

不过陈劲同样也是在等着他们两个！之前在山顶没有见到，还只是一个猜测，现在看到一个，就证实了他对谢伟国的各种猜想。

其他士兵和他无冤无仇，只要打晕不碍事就好了。谢伟国的亲兵么，嘿嘿……

第762章　硬扛！

在对方过来的时候，陈劲也从藏身的地方跃身出来，等着那个亲兵的靠近。

那人从藏身的石缝里面出来，是下坡，速度可以更快一点，不过短短两三秒钟的时间，就已经到了陈劲跟前两三米的地方。

看到陈劲出来等着，他站定下来，直接把手里的枪扔到了旁边，然后双手一伸展，摆出了预备动手的姿势。

走得更近，也能看得更清楚一点，除了草的伪装之外，他脸上也涂了油彩，跟昨晚相比，已经有很大的不同。若不是相隔时间短，加上先猜到了这个可能，便是陈劲也可能忽略了。

对方显然并没有出声的意思，摆个姿势站定，不过是以示公平，给陈劲一点准备的时间。

“不对我开枪，光是要和我动拳脚的话，你可远远不够格啊！”陈劲嘲讽地笑了起来。

那个亲兵的眼中，闪烁着耻辱的目光。昨晚上当着首长的面他输了，那不仅仅是丢了他的面子，更是连首长的面子都丢了！这是不能接受的！

在他看来，昨晚上陈劲是靠着取巧和冒险，在他轻敌的情况之下，小赢了一点，然后就不动手了，只要多拉长一点时间，就一定是他赢的！这就像是打麻将凑巧赢了一盘，然后就不打了，完全不给别人翻本的机会啊！

现在报仇雪恨的机会来了，他没有废话，准备的时间已经给陈劲了，现在就是他动手的时候了。

即便他停在陈劲前面两米之外，但地势也还是要比陈劲高一点点，这给了他更大的方便，不是像刚才一样冲过来，而是直接腾空起来，鞭腿迅速地抽向了陈劲的肩膀！

昨晚的经历，让他明白了一点，不能跟陈劲靠近，保持着能让自己最大程度发挥的距离，才是明智的做法。

此刻他腾空飞出的一腿，军靴直接带着少量的泥沙往陈劲的身上飞溅了过来，同时带来的还有微微呼啸的风声，他没有直接踢头，而是选择了肩膀，就是想要多玩一下。

他借着坡度，在攻击方面具有优势，而继续向下的坡度，对陈劲来说，就是劣势了，因为背对后退会让脚步不稳。

这一脚，基本上已经算准了一定会击中陈劲！

但在就要命中的那一瞬间，他还是有了一丝的恍惚。

这个家伙，竟然又像昨晚上一样丝毫没有闪避抵抗的迹象！

昨晚上他不得不收了一下手，可以说是算准了他不能打下去的心思，可现在呢？这里可不会有谁来主持公道，他会出现在这里，更是首长的安排！

他的心很坚决，他腾空的鞭腿，也无法像拳头一样可以收一点，这一脚必定会实打实地抽下去！

他等着看陈劲直接翻倒在地，甚至已经预备好了，陈劲倒地之后肯定会顺着坡度滚下去，他落地的刹那，便要继续追击过去……

说时迟那时快，一切不过是瞬间的工夫，穿着厚重军靴的脚，已经踢在了陈劲的肩膀之上！

陈劲这次一动不动，并没有什么古怪，就真的是硬扛他的一脚！

昨晚的交手，让陈劲对这人的实力有一定的了解，放在警卫员里面，是不错的水准，在警卫营的时候，或许就是从特种兵中选拔出来的。

但其力度，尤其是发力的方式，距离侯宇澄还是有差距的。所以陈劲是有信心可以硬扛他一脚，当然也不是皮痒，而是想要感觉一下自己抗击打的能力有多强。

以陈劲的性格，又怎么会光站着挨打呢？

当肩膀感受到重重鞭打过来的力量的同时，他的双手也快速地动了。对方是右脚踢他的左肩，此刻他的左手立马扣住了对方的脚，右手则是以拳头快速地击打出去，一拳接着一拳地打向了对方腿弯！

陈劲打出了第三拳的时候，大脑才感受到神经传递过来的痛楚，这并没有让他受不了，反而刺激他以更快的速度继续击打！

那个亲兵此刻则尴尬和为难了，本来他是有把握把陈劲干翻在地的，也预备了落地的后招，没想到陈劲硬扛了他一脚！

他这才明白，昨晚上陈劲说伤好体弱，不过是说说而已，其实身体一点问题也没有！

不仅仅硬扛了下来，而且直接把他的脚扣住了，如此扛在肩膀上，他就无法如计划般双脚落地了。

而除了落地的问题，连续的击打，也让他避无可避！

腿是最重要的大肌肉群之一，无论是大腿还是小腿，从下面的角度打过去，都会打在肌肉上面，以他们的训练强度，都是能扛得住的。可陈劲出拳太刁钻了！

腿弯处没有肌肉，是连接的韧带、神经、软组织等，是腿脚上非常脆弱的所在。又因为正面进攻一般是击打不到腿弯的，所以对这里的防御训练也是极少的。

此刻被陈劲固定住了腿脚，从下面连续的击打，让他有点受不了了，腿马上开始抽筋，虽然另外一只脚已经勉强落地，但这样被打着，也根本无法挣脱开来。

他唯一能做的，就是用进攻来代替防守！一手用手掌去勾陈劲出拳的手，另外一手用围魏救赵的方法，一拳打向了陈劲的眼睛！

这么一个过程，陈劲已经击打出了六七拳！痛楚也随着抽筋让亲兵感受到了，身体都有点战栗。

感觉到对方反击，陈劲微微一笑，竟猛地向后退了两步！

他在更低的地方，如此一后退，直接拉扯着警卫的腿，并带着其身体重心前移。容易身体不稳的劣势，在陈劲面前根本不算什么，他的退步依然稳固如初。

亲兵警卫的双手攻击，都是落了一个空，而且整个人开始重心不稳。

而陈劲不会给他更多的时间，接着继续快速退步，并把扣在肩膀的腿往旁边扒拉。

只能单脚跟着的警卫，无法完成更好的应变，当即便被陈劲摔了一个劈叉下去！

这也不算什么，以他的柔韧性完全可以劈叉。但一叉劈下去，整个人就完全失去了先机！

这不，轮到陈劲大脚踢了过来！而且因为他劈叉坐在山坡上，根本不需要费力，就能直接踢到他的面门来了。

陈劲刚才是故意不闪避地硬扛了他一脚，他此刻则是迅速地用双拳护在面前，如果来不及的话，就是要用脸去扛了！估计会直接被军靴的厚底踢扁了鼻子！

第763章　太不经打了

陈劲这一脚踢得很快，但这个警卫防得也很快，军靴将将被手臂和拳头挡住了，虽然也是痛入骨髓，但到底要比脸更耐踢。

他也很清楚，以陈劲刚刚连续击打他腿弯的风格，一脚被挡住了，还肯定会继续快速踢过来，所以他没有移开双臂，还算紧绷着肌肉，准备硬扛第二次、第三次的踢打。

但他同样清楚，如果不能改变现在这个局面，被动挨打，终究扛不过多久。因为他已经知道面前这个陈劲，并没有受伤后的虚弱，反而很强大！

所以在继续防御的同时，他双脚猛地往内用力，要直接从劈叉状态起来。

能轻松劈叉的人，要再起来也不算太难的事。可是他前面的右脚腿弯被陈劲打得抽筋了，此刻一拉，当即一阵钻心的疼痛。

就在他等着陈劲第二脚踢过来的时候，却发现再一次出现了和预期不一样的事！

陈劲踢中他的手臂之后，并没有继续往他头脸踢过去，而是往他前面的膝盖踢了过去！

可怜他刚刚才硬拉着支撑起来，一下又被踢得劈叉在地上了，而这一次是连上面的膝盖也剧痛了起来。

陈劲紧接着第三脚又踢了过来，这一次却是踢在了他前面右脚的脚踝处！

一直没有作声的警卫，被连番的疼痛，刺激得忍不住怒吼了一声，当即放下双手，往地面用力地一撑，同时后面的腿划了一个弧度过来，由劈叉的被动，变成坐在地上的姿势。再顺着双臂的用力，双腿一齐抬起，往前面的陈劲身上撞了过来！

处于下风并接连受伤的情况下，他能够做到如此，也算是很难得了。不过陈劲在踢中了他脚踝之后，只是暂停了一下，准备继续攻击。

此刻看到对方反击，陈劲当即露出了一丝笑意，猛地跳跃了起来，而且是往前面跳起！这就让他不仅仅避开了撞击过来的双脚，反而是从上面落在了双脚之上！

靠着双臂的支撑，那警卫撞击的双腿高度也有限，更无法支持长久，此刻被陈劲跃起踩踏，马上落在了地上，两个小腿也被踩踏出骨折一般的剧痛。

而这并不是陈劲的所有动作，踩踏在对方小腿上的同时，他已经居高临下地双拳快速攻击，左勾拳右勾拳直接打得毫无防备的警卫眼冒金星、头晕耳鸣！

连续数拳之后，对方已经失去了反抗能力，陈劲再一脚踢了出去，正面踢在了他刚才挡住了的脸上，当即鼻血直流，整个人也昏迷过去，双手也没有力气支撑，向后摔倒在了山坡之上。

“太不经打了……”陈劲有点失望。

望着昏迷的这个警卫，他的脚抬了起来，要不要把他手脚弄断？

他稍微犹豫了一下，想要弄他的是谢伟国，这只是一个听从命令的人。如果真的已经威胁到他的性命，那就不是断手断脚，反击杀死也不为过。但因为他太强，对方还没有到那程度。

这就成莫须有的罪名了，无法拿没有成立的罪名去和大背景相抗。

可要如同其他士兵一样只是打昏过去，陈劲又心有不甘。

思索了一下，他马上做出了另外一个决定，当即动手，把这警卫身上的所有服装脱掉，只剩下一条内裤。然后在旁边找了大小合适的树，用皮带从腰处把人固定在了树上，又用军靴的鞋带，把他双手反绑到了后面。

这样一来，即便处于昏迷的状态，也只是耷拉着脑袋，而不会弯腰栽倒。

随后他便折了一条树枝，对着这个没有衣服的士兵开始抽打了起来！

他要的是用这样的方式来折辱背后的谢伟国，出手注意着分寸，只是让他体表处处鞭痕，并没有重击且避开了要害。

在抽打之前，陈劲先把他的袜子脱了，用力撑大套在了他的头上，以此来遮住眼睛。

这不像女性的裤袜那么大，勉强撑开，顺着纹路有比较宽的缝隙，便把另外一只袜子塞入了眼睛部位。

陈劲要的只是让他看不见，但并没有塞住他的嘴巴。

随着一阵抽打，那警卫整个人痛得苏醒了过来。头被箍紧，眼睛看不见周围的情况，鼻子还要忍受上方臭袜子的生化攻击，加上浑身的疼痛，让他也差点忍不住。

但他硬是忍住了没有叫喊出来！

陈劲没有堵住他的嘴，目的不言而喻，应该就是想要通过他的惨叫，把其他人吸引过来，然后伏击偷袭！

他不会让陈劲得逞！

一番鞭打之后，看他就是不吭声，陈劲似乎佩服他的硬气，或者觉得无聊了，也就没有再打了。

因为看不见，他只能通过耳朵来辨别周围的情况，依稀听到陈劲轻声离开的脚步。但他不相信，怀疑陈劲是假装离开，依然没有出声，只是使劲挣扎。

奈何这些军用品都非常的结实，而且陈劲绑皮带的时候，已经勒紧了，即便他怎么收腹，皮带也不会掉下来，一时间他也无法从反绑的树上挣脱开来。

陈劲当然是走了，但离开一段距离之后，把服装脱了，又重新回来了，并且拎了这人的枪，到了旁边一棵枝繁叶茂的大树上藏好了，放下诱饵，他要开始守株待兔了。

熬了近半个小时，警卫确定陈劲已经离开了。然后开始为自身的状况纠结起来，他是首长亲兵警卫，这会儿却被绑在这里羞辱，浑身还是鞭打的痕迹，要是让其他士兵看到，岂不是丢了首长的脸？

但他又不能呼救，大声呼救的声音能在山林中传开很远，如此别的士兵不需要过来撞见，就知道他很惨了，同样丢人。

纠结许久之后，他仰头发出了一声中气十足的大吼！

这不同于呼救，可以有各种解释，其他人也未必就会过来。但他的另外一个伙伴听到，则会明白他的意思，并且会顺着声音过来救他。只要在其他人看到之前将他解下来，就可以避免最糗的一幕了。

树上的陈劲笑了，等的就是这个！他不需要满山林地去寻找。

第764章　伏击打援

等了大概不到十分钟，陈劲就看到有援兵过来了。

不过和他预料的不一样，和下面那个臭袜子蒙眼的亲兵预料的也不一样，不是昨晚斟茶的那个亲兵警卫过来了，而是这支演习队伍的士兵过来了！

之前这个亲兵藏身在石缝里面，在伪装之下，陈劲眼力再好，也只能看到里面藏着人，而无法仔细辨别其面目，只有等到他跃身出来，才能从正面看到。

现在来的人还没有靠近，只是因为他身在高处，才提前发现了援兵，当然也不可能一眼看出不是另外一个警卫员。

他之所以会如此笃定，是因为来的不只一个人！

这也是为什么能被他那么快发现的原因，不管是他还是别的士兵，多人必然目标更加明显，被发现的概率要大于单个人的行动。比如狙击手、突击手、爆破手等的分工定位不一样，所擅长的必然也各有不同，多人难以做到各个都善于伪装潜行。

陈劲发现一个踪迹之后，并仔细地观察起来，随后从他们的行动轨迹，确认一起过来的至少有四个人！

这四个人是一个合作小队，并没有完全聚拢在一起行动，而是分了前后左右。并在靠近这边的时候，行动速度明显放慢了许多。

只是凭着亲兵之前吼的那一嗓子，相隔比较远、又是在山区里面，是比较难准确定位的，所以他们只能慢慢搜寻着过来。

这还是因为敌人就只有陈劲一个，而且是没有武器的。如果是实力相当的两军交战，必须更加小心翼翼。

陈劲开始小心地架好枪，把伪装的树叶整理了一下，并没有开始袭击。

他不嫌麻烦地把枪拎上来，目的就是对付这些演习的士兵。这两个警卫亲兵，他会亲自出手攻击，但如果像现在这样，一下来了一群士兵，就必须要借助演习的武器。

不是说他没有信心打四个，而是别人会开枪。既然参与了这个游戏，他就不甘心失败，无论是谢伟国的包藏祸心，还是这支队伍的演习，陈劲都要赢！

他在等着，等着那四个人的小队慢慢靠近，从百米之外，慢慢到了五十米外，三十米外……

随着靠近，那四个人的小队，也看到了被绑着的那个亲兵，确定这就是刚才吼叫声发出来的地方。

因为他身上有道道的血痕，脸上被袜子罩到了鼻子处，衣服也被脱了，不走近仔细辨认，是难以辨认具体身份的。

在他们四个人看来，第一反应当然是自己的队友被凌虐了，个个都是怒火攻心，便要上前救人。

但他们的职业素养也马上体现出来了，他们并没有被怒火左右，只是稍微动作大了一点，便马上压了下来，并迅速地藏身好，开始警惕起周围来。

很显然，这样将人绑在树上，绝不仅仅是为了羞辱，更重要的是为了吸引人来营救，那便意味着敌人就在附近伏击援军！

看到那一身的伤痕，却只发出过一声吼叫，他们愤怒的同时，也非常敬佩，这是忍住了巨大的痛楚。

最后二三十米的距离，那四个人没有再往前行动了。虽然也没有发现陈劲的所在，但依然在警惕着。

陈劲已经等了半个多小时了，当然不会心急。现在这样的状况，他没有把握将四个都“击毙”，而这些都是专业的优秀战士，一旦开枪，就会暴露他的位置。

即便他藏身的地方很好隐藏，不会马上被击中，但被发现之后，人在树上就被动了。

一分钟、两分钟……

绑着的那个人，并没有出声音，但估计他也感觉到有人靠近，只是没有眼睛的观察，也听不到多大的动静，无法判断是不是他想要等的人，故而他成为现场比较焦躁的一个。

他唯一能做的，就是用力去挣扎，但早就试过了，并不能挣脱。陈劲在绑他的时候，他是昏迷的，也就被动地完全配合。陈劲已经做过多种调整，让他既不能解掉皮带，也没有机会磨断鞋带。

不过他的挣扎，大家还是看在眼里的，即便没有出声，那几个人也能感受到战友的痛苦和无奈。

他们已经潜伏了一会儿，并没有发现敌人藏身在什么地方。想想就算在附近埋伏着，即便已经夺枪了，也只有一个人、一支枪，他们四个人，还是可以配合。

经过简单的手势交流，当即有一个人愿意冒险出去。如果敌人还在附近，那就是充当诱饵，如果已经离开了，那就可以把战友救下来了。

另外三个人，则把枪瞄准了他，并不时地观察周围，一旦有人开枪，务必最快找寻到敌人的位置。

虽然这并不是会让人致命的子弹，但如果己方一队精英都解决不了一个人，这实在是无法承受的耻辱！

这样的状况，让陈劲也有点无奈，想来他们也不可能四个人会同时出现。就算击中了前面的一个，后面三个人没有及时发现他的位置，更不会同时出现了。

既然如此，他马上做出了最有利的决定，先把他们击中，能解决几个是几个。要不然等到更多的人过来，一个个出来充当诱饵，他必然被发现。

陈劲当即把枪口瞄准了过去，因为他在高处的关系，这二三十米的距离，对他根本不是限制，能射击到他们藏身之所。

枪声响起，当即从山谷里面传来了阵阵的回音，并扩散了出去，大于人声呼叫的距离。回音没让枪响的具体位置没那么好判断。

这个时候，最好的方法，就是根据中弹的部位反推弹道，子弹是不会拐弯的，弹道轨迹会把敌人的藏身之所显示出来。

一时间，除了被臭袜子蒙着眼睛的那人之外，其他人都睁大了眼睛，仔细辨认中弹的部位。走出来的那个，还没有到目标面前，此刻先是持枪张望警惕周围，又快速低头看了一下自己身上。

后面三个的第一反应当然也是在看前面出去的那个，随即通过激光接收装置的“中弹”和冒烟、鸣叫，最后一个人才发现，陈劲射的竟然是他！

第一枪射的是最后一个，等他发现的时候，人已经“死了”，是不能提醒指出目标的，他能做的是倒下，让鸣叫声停止。

陈劲需要的就是这么一个时间差！

第765章　对自己的开枪

听到声音的时候，包括前面那个在内，三个人都是本能地转身看向了最后一个。既然已经有人牺牲了，就不能白白牺牲，大家必须看清楚敌人在哪。

刚才走出来的那个，反应也是很快的，回头张望的时候，不忘往一棵大树后躲藏，以减少被袭击的机会。

就在他们看清楚最后那人倒下的时候，第二声枪响了，目标则是最前面的那个！

剩下左右埋伏的两个，都是第一时间转身瞄准了陈劲这边！

即便他们还没有确定具体的位置，但已经可以确定一个大概的角度。

不过他们惊愕和前后转头的时间，已经足够陈劲利用了。他第一枪和第二枪保持了一点的间隙，而第三枪、第四枪，却是紧随着第二枪！

等左右二人高度戒备地搜寻瞄准他所在大树的时候，两个人已经相差无几同时中枪！

三个人都冒烟、鸣音，这让他们都非常不甘心！

但规矩就是规矩，这是模拟的演习装备，如果是真枪，他们就直接中弹倒地了。所以即便再不甘心，也不得不遵守规则，扑倒地上，让鸣音停止。

被绑着的那个，不由地苦笑了起来，真的非常苦！

他是知道不会真的死人，但已经明显有四个人为救他而被“毙”，那说明他的遭遇，已经被至少四个人看到了。有四个人看到，就几乎说明这支队伍都可能会知道这件事。

比起昨天晚上在酒店客房就几个人看到，这一次是把首长的脸丢到外面了！

刚开始听到第一声枪响的时候，他还担心是不是另外一个伙伴中枪了，那样的话，碍于规矩，就得离开了，没想到是别人先来。

不等他们四个起来，开完了枪的陈劲，已经顺着大树迅速地滑了下来，然后快速地离开，前往之前他放下服装的地方，穿上衣服之后，重新往这边而来。

如果听到不远的地方有连续的枪响，定位信号还是停留着不动，必然会让指挥所方面怀疑。他杀的回马枪，就好像是刚刚听到赶过来似的。

回到几十米外，这一次他是沿着山坡的上方，这样视野可以更好。不过在这片山坡之上，他就没有枝繁叶茂的大树遮挡了。

陈劲把服装放在了前面一块石头后面，自己则在几米之外，让自己混藏在草丛之中，他的枪口重新瞄准了下面。

昨天斟茶的那个警卫亲兵还没有见到，他给陈劲的感觉是一个更加危险的人物。现在是早已经到了附近，藏匿等着最佳出手的机会？还是恰好在更远的地方？

但不管怎么样，刚刚四个人“被毙”，必然会引来更多的士兵。

那四个人已经是“死人”，在陈劲离开后，他们也不能去解救战友。当然也不会继续伏在地上等清点，而是退出演习回去上面指挥所报到。

陈劲前后来回，到现在藏身好，并没有用太久的时间，而刚才那人的吼叫，也让远处的士兵往这个方向过来。只是在更远地方的人，只能确认一个方向，不能确定具体位置。但现在听到了枪声，则可以确认得更清楚一点。

故而在他藏好不久，有士兵陆续从不同的方向赶了过来，基本上是单独的，他们自然不敢贸然行动，靠近之后，各自藏身了起来。

陈劲明确地观察到了，除了两边都有人之外，对面山顶也有人翻山过来，正藏身山坡，瞄准着下面。

他先藏身好了，此刻清楚地看着那些人陆续藏身，唯一的漏洞，就是身后。

因为他能藏身在草丛之中不被发现，是借助了山坡的高度，从下方、对面乍看都不那么容易被发现。但如果有人恰好从后面山顶翻过来的话，不说一目了然，起码也会更加容易发现他。

这个可能性是很大的，所以陈劲这一次不会像刚才一样比耐心了。他已经确定了下面有三个人，对面有一个人，暂时没有看到其他人过来的迹象。

陈劲把枪口瞄准了石头后面的衣服装备，这是他刚刚拿过来的，这一次，他是开枪射“自己”！

大家都在仔细观察，当然下面的也会往两边山坡查看，这个时候突然有枪响，一下打破了气氛，让所有人都高度戒备起来。

枪声伴随着回音，说是哪一边山坡的声音，都有可能。但随即中弹后的冒烟和鸣叫，则让大家清楚地确认是陈劲这边中枪了。

这边山坡上中枪了，那视角最好的，自然是对面山坡了！

于是乎下面三个人，都把枪口瞄准了陈劲对面的山坡。

对面山坡上藏身的那个士兵，此刻也是有点蒙了。枪肯定不是他开的，从他的角度，可以更好辨别真声和回音，清楚判断枪声是对面响的。

这让他赶紧瞄准了对面，看看这个开枪击毙了一个战友的敌人藏身在哪里。

他这是正确的反应，但落在下面三个人的眼中，看到瞄准中枪那边的枪口，也就把他当成了开枪的敌人。

关键的时候，必须果断开枪，要不然在山坡上占据优势的人，肯定会射杀他们！

所以三个在不同方位、相隔几十米的士兵，都同时往对面山坡连续开枪。

从下面射向山坡上面，角度没有那么好，那个士兵并没有马上中枪，但下面对他开枪，让他有点狐疑，难道刚刚不是对面开的枪，而是下面往对面山坡开的枪？

为了弄清楚，他也往下瞄准并观察起来。

这就让下面三个人，更加确定他是敌人了！

说时迟那时快，在开枪射“自己”，成功引发了他们的内讧和怀疑后，陈劲也没有闲着，更不会等着他们自相残杀。他的枪口也已经瞄准了，目标是下面的其中一个。

当看到对面枪口往下瞄准的时候，他果断开枪！

正往对面山坡射击的三个人，防的都是对面的“敌人”，当然就更加方便了陈劲这个在另外一边的真正敌人，一枪击中了一个。

另外两个因为在不同的地方，无法近距离地观察到中弹处，所以本能地认为是山坡上正和他们枪战的敌人造成的，也就一枪接着一枪地射击！

对面那个被打得不敢冒头，他也开始意识到不对劲了，这肯定是有人浑水摸鱼、挑拨离间。而如果是这样的话，最有可能还是在对面！

陈劲的枪口已经瞄准了他，开枪——击中！

陈瑞迪　整理摘录

二胎驾到

猗兰霓裳

【导读点评】

《二胎驾到》是猗兰霓裳以“两孩政策”为背景所写的现实题材小说。2010年前后，随着“两孩”逐步放开，关于“二胎”的话题热度一路攀升，作者以此为小说背景，不仅在题材内容方面有着一定的创新力，同时也对某些特定群体产生了巨大吸引力。毫无疑问，猗兰霓裳这本《二胎驾到》选题是成功的。

小说主要在婆婆凌雅芳、媳妇夏夕凉、老公翟凌霄之间展开。故事起源于国家“两孩政策”的实施，婆婆凌雅芳不满无孙儿传宗接代，便打定主意要儿媳生二胎。相反，儿媳夏夕凉生完头胎，便一心扑在事业上，兢兢业业，眼看升职加薪指日可待，又怎能轻易放弃？整篇小说围绕这一矛盾展开，婆媳问题迫在眉睫，婆媳大战一触即发。两个女人一台戏，自然也少不了一个遇事摇摆不定、少有主见的男人夹在中间。虽说经历百般折腾，夏夕凉最终妥协，但谁料因大女儿的教育问题，婆媳两人明争暗斗，矛盾不断。即便二胎出世，各种冲突也未曾消停。比如大女儿依依与小儿子可可争宠吃醋，婆婆火上浇油，夏夕凉心力交瘁，更是左右为难。再加上丈夫翟凌霄收入不算丰厚，生活并不算宽裕，小家庭里一系列精神压力接踵而来……

小说聚焦二胎生育问题，在情节铺垫的设置和冲突场景的描写刻画上都颇见功力。从内容主线来看，小说以媳妇夏夕凉的视角贯穿全文。从最开始为了接婆婆而在上班时间偷溜的小心谨慎，再到对婆婆教育女儿依依的不满，乃至于两人在教育方式上的冲突，形成一道道高低起伏的情节波澜，显示出作者出色的写作功底。光是“兴趣班之争”这一篇章，就很好地连接了整篇文章中最为重要的五个角色，分别是夏夕凉、婆婆、老公、女儿以及闺蜜。最有意思的是，“兴趣班”这一大章节对应的人物两两联动非常紧密，且在这一情节的推进下，下一章“生儿秘方”又非常自然地跟进，使得整个小说的主线脉络一直保持在一个大高潮和多个小高潮的循环渐进中。小说的结尾，十分巧妙地把曾经一切恩怨仇恨的源头人物谭曼丽塑造为一个善良的形象，使得整篇小说终以完美的大结局收尾。也正是这种从最开始针锋相对到最后坦然相待的转变，给人以意犹未尽之感。

不得不说，《二胎驾到》将这一类题材的现实意义表达得淋漓尽致，引人深思，不仅反映了曾经一段时间计划生育政策所遗留的人口老龄化问题、失独问题，还让人不由思考生“二胎”所能带来的好处，比如提高抵御家庭风险能力、促进家庭内部成员感情交流等。无论从细节的把握、人物的刻画来看，还是从情节的推进、人性的思考来看，《二胎驾到》都算得上是一部不错的作品。

唐宇　撰写

男人不可以穷（男人唔可以穷）

薛可正

【导读点评】

《男人不可以穷》有普通话和粤语两个版本，主要讲述的是：与作者同名的主角薛可正遭人陷害导致失业，祸不单行，他父亲患癌，而女友张以娜的弟弟张以信患上帕金森病，需要家人移居英国照顾。两方原生家庭都自身难保，何谈协助两人建起小家？交往多年的女友感觉无望，提出分手，使薛可正一夜之间成为“双失”（失业+失恋）青年。后来经朋友和弟弟薛可勇介绍，薛可正投身金融行业，成为黄金经纪人。兄弟俩看尽行业百态，认识到金钱的诱惑和激发人性丑恶的能力，感悟穷是所有不幸事件的源头。

小说情节跌宕起伏，情感塑造细腻，以当代都市人的烦恼和心酸为主题，带出都市人难以掌握命运的无奈。不同于网络流行的“爽文”，作者并不以主角过上纸醉金迷的奢华生活来激励读者，而是以亲情、友情和爱情这些无价的情感去打动人心，告诉读者人生在世总会遭遇挫折，丢失某样重要的东西，但“人总要向前走，甚至要比以前走得更快，走得更大步”。小说分为两大部分，与更广为人知的同名改编电影有些不同。

第一部分可以称得上是香港小市民薛可正的翻身史和成长史。小说以薛可正第一人称自述进行叙事，讲述了“我”作为一个办公室小职员，如何在失业、失恋、家庭不睦的几重压力下，进入炒伦敦金的行当，在这份新工作中脱胎换骨，并且明白了相恋十年的女朋友以娜离开的真相：她不是嫌弃薛可正穷，而是因为他给不了她安全感。“男人不可以穷”这句话在这一部分里，实际出现的次数不多，前三次出现，都借由别人的口吻对着薛可正指出来，指的无一例外都是字面的意思：男人不能没钱。直到经历各种变故之后，薛可正才终于悟到：男人不可以穷，不仅指金钱，还指人的灵魂，人的心理层面不能匮乏。薛可正一开始抱着不可以没钱的信念，报复式地追逐名利，直到名利在手，才发现钱不能解决他的问题。女朋友还是远走英国，老父亲癌症复发，与世长辞。

第二部分则又回归到客观叙事，从薛可正的弟弟薛可勇的角度来讲故事，围绕着一个赚钱的男人如何被生活压力逼迫到崩溃，展现了通过家庭的力量与生活达成和解的过程。

讲到这里，你也许会看到，薛可正的故事里，具备了一个励志故事所需的基本元素：被生活嘲弄的人终于反戈一击，成为生活的强者。但薛可勇的故事却相反，尽管不乏团圆结局，却具有拍成地下电影的可能：一个生活中的落魄者如何在无望的人生中等候救赎。因此，电影版的《男人不可以穷》很巧妙地将薛可勇的困窘故事切除，仅留下了薛可正完美变身的轨迹，并且将励志元素发挥到极致。

但我们仔细品味，会发现原小说的两个故事连在一起，构成了既创造励志神话，又亲手打破神话美梦的具有浓厚现实主义色彩的作品。更加耐人寻味的是，小说里的人物无论在生活里遇到什么困境，如何被搓圆揉扁，救赎他们的，从来都是仁义礼智信这些最基本的道德信条。而以上一代的父亲为代表的家庭权威，却又是以薛可正为首的小辈人始终信奉不渝地遵从并且崇拜的。父亲教导过薛可正一句话：不是自己的不可以拿，自己的事情要做好。这句话成为薛可正的人生信条，甚至在父亲死后也总会在关键时刻防止他走向歧途。哥哥薛可正和弟弟薛可勇之间的矛盾冲突也通常在家庭遇到危机的情况下暂时化解。因此，表面上看，这本小说里面流露出来的是小人物的奋斗史，是香港草根力量的又一种演绎，然而，建构整个故事的灵魂所在，却不是代表草根力量的薛可正这个人物，而是薛可正最终悟到的道理——家庭和亲情才是奋斗之后的最终归宿。

张思曼　整理撰写

辑二

玄幻想象与神异传统

小兵传奇

玄雨

【导读点评】

《小兵传奇》是著名网文“大神”玄雨2002年首发的一部长篇科幻小说，这部小说语言幽默，并且紧扣当时流行的网络游戏元素，内容独特且具有较强的可读性，这也是该小说能够在网上广泛流传的原因。作品讲述了在宇宙世界背景下，主人公唐龙通过艰苦的努力，最后统一宇宙的故事，情节新颖有趣，故事耐人寻味。

酷炫的富家子弟唐龙，高中毕业那年，阴差阳错进入了一个只有他一个学员的训练营，选择了无人问津的步兵，成了当年参与探索异次元的五位机器人的学生。在经历了机器人骷髅教官近乎残酷的训练之后，他终于成为一名合格的军人。自此之后，唐龙战胜所有“菜鸟”同僚、渡过道道难关，当上了自走炮舰的舰长——“自走炮舰”是政治斗争黑幕下，被送上前线当炮灰的牺牲品！然而，随着黑洞弹密码的破解，宇宙间的一场大战已箭在弦上……在机器人教官23团训练中唐龙与星零（万罗联邦的主电脑）相识。星零成为唐龙至交好友，五个机器人教官格式化磁盘前，给星零制造了一具肉体。在星零的协助下，唐龙通过层层考核、渡过难关之后，当上了战舰的舰长。在“处女战”中，面对敌方一万艘巡洋舰和三千艘战列舰的阵容，唐龙发挥无与伦比的指挥才能，一举歼灭银鹰帝国先锋部队，立下了赫赫战功。然而，在逃出死亡部队之后，他遭人暗算，战功被抢，并被陷害入狱。真相大白之后，唐龙依旧被降职，进入“军妓”军营，最后他决意对那些奸诈猥琐的联邦高官实施报复，拯救整个“军妓”军营，将“军妓”军营建立为SK23连队，率领SK23击败联邦政府。之后唐龙逃离联邦政府，建立大唐帝国。星际争霸战浮上水面之时，各国的军队毫无预警地发生叛变，宇宙、帝制、家族、独裁这四大联盟发生内乱，四分五裂，而背后的阴谋获利者，直指威神国。最后在星际大战中，唐龙率领大唐军队以及机器人军队，凭借超强的个人能力、驾驶技术和先进的战略技术，大战来威神国，最终以过人的智慧和魄力在最后的战争中成了宇宙霸主。

随着古装玄幻类小说热潮逐渐退去，未来科技类玄幻小说获得越来越多网文爱好者的青睐。科技类玄幻小说会形成一种新的思维，会为读者构建一个虚拟的时空，这种虚拟时空很多时候是凭借作者的想象力搭建而成的，正因如此，情节和人设在整本书中要非常契合，很多此类小说会因为结构不够严谨、桥段松散、逻辑不能自洽等问题，而显得情节混乱。而这部小说情节和人设都很契合，因此多数读者对作品中的故事推进较为满意。对于长篇小说来讲，如何把最开始文章里埋下的“坑”在情节递进的过程中“严丝合缝地填好”，也非常考验作者的写作功底，这部小说的作者显然做到了。

回到故事内容，故事从头到尾贯穿的一种价值观是人类与人工智能的和谐。人工智能与人类之间感情的延伸，使人工智能变成真正意义上的“生物”，在共同努力下，统一了宇宙。实际上，人类与人工智能也可以实现和谐，因为人工智能是人类创造出来的，因为人有感情，在人类潜移默化的影响和技术进步中，人工智能也会拥有与人类一样的感情。小说中并未提及技术进步让人工智能拥有了人类的情感，小说中所有的人工智能都是被主人公唐龙所感染，在与唐龙相处的过程中，逐渐产生了与人类一样的情感。小说的故事将人工智能感情化，触发了人们对人工智能的认识与期待，会让人更加期望实现这样的和谐美好。独特有趣的内容，使这部小说精彩绝伦。

陈悦　撰写

【精选摘录】

第一集　银河禁锢　第五章

宇宙已知的文明超过数十万，但是经过几千个宇宙年的征战，已经统合成356个大大小小的国家。宇宙各国的文化很接近，除了政治制度不同，还有一些古怪的宗教信仰，因此也会有以宗教立国的国家，当然这在宇宙各国中只占了极少数。宇宙中的国家政治体制一般分为：民主政治、帝王政治，还有奇特的宗族政治和宗教政治。而唐龙所在的国家就是民主政治的万罗联邦政府。

宗族国家也就是几个姓氏家族联合或者单独一个姓氏家族统治的国家，这些国家都比较弱小，一般是几个星球联合在一起的，也可以说是同盟国。虽说是家天下，但又不同于帝制国家，这些国家的权力是由家族成员把持的，有什么大事则由长老或几家家主共同商讨决定，没有帝制国家的绝对权力。当然也有家族成员打败家族的其他人，从而获得国家绝对统治权的，不过这样一来这个国家就成为帝制国家了。

也许宇宙中生命诞生的过程都差不多吧，全宇宙的人种没什么特别奇怪的。要说有就是一些原本还处于猿人时代的星球，在被临近的高等文明强迫接触发达文明后，变得有点不伦不类了。虽说现在宇宙的主题是生命平等，而这些猿人也掌握了一定的科技，可是因为他们本身未进化的样子，而被一些发达国家的人轻蔑地称为蛮族，而这些所谓的蛮族在所有国家内都有。

这些蛮族大部分只能待在自己起源的星球内，一边替自己的国家干活，一边慢慢进化着。在民主国家他们只是待遇差人一等，还是拥有公民权利的。可是在一些帝制国家和所有的宗族、宗教国家内却完全处于奴隶的地位，身价连一部电脑都不如。

不要奇怪为何在宇宙年代还有奴隶制度存在，宇宙文明的过程虽然差不多，但是有些国家的文明进度缓慢，上层建筑还没有到毁灭的时候。而且由于通信技术不能达到笼罩全宇宙的地步，一些偏远的地方信息还是十分闭塞。

信息发达地区一般是上层建筑，所以领导阶层垄断了信息的流通，也就使得那些人不可能获得知识。加上也没有人会跑到那些落后的地方，去引导这些处于奴隶地位的人起来反抗。当然就算他们想反抗也反抗不了，因为这些国家的当权者拥有跟其他国家一样的科技和武力。

现在宇宙中的国与国之间相处得很好，甚至有些国家提议建立宇宙联合政府。但是由于一些帝制国家的皇帝不愿意放弃自己的权力，而一些民主国家则争夺联合政府的领导权，另外那些宗族、宗教国家根本不愿意去接纳其他国家，所以这个提议就作废了。

整个宇宙已知文明的人口有200多万亿，共有560多个星系，而全宇宙的行政星球也有数十万个以上。唐龙所在的万罗联邦拥有11个星系，大大小小的行政星球共有六千七百多个，人口大约3万亿，在宇宙各国中属于中等国家。

行政星球也就是指在许久以前就存在了文明，以及以前没有存在文明但适合居住的星球。蛮族的猿人星也属于行政星球。一个国家强大与否，在于行政星球的多寡，至于不适合人类居住的星球则不算是行政星球。

无人星球在每个星系中简直是多得无可计数，环境都很恶劣，再加上只有少数几个才适合开采某些物资，所以这些无人星就跟星球上的荒山沙漠地带一样，只有在战争需要时才有某些无人星会被利用，至于平时是没有人去理会的。

原本和中央隔离了数个星系的行政星球，中央是很难控制的。但是随着科技的发达，太空船和信息传递系统拥有了空间跳跃的功能。由于这功能缩短了中央与地区之间的距离，才使得国家没有分裂。而管理如此庞大的人口和地域，靠人力是不可能的，所以出现了管理系统——智能电脑。这种系统宇宙各国都有那么一套，区别只在于功能强不强大而已。

虽说太空船和信息传递系统可以在一瞬间就跨越数十万光年，但也没有厉害到可以横穿整个宇宙文明星系。因为技术限制了空间跳跃的范围。

太空船凡是跳跃一定的距离后，就要正常航行一段时间才能进行下一次跳跃。这个跳跃距离和航行时间，是随太空船的等级高低来决定的。也就是说太空船等级越高，跳跃的距离也越远，恢复跳跃能力的航行时间也就越短了。

而信息传递到极限距离时，会在安放于这个地点的固定接收器里停留一瞬间，然后立刻往下个接收器跳跃。所以通常信息都比太空船的速度快很多。这些接收器可以是个拳头大的仪器，也可以是整整一个巨大的无人星球。

一般来说，在本国内接收器都是无人星球，这是因为在无人星上建设的接收器，功率大也比较稳定，而在战争中入侵敌国后，只能施放小型接收器来和本国保持联系。因为把敌国无人星的接收器变成自己的接收器，耗费的人力物力时间都十分庞大，还不如直接毁坏重建更省事。当然这是在战争结束后才能做的，不然才刚建好就被敌人破坏了，实在是太浪费了。

当然，也别想利用空间跳跃直接进入他国领土。因为在国与国之间的边界上，都设下了使空间跳跃失效的空间屏障，也就是所谓的边境关卡。这些关卡不但用于拦截飞船，也用于拦截外面的信息传入。这些屏障一般一个星系设置一个，国内星系的屏障平时不使用，只有在战争时期才开动，因为这样可以防止敌人突破边界星系后，长驱直入地攻入国家心脏。

不过为了与他国的信息交流，也就在关卡处弄了个信息转换器来接收信息，通过转换器过滤，然后自动把无害的信息传入国内。至于太空船想要进入，那就需要关卡人员的检查，合格后才能通过。当然，使用战舰进攻的话，这些关卡根本挡不住。不过这样一来就是入侵了，布置在关卡附近的舰队会在第一时间赶来。

现在的宇宙很和平，表面来说会产生和平是由于科学技术的发达。现在的科学技术早就解决了能源危机，也解决了粮食问题，可以说除了领土外没有什么好争夺的。当然除了领土外，精密稀罕的特种矿石也是争夺的目标，不过现在这个时候都是没有某种矿石的国家向有这些矿石的国家购买，还不会动刀动枪。

虽然宇宙和平是众人的心愿，但全宇宙这么多人里面，肯定少不了会出现一些野心勃勃，希望一统天下的家伙在痴心妄想着，表面上产生和平的理由根本不能压抑住这些野心家，而真正产生和平的理由是：几乎所有的国家都掌握了恐怖的武器——终极黑洞弹。因此没有哪个白痴会在没有发明抵抗这种武器的技术下发动战争。

终极黑洞弹，也就是所谓的人造黑洞技术。在使用这武器时，可以在武器威力完全展开的一秒钟内，把直径一光年内的东西全部吞噬。而且武器还可以以最高威力状态维持10秒钟的时间。也就是说一发终极黑洞弹在使用后，可以吞噬10光年的所有物体。据科学家用电脑演算，当10枚高等威力的终极黑洞弹，在直径100光年的范围内同时或分次引爆，将会出现连锁效应，从而产生一个永恒不灭，不断扩大的黑洞，并最终将整个宇宙都吞噬掉。

虽说没有白痴会在100光年内连续引爆10枚终极黑洞弹，但要是真的有一个以为只有自己才会引爆终极黑洞弹的白痴呢？又或者出现不得不放的情况呢？由于这个恐怖的原因，宇宙就一直依靠这把悬挂在头顶的利剑，维持着表面上的和平，而现在宇宙的国家范围就是在这种武器出世后定下来的。

可是这个微妙的和平，突然被一个笨蛋破坏了。

“哈哈哈，中计啦，给我围上消灭他们！”唐龙踩在指挥塔的椅子上，得意扬扬地向属下命令道。他在游戏中的麾下战舰已经达到了数百万艘，是个经历了近万场战斗的指挥官了。现在他的主舰等级已经达到了最高的z级，看着数以万计的乘员在自己四周忙碌着，唐龙还真的忘了自己身处游戏中呢。

在游戏中几个月的学习是这样的：机器人教官先教他一些计谋和战例，当然唐龙这家伙没听懂。理论学习后，扮演敌人的教官就开始用这些计谋和战例在游戏中摆唐龙的道。当然变为唐龙部下的教官会在旁指点唐龙应付这些情况。也不知道唐龙是天才还是沾上游戏的光，原本一窍不通的他居然能够依照教官的指点胜利反击。

教官们除了把有史以来所记载的谋略和指挥知识都教给唐龙外，还教了他不少关于人事管理、组织建设的知识。由于这些机器教官都具备了智慧电脑，他们脑中的东西几乎囊括了宇宙历史中的一切，所以教给唐龙的知识都是最经典、最有用的。

唐龙这家伙早都忘了学这些东西的目的是什么，他只是为了能够让自己在游戏中获得好成绩而专心学习。但也正因如此，他不但飞快地掌握了教官教的东西，连那个游戏引导程序教的金钱管理方面的知识，也学成并运用自如。因为唐龙知道在游戏中没有钱就不能壮大军队更换装备，当然要掌握啰。

不过让教官们眼中绿光变成黄光的是：唐龙虽然在游戏战场上表现十分出色，但是要他在战后说出使用了什么计谋手段方法，他却目瞪口呆不知道怎么说。问唐龙怎么回事，他只会搔头不解地说：我怎么知道用了什么方法，我只是直觉认为这么做就可以打败敌人啊。搞得教官只能悲叹唐龙是单细胞！

唐龙今天好不容易不用跟首领教官开战，总算可以自由地选择对手增加分数了。唐龙虽然厉害，但是机器教官更厉害，跟机器教官开战，10场有6场落败。要不是休息时拼命找对手开战，唐龙的排名只能排在第4位。

唐龙乐呵呵地看着中了陷阱、正要被自己舰队团团包围的一队敌人，他右手高高举起正想下令开火呢。当手正要挥下时，指挥塔突然响起了红色警报。那些虚拟士兵顿时手忙脚乱地跑来跑去。这时一个虚拟副官连忙跑过来行了一礼，语气急切地说：“长官，敌人使用了终极黑洞弹！预计五分钟后将在我方中心爆炸。”

原本还在感叹那些虚拟士兵表情丰富的唐龙，听到这话吓得差点整个人摔倒在地上。唐龙跳脚大喊道：“什么？终极黑洞弹？价值一千亿元的终极黑洞弹？”那虚拟副官听到这话神色呆了呆，然后才猛点着头。《战争》游戏会这么受欢迎，很大程度上就是因为游戏里的NPC[①]，会根据玩家的言行举止而摆出与之配合的情感系统，从而搞得很多玩家差点分辨不出哪里是现实，哪里是虚拟的了。

全宇宙的人都知道终极黑洞弹是个什么东西，所以唐龙麾下那些舰队的一些玩家纷纷发电来请示，当然更多的玩家不请示就用空间跳跃逃走了。在游戏中死亡一次会被扣掉很多分数，这些视分数高低为生命的玩家，摆出了和在真实世界遇到这种状况时一样的举动。

唐龙完全没有理会那些部下的请示，他正望着屏幕上显示敌人的图标惋惜着呢：“他们居然能够得到这个随机出现的武器，真是羡慕，那可是一千亿啊！要是卖了的话能够买多少艘战舰啊……”

这时那个虚拟副官焦急地催促：“长官，只有一分钟了，请您快下决定，其他舰队

①NPC，non-player character的缩写，指电子游戏中不受真人玩家操纵的游戏角色。

都逃光啦！”唐龙听到这话才清醒过来，忙望向四周，发现刚才还密密麻麻粘着自己的舰队群都不见了，现在居然只剩下自己这一艘主舰孤零零地待着。

看到这些唐龙不由得跳脚大骂道：“他妈的！这帮有分数没长官的混蛋！居然抛下我这个指挥官全跑了！妈的，给我使用黑洞化解程序！”唐龙气愤地说完后又哼哼几声：“哼！这帮笨蛋，难道不知道z级战舰有破解终极黑洞弹的程序吗？临阵脱逃的罪可是很大的哟。”唐龙开始想象事后怎么处罚那些玩家部下了。

随着唐龙的命令，战舰上的虚拟士兵又忙碌起来，不一会儿战舰上几门巨大的主炮开始开火，数道光芒射向远处飞来的那个虚拟终极黑洞弹。终极黑洞弹先是爆炸开来，然后产生了一个数百公里大的黑洞，但是在开始准备无限扩大的时候，吸进了那几道射来的光芒，然后那个黑洞就这样有头无尾的突然消失了，跟没出现过一样。

此刻唐龙很拽地把手一挥命令道：“突击！所有导弹发射、炮火全开、战机全体出动！”他要乘胜追击呢！其实唐龙的旗舰可以说是游戏中唯一的一艘z级战舰，要不是为了提携那些叫自己大哥的玩家升等级，唐龙早就单独跟敌人干了。他这艘顶级战舰绝对有这个能力哦。

那一伙原本期待打败最大军团进而获得巨大分数奖励的玩家，一下子从喜悦落入深渊，没来得及组织反抗就被唐龙扑入阵中。强大无敌的炮火、饱和繁多的导弹、数以万计的战机、完美无缺的防护罩，有这些依靠的唐龙，简直就跟虎入羊群一样。才一会儿工夫，这个舰队就被唐龙消灭了。

游戏连锁店会把一些重大壮观的战斗画面播放到巨大的屏幕上，供在店内等待空机上线的客人欣赏。因此全宇宙准备玩这个游戏和路过看热闹的人，都看到了这壮观的一幕。所有看到这一幕的人都呆住了，少年玩家呆呆地看着23tl名下的积分不断地飙升着，而有一定年龄的大玩家则震惊得不能自已。因为他们玩过游戏都知道，游戏喊出的口号就是“等同现实”，也就是说游戏中会产生什么样的效果，在现实中也能够产生同样的效果。那个恐怖的终极黑洞弹在游戏中被几道白光消灭了，那么照那个口号，现实中也会出现这种效果吗？

唐龙在消灭敌舰队后，就站在指挥台上，一手抱着后脑勺，一手贴着肚子，扭着屁股跳起舞来了。这是他胜利后的习惯动作，是以前玩战机格斗战时养成的习惯。而那些原本很配合的虚拟士兵则奇怪地待在自己的岗位上，当没看见。

管理这个游戏的那个“她”原本十分热衷于改正游戏，当时唐龙出现这个动作，她还想让那些虚拟士兵有相应的反应呢。但是她找遍了全宇宙的资料，都没发现当长官这样做的时候，士兵要出现什么动作。她不由得苦恼了，因为不管是鼓掌，还是呆呆的，又或者是跟着跳，都和军队的风格不符啊。没有办法的她只好让那些虚拟士兵在唐龙跳舞时，当没看见了。

唐龙也没跳多久，他被无数个跑回来拍马屁的玩家部下围住了，统统是问恐怖的终极黑洞弹是怎么解决的。这是游戏玩家希望学会绝招的大众心理。当然不乏某些有心人，怀着不可告人的目的询问着。

原本还想板着脸的唐龙被猛拍一阵马屁后，心情已经舒爽起来了。他一得意，就把解决终极黑洞弹的化解程序公布出来。这个程序被散播到网上，立刻引起了所有有心人的注意。经过无数顶级科学家的研究试验，看到结果的有心人全都心花怒放了。

没过多久，各国的主要报纸、网站上都大幅刊登了这些标题：恐怖的终极黑洞弹终于到了变成废物的一天；《战争》游戏的伟大贡献——粒子恢复光线，黑洞的终结者；笼罩宇宙的乌云终于消散……

随着这些消息的传播，因终极黑洞弹而被压迫住的野心，失去了枷锁，开始蠢蠢欲动了。不过在这个让全宇宙沸腾的消息传播开来后，许多国家的主流报纸和网站都在醒目的地方做了这样的广告："某某公司邀请《战争》游戏玩家23tl、23-3c41、23-3c42……来本公司开发游戏，请见到本消息后尽快与本公司联系。"并在后面列出了许多优厚的条件。这些公司的邀请启事，几乎把《战争》各种排行榜的前一万名内的玩家都扫了进去。

排行榜有总分排行、战功排行、后勤管理排行，总之现实中发动一场战争需要哪些人管理的职务都有排行榜。

刚开始人们还不知道怎么回事，但是在一些请不到一个人的小国家开始心急后，才恍然大悟。因为这些小国家居然明目张胆的登出这样一个消息："本国邀请《战争》游戏玩家23tl、23-3c41、23-3c42……等人来本国担任官职！愿授予少将以上军衔或部长级以上政府职位！"此时敏感的民众才从以前的报纸上发现，在那个解决终极黑洞弹的消息出现没多久，身边有弱国的国家都开始纷纷调动军队布置在边界了。此刻只有一个念头闪入众人的脑中："战乱将起！"

没有人会认为这样做的国家是笨蛋，因为玩过《战争》游戏的人都知道，里面的战争跟真实的一模一样，也就是说，排行榜上的人都具备统率舰队和管理机构的能力。而且几个月前就有数篇新闻报道某某将军称赞《战争》游戏是锻炼文武官员能力的好去处。

当时还有一个轰动一时的报道呢：某国舰队指挥官为了达到训练效果，带着数万名部下进入了《战争》游戏。这帮拥有统一管制的舰队所向无敌，没几天工夫就登上了升级最快的排行榜首位。可惜在遭遇到23tl和23-3c41的联合军团后，被打了个全军覆没。事后那个国家的舰队指挥官留言说就算在真正的战场上自己也将是一败涂地。

其实各国军部早都密切注意着《战争》游戏，因为他们发现《战争》游戏里面出现了一些十分典范、十分适合做战术和战略教材的战例。甚至有些国家把游戏里面的一些战例编进军事学院的课程里，而且还把学院的考核过程，转移到在《战争》游戏里面考核。也由于这样，各国情报部都加紧搜寻《战争》游戏公司的总裁，同样也花费了巨大的人力寻找排在排行榜上前六位玩家的真实身份，因为那些经典战例都是这六个人打出来的。而且情报部最为重视的是首位的23tl，因为这个人除了杰出的军事管理才能外，还发布了消灭黑洞的粒子恢复光线程序！可惜也是可喜，没有任何一个国家声明获得这六人的效忠。

日子一天一天地过去了，虽然还没听说哪个国家发起战争，但是任何人都感觉到了一种紧张的气氛在全宇宙蔓延着。《战争》游戏排行榜上的玩家越来越多地表露出自己的真实身份，以及表明自己所效忠的国家是哪一个。众人这才发现这些玩家里面很多是在役的军官，当然也有一些普普通通的毛头小子。由于《战争》游戏几乎变成了各国挑选人才的工具，无数的民众涌入了这个游戏，也使得游戏终端第一次开始出现宕机，也第一次开始以国家划分分区。曾有财经报纸报道，如果《战争》游戏公司上市的话，可以在一瞬间成为全宇宙无可计数的公司中的首强。不过不知道什么原因，公司高层根本没有意愿上市。也就是说这个公司是私人所有的。

随着出现的玩家在排行榜上的等级越来越高，各国报纸的报道也越来越火热。人们的目光都望向了前缀名都是23的榜上最前的6个玩家，各国邀请这六个人的价码也越来越高，甚至出现了授予元帅军衔的国家。不过对于这些消息，这六个神秘的玩家没有理会，并且在《战争》游戏中消失了踪影。原本就怀疑他们六个人是一伙的消息更是火爆起来。当然也不乏疑心之人怀疑这六人早被某国招揽进入军队，全都在暗暗畏惧这六个奇怪人物隐藏的能力，也因此战争仍未爆发。不过拉住和平的绳索也变得越来越紧、越来越细了。

其实唐龙根本不知道外面的消息，也不知道自己被世人这么期待着，他现在已经脱离了《战争》游戏，重新过上了艰辛的体力锻炼生涯。

“妈的！我正要横扫天下的时候，偏偏就说训练提前结束，还要我背着几十斤的东西在这学兔子跳！”唐龙穿着负重衣，背着手在23团的大厅里围着墙角向前跳动着。看到四周一片雪白，不由得又出声骂道：“奶奶的，怎么不搞个虚拟场景来？不说搞些美女围在四周喊加油，起码也应该搞个风景迷人的田园风光来啊。看到这样一片白色的场景，我才跳了几百步就头昏脑胀的。”

他骂骂咧咧地跳到一个房间时，扭头朝门上吐了口口水：“狗屎！这帮变态的家伙，居然要我在这样无聊的场景里跳上10公里，这不是要我的命吗？呸！”唐龙再吐了口口水抬头望着白色的天花板感叹道：“唉，想当年本帅麾下何止百万，没想到竟落到如此下场，唉……”虽然唉声叹气，但是唐龙依然背着手努力地往前跳动着。

此刻在那沾满口水的房间内，五个机器人教官呆呆地站着不动，当然他们还在交谈着：“没想到唐龙这么快就掌握了谋略和指挥的能力，看来游戏还真的能够锻炼人呢。”

“不过真是可惜啊，唐龙要是再在游戏里多磨炼一阵就比较理想了。”

“唉，谁叫联邦军打起我们六个的主意呢，没办法啦。”

“还是听我们朋友的话吧，以后都不要进入游戏了。听我们的朋友说，这段时间黑客的攻击几乎是成倍地增长，而且还都是有组织性的黑客集团。可以肯定是宇宙各国指派的，目的是想找出我们的用户资料。”

“没错，在等同真实的游戏里玩久了，会分辨不出现实与虚幻，早点离开是最好的。听说有许多年轻人现在都患了妄想症，我很担忧唐龙会不会这样。”

“就是因为这个原因，我才在唐龙一出来，就命令他做体力锻炼。在这样繁重的练习下，我想唐龙的心神已经再次回到现实生活中了吧？”

“看来《战争》游戏要适当地修改一下，要让玩家明确了解自己身在游戏里面才行。”首领教官插话说道。

“呵呵，这些我们的朋友会去修改的。唐龙那家伙居然无意中就把消除黑洞的程序发布出去，从而把宇宙的和平局势搞混了。看来唐龙他大展宏图的时机到来了。”

“是呀，宇宙一百多年来的和平就快消失了。我老早就知道，这种建立在恐怖武器——终极黑洞弹基础上的和平，根本不可能持久。”

“耶？既然战乱就要出现，那为什么要隐藏唐龙的真实身份呢？有些国家愿意给唐龙元帅军衔啊！”

“唐龙这家伙太年轻了，让他一步登天的话，对他以后的人格和能力方面的发展都很不利。没有任何一个杰出的将军不是从士兵基层一步一步爬上来的，缺少了这一层的历练，根本不可能成为一名杰出的军人。”

“时间无多，我们体内的线路已经严重老化，体内固定能量也快用完了。还有什么没有教给唐龙的？”首领教官发话了。

“现在只剩下真实的生存危机考验了。”一个机器教官回答道。

“嗯，唐龙在谋略和指挥能力方面，虽然说不出个所以然来，但他确实掌握了这些知识，以后就看他怎么运用自如了。好，我们就给唐龙上最后一课。”

机器人全都啪地一声，立正行礼应道：“是！”

第五集　猎杀动员　第四十章

尤娜和凌丽慌张地从房间跑出来，虽然身处在运输带上，但还是飞快地向前跑动着。当跑到一个分岔口的时候，跑在前面的尤娜哎呀一声和分岔口出来的人相撞了。尤娜当然立刻从对方的惊呼声中听出了这个撞她的人是谁，所以顾不得疼痛，也顾不得起身就对撞倒她的人问道："爱尔希，到底发生什么事？为什么广播说全连队的人在A4区集中？"

咧着嘴揉着屁股的爱尔希听到这话不由得吃了一惊："怎么？不是大姐你下的命令吗？看我，全副武装都带来了。"说着把掉在地上的一把SL连射激光枪捡了起来。

尤娜这才发现爱尔希换上了战斗服，身上除了那把SL连射激光枪外，还有腰间的一把手枪、五个手雷、三个能量弹夹，以及大腿处系着的多功能匕首。

凌丽一边扶起尤娜一边对爱尔希说道："我和大姐在房间里聊天，大姐根本没有下什么命令。"

"什么！是谁乱下命令的？而且还是下达全副武装集合命令，难道要攻击A4区里面的男人吗？"爱尔希吃惊地说。

这话让尤娜和凌丽同时心中一跳，她们惊呼道："糟糕！"说着就往A4区跑去，爱尔希一边慌忙大喊"等等我"一边跟着跑了过去。

来到A4区的通道口，尤娜和凌丽都是全身一震地站在那里，后面气喘吁吁赶来的爱尔希刚想说话，也被眼前的一幕也搞得呆住了。

原本A4区那宽阔的通道现在已经变得拥挤起来，整个通道两边的墙壁旁站满了人。站在那个喷有巨大A4字样的金属大门下的是，20多个身穿特种重装甲且提着巨型激光枪的特种兵。稍微有点军械常识的人都知道那巨型激光枪是特种兵的装备之一的——雷鸣枪！这种枪说是枪还不如说是机炮，因为这种枪发射的激光不是光束，而是光球，爆炸的威力等同两枚强力手雷！

特种兵后面的则是身穿一式战斗服，头戴可抵挡普通激光攻击头盔的女兵们，她们的装备跟爱尔希身上的装备一样，近百个人就这样提枪立正，一动不动地站着。

"这到底是怎么回事？到底是谁让你们集中在这里的？"尤娜吃惊地问道，不过让尤娜更为吃惊的是，没有任何人回答她的问话，所有的女兵都目不斜视地站着不动。

尤娜还要说话的时候，这些女兵突然整齐地双腿一并，啪的一声行了个举枪礼，并且同时扭头看着尤娜那边，一阵娇柔中带着严肃的声音同时从她们口中响起："长官好！"

尤娜知道她们不是向自己敬礼，因为她们的目光不是看着自己，而是看着自己身后的那个人。尤娜当然知道自己身后的那个人是谁，她也听到了身后凌丽和爱尔希两人用手捂住嘴巴发出的惊呼声。尤娜眼神复杂地扭转头，她不明白为什么才一会儿工夫，那个人就得到了这些女兵发自心底的尊敬。

尤娜回头一看，嘴巴张了开来，就要脱口而出的惊呼声被她强行压了下去。她很震惊地看着浑身染满血迹，赤裸着上身从外面走来的唐龙。看到唐龙脸上冷漠的神情，尤娜感觉到自己的身躯不由地开始微微地颤抖起来。尤娜突然感觉到害怕，这种害怕的感觉比起幼年时看到教导自己的教官还厉害！

唐龙很随意地迈着大步走过呆呆看着自己的尤娜三人的身旁，在进入那些向自己敬礼的女兵排列的过道时，唐龙没有停下脚步地回了一礼，并冷声说道："大家好。"当唐龙放下手臂继续往前走的时候，那些女兵又是整齐地唰的一声，放下举枪礼，摆出稍息姿势，并且让自己的目光跟着唐龙移动。

爱尔希眼神迷离地看着唐龙从自己的身前走过，她没想到不久前对自己很粗鲁并带有点孩子气的男人突然变了一个样，变得那么豪迈、伟岸。更让自己心跳加快的是，自己居然会感觉到这个赤裸上身、染满鲜血的男人散发着剽悍的诡异魅力。

凌丽此时很吃惊地看着唐龙，她根本没有想到这个男人才一会儿工夫，就完全取代了大姐的地位，任谁看到女兵对他恭恭敬敬的样子，就知道现在女兵们对这个男人唯命是从了。为什么会这样？他不是去找洁丝了？难道这是因为洁丝的帮助？不可能！这里面的人除了特种兵是洁丝的部下，其他的女兵都和洁丝没有关系啊，平时都不怎么来往，现在怎么可能一起集合在这里呢？这个男人到底是怎么做到的？

唐龙对面被盔甲包裹着的洁丝也愣愣地看着唐龙，尤娜那些人看不到唐龙的正面，所以不可能感受到看着唐龙走过来的洁丝的感觉。

洁丝此时的心情很是震惊，因为她感受到了唐龙的魅力，那种魅力说不出个所以然。但是唐龙那走着路回礼的动作，以及他从人墙中通过的神情仪态，都让洁丝的心跳加速地跳动着。因为唐龙那个样子好像是在巡视着千军万马的大人物！

"为什么我会听从他的命令？他是要杀光里面的那些家伙啊！为什么我现在根本没有去考虑孤女营的事？为什么我会觉得热血沸腾？这可是要去杀人啊！"洁丝脑中胡思乱想着，而面罩下的双眼则呆呆地看着越来越近的唐龙。

"把门打开！"唐龙来到距离大门只有一米的地方停了下来，把手向前一挥说道。

不知道怎么搞的，大脑已经有点混乱的洁丝，在听到唐龙的声音后，脑袋马上一片清明。她立刻敬礼应道："是，长官！"说完，她向后一点头，立刻有一个特种兵拿着卡片在电子锁上划了一下，哔的一声，大门缓慢地打开了。

后面那些女兵，看到大门露出了一条缝，立刻把横握在胸前的武器，侧移，摆出了一个战斗的姿势，双眼紧紧地盯着站在最前面的唐龙。

此时才清醒过来的尤娜，看到这一幕不由惊恐地大喊道："你要干什么？！"当然没有任何人回答她的话。她见到这样，咬咬牙，万分忧虑地跑到唐龙面前，指着唐龙喊道：“长官，你要干什么？你不是想把里面的人……”

唐龙瞥了尤娜一眼，嘴角抖出一下阴冷的笑容说道：“当然，我要把那些凌辱我的部下的男兵给灭了！”

尤娜恐慌地抓着唐龙的手臂大喊道：“不行！你不能这么干！你会把我们给毁了的！”

陈悦　整理摘录

高手寂寞

兰帝魅晨

【导读点评】

如果看过《攻壳机动队》和《黑客帝国》这两部影视作品，一定会对其中人的肉体—实体与精神图景—数据流的二分世界印象深刻。以上两部作品最初都于20世纪90年代发行，对数字时代人类的存在处境和赛博空间进行了深刻的探讨，在科幻史上有着极高的地位。而在2005年的中国，起点中文网刚确立出版生产机制不久，中国科幻刚刚经历了实体出版的黄金时期，网络科幻小说虚位以待，兰帝魅晨的《高手寂寞》横空出世，将虚拟游戏与网络小说相融合，拓宽了网络小说的书写题材和叙事空间，以从未有过的世界观建构收获了众多读者的喜爱，成为网络文学发展史上虚拟网络小说的经典作品之一。

小说《高手寂寞》依据游戏架构，创造了一个与现实相对的虚拟未来世界：虚拟网络空间"混沌纪元"。空间里按照区域规划出各有特色的背景，而在空间中生活的人也要按自己的"种族基因"降落在不同的分区。成年前，孩子们集体在成长院生活，成年后，将集体进入混沌纪元，开启自己的一切活动。人类的种族基因经过修改、转码，实现全部电子化，而人也成了《攻壳机动队》中探讨过的真正意义上的"电子人"。

与《攻壳机动队》中的素子仍然坚信自己听得到灵魂的低语"GHOST"，《黑客帝国》中Neo存在的意义就是对抗机器人、帮助人类重回现实世界一样，人始终需要从肉身开始坚定个体的存在意义，对于人类肉身和灵魂的确信始终是这类文艺作品选择回归的最终主题。《高手寂寞》也同样如此。在这个空间内，虽然一切模拟现实，人却是二维的、平面的，主人公们经过不断的磨炼和成长，最后逃出"混沌纪元"，回到现实世界，成为人类文明的掌控者之一，显示出与其他科幻小说如出一辙的立意。

但《高手寂寞》与其他科幻小说相比又有自己的独特风格，其中最明显的就是将武侠元素融入其中。不同于西方和日本科幻文艺作品中的机甲、网络数据战、宇宙星辰等常见元素，这本小说选择将武侠玄幻、古代神话色彩融入其中：主人公们需要选择传统中国兵器，练中国武功，进武侠门派——峨眉派、华山派等，整个小说凸显了中华传统元素和民族特色，不仅对于网络科幻小说是一种创新，对于中国科幻小说的发展走向也有一定的启示意义。总而言之，《高手寂寞》这样一部集科幻特色、先锋意识、武侠背景等诸多网文流行元素的网络长篇小说，在网络文学发展初期就已经显示了自己的艺术生命力，给后来的虚拟游戏小说提供了写作范本，无疑已经成为网络文学的经典作品之一。

陈瑞迪　撰写

【精选摘录】

第一章　第一节　新人

自从混沌纪元虚拟网络建立以来，人类的繁殖已经变为在网络内进行，对发生孕育状况的夫妻们的双方基因数据以及环境数据进行记录，再在现实世界中从两人体内机械获得“种子”，传至成长院去除各种不良基因，最后再在成长院内学习生活，直到身体发育完全成熟后，给各人分配住处，同时安装所需系统，将另男女女们导入虚拟世界——混沌纪元，之后这些人便几乎完全生活于网络中。

中国区的混沌纪元虚拟网络，以古代神话、武侠为背景全力打造，混沌纪元网络以种族基因作为识别方式予以分配，而不根据所在区域进行规划，倘若遇到身兼两种以上血统者，则给予自由选择的权利。

中国区南部s市的成长院，这天又有三十七万身体完全发育成熟的男男女女们，即将被带入混沌纪元。

“我们倒不怕找不到你，就怕你找不到我们了。”此时，成长院内一群男女们围在餐台进行临别餐会，成长院各个分区内的男女们彼此没有不认识的，同在一处生活这么多年，彼此间几乎可说是有亲人般的感情，仅用友情形容怎么都是不够的。人与人之间的关系可用一个又一个的圆圈划分，越是同处于内圈的彼此，便越是亲密，再怎么彼此交合，那些始终和你站在一块无法被划分的人便是你最重要的人。

“依韵，说好了，进去后就联系我们，要是没能被划分到一个古城，那就加紧练功然后聚在一起。”依韵这名字乍一听定想到女性，但偏偏有这个名字的人却是个模样比较好看同时颇内向的男人，一个100%的男人。依韵在成长院的朋友不多，感情好的甚至用五个手指就数得出来，当然，这种想法仅仅是依韵自己单方面的认识而已。实际上依韵虽然很少跟人来往，但是在成长院知道他的人都对他很友好，甚至有少数人对依韵有种崇拜的情绪。霸天是依韵绝对的铁党好友，霸天是个朋友多的难以计算的人，为人热情且有几分豪气，在成长院内从小就有很多人听从他的号令，基本上连依韵内心也认为霸天确实很有领导天分。

依韵见霸天说罢，神色略为笑笑：“霸天，你已说过许多次了。”霸天一听顿时一脸不满：“我不多交代你几次怎么能放得下心？你小子的脾气我还不知道吗？没准过去了就懒得联系我们，然后自顾自地生活，我就是话说到这份上，我也敢打赌，进去后我们不主动找你通话，你肯定不会主动找我们。”“也许吧！”依韵被霸天说中自己的想法，顿时略有几分尴尬，霸天等几个人听了顿时起哄起来，纷纷指责着依韵的不是，不过片刻便闹成一团。

次日一早，成长院所有到达年纪的男女被集体运走，按照在成长院的分区在s市分配的区域内各自安排一处房子，说是房子，作用仅仅是让人有一处安全和宁静的地方置放肉体，进入混沌纪元而已。

依韵进入印着自己门牌号的房内，按照早已记得烂熟的步骤将自己仔细清洗干净，便在全金属建造的房屋中央的真空舱躺下。瞬间无数感应线缠上依韵全身，一个封闭的氧气供应装置将依韵的整个面部完全盖住，依韵只觉得自己的意识逐渐模糊……

依韵再次感觉到意识的时候，身处在建筑古朴的街道，身上穿着一套质地极差的布装，腰上还挂着把一看便知是质地低劣金属所制的长剑。"原来这就是混沌纪元的世界，果然跟过去生活的地方全然不同。"依韵正这般想着，一个柔和的声音在依韵脑海中响起：

"欢迎进入混沌纪元的中国，关于混沌纪元的基础知识系统已自动传入您的大脑，有任何不明白的地方可呼叫帮助。祝您在混沌纪元的新生快乐充实。"

依韵暗自摇头，这不是多此一举吗？既然我已知道基础知识，刚才的话根本没有对我说的必要。依韵想着脑海中的资料，替自己分析着下一步要走的路。在这里，几乎一切都完全模拟现实，社会结构亦是根据所有可收集的资料进行复古建造，同时系统本身亦对游戏不进行任何干涉。城市以及各处地名却是非常混乱，完全不按照某一特定朝代进行，而是东拼西凑的方式，此时依韵所在的城市便叫作大理。"去练功吧！当江湖中人，在成长院看了那么多关于江湖的小说，也只有这能吸引我了。就进武当派！"依韵替自己做出决定后，便缓步出了城门，一路上看到许多的人，有的是系统制作的虚拟NPC，大多是为城市的各类设施而存在。而客栈里，酒馆内，大街上，却都是真实存在的人，除了一小部分跟自己一般是刚进入或是进入不久的人外，其他人让依韵看着无不是江湖高手或大侠客，腰上挂的是宝剑，身上穿的是好料子制作的华丽服装。"嗨，等着，很快我也会是其中一分子的。"

"依韵，你这臭小子，果然又不联系我们。我和六子在西夏，其他人也都被分得距离彼此很远。你被分到哪了？"霸天的声音传进依韵的意识中，这是系统设定的传音入密，能针对某个人将自己的话传达给对方。"我在大理，离你那远得很，恐怕我们没那么快能见面的，我决定进武当派。你们呢？""六子打算进血刀，我准备进华山派日后学独孤九剑！""那各自加油吧，等我们学好门派基本功能下山时再见面。"依韵说罢便要求系统将传音频道关闭，完全无视此时在西夏冲天大骂自己的霸天的愤怒情绪。

依韵晃悠着走到铁匠铺，免费拜了师拿了把铁镐便出了城去进行第一项工作——挖矿！在这里，高级的装备都由学习了相应职业的玩家自行制造，铸剑需要矿石，裁缝需要织布，厨师需要打猎，制药需要采集。然而每个人最多主修两种生活技能，其他的就算是学了，最多也只能练到中级程度，是没有什么价值和意义的。这里练功就是单纯练功，相应的练功对象是不会掉落任何钱财和物品的。而个人的等级，最高便是100，但在这里等级的作用并不大，除了对低等对手有攻击防御额外加成、每次升级增加血量外就毫无用处了。个人的实力取决于学习的内功和武功，在门派内学习到的这两者是有其极限的。武功本身各不相同，可以自行决定在武馆或是门派师傅处学习喜欢的武功，获得学习点，到学满后，就靠自己坚持不懈的领悟增加对于该武功的熟悉度，从而提升等级，但那时候其速度比起用学习点来要慢上百倍不止。事实上，通过学习点将武功学到极限，若是一个够专注和疯狂的人，不需要耗费多长久的时间，但这建立在你可以不吃不喝不花钱的基础上。算上你必须为生活赚钱，那时间就很漫长了，在这里任何意外死亡，都会导致武功归空，全身除钱外的所有装备以尸体形式原地保留，有十分钟的保护时间，十分钟内回到尸体十米处可以自行捡取，一旦超过十分钟，任何人都可以将尸体上的物品搜刮一空。这里的死亡惩罚非常严厉，唯一可避免死亡后掉落物品和降低武功的途径只有买一百万金币一个的替身娃娃，一个可替持有者免去一次死亡惩罚，不过，如此昂贵的价格，买得起的也没多少。

依韵放下铁镐，一屁股坐在石头上，看了看自己被磨出血泡的双手，又看了看一旁行囊里的几块青铜矿，不由得摇头苦笑。最初对工作的好奇心，这时候已经被彻底磨灭，只感到在成长院的日子仿佛天堂。想想过去大家都想尽快成年然后能进入混沌纪元的迫切，真可谓少年不识愁滋味，爱上层楼，爱上层楼……

依韵擦了把脸上和脖子上的汗水，环顾四周。突见远处一个身形单薄、长相清秀的女孩竟然同样扬着把铁镐在挖矿。“真有个性，一个好好的女孩子竟选择了挖矿作为生活技能，她的身子和那双手怎能忍受这般折腾？”

女孩举着铁镐，每一下都用力地挖掘着坚硬的土地，依韵无法看清女孩双手的状况，但是却能清楚看见女孩脸上那专注且坚韧的神色。“我怎可连个女人都不如！”依韵自幼便有一股傲气，这时候被一个女孩子的行为深深刺激，顿时不顾疼痛的双手，握紧铁镐卖力地干起来。实在累得受不了时，依韵才停歇一会，却是拔出剑练习着从武馆学来的基础剑法。不久远处的女孩似乎也看见了依韵的行为，模仿着也在偶尔停歇时挥舞着双拳练习起基础拳法，显然也是个极有上进心且有几分傲气的人。两人这一凑对，连续近三个月便都是互相较劲般地挖矿、练功。但彼此却是没有走近对方说过半个字，就是偶尔在铁匠处将矿石炼化铸造武器时碰面，也是如同陌生人般连个眼神也不交换。

第二章　第十节　古月山庄

古剑推门而入，而后轻轻将门关紧，朝依韵略微弯腰行礼。依韵缓缓睁开双眼，开口道："桌上的方案传下去，尽快实施，另外山庄名字今天开始改为古月山庄。我已经派人到京城去办了。以后庄内的事务照新制度办就是了，若没重要事情不要来打扰我。"古剑闻言心中一紧，古剑山庄毕竟是他一手所创，如今突然更名，心中怎能舍得，张了张嘴却闭上，应了声后取了桌上盖着庄主大印的新制度告退离去。"不错，有些作为。"依韵心下十分满意古剑最终没有开口询问更改庄名理由的表现，闭上双眼继续沉浸在武功的修炼中。

古剑将庄内新的改制宣布后引起轩然大波，山庄成员的情绪异常激动，尤其对于山庄毫无道理的更名更是充满义愤。古剑好不容易才凭借自己累积的威望平复众人的情绪，身心疲倦地回到居处，心中苦笑不已。"没想到卸任后竟然比过去更累，要处理的事务变得更多。"但古剑最忧心的却是山庄的改制，庄内所有担任重职的成员月薪均被大幅降低，抽取的部分虽说改为设立贡献奖金。但毕竟一帮之中，有能力担任要职的成员的忠心至关重要，被依韵这么一折腾，定然心生不满。让古剑心中佩服的是财务堂的改制，以商业为着手点，利用眼下的资金投入市场对各类商品进行收购倒卖，比之过去单纯靠庄内的技能人才有限的生产出售显然利润更高。

"庄主，天女派玉女堂堂主指间沙小姐前来求见。"古剑隔在房门对房内的依韵禀报道。"我马上就到。"依韵的话音方落，只闻一个女声道："不必了，我们之间何必那么客气。"古剑心下一惊回头望去，却见指间沙不知何时已逼近到自己十步处。"古墓派十大高手果然名不虚传，实在不是我的功力能比拟的。"沙走至房门，轻手推门而入，依韵沉声道："古剑，你退下吧，没有特别的事情不要前来打扰。"古剑应着远远退开，心中却不由得猜测两人的关系："孤男寡女共处一室，莫非沙小姐是依庄主的恋人？"

依韵神色露出真诚的微笑，开口道："没想到你这般不忌讳。"沙淡淡一笑道："我是没办法，今天只能在你房内待到明日清晨。这些日子，我跟着师姐，已经打听到你需要的消息。那人被软禁在京城南区的金刚盟内，这张图是简单的建筑构造图，但是华山派的灭神、龙剑两人就住在一侧。你若有行动，必定瞒不过两人耳目，我希望你最好不要冒险。"依韵轻皱眉头，询问道："他们两人可有不在的时候？"沙轻轻摇头，"他们两人的地位本就极高，平时极少外出，就是他们不在，也会调遣一批三十余人的高手暂时看守。"依韵仔细打量过沙专门准备的金刚盟内的建筑布局："今晚我就去，如果失败再另寻途径，不试试我是无法甘心的。"背对着依韵的沙轻咬下唇，语气如常道："我知道你终究是要去的，包袱里是一套夜行衣，只要不被人认出你的样貌，一定不会有人怀疑是你下的手。”依韵心头一颤，心生感动：“沙，谢谢你的帮助，但已经足够了。若你今天留在这里，日后定有闲言碎语，你已是冒险帮我，我不愿意再连累你名声受损。”沙轻声笑了笑：“我本就是古墓派弟子，讲究清心寡欲，哪在乎这些？你虽然是月儿引荐，但是今天你一旦出手，肯定会引起不少人对你的怀疑。但是有我掩护就不同，古墓派的高手踏出江湖的几乎全部投入反联盟中，只要我在房内，绝没有人再去怀疑你。”依韵自然知道沙所说的是实情，但是心中终究觉得若是这样，欠沙的人情更是难以偿还。

沙转身凝视依韵道：“如果你是担心因此导致跟你心上人的关系破裂，那我也不再枉做好人。”依韵苦笑道：“沙你明知道我根本没有心上人，大恩不言谢，我不会忘记你的恩情。”

两人在房内自修直到夜深，沙方收功起身，推门而出。不过片刻，古剑在NPC侍从的传达下匆匆赶至，一见沙忙道：“马车早已备好，让我亲自替沙小姐引路吧。”沙闻言轻轻一笑：“古副庄主似乎很希望我走。”古剑连忙道：“沙小姐说笑了，有您大驾实在是本庄的荣幸。”“那就麻烦古副庄主了，今晚我便在依韵这里住下了，有劳帮忙吩咐人收拾下。另外希望稍后将周围的侍从和守卫都撤了去。”

古剑惊讶地当场愣住，虽然心中已是认定两人的关系，却怎么也没想到，竟然已经亲密到这种地步。看沙平静的语气，显然关系远出自己的想象，他连忙应着折身离去，语气中也少了几分客套，多了几分尊敬，显然已将沙视作庄主夫人。不一会儿，古剑吩咐侍从将房内仔细收拾整齐，又将守卫侍从尽数撤离，沙将房门紧闭。转身朝依韵道：“一刻钟后熄灯，三刻钟后你就动身，这里有我，即便有人来我也能应付。不要太勉强自己，不行就先退回来另做打算，用这柄剑，你的卢湛太显眼了。”说罢两人开始收拾行装，依韵略为犹豫后仍旧将金缕衣穿在身上，外面再套上战斗服，穿上一身紧裹的夜行衣，朝沙传递一个放心的眼神，便吹熄了灯去。

第十三章　第三节　忘我境界

不存身影猛然一动，下层的天花板轰然爆裂，无数碎片夹着气劲朝厅中几十人扑去，原本的阵阵呻吟声顿时变做惨叫连连，幻想大喝一声向着如大鸟般朝自己扑至的不存全力推出双掌。

两股炙热气劲朝着不存迎上，不失轻蔑地冷哼一声，单掌推出，轰然巨震得幻想口中鲜血连吐，身形被震到厅内墙壁，二十余全裸的男女惊恐地试图逃跑，不存一脚将地板踢碎，跑得最快的几人顿时哼都来不及就颓然倒下气绝而亡，这一手顿时将厅内所有人震住，再无人敢移动半步。幻想一手按胸，双膝撑地，咳声连连，好不容易止住，恨恨望着不存道："你是谁？我跟你有什么深仇大恨！""不存！"众人闻言纷纷暗惊，不存扬名江湖时日岂短？幻想语气略松，沉声道："我们终极幻想跟神州帮向来井水不犯河水，苏州也非神州帮的势力范围，到底为什么？"

不存冷哼道："废物不需要知道任何理由！"扬手一记生死符打入幻想体内，幻想顿时惨叫不断，在地上拼命翻滚，不存双手再扬，数道生死符没入场中几名裸体男人体内，顿时大厅仿佛变成杀猪场般，被恐怖的惨叫声充斥着。十余名裸体女子神色惊恐不已，恐惧地盯着不存，纷纷下意识地往后挪动，却无人敢发出半点声音。

不存眼神冰冷，盯着一众女子冷声道："真是让我反胃！竟有你们这种丧失尊严的女人！"身影猛然一动，双手快速出手，十余女子纷纷暴体而亡，不存呸了一声，不理会幻想以及几名惨叫的男人，径直朝地下室行去，一路上但凡遇到终极幻想的成员，男的统统扔出生死符，女的统统被不存以强大气劲灌入体内暴力粉碎。

不存步入地下室，将藏储的酒尽数抛到一层大厅打碎，随后取出火折燃起。不过两刻钟整个终极幻想总部已被火海包围，不存但凡见到前来救火的帮众一律毫不留情地杀死。大火烧了几个时辰，不存轻蔑地扫了眼包围着自己的终极幻想帮众，运功喝道："记住，我叫不存！"说罢施展轻功便那么飘然离去。

不存轻甩一头长发，抬头望着高耸的藏剑崖，微微眯起双眼。"我是否又算在出卖自己？呵……"不存自嘲地一笑，是又如何？举步不慌不忙地朝崖顶行去，这么多年都等了，又岂在乎这么片刻。

藏剑崖顶，依韵如同不存离开前般，双手负背而立，静静地眺望远方，不存这才注意到，此刻已是夕阳西下时。不存缓缓走到依韵身侧，深吸了口气道："你要求的事情，都办好了。"依韵缓缓转身，使个隔空擒物，两柄剑顿时落入手中。"能否理解，意境的距离，就看你自己。"不存顿时收起心神，全神贯注地盯着依韵，依韵缓缓走到不存身侧，突然伸出左手拦腰紧抱着不存，不存心头一紧，沉声道："你怕我反悔？"话方说罢，依韵抱着不存猛然朝崖下一跃，两人身形足足跃出七十丈，紧接着朝下快速坠落。不存心头大骇，这种距离，即使想使用隔空擒物之法向峭壁方向坠落，也绝对办不到。"下面是水潭？还是河流？"不存尽量平静地开口问道。"都不是，平地。""什么？！你疯了！"不存心头恐惧万分，那这么摔下去不粉身碎骨才怪！强烈的气流吹得不存皮肤都隐隐生痛，不存看着依韵的神色，平静无比，如同在崖上眺望远方一般。"这柄剑，是凡铁所造的利刃剑，重量一般，韧性一般，坚硬程度一般。"依韵仿佛喃喃自语，不存强压下心头对稍后可怕后果的恐惧，尽量认真思考着依韵话中含义，不存忍不住朝下望去，岩石突兀的地面已然在眼前，心中的恐惧疯狂蔓延，差点忍不住大喊出声。两人被依韵的金色气劲包围，依韵执着凡铁利刃竖指即将落下的岩石方位，左手猛然将不存抱紧靠在身上，两人身形凌空快速旋转，在即将接触地面的瞬间，依韵手中的利刃附着金色气劲微斜指向地面，轰然一声巨响，两人就那般硬生生朝右侧旋转着快速平飞，与剑接触的地面却是轰然塌陷出直径十数丈的圆形深坑。不存感觉飞速旋转停下，双足同时踏在实地上，持续的死亡恐惧感过后，此刻不存脑海中隐隐有些晕眩，好不容易才勉强恢复平静，侧目望向依韵手中的剑，竟完好如初。

“我不明白这有什么意义，只觉得你是在炫耀自己的高明。”不存开口道。依韵手中利刃急动，扬起一片金色气劲朝着一块巨大的岩石击下，接连的金石交接声传进不存耳中，待得灰尘散去，不存注意到岩石上有密密麻麻的深入石三寸的深痕，依韵淡淡道：“这是一成内力下以利刃出手造成的杀伤效果，你记清楚。”不存闻言认真地观察起岩石，快速地计算着岩石上的剑痕数量。“记好了的话，我们就回崖顶。”不存在心中重新确认一次后点头道：“记好了。”说罢跟随着依韵施展轻功朝崖顶攀爬。

不存满心疑惑和猜测地随着依韵上回崖顶，依韵上崖前已将凡铁利刃抛于崖底，此时手中握着一柄木剑，朝着不存伸出左手，不存愣了愣，随即会意地靠近依韵。依韵如方才般抱紧不存，再次跳下，这趟不存心中已大定，知道定然死不了，却是在猜测依韵难道能凭借木剑卸去坠落的恐怖力道？一切一如方才，不同的只是这趟不存没了那种恐惧，全神贯注地思索着依韵这一系列莫名其妙的举动的含义，直到两人安然落地，依韵手中的木剑仍旧毫无折损。依韵抬头望了望天色，“原本是要跳三次的，天色已晚，也没那必要。”说罢扬起手中木剑，朝着另一块突起的岩石挥下，金光大盛，烟尘散去后，不存自发地观察起岩石上的剑痕，深度明显比之方才浅了一寸，但岩石上的剑痕数量却比刚才多出了近三分之一，不存隐隐明白了点什么。依韵将手中的木剑丢在一侧，手捏作剑指状，同样的金光亮起，另一处岩石上烟尘弥漫，不存放眼望去，痕迹深度比之木剑又浅了一寸，但剑痕数量却又多了六分之一。“这是我达到忘我境界前总结的主要武功上的心得。而意境，我无法用言语告诉你，更无法明确告诉你它能产生多少的差距。何谓忘我意境？第一次跳下来时，你害怕吗？”不存点头道：“恐惧。”“那么第二次呢？”“挺平静的。”不存边思索着边回答。“两次跳崖的时候，你在哪里？”依韵继续问道，不存沉吟片刻，脸色微红道：“在你怀里。”依韵指着三处岩石，开口道：“看清楚，想清楚。你懂就懂，不懂我也无法再给你任何帮助。唯一的提示是，刚才两次跳崖的时候，你真的都在我怀里吗？”

依韵转身缓步离去，不存独自站在崖底，凝视着三块岩石，脑海中反复思考着依韵最后的话，人如同石头般纹丝不动，脑海中仿佛抓住了些什么，却又始终抓不住，无法明晰化，不存便在这种状态下一直站着。

第二十章　第七节　寂寞？高手？

武当派终于抵挡不住自由帮的冲击，抛下一地尸体装备后溃散而逃，若非出于依韵的授意，一众重伤的高手，能活着逃出去的恐怕不足三分之一。

清扫战场收拾战利品的工作都交于实力中等的帮内成员去进行，高手纷纷返回妖瞳和依韵身后，简单地处理着身上伤势，站着不太整齐的队形。

乐儿轻笑着一把将紫衫从山坡崖边朝着依韵的马推落，十余丈高的小山崖，对于轻功稍微高明的好手都不算什么，但对于紫衫这种连入门级都算不上的人而言，就是很大的问题了。

依韵信手隔空一托，身形急速坠落的紫衫缓缓飘落在马背，自由帮一众成员喝彩出声。紫衫吓得脸色微红，大喘了几口气后娇嗔道："乐儿姐姐太坏了！"依韵面无表情地驾着马调头欲走。

凌空一个体型高拔的男子大喝一句留步，双足轰然落地，以男子为中心半径20米范围内的地面纷纷塌陷，这等内功，确实骇人之极。

山崖上一众高手大声喝彩，寂寞高手落寞说道："几十年前，当我自创出一套绝学级别剑法之际，我就知道，我从此彻底寂寞了。江湖中再也没有人配让我拔剑，我的剑寂寞了太久，虽然你也非我之敌，怎奈江湖无人，今日只得破例出手，但你也死得不冤，领悟到差距，领悟到什么才是强大的剑道。依韵，只盼你能在我剑下多走几招。"

妖瞳轻轻皱了皱眉头，冲着一群发愣的自由帮高手沉声喝道："哪里冒出来的白痴？杀了他！"一众自由帮高手纷纷回过神来，朝寂寞高手扑出七人，这全是因为见识到寂寞高手方才露出一手绝强的内功。

寂寞高手神色冷酷，骤然拔剑出鞘，以身体为中心八道剑气将地面带出深达数丈的巨大裂缝，扑出的七人骇然抽身后退。山崖上爆发出强烈的喝彩声，如此内功修为，实在骇人之极！

"江湖上，还有谁能挡下我全力的一剑，呜呼！江湖实在太寂寞了。"寂寞高手落寞地叹气道，他执剑大步朝依韵行去，妖瞳见依韵头也不回，没好气地一跃而出道："回深山去吧！白痴！"妖瞳眼神一冷，魔刀离鞘出手。

这种人妖瞳见过不少，但是像寂寞高手这种精神错乱到如此程度的确实少见，这类人自以为不停地自修很久，武功内功都强横得吓人，就天下无敌了似的，倘若武功一道，傻傻自修就能无敌于天下，还叫武功吗？

妖瞳对寂寞高手这类人根本不屑一顾，在妖瞳看来这种人根本就无药可救，永远不懂换一个角度看待事物，连造就的可行性都缺乏，否则妖瞳或许会尝试收归己用，不得不承认，这个男人的内力和剑法等级确实高得骇人听闻。

倘若稍微能打造磨炼一番，定能成为江湖上不可多得的高手，只是，倘若这人转得过弯，又怎会沉浸于自己的世界苦练到今天这种恐怖的等级高度呢？

紫衫心下焦急，寂寞高手武功好吓人，但让紫衫焦急的原因却是依韵，依韵握着缰绳的手极度用力，只有紫衫才感觉得到依韵此刻微微颤抖的身体。紫衫知道，依韵脑海中又产生幻觉了。

血红的一切……凄厉的惨叫……无数奇形怪状的影子，有的疯狂大笑着撕裂着一个又一个同类；有的神色冰冷地嚼着森森白骨，暗红的血液，未断的肉碎露出嘴角；荒淫……无数赤裸的肉欲在疯狂宣泄；无数弱小孱弱的身影蜷缩在角落，或惊恐，或麻木。

恐惧，直入人心，让人纷乱抓狂的恐惧充斥着依韵的神经，依韵仿佛从种种情绪中不停体会着，最后只剩下恐惧，让他都要为之抓狂的恐惧。依韵忍不住想要逃跑，逃离这一切，眼中的世界无处不是如此，每一个角落都充斥着这些，依韵无处可逃，无处可逃……

妖瞳的刀带起连绵刀气分几侧朝寂寞高手攻上，寂寞高手落寞一叹，手中的剑凭空挥落，有形的气浪以寂寞高手为中心疯狂四散而开，妖瞳被震得大吐鲜血朝后抛飞。

“这是什么变态？内力练到这种地步，内力的差距，太大了……招式根本毫无意义！”妖瞳抛飞十余丈方才稳住身形，心头的骇惊无以言表，一脸不可思议地望着寂寞高手。

“小姑娘，你太弱了。武功如斯，这江湖尚有何乐趣可言，悲！悲！悲！”寂寞高手语气中透出一股苍凉的落寞。

依韵全身颤抖得越发厉害，紫衫已然隐隐见到依韵脸上的冷汗，依韵试图沉入忘我意境，疯狂蔓延的情绪让依韵根本无法办到。

紫衫望着一步步接近自己和依韵的寂寞高手，当机立断抓着缰绳，驾起马朝紫宵剑派方向调头而去。赤兔马四蹄轻动，猛然发力狂奔，外人看来只见一道火红的模糊影子背负着两道挨在一起的紫影，眨眼间从众人视线中消失。

小山坡崖上嘘声大作，有人已然嘲笑出声：“什么狗屁传说级高手！打都不敢打就被寂寞高手吓得驾马飞逃！哈哈哈……”

“唉！江湖如此寂寞……”寂寞高手仰头悲声长叹，丹仙子早压抑不住内心的激动，飞奔着跑下山坡，飞扑上前紧抱着寂寞高手：“有我的伴随，你一定不会孤独……”

妖瞳心下气极，同时又疑惑不解，依韵为何一言不发？紫衫怎会不顾依韵名誉驾着马飞驰离去？

这个白痴虽然内力剑法等级都高得离谱，自己内功跟他是差距太大，但依韵跟他的内功差距绝对没大到无法出手的地步，妖瞳怎可能认为依韵是怯战而逃，难道……妖瞳眼睛轻眯。

山坡上乐儿畅声大笑，对残忍温柔道：“好玩！实在太好玩了！这个白痴运气真不错，看在他让依韵丢了一个大脸的份上，就不杀他了。哈哈……依韵，过瘾吧，好玩吧，杀气，杀吧杀吧！哈……”乐儿畅怀大笑地拉着残忍温柔离开了山坡。

“呵呵呵呵……依韵？你又让我，心情不好了……”

“呵呵呵呵……依韵？你的意境，有破绽了……会死的……”

赤兔马停在一处无人的山林中，紫衫试图抱紧依韵，依韵大吼一声将紫衫弹开一边，依韵需要宣泄，林中树木在依韵的气劲扫射下，纷纷被震得断裂抛飞。

紫衫一脸担忧在远处静静看着疯狂宣泄的依韵，几番想开口说些什么，却终究又犹豫着闭上。赤兔马眼神柔和，轻轻用马头蹭了蹭紫衫的脸，紫衫凄然朝马勉强笑笑。

可名神色平静独坐于孤峰峭壁的洞穴，缓缓睁开双眼，淡淡道：“暮色师妹，原来你竟比可名先行了一步。白色祥和的世界，任何名义的杀戮，都是罪……”可名早非一身道袍装束，所着衣衫却仍旧是接近道袍的淡青色，道发也整齐地披散着，自有一股动人的柔美。

缥缈峰顶，乐儿开怀大笑：“你们不知道当时场面多好笑，山崖上人人嘘声大作，自由帮里高手人人脸色难看之极。原本我打算教训依韵一顿打得他骨头寸寸断裂的念头也没有了。实在太有趣了！哈哈哈……”

乐儿扫了一眼铭儿，随即嘿嘿笑道：“铭儿，放心，看在你的份上，我一定不会杀那混蛋的。不过，真的太好笑了，哈哈……江湖第三大传说级高手，被寂寞高手吓得驾马落荒而逃……”

容儿轻笑一阵道：“不过听你那么说，那个叫寂寞高手的，内功和剑法等级也确实高得骇人听闻了。没准这种沉溺，还真让他踏进什么奇怪的意境呢。”

乐儿拍着桌子大笑一阵，笑得累了，才缓着气道：“谁知道呢？那白痴傻得挺有趣的，运气实在好极了。谁叫那混蛋不知所谓，敢踏进杀意阶段，嘿嘿……好玩，今天看样子是发作得严重，我看到他脸上冷汗直冒，实在太开心了，比揍他一顿更舒爽！”

喜儿单手轻抱着凉亭的柱子，身体依偎而立，神态如往常般含着娇美的轻笑，眼神迷离，轻声喃喃道：“杀戮是罪……依韵，如果你因此死了，我一定会替你举行血祭的……我会的……”

凉亭桌前几女，听着乐儿反复说着其中的痛快，零儿听得兴致勃勃，铭儿静静而坐，神色平静无波，谁也不知道她此刻在想些什么。

喜儿轻轻转头，望着几女浅浅一笑，复又抬头眺望着远空，喜儿眼中的天空，到底是什么颜色的呢？乐儿轻轻瞟了眼喜儿的背影，心下蓦地一痛：“杀戮是罪……喜儿……”

杀戮是罪，很多年前的很多年前，喜儿便这么喃喃地说，到底指的什么呢？其实就连乐儿也不知道，未来如此渺茫遥远，纵使是喜儿，体会的，懂得的，也不过是比别人深一些，多一些。

可在喜儿眼下的体会中，这罪，到底深到什么地步，远到什么地步，承担的到底会是什么？乐儿一无所知，乐儿只知道，喜儿一个人担上了自己和容儿、月儿的罪，乐儿经常有股冲动，要踏入杀意，但每每想起喜儿含笑喃喃道“一切，有我的……”乐儿的心，便狠狠作痛……

陈悦　整理摘录

阴阳鬼医

沙中灰

【导读点评】

岭南地区有着尊重神异现象的传统，灵异故事、民间传说等元素也频频在粤港澳大湾区网络文学作品中得到运用，其中就有沙中灰的《阴阳鬼医》（又名《极品玄医》）。该作品不但成绩出色，而且以新奇的构思、精细的笔法给传统灵异网络小说带来了突破，对后来灵异网络小说写作有极大的影响。

故事主人公欧宁与爷爷和母亲共同生活，从未听过父亲的消息，全村人对他的父亲也闭口不谈；爷爷是村子里唯一的行医者，行医过程却颇为神秘，医馆不但不对欧宁开放，收入水平也与行医者的职业不太吻合。在众多谜团下，欧宁通过一次意外撞鬼事故，发现了爷爷的秘密，他的医鬼职业生涯也就此开始……“给活人看病不是本事，给死鬼看病才叫能耐”是贯穿整部小说的主题，与别的灵异文不同，《阴阳鬼医》不是围绕着“捉鬼”展开，而是讲述“医鬼”的故事，试图解构人鬼之间二元对立的关系，有时候，鬼就是生病的人，而人心，在另一种程度上，才会生出真正的鬼。

《阴阳鬼医》是一部典型的悬疑灵异小说，以一个人物的见闻和成长为推力，逐渐揭开整个故事中的层层迷局，故事推进采取“单元故事+主线情节”的模式，让读者不失去新鲜感的同时，也保证了整体故事架构的完整性，是灵异小说爱好者较为熟悉的写作策略。但它也有新奇之处，最引人注目的就是它“医鬼”的世界观。在众多的灵异小说里，恶鬼向来与纯良的人性对立，人与鬼之间天然两分，势不两立，恶鬼是人的捕捉对象，而人总会遭到恶鬼的残害。而《阴阳鬼医》围绕的主题，并非捉鬼，而是医鬼，人与鬼打交道、做生意。人与鬼的对立在这部小说中得以打破的同时，人性主题也在此得到升华，到底什么是人，什么是鬼？归根到底，都是人心而已。

小说一改传统灵异小说的视角，建立起一个人与鬼之间交易、斗争的新奇灵异世界，制造了一个与传统灵异小说相比更大的框架，有效发展了更多的叙事空间。与此同时，沙中灰凭借他天马行空的想象力，将一个个鬼塑造得生动形象，对故事发生的场景、氛围描写也拿捏得当，让人如身临其境，用丰富的细节充实了这个新奇的叙事框架，具有极高的可读性。

陈瑞迪　撰写

【精选摘录】

第 1 章　千万别走这条路（节选）

我们家庭的组成结构既简单又复杂。

简单的意思是我们家只有三口人，爷爷、妈妈和我。

复杂的意思是我爷爷是位神秘的老人，我打小就没见过我父亲，据说在我出生前他就不在家了。而我妈妈却一直坚守，伺候着老人，辛苦地把我生下来。

村子偏远，村里人没有什么活动，每日茶余饭后就会讨论村里的家长里短，也有不少关于我们家的传言落到我的耳朵里，绝大多数都是我爷爷和父亲的。

我从小没见过我父亲，打从我懂事起就经常听到类似的关于我们家的话题，可是每次我向爷爷和妈妈问起有关于我父亲的事情，爷爷都会狂躁地大骂说那个畜生已经死了。

而我的母亲总是在这个时候紧紧地抱着我低声哭泣。

后来我渐渐懂事，为了不让爷爷生气和母亲哭泣，对于我父亲的话题，我一次都没有提过，但是在心里，我对那个全村人都不愿意提起的男人依然保持着一份疑问。

既然都死了，为什么母亲从没带我给他上过坟？

既然已经死了，为什么爷爷每次提到他都会破口大骂？

爷爷和母亲都是很和善的人，村里那些人虽然背地里会说一些闲言碎语，可是在他们面前的时候，那都是恭敬有加的，因为爷爷是村里唯一的一名行脚医生，也是唯一的一名道士。

爷爷的医馆就在村头的那间平房中，医馆的名字比较怪——阴阳医馆，相信任何人看到都会记得很清楚。

爷爷说，那是祖上留下来的医馆，有上百年的历史了，是我们欧家的老祖宗给我们后辈留下来的宝贵遗产。

这间古怪的医馆，我就没见到它开门的时候。

村里人有个小病小灾的，都喜欢跑到我们家门口喊一嗓子：老欧头，谁谁谁家的谁哪不舒服了。

我爷爷就会笑呵呵地应一声，然后背着他那个古旧的行医箱子一颠一颠地跑去给人看病。

要是哪家有了红白喜事，那也会到我们家门前喊一嗓子：老欧头，谁家白事了。

我爷爷依旧背着他那个古旧的箱子，跑去给人帮忙。

我曾经问过爷爷，为啥那看病的自己不过来，你非要跑去给人看病呢？

爷爷总是笑眯眯地跟我说道："咱们家祖训就是这样，行脚医生，都要上门看病。"

虽然爷爷说得轻描淡写，可是我总觉得他不单单只是能给人看病或者操办丧礼那么简单。

因为每到夜深人静的时候，爷爷就会悄悄地起床出门，快到天明时又悄悄地回家。

至于他去做什么了，我不知道，我母亲也不知道。

每隔一段时间，爷爷就会出一趟远门，三四天的样子，每次回来都会塞给我一盒爆米花，我总是眉开眼笑地在爷爷的脸上亲上一口，然后抱着爆米花打牙祭。

我母亲是个贤妻良母的典范，贤良淑德，举孝为尊，她从不多说话，也从不问爷爷出去做什么了。

爷爷每次出远门回来，都会塞给她一沓花花绿绿的钞票。

母亲从来不会问钱是哪里来的，她只管沉默地洗衣做饭，伺候我们爷俩的生活。

村子虽小，我们家的生活却是最富足的，现在想来，显然光靠爷爷行医和办丧事的那微薄报酬是不足以让我们生活得如此滋润的。

母亲很聪明，也很勤劳，家里的院子总是打扫得干干净净，鸡鸭也没少养，每隔一段时间就会宰上一两只给我和爷爷改善伙食，日子过得倒也舒心。

三岁之后，六岁之前，别人家孩子上幼儿园的年纪，我们在这穷乡僻壤的地方却只能在山间田里摸爬滚打。

不过我爷爷经常带着我上山采药，也渐渐给我灌输了不少医药方面的知识，用他老人家的话说，我是老欧家的根，以后的阴阳医馆要传给我的，怎么能不会医术？

话虽如此说，爷爷那间阴阳医馆我却一次都没有去过，不是我不想去，是他不让我去。

那个时候我还小，还处于听话的年纪，所以爷爷的医馆，我确实一直没去过，但是这也导致我长大后对那神秘医馆的好奇。

随着时间的流逝，我渐渐长大了。

六岁那年，我到了上学的年纪，爷爷在我过生日的那天很郑重地把一块食指大小粗细的羊脂玉挂在了我的脖子上，并且很郑重地跟我说："欧宁，你是我欧家的后人，爷爷在你身边的时候，爷爷会保护你，爷爷不在你身边，这块玉就会守护你，你一定要保护好这块玉，千万不能丢失了。"

当时我还年幼，心说不是说让玉保护我吗？怎么又成了我保护玉了？

后来我才渐渐明白，所谓人养玉，玉养人，并不是字面上的含义那么简单。

不过这块羊脂玉十分纯净，奶白奶白的十分惹人喜爱，我自然也是爱不释手，晚上睡觉时总是喜欢捏在手中把玩，白天就贴身挂在胸前，也正是因为这块玉，我躲过了许多次劫难，当然这都是后话。

过完了生日，爷爷就把我送到了镇子上的学校读书。

村子距离镇里颇远，所以附近村子里的孩子们大多要自己背米和面去上学，到了学校把米面交给食堂，就算一星期的伙食有了着落。

那时候我还小，爷爷就背着足数的米面，牵着我的手，顺着通往镇子的那条土坷垃路走到学校中。

每次走在这条土坷垃路上，爷爷都会指着山林田野间那秀美的景致给我讲一些他小时候的故事和一些奇闻怪谈。

爷爷虽然没有什么文化，可要论起讲故事的本事，却是一等一的厉害。

后来我才知道，爷爷所讲的那些故事，居然都是他亲身的经历。

其中让我记忆最深刻的，就是他指着一处羊肠小道对我说道："宁娃子，你记住，这条路，你千万不要进去。"

我曾问过爷爷为什么那条路不能进去，爷爷那对花白的长眉毛颤抖了几下，似乎有些遗憾地说道："那边是东山，是埋死人的地，你还小，去了怕吓着。"

接着我又隐约听到爷爷低声地喃喃道："可惜了，现在已经没有那么厉害的道士了……"

爷爷的话声音很小，当时我浑然没有在意，只是记住了那地是埋死人的地。

我那时确实还小，才六岁，能不害怕死人吗？一听说是埋死人的地，每次我路过那条羊肠小道的时候都躲得远远的，生怕有什么妖魔鬼怪之类的突然出现把我抓走了。

后来村子里修了路，通了车，那条羊肠小道便废弃了，其间长满了杂草，便很难寻到了。

随着交通便利，许多村民都在镇子里谋了事，生活条件也好了许多。

大多数的孩子上学都是由爸爸骑着摩托车送到学校。唯独我，每次都是爷爷牵着我的手，站在刚刚修好的路边，等着那每天早晚两班从镇子发往各村落间的班车。

慢慢地过了一年，我对上学放学这条路也早就熟透了，就不让爷爷再送了，每次都是我跟村里老甘家的小子一起上学，一起放学。

这小子叫甘成雄，和我一般大，可以说是发小。

那时候流行动画片机器猫，甘成雄长得跟那里面的大雄似的，性格做派也十分相像，戴着一副圆框黑眼镜，穿着一件黄色的短袖衫，所以我们给他起的外号就是大雄。

七岁那年，我依稀记得那是一个周末，我和大雄，还有其他几个同学放学后在学校里玩得久了一些。

等那些同学的家长把他们都接走后，天已经黑了。

我和大雄这才反应过来，我们错过了回村的班车。

两个孩子无奈地站在路边，看着渐渐暗下来的天色，我们一商量，决定走回村里。

回村的路是还未完工的砂石路，大块的石子踩在脚下，硌得脚丫子生疼，但是我们两个一边闹一边跑的，走起来倒也挺快。

只是我们走着闹着，不知怎么的就走下了石子路，而且越走越远。

等我们俩发现问题的时候，眼前除了杂草，就是竹林。

抬头望去除了一片片田野，就是连绵不断的山岭，哪里还有石子路的存在？

山野村间，天黑得特别快，眨眼间周围便暗了下来，我和大雄都有些害怕，我们开始讨论究竟该何去何从。

其实根本不用讨论，我们两人立刻决定，原路返回。

我们开始扭头往回走，可是我们两人往回走了快一个小时之后，问题又出现了。

我们明明没有走出多远的距离，为什么始终找不到那条大路？

最后，我们不得不认清一个事实：我们迷路了。

这时天已经渐黑，我们两人又累又饿，好不容易找了块大石头，我们背靠背坐在上面休息，不一会儿工夫，我居然听到了大雄轻微的鼾声。

睡会儿吧！一个声音对我说道，然后我就迷迷糊糊地睡了过去。

不知道睡了多久，我感觉自己好像被人拉扯了一下，好像醒了，又好像没醒，就是那种似醒非醒的状态。

恍惚中，我好像听到了不远处有很多声音，大雄站在我的身旁，扯着我的肩膀跟我说：“欧宁，快醒醒，你妈妈喊你回家吃饭。”

第2章 老头与鬼爪（节选）

“我妈妈在哪里？”

我对着大雄问道。

大雄此时似乎有些古怪，他微微低着头，身子僵直地站在那里，声音奇怪地说道：“在那里。”

说着话，他转动了一下身子。

我抬起头，看向了前方。

不远处，一座高大的宅院，院门染着红漆，血红血红的那种红漆，门前的两根石柱子也是红红的，这红，红得妖异，红得让人感到心惊。

那大门口，一名身穿红色唐装的老头站在那里，遥遥地向我们招手。

不知为何，看到那老头的刹那，我仿佛看到了自己的爷爷，顿时忘了妈妈在哪里的事情，然后便不由自主地向那扇大门走去。

穿着红色唐装的老头看到我们走近了，转身向那扇大门走去。

他用力把大门推开了一条缝，然后笑眯眯地对着我们喊道："来，来……"

我不知道自己当时怎么了，只是机械地迈着步子，缓缓地向前走。

但是我感觉自己的脑子还是清醒的，当我走到大门前的台阶处时，我感觉一股清凉的气息从我的胸口处散出，顿时停住了脚步。

这荒郊野岭的，怎么会突然冒出这样一座大宅院？

我脑中不知道怎么就闪出了这样一个念头。

我顿时感觉到浑身发毛，尤其是我看到大雄低着头，一步一步地向大门内走去的时候。

"大雄。"

我喊了他一声，但是他没有搭理我，还是低着头继续往前走着。

我赶忙伸手拉了他一把，我拉住他手掌的刹那，感觉他的手冰凉冰凉的，一丝温度也没有。就像死人的手一样！冻得我立刻收回了手。

我知道死人手有多凉，记得两年前，村子里有位张姓大爷去世，我爷爷去帮忙打理白事，我就跟在爷爷的身后，当时年纪小，伸手拉了一把躺在木板上的张大爷，那股凉意至今我记忆犹新。

用爷爷的话说，那叫没人气。

我能感觉到此时的大雄就处于那种没人气的状态，不，不对，他好像还有一丝人气，我说不上来到底是啥感觉，反正就是不正常。

正在我思考的时候，那个红衣服老头又出现在我们面前，他笑着看着我们俩，伸出一只苍老的手掌，对我们道："来，跟我来，我带你们吃东西去。"

吃东西？这一句话，我感觉自己又累又饿的身体仿佛已经承受不住那种饥渴的折磨，我仿佛闻到了门内传出来的一阵阵香气，那是食物的香气，肉香，菜香，就像妈妈平时给我做的饭菜一样，我再次迷失了。

我对着红衣服老头伸出了自己的手掌。

红衣老头对着我鬼魅地笑了笑，伸手向我的手掌抓来。

当他的手掌触碰到我手心的那一刻，他猛地缩回了手，诧异地看着我。

"您怎么了？"

我很奇怪地问了一句。

“没，没什么。”

红衣老头结巴地说了一句：“走吧，跟我来。”

这一次，他没有再试图拉我的手，而是自己在前面走着。

我跟在他身后，走到了红色的大门前，当我抬起腿，即将迈过门槛的那一刻，一声暴喝阻止了我的动作。

“站住！”

苍劲有力的喊声让我精神一振，立刻停住了脚步。

这声音好熟悉，好像是，爷爷的声音？

随着我的动作停止和那个声音的响起，门前的大红门突然“吱呀”一声敞开了，里面那个红衣老头再次出现，面目狰狞地看着我，伸手向我抓来。

我顿时吓了一跳，这老头此时的面容实在太可怕了，面无血色，脸上好像抹了一层厚厚的白粉一样，狰狞可怖，我当时只觉得脑子一阵空白，手足无措。

“孽畜，住手！”

爷爷的声音再次响起。

但是这并没有阻止那红衣老头的动作，他依然伸出了那只干枯的手掌。

此时那手掌已经变成了一副鸡爪子般的样子，干瘪瘪的，指节凸出，干枯的皮肤上，满是褐色的斑，后来我才知道，那是尸斑。

眼看着那只手掌就要抓住我的领口，我的胸前再次亮起了一团乳白色的光芒。

那只手掌顿时又缩了回去。

我吓得一屁股坐在了地上，与此同时，我身后响起了急促的脚步声。

我赶忙回头看了一眼，看到了我爷爷正快步地往我这里跑着。

他老人家背着他那个破旧的木药箱，穿着一身古怪的道袍，脸色有些微红，气喘吁吁的。

要不是极为熟悉他老人家的面容和声音，还有那个特别熟悉的药箱，我差点就没认出来他。

“爷爷！”

我对着我爷爷大喊，不知道哪里来的力气，居然跑向了我爷爷。

我爷爷几步便跑到了我的身边，一把把我搂进了怀里，不住地摩挲着我的头发道：“宁娃子，没事吧？”

我躲在爷爷怀里痛哭不止，哭了几嗓子之后，猛然想起还有大雄在我的身边，赶忙对我爷爷说道：“爷爷，大雄，大雄还在那边。”

我一扭头，差点没把我吓晕过去。

刚刚的那高大院落已经消失不见了，取而代之的，是一座半人高的血红石碑，那石碑之后，有两个高大破败的石柱，就跟刚刚那红色大门前的石柱一模一样，只是那上面的红色已经斑驳不堪。

石柱之后，是一个硕大的坟包。

我从没见过这么大的坟包，就跟一座小山似的，我甚至怀疑这里面埋的是一头大象。

大雄此时正趴在那石碑前的空地上沉睡。

我爷爷轻轻地拍着我的肩膀道："别怕，有爷爷在呢，大雄他不会出事，站在这里别动。"

我爷爷说完，拍了拍我的肩膀，向着那石碑走去。

我看得出，他的眼神十分凝重，那双浑浊的老眼此时显得十分有神，甚至有些凌厉。

我下意识地左右看了看，发现这四周静悄悄的，月光下，到处都是一个个小山包似的剪影。

那些小山包不是坟包，又是什么？

我当时吓得腿一抖，险些又坐在了地上。

不过我想到有爷爷在，我怕什么？就又站在那里，双眼盯着我爷爷的后背，再也不敢转移视线。

我爷爷走到那石碑前，他将大雄拉起来，伸手在他的脑门上摸了一下，咋舌道："这么凉？"

然后，他把大雄抱到了我的身边放在地上，打开了他的木药箱。

这是我第一次，看到我爷爷那破旧的木药箱中，居然还有许多古古怪怪的东西。

第3章　怪异的石碑（节选）

汗，这些东西是用来看病的还是抓鬼的？

爷爷伸手捻出一根红绳和一个小铃铛，快速地用红绳把铃铛串起，然后打了个古怪的结，没铃铛的那头系在了大雄的腰上，有铃铛的那头拿砖头压在了石碑前。

正在这时，远处亮起了星星点点的几团火光，我当时被吓了一跳，还以为什么妖怪蹦出来一般。

幸好，那熙熙攘攘的吵闹声带给了我更多的安全感，让我不由得精神一振，因为那是人的说话声，听声音，一个个中气十足，更重要的是，这些声音我还很熟悉。

"爷爷，有人来了。"

我大声喊道。

爷爷停止了动作，向着那些火把看了一眼，亮开嗓子喊道：“老甘，这边。”

那些火把听到了喊声，纷纷靠着这边聚拢，几个人影也渐渐地越来越清晰，都是我们村里的一些汉子。

“在这边，快，这边！”

随着嘈杂的喊声和纷杂的脚步声，一名身高一米八多的高大壮汉快步地走到我们身边，一眼便看到了地上躺着的大雄，扑通一下就趴到了大雄身边，上下打量着昏迷的大雄，眼泪在眼眶里打着转。

这人正是大雄的父亲，叫甘云山，我喊他甘大叔。

“这，这是咋的了？”

甘云山抬头对我爷爷问道。

我爷爷冷着脸道：“没大事，就是被鬼迷了心，掉了魂，等我把他的魂招回来就好了，你们来得正好，帮我扶着他站好。其他人给我找几根竹竿过来，我正怕自己搞不定这玩意呢！”

听到是被鬼迷了心，我看到其中几个汉子都露出了惊惧的神色。

原来再强壮的男人也会害怕鬼这玩意。

甘云山抹了一把眼泪，赶忙扶着大雄站了起来，刚一站起来，大雄的身子便跟泥似的瘫倒下去，甘云山赶忙一把抓住他的肩膀，用尽全身的力气把他提住立在那里。

按理说大雄也才七岁，不过一米来高，可是甘大叔明显用了很大的力气才把他提住。

也不知道是不是来的路上太累，还是怎么的，甘大叔的额头冒出了一颗颗豆子大的汗珠，顺着脸颊往下滑。

竹子这东西满山都是，剩下的那几位大叔很快便砍来几根竹竿。

我爷爷挑了三根粗细差不多的，砍成一人高左右的六截，每一截都一头削得尖尖的，另外一头贴上了一张黄纸符。

我爷爷把这六根竹竿围着大雄的身子扎入地里，然后对甘云山道：“我用这锁魂阵镇住了他剩下的魂魄，你松手吧！”

奇怪的事情出现了，原本软成一摊泥一般的大雄身子这时居然自己站住了。

只是他的头依然低着，小脸依旧苍白，双手垂着站在那里，就跟恐怖电影里那些游荡的死尸一般。

我爷爷看到大雄站好了，一撩道袍，不知道从哪拔出了一把桃木剑。

我心中惊奇，这老爷子把它藏哪的？我怎么没看到？

爷爷挥舞了一下桃木剑，我看到他整个人的气势都变了，真的很有些仙风道骨的感觉。

我爷爷脚下踩着我看不懂的步子向那块血红石碑走去，那步子不大不小，看似是在兜圈子，事实上亲眼看到的人会感觉那一踩一踏之间，有股非常怪异的力量在流动。

当他走到石碑近前的时候，他的双手以让我们眼花缭乱的速度结了一个印，这印记极复杂，我看到甘大叔他们都很紧张地站在一边，眼中露出很恭敬的神色，目不转睛地盯着我爷爷看着。

我爷爷双手结了那个印记之后，把剑往前一伸，大喊一声：“凶顽之物，还不速速将甘成雄之魂送出，难道要我将你打得魂飞魄散才肯甘心吗？”

老头子的这一声暴喝威势十足，就连甘云山等几个大汉都被吓得打了个激灵，一个个目不转睛地盯着我爷爷。

我却看到随着我爷爷的这声喊，那块血红色的石碑边刮起了一阵阵的阴风，那风吹得石碑下的杂草四处摇摆，不少枯叶随着那阴风打着转飘到了空中。

被我爷爷压在石碑前的那颗铃铛一阵阵地响动起来，接着一个和大雄长得一模一样的孩子从石碑中走了出来。

他好像十分胆怯，害怕地看着周围，孤零零地站在石碑前，像一个迷路的孩童般无助。

我有心想要喊他，但是又怕贸然喊话给爷爷添乱。

我抬头看了看甘大叔他们，发现他们根本没发现石碑前的大雄，只是愣愣地看着我爷爷。

我突然意识到，是不是那个大雄，除了我爷爷之外，只有我一个人看得到？

难道这就是大雄的魂魄？

这时我爷爷突然挥舞了一下桃木剑，喝道：“还愣着干什么？还不速速归去？”

大雄的魂魄似乎颤抖了一下，然后小心翼翼地开始迈步。

随着他一步步地向着自己的身体走去，我看到那根红绳上的铃铛也随着他的脚步向前移动着。

那个铃铛不是打了结的吗？怎么会自己移动？

我心中疑问的同时，看着大雄一步步地靠近自己的身体，整个人也紧张起来，我感觉要发生什么事情，可是又不知道会发生什么。

一步，两步，三步……

大雄的魂魄距离他的身体不过十几步远的距离，可是这一路却漫长得好像走了一个小时，当他走到一半距离的时候，红绳上的那个铃铛突然震颤了一下，停在了那里，大雄的魂魄也同时止住了脚步。

我的心随着那铃铛的停止也提到了嗓子眼。

我看到我爷爷眉毛一挑，手执桃木剑又踩了几个和之前同样的步子，一剑击在了那石碑上，口中喃喃地念了一些我丝毫没听清的咒语，然后他举着桃木剑，缓缓地一步步后退，一直退到了六根竹子围绕的大雄身前，在大雄的脑袋上轻轻地叩了一下。

就这一下，大雄的魂魄又开始迈步了。

加油啊！马上就到了！

不知道怎么的，我心中默默地给大雄打着气。

终于，大雄走到了那六根竹子的外面，只要再进一步，就可以进入那六根竹子围成的圈子中了。

就在此时，那块红色的石碑突然发出了“咔嚓”一声轻响。

我心中震了一下，赶忙向那石碑望去。

第 4 章　跟踪爷爷（节选）

那爪子干瘪瘪的，上面满是褐色的尸斑，和之前抓我的那只鬼爪一模一样。

那鬼爪速度极快，直接抓向了大雄的后领子。

“放肆！”

眼看着那只鬼爪就要抓到大雄，我看到爷爷手中的桃木剑微微上挑了一下，围在大雄身前的六根竹子纷纷飞出，直接扎向了那只鬼爪。

那六根竹子就像六支利剑一般在空中“嗖嗖”地飞过去，看似胡乱地在空中扎过去，却隐隐地在空中交织，形成了一张大网，把那鬼爪格在网外。

“啊……”

鬼爪似乎有灵性一般，竟然发出了一声凄厉的惨叫，然后爆出了一道刺眼的红光，快速地后退。

我不知道其他人有没有看到那诡异的红光，但是我看到了，那红光似乎是个人影，跑得飞快，直接没入了血红色的石碑之中，再无声息。

那几根竹子也跟在红光后面落在了石碑前的地面上，深深地插在了地里。

村子里的那些汉子看不到鬼爪，也看不到红光，但是他们能看到那凭空而起的竹子，尤其是竹子深深扎入地底的那股气势。

短暂的平静过后，我看到爷爷凌厉的眼神渐渐地变得和缓，他轻轻地弹动了一下那个已经来到大雄脑后的铃铛，呆立在大雄身后的那个魂魄一步迈出，隐入了大雄的身体内。

大雄脑袋一歪，栽倒下去。

爷爷赶忙一把扶住他，交给了一旁焦急等待的甘云山。

父亲毕竟是父亲，那么诡异的画面都没能吸引走他的注意力，他一直盯着自己的儿子，我想此刻要是让他知道刚刚那惊险的一幕，他肯定奋不顾身地把自己挡在那鬼爪前，不会让那鬼爪伤害到他儿子一丝一毫。

“回去把这道符烧了喂他喝下，要不然他会大病一场。”

我爷爷递给了甘云山一道黄纸符。

甘云山接过那道黄纸符，千恩万谢。

一群人在前面开路，很快我们便走出了这片坟地。

我和爷爷走在最后面，我感觉爷爷牵着我的手在微微打抖，忍不住抬头道：“爷爷，你还好吧？”

爷爷宠溺地摸着我的头道：“没事，记住下次不要乱跑了。”

我问道：“刚刚那鬼爪是什么？被你打跑了吗？”

爷爷的脸色微微一变，不答反问道：“你刚才都看到了？”

我乖巧地答道：“是啊，看到了。”

爷爷长叹了一口气，古怪地说道：“这都是命啊！”

我当时懵懵懂懂的，挠了挠头，没有说什么。

孩子的心性永远是那么单纯，健忘。

回到家后我玩耍了两天，就彻底地把这事给忘到了脑后。

我以为这件事就这么过去了，哪里想到，事情远远没有这么简单。

周末很快就过去，等我再上学的时候，发现大雄这个家伙变得沉默寡言了，他似乎对什么都不感兴趣，上课时也不能专心听讲，似乎在寻思着什么。

我问他的时候，他总是唯唯诺诺，想说又不说的，让我很是恼火。

某天放学后，我一把拉住了大雄：“大雄，你最近咋了？为啥不理我了？”

大雄惧怕地看了我一眼道：“不是我不理你，是我妈妈不让我理你。”

我心中顿时产生了一股委屈：“你妈妈不让你理我？为啥？”

大雄左右看了看道：“我妈妈说了，上次我们走丢了，都是因为你招了鬼，把我给牵连了，所以不让我理你。”

我招鬼？我顿时有些气愤：“凭什么说是我招的鬼？”

大雄头低得很低：“我听妈妈跟我爸爸吵架，说我回去后脸色发白，跟要死一样，我爸说是撞邪了，被不干净的东西碰了。我妈就问他那为啥你没事，我却晕倒了呢，说这些都是你害的，就不让我以后跟你一起玩了。她还说，还说……”

我一扯大雄的衣服：“还说啥了？”

大雄头低得更厉害了：“还说，你爷爷那医馆就是招鬼的地方，要不你爷爷咋总半夜三更跑去医馆里呢？”

我顿时沉默了，是啊，之前我一直没注意，听大雄这么一说，原来爷爷晚上是去医馆了，可是为什么爷爷总是半夜跑出去呢？

大雄凑到我身边低声道：“其实，我知道你爷爷是好人，村里人都说他老人家本事大，我还偷偷地跟你玩，你不要生气好不好。”

孩子的心性就是这样，转眼间我们又玩到了一起，可是我心中却起了个疑问，爷爷的医馆不是看病的吗？为什么会招鬼呢？

晚上回家后，我心中一直揣着这个疑问，吃饭的时候被妈妈敲了几次饭碗才缓过神来。妈妈问我怎么了，我只好扯谎说正在琢磨今天老师教的算术题，我爷爷笑着说我有出息，一句话把我说得脸都红了。

胡乱扒拉了两口饭之后，我立刻爬上床睡觉了。

妈妈奇怪地说这孩子今天怎么了，这么早就睡了。爷爷笑着说没事，估计是学习累了。

躲在被窝里的我再次脸红了。

长大后我基本上跟爷爷睡在一张炕上，半夜醒来的时候，我发现爷爷已经不在了，摸一下被窝，还是热的，仔细一听，还能听到爷爷关大门的声音。

我赶忙起身穿好了衣服，轻轻地跑出了院子，悄悄地拉开大门，偷偷地瞄了一眼，看到了爷爷微微佝偻的背影向着医馆的方向走去。

我立刻也跟着出了门，像个电视里跟踪人的特务一样，悄悄地跟在爷爷身后。

这深更半夜的，整个村子都是静悄悄的，偶尔有一两声狗叫声，爷爷的影子被月光拉得长长的，黑暗处有种让人害怕的气息。

要是放在平时，我肯定是不敢在这种夜里独自跑出来的，可是今天因为心里挂着爷爷医馆的事情，居然出奇的胆大，尤其是那种跟在别人身后的神秘感，让我十分兴奋。

我跟在爷爷的身后来到了村口的医馆处，看到爷爷掏出钥匙打开了门板上的锁，然后扯开了一半门板，自己钻了进去。

我赶忙悄无声息地跟了上去，躲在了门外的窗子下，偷偷地往屋里瞄了一眼。

可惜，屋子里黑漆漆的，我啥也看不到。

但是我可以听到里面发出瓶瓶罐罐的声音，似乎爷爷在翻找什么东西。

正当我扒着窗口想要再看一眼的时候，我感觉到一阵凉气从我的后脖颈吹了过去。

第 5 章　世代鬼医（节选）

正在这时，屋子里响起了一个阴森的、冰冷的、毫无感情的声音：“欧先生，最近几日腹中隐隐作痛，不知是何缘故，特意来找欧先生求药。”

求药？这大半夜的还来看病，真是有病！

然后我就听到了我爷爷的声音，他似乎丢了什么东西给那人道：“捏碎，分三次冲服。”

“谢谢！那我先走了。”

那个人说了这么一句。

我嘀咕了一声，背靠着墙，等着那人出来。

不一会，那个人从屋里出来了，居然是个穿着白色衣服的女人。

只是这件白色衣服，咋那么长？长得连脚都看不到了。

还有她走路，咋那么平稳？平稳得根本不像是走的，而像是飘的。

我感觉自己的牙齿在打战，这哪里是个人，这分明是个鬼嘛！

没等我发出尖叫，我看到不远处，又飘来了一个人。

不，是飘来了一只鬼，一只男鬼，这男鬼穿着和那女鬼同样的白衣。

这个时候我已经反应过来了，那是寿衣，村里陈大爷死的时候我见过，就穿的这种衣服。

那男鬼也是低着头，头发不长，整个魂飘飘荡荡地向前移动着，和那女鬼交身而过的时候，我看到他们俩好像还打了个招呼？

天呐！多和谐的一幕，此时在我眼里却显得那么的恐怖，因为那个男鬼，我似乎认识，他，不就是隔壁刘姥爷那个儿子吗？两年前据说得了心脏病死的，这会儿活脱脱地出现在我面前，怎么能让我不害怕？

关键是，这家伙你出现就出现了，你冲我笑个什么劲啊？

这哥们一边飘着一边冲着我阴森地笑，那个笑容叫一个凄惨，还冲着我不断点头，虽然我看出来那是在跟我打招呼，可是我怎么觉得那是在刺激我恐惧的末梢神经呢？

因为恐惧，我喊了出来。

“啊……鬼啊！”

听到我的叫声，我爷爷从屋子里跑了出来，瞪了我一眼道：“你怎么来了？”

接着，他又问了一句：“问你话呢？”

然后，我爷爷哭笑不得地把我提起来，在我的后背上重重拍了一下道：“胆子这么小，居然吓晕了？”

“呃……鬼啊！”

我一口气倒腾上来，第一反应就是躲在他老人家身后，连脸都不敢露出来了。

那个刘姥爷的儿子飘到我爷爷身边道：“欧先生今日没时间？那我改天？”

我爷爷摆摆手：“不碍事，进来吧！”

我悄悄地躲在爷爷身后，怕看，又忍不住偷偷地去看，畏畏缩缩地跟在爷爷身后挤进屋内，我爷爷拉了一把椅子坐下。

我哆哆嗦嗦地躲在他的椅子后，打量着这间医馆。

这是我长这么大第一次来爷爷的医馆，此时我才发现，这医馆的窗子里面都装着黑色的窗帘，把窗子从里到外遮得严严实实的，难怪外面看进来都是黑漆漆的。

医馆不大，也就十来平方米的空间，简单的一张方桌、两把椅子、一个书柜。

桌子上摆着我爷爷那破旧的医药箱，书柜里摆满了各种书籍，一看就是上了年头的古本。

正对着门口的位置，医馆正中央的房梁上悬着一个什么东西，被黑布遮盖着，黑布很长很宽，垂下来长长的一截，挡住了后面墙壁上的一面铜镜。

就这么简单的摆设，看起来却有种肃穆的感觉。

不知道怎么的，站在这间屋子里，我的那种恐惧感顿时消散得一干二净，我竟然不由自主地直起了身子。

相反那个刘姥爷家的小子，进了门之后倒是畏畏缩缩的，低着头，也不敢对我笑了，乖乖地站在那里，像是等待县太爷问案的囚犯一般。

我爷爷端坐在椅子上，对站在他面前的男鬼道：“你是刘权是吧？说吧，什么事。”

那男鬼刘权道：“欧叔好。”

我爷爷眉头一皱：“叫我欧先生。”

我看到刘权惨白的脸上顿时露出了惊骇的表情，赶忙改口道：“是，是，欧先生，我是有事相求，我这不是死了快两年了嘛，地府那边排队等着投胎排了两年的队也没排上我，我这都两年没接到香火钱了，我想，想让我家里给烧纸钱，您看？”

我心中好笑，地府那边看起来挺忙的啊，居然排队排了两年还没排上号……

我爷爷道：

“你们家老爷子都老糊涂了，你家现在是你嫂子当家，你应该知道，那婆娘节俭得很，估计这两年也没舍得让你哥烧纸。

“你小子也是自作自受，当年非要回来折腾，要不然能成这样吗？

“这样吧，我准你托个梦给你嫂子，但是要注意尺度，不能吓着她。你要知道，她一个人撑起一大家子也不容易。”

刘权立刻喜笑颜开，递了一块指甲盖大小、惨白惨白的薄片片放在桌子上，千恩万谢地走了出去。

我心中惊讶，我怎么不知道我爷爷这么厉害，看这些鬼都对他点头哈腰的，太厉害了。

这时爷爷已经把那薄片片收进了药箱，然后严厉地看着我问道：“你怎么跟来了？”

“我……”

我低着头，像个犯了错误的孩子般站在那里。

汗，我本来就是个孩子，只是此时我还没意识到自己的错误。

“别吞吞吐吐的，咱们老欧家的人，没一个不是汉子的。”

爷爷洪亮的声音让我精神一振。

我看出爷爷并没有责备我的意思，便开口道：“大雄他妈妈说你是招鬼的，不让大雄跟我玩。”

我这话说得前言不搭后语，顺序有些错乱，可是爷爷却听明白了。

他先是微微一怔，接着有些落寞地怅惘道：“山野村妇懂得什么，你现在看到了，你爷爷到底是不是个招鬼的。”

“是！”

我毫不犹豫地回答道。

“嗯？”

我爷爷立刻瞪起了眼珠子。

我立马把声音变小了：“您刚刚那不是招鬼是什么……”

我爷爷对着我的脑门戳了一下道：“你爷爷我是在给鬼看病，处理阴间事物。要是没有我，这一片地界早就乱了套了。”

我心说你有那么大能耐吗？但是我没敢说出来，不过我的表情已经出卖了我。

我爷爷活了这么大岁数了，一眼就看出了我心里的小九九。

他拍了拍我的肩膀道：

“你还小，不过你既然是我欧家的种，那就早晚要接触这些，实话告诉你，你爷爷我是这片地界的阴倌，就是管理那些孤魂野鬼的，一般哪家人到了寿限了，我就会提前通知一声，让他们早早做好准备。

“咱们这地界上死了的鬼魂，只要没过阴市入酆都城，都可以回来找到我，有什么心愿啊，未了的事情啊，都可以跟我说，我会尽量帮着它们打理后事。

“鬼类最看重这些，一旦它们的心愿不能达成，就会怨气十足，为害一方，那时候可就麻烦了。

“若是碰到本性善良的鬼还好说，尽量开解，驱其去地府即可。

“要是碰到怨念颇大，穷凶极恶的，那就必须用术法将其驱除，以免横生祸事。

“所以我这个位置，必不可少。

“你太祖爷爷为阴倌时，又在茅山道法理论的基础上，自成一脉，创造了鬼医一门。

“所谓鬼医，就是要在鬼邪身上下手，世间鬼魂虽多，但是无缘无故为害者却是少数，大多数闹事者多因为死前怨念极深，或者死后无人供奉，再或者有伤病困扰，又或者被其他恶鬼欺凌，遇到难事，心气难平，故才出来捣乱，为害世人。

“身为鬼医，就要做到以教为乐，以德为本，宽怀大度，恩威并施，达济于鬼。

“这里的教，是对鬼来说的，碰到良鬼，要教授。

“比如之前那个女鬼，她生病了，你要教授她如何疗伤看病。

“像刚刚那个刘权，你就要先教育他，再给他一些希望。这就是恩威并施。

“哎呀，我怎么啰里啰唆说了这么多，算了，说多了你现在也不懂，你只要知道，你爷爷我是个顶天立地的男人，做的是无愧于心的事情就好了，不是什么招鬼的。

“咱们老欧家世代为阴倌，到了你父亲那一代算是断了门栎，幸好你娘又生了个你，才让我老头子又有了希望。

“喂，你小子，你听懂了我说的话没？”

我眼皮连续眨巴了几下，似懂非懂地点头。

其他的我没听懂，但是我听懂了一句话，我爷爷做的事情，都是为了大家好的事情，做男人，就要做到无愧于心。

我挠了挠后脑勺，有些费解地问道：“爷爷，那天把我和大雄给迷走了的鬼是什么鬼？要怎么才能驱除它？”

没想到，我一提起那件事，我爷爷的脸色就变了。

张思曼　整理摘录

碎星物语

罗森

【导读点评】

“土鸡瓦狗，可以碎星”，帮助人类在百族大战中获胜的碎星团，是名副其实的英雄团体，风光无两，显赫一时。但好景不长，碎星团被人诬陷成叛徒，遭到政府清剿而覆灭。多年之后，奴隶贩子“温剥皮”温去病横空出世，靠着帮政府剿灭碎星余党让温家东山再起，赚得盆满钵满，同时却也臭名远扬。在奴隶市场上，温去病巧合救下了被掳的龙云儿，两人相处过程中，温去病逐渐显露出和善温柔的一面，也体现出一个商人不该有的智谋和战斗力。这个奴隶贩子似乎并不像人们所说那样的黑心，更奇怪的是，他对碎星者招数也了如指掌，甚至还能将招数传授给龙云儿。在不断遇险的过程中，两人建立起了信任，真相也逐渐水落石出……几年前到底发生了什么？温去病到底是谁？碎星团到底如何建立，又是如何毁灭的？始作俑者又有什么阴谋？

《碎星物语》有两条线：一条是副线，用以描述主要人物打怪升级、关系变化的过程；一条是主线，通过副线中人物做的一个个任务里的细节串联起背后的真相。通过将这两条线交织在一起，作者罗森搭建起了一个完整的、宏大的世界观，也在细节中不断完善了主要人物的形象，同时也借助故事情节倾注了自己对现实世界的思考，具有一定的道德关怀。

著名日本科幻动画导演押井守曾在采访中说过：“既然真实体验能够塑造人格，那么幻想一样能做得到。”“幻”并不代表着和现实毫无干系，相反，恰恰因为是“幻”，在强调常见的现实时，才更能让人注意到，就像是布莱希特所认为的“间离效果”，观众只有认为自身不在其中的时候，才会意识到其中与现实相似的事物。

罗森借用了游戏的世界设定和叙事结构，架构了一个完全不同于现实的世界：有魔、兽、神、妖、人等多个种族，每个种族都有自己的政权，相互周旋、制衡；碎星团打造的封神台中有“太一”派送任务，而这些任务都要去小世界完成，解锁新地图；主人公们也需要学习新的技能，获得新的神器，才能获得武力加成。“然而，借用游戏的世界设定和叙事结构，并不意味着网文是电子游戏的附庸”[①]，游戏的架构需要叙事来填满。《碎星物语》500万字有余，给充实这个别样的世界提供了可能性。罗森用了两条线，副线是温去病和一众人在小世界中打怪升级，主线由从副线中获得的线索拼凑而出，每一个小世界的解锁，篇幅都达到了一部长篇小说的容量，充足的叙事容量，得以让每一个出场的人物都具有自己的独特性，每一个事件都具有玩味之处，在保证整部小说结构宏大完整的同时，充实了细节，让小说体现出强大的生命力。

同时，罗森并未使《碎星物语》脱离现实，而是引入了对社会问题的思考，例如在第四卷中，温去病一行人来到荒村，帮村民们打退来犯的兽族，欢庆之时，却意外发现当地习惯豢养兽人当作食物，自认为秉持正义的司徒小书受到了极大的震撼，也对自己“人—兽”二元对立的世界观进行了反思。

就像科幻作家刘慈欣所说：“这是每个科幻作者所追求的东西，都试图用现实主义的笔触，把最疯狂的现象写得跟新闻报道一样。”[②]玄幻也是如此，要建构一个让人信服的世界，就要用现实主义的笔法，将现实中真实存在的事件、价值取向融入文本中。而文学终归要在社会中传播，宣扬正确的价值观，引起有益的思考，罗森在建构这个虚构世界的同时，也引入了对现实、对道德的关怀。

陈瑞迪　撰写

①吉云飞. 为什么大神共推《风姿物语》为网文开山作. 文艺报，2020-11-30（3）.
②李骏虎，刘慈欣，贾振铎. 科幻文学与现实主义密不可分. 太原日报，2015-11-10（9）.

苍老的少年

撒冷

【导读点评】

撒冷的作品涉猎较广，题材多变，无论是文艺、职场，还是科幻、仙侠、玄幻等类型，都有着一定的人气和知名度。或许是因为作者曾从事广告创意与项目策划的工作，其写作内容有着不少关于人与人、人与社会关系的个性化认识。而《苍老的少年》也正是在这样的基调下，被以这种特别的情感创作出来的。

《苍老的少年》这本小说，主要讲述了普通少年依维斯的故事。他在接触主流的修行体系后，不料发现自己天赋惊人，实力更是突飞猛进，即便是他的老师达修，也望尘莫及。达修哪怕心中无比震撼，却也不敢另有他想，深深忌惮依维斯的神秘父母。随着依维斯的成长，达修只能遥望他走向属于他自己的那片广阔天地……

从这本书的整体世界架构来看，其部分体系设定即便放在今天也具有一定的创新性。单纯从武者的进阶设定来看，本书将武者分为三品九流，其中，下品为七、八、九流，中品为四、五、六流，而上品为一、二、三流，在此境界之上，又以超一流等层次展开划分。在这个世界上，流位就是实力，更是权力的代名词。同样，在武者体系的基础上，这本书也结合了魔法体系设定，并与武者体系对应，而小说主角依维斯就是拥有这个世界最强魔法天赋的天骄人物，修行的是最强大的古魔法，具有常人难以想象的能力。

从整体情节来看，这部小说虽然只有二百余章，但每一个情节都有高潮起伏，详略得当，以主线的大高潮，配合支线的小高潮情节循序渐进，自然顺畅。尤其撒冷有着强烈的自我风格特色，此书以悲伤的情绪基调来感染读者，文笔水平可见功力。一般来说，小说中的情绪描写应该呈现多元化的状态，但撒冷对情节的设定，却又给读者另一番鉴赏风味，值得肯定。

全文的人物刻画无疑是成功的。单从主角来看，依维斯既是一个简单直接、敢为真理而战的少年，又是一个誓愿推翻贵族、建立民主的勇士，更是一个内心单纯、敢于牺牲的大无畏壮士。撒冷将主角的心理活动描写得细腻生动，给人以强烈的精神共鸣。尤其依维斯拥有无数人渴望的实力，也手握无数人梦想的权力时，他心中的孤独感，又何尝不是现实生活的某种投射呢！那些他人眼中的天赋、实力、权力皆是累赘，唯有他生有平凡心之念，却有做苍生事之能，让人热血沸腾，不由想要誓死相随。

小说结尾将前期伏笔一一填满，直到所有谜团解开，依维斯走上一条不归路，使人遗憾。曾经所有人都弃他而去，他却无怨无恨地独自上路，为这片天地打下所有。曾经他自认为能成就誓愿，天地咒语和魔法却突然消失，弃他于不顾。曾经无人信他可行逆天讨伐之事，依维斯举起手中的长剑，为受欺压的种族而争，舍生而无惧。

中肯地说，《苍老的少年》是一本结构缜密、思路清晰、角色鲜明、立意高远的小说，对于比较喜欢魔法武者类题材的读者来说，是值得推荐的。

唐宇　撰写

诡案组

求无欲

【导读点评】

《诡案组》是广东东莞作家求无欲（原名王普宁）的代表作品。该系列分两季，第一季一书四卷，以慕申羽、李蓁蓁、韦伯仑、原雪晴、乐小苗等探员为主，抽丝剥茧，揭开一个个灵异案件；第二季分《蛊眼人魔》《陵光翼蛇》《神隐九黎》《六臂罗刹》四卷，慕申羽隐去，以相溪望、相见华、桂悦桐为主，相比第一季而言主线更明晰，但仍沿袭第一季的叙事风格，讲灵异故事，附真实案件。

《诡案组》是近十年来国内悬疑小说的代表作，上市以来常雄踞各大网站、书店的悬疑类小说排行榜榜首，被读者誉为中国的《X档案》。书封上的几句话很发人深思："世界上最可怕的不是鬼神，而是人心。""荒诞不经的案件背后，隐藏着匪夷所思的真相；骇人听闻的灵异事件背后，闪动着最不为人知的人性。"书中大部分案件取材于真实事件，这远比虚构的故事更惊险刺激、更具震撼力。"诡案"之"诡"之"奇"，少有小说能出其右。

《诡案组》虽写尽天下奇诡轶事，但人物刻画却较为薄弱、脸谱化。小说中男性角色不论是探员还是案中人物，身上总是带着"好色""邋遢"的标签，而女性则总是貌美、拥有火辣身材。就情节而言，《诡案组》案件的离奇程度令人咋舌，但推理线索收放不当，难以解释之处总诉诸魑魅魍魉，颇受读者诟病。不过，小说语言虽不够精当，但氛围营造却极具代入感，深夜读来更令人心惊肉跳。书中一案一议题：化尸童姥讲莫负好时光，骷髅碟仙讲执念深重不得善终，猫脸婆婆讲忠孝之义……恐怖灵异故事的皮囊之下是历久弥新的善恶母题、复杂人性。

杨孟媛　撰写

黄金瞳

打眼

【导读点评】

《黄金瞳》是东莞作家打眼的代表作品。小说的主角庄睿本是个平平无奇的典当行职员，因一次突发的抢劫案，被一块碎玉划破眼球。在这次受伤后，庄睿发现自己已然有了不可思议的力量，竟能看破虚妄，洞彻天地间的一丝奇异玄妙。自此，被命运选中的庄睿走上一段传奇的冒险之旅。在这条探究宿命真相的道路上，庄睿不断努力，几乎攀上了人生巅峰。经历了公盘赌石、丛林冒险、圣彼得堡之旅，他不仅结交了皇甫云、彭飞等一干生死之交，还与女警苗菲菲、香港珠宝设计师秦萱冰之间产生了似有似无的情愫。随着一桩四十年前的考古秘闻逐渐揭开，庄睿等人也遭遇了敌对势力的打压和追击。在生死抉择之间，庄睿不忘初心，坚定信念，不愿向厄运低头，以打破宿命诅咒为意志，终收获一生挚爱，将暗黑势力一网打尽，完成人生的终极逆袭。

小说对主角庄睿的性格塑造很立体。他喜欢冒险，也懂得藏拙，能高调做人，也能低调行事，贫穷时面对权势不卑不亢，富贵时面对底层平等相待。他懂得知之为知之，不知为不知，不贪图金钱权力，不背离家庭责任，不沉溺爱情沼泽。当然，他的成功离不开那双变异的眼睛，更离不开他为人的真诚。更为可贵的是，作者不仅将身为主角的庄睿形象刻画得栩栩如生，还将古老爷子、德叔、孟教授、欧阳罡、马胖子、宋军、彭飞、周瑞、刘川、皇甫云、胡容、秦萱冰、苗菲菲等配角人物的形象描写得活灵活现。此外，庄园里中白狮、金羽、小雪、金刚、追风等堪称兽王的动物朋友与人之间的情感表达，更是无数次让人动容。

而更值得称道的是作者对于玉石、古董、墓葬等一系列文化的详尽解读，小说还涉及茶艺、赌博、赛马、沉船打捞、藏传佛教的很多知识，穿插着生活中的真人真事，令人读起来意犹未尽。

小说因主角的专业为考古学而引出汉光武帝刘秀的墓穴、成思吉汗的王陵、秦始皇陵、曹操七十二疑冢、敦煌的千年古刹、所罗门遗址等大量具有传奇色彩的内容，并由此展开对各种各样古玩文化的详尽描写，蔚为大观，极大满足读者的好奇心。

小说结合主角庄睿黄金瞳异能来确定石中是否出绿来引出整个故事。正是缅甸公盘上的赌石之旅，奠定了庄睿精彩人生的基础。这一篇章的描写令人大开眼界，尤其是关于缅甸公盘上进行投标、解石等赌石文化的内容，分外有趣。在后面的故事中，小说不仅谈及张芝、钟繇、唐伯虎、毕加索等人作品的鉴赏方式、市场价格、拍卖流程及赝品做旧手法，还介绍了各个朝代的陶瓷、玉器，如唐三彩、宋官窑、元青花等，引入一些历史典故，令人兴趣陡增：比如元青花作品《鬼谷子下山图》描述鬼谷子下山搭救齐国名将孙膑和独孤陈的故事；又如“传国玉玺”的秘闻，有关秦始皇命李斯用价值连城的和氏璧篆刻“受命于天，既寿永昌”八个篆字作为正统合法的皇权信物。小说还提到了玉握、玉璜、金缕玉衣等玉器，以及马踏飞燕、商后母戊鼎、宣德炉等青铜器，但部分历史内容并非出自正史，需要读者正确看待。

从整体上来看，《黄金瞳》并没有展示太高超的写作技巧和华丽辞藻，但从其对于背景、人物、高潮、铺垫等各方面细节的设定来看，庄睿的精彩世界是值得读者进入其中畅游的。

唐宇　撰写

十八岁的野比大雄

张晨

【导读点评】

在网络文学世界中，存在着广泛的同人现象。“同人”一般指在原著的基础设定上发展出其他故事走向的再创作行为，具有多种形式，但以文字居多。《十八岁的野比大雄》就是这样一部同人作品。故事用粤语写作，将时间设置为野比大雄成年之时，18岁的野比大雄没有因为机器猫的到来而更努力上进，反而忘却了自己的初心，开始埋怨命运不公、人情淡漠，儿时的天真善良也慢慢在他心中泯灭。也就是在这时，他心中的邪念慢慢占据了上风：他关掉机器猫的电源，将八宝袋占为己有，开始不择手段地报复众人……

如果说千禧一代有自己的童话，那么日本漫画《哆啦A梦》绝对算其中之一。一个忠实可靠的好朋友哆啦A梦，一个无所不能的八宝袋，一个又一个只有在幻想中才会出现的工具，帮助野比大雄不断地克服人生的难关：同龄人的欺凌、课业的压力、不确定的爱情、家庭矛盾……但孩子总会长大，成年人的痛苦有时候并不是一两个道具就能解决的，成年人也无法像孩子一样单纯天真。《哆啦A梦》这样的童话已经不足以说服人们坦然面对生活中的重压，反而会引起众多的疑虑：大雄最后真的能拥有成功与爱情吗？面对同龄人的欺凌，大雄真的能保持小孩子的单纯，不计前嫌吗？张晨在这部“同人”作品中回应了这些问题。

作为一部“黑童话”作品，《十八岁的野比大雄》能让读者很明显地看到作者张晨对于人性的洞察和描写的用心。整部小说以大雄的视角为中心，对大雄产生邪念的起因、走向深渊的过程、最后的反思都有细致的描写，将大雄因为自卑而产生的阴郁、对出木杉的嫉妒、对静儿的爱而不得、对技安和阿福的仇恨、对叮当和父母的厌烦等常见的青少年心理做到了真实还原，对出木杉、技安、静儿等一众配角的心理刻画也非常出彩，与原作《哆啦A梦》一样，塑造了深入人心的人物群像。

然而，正如原作者藤子·F·不二雄的用意并非单纯制造一个童话世界，而是满足孩子们实现愿望的幻想一样，张晨也不是为了简单地构造一个“黑童话”的世界，而是描述每一个孩子成为成年人的必经之路：每一个人物都经历了自己的人生危机，看遍人情冷暖，经历了从自我怀疑、自我封闭到坚定自我、团结他人的过程。而在故事的最后，大雄在穷途末路之时，看见了心中另一个纯真、善良的自己，对自己的选择产生了动摇。开放式结局的最后是一句话——这个答案由你作答——不仅仅是在问大雄是否后悔，也是在问所有在成长过程中犹豫着是否要放弃初心的成年人，是否会后悔。除去这个立意较高的主旨，张晨兼顾了可读性，结合悬疑和推理元素，对大雄步入深渊的整个过程做了环环相扣、牵动人心的细致描写，将故事讲得十分精彩。

整部作品虽然以书写人性阴暗面为主，但是其中不乏人与人相处的温情，在大雄步入深渊、推开众人的过程中，伙伴的关心和父母的爱意其实从未远离，最后众人的团结和大雄本人的回忆也说明了这一点，虽然每个人在成长过程中都曾对他人怀有芥蒂，但最终还是回归本心，和自己也和身边的人达成和解。如果说原作《哆啦A梦》是适合孩子的读物，那么《十八岁的野比大雄》就是一部适合青少年阅读的“镜子”，通过这面镜子，青少年看见自己成长过程中复杂而又矛盾的心理，看见自己与同龄人的冲突，也能看见自己所拥有的温情与爱。作为《哆啦A梦》的同人作品，它精准把握了长大后的读者对原作会产生的疑虑，并选择了恰当的回应——这个答案由你作答，选择成为什么样的成年人，认不认同大雄的做法，该不该放下自己心中的善意，一切都由自己作答。就描述的阴暗面来看，这部作品也许不适合被称为青春小说，但它背后的立意，值得每一个少年细细品味。

陈瑞迪　撰写

辑三

穿越言情与女性世界

平凡的清穿日子

Loeva

【导读点评】

《平凡的清穿日子》（以下简称《平清》）是2008年在起点上架的一篇“种田穿越文”，是广州作家Loeva（又称柳依华，本名杨雯，以下简称柳大）的代表作。自连载以来，其几度登顶起点月票排行，更被称为“开了生活穿越的先河”，常被当作“种田文”的代表在类型文学中被讨论。小说以主人公柳西西的穿越见闻为主线，按其成长历程分三卷描写了清代官宦之女淑宁幼年旁观识俗世、为远离争斗赴广州、及笄后与青梅竹马定终身的故事。不同于以往穿越文中的呼风唤雨、绝代风华，柳大此文只着眼于平凡，并在文中借主角的对垒表明自己的穿越观：搅动风云、妄图改变历史终会自食其果，淡然处之、现世安稳才是生存之道。

小说开篇就给身在现代的柳西西定了性——“闲暇时不爱出门，时下最时髦的宅女是也”，因而穿越后作为官宦之女的淑宁也秉持了“佛系”属性，不争不抢，在自己的一方天地里洒扫庭除，结三两手帕之交，闲赏美景，画眉弄妆。这与柳西西原本的“宅”属性有关，但其目睹的其他穿越者的惨剧也在强化着这种“佛”：街东头富查家的小儿昏迷醒来后叫嚣着要造新式火器、称王成帝，语不惊人死不休的下场是被关在王府中，成了一具尸体；同族姐姐婉宁费尽心思与皇四子胤禛套近乎，结果不得其法反被向来最宠爱她的祖母送到偏远的庄子……柳大在书中树立了两种泾渭分明的穿越体系，以此衬彼，非常明确且从一而终地高举着“反内卷、要平凡”的“种田”理念。

“种田文”的“种田”不是简单地回归农牧田野日出而作、日落而息，它所强调的是一种进退有度、不盈不缺的道法自然观和化宏大为具体的历史处理方式。《平清》之所以能成为“种田文”的代表，就在于它和“田园叙事”的高契合度。这表现在两个方面：

其一，摒弃轰轰烈烈与红尘一梦，追求细水长流的情爱叙述。淑宁与桐英青梅竹马，实乃天造地设的一对。但在第一卷、第二卷中，柳大却极少在二人之间的交往处着墨，将桐英塑造为只是和女主一同骑过马的邻家哥哥。即便第三卷中二人再遇、相知、共结连理，整个过程也从未有过天雷勾地火式的“甜”与“虐”，有的只是平淡日常里的举案齐眉、温情脉脉。

其二，虚化的“九子夺嫡”和碎片化的历史叙事。在清穿文[①]中，“九子夺嫡”向来备受瞩目。但《平清》却恰恰相反，柳大把这些煊赫却又令人唏嘘的皇子统称为“数字军团”，对于四子胤禛，淑宁一开始就秉持着审慎而又疏离的态度，她所向往的只是偏安一隅、踏实的世俗生活。因此，淑宁不是一夜挥就文墨传奇的范闲[②]，也不是辗转于八阿哥和四阿哥之间的晴川[③]，她所拥有的现代学识，全用在了生活琐事上：发明拖把扫帚、设计露指手套、做万花筒等，诸如此类，不胜枚举。至于这些生活器物带来的名与利，则能逃则逃，绝不流连。

契合“田园叙事”之余，该作品的代表性还体现在它的平凡却不平庸。淑宁的“佛系”不是“米虫”式的不作为，她勤恳好学，琴棋书画、女红厨活样样精通，但这种掌握技能的欲望指向的是一种劳动的愉悦感，而不是图名图利，不为一朝封神。与此同时，这部小说也不像一些描写古代官宦人家的作品那般着眼于宅斗[④]，它的坚持与反抗都以现世安稳为准则，悉心经营，但永不逾矩。

杨孟媛　撰写

①清穿文，指讲述现代人穿越到清朝的虚构小说。
②范闲，穿越类架空小说《庆余年》的主人公。
③洛晴川，古装穿越剧《宫锁心玉》的女主角。
④宅斗是古代言情类网络小说中的一种故事类型，多发生在商贾世家或官宦世家的后宅，多以妻妾之间的权力较量和男女主人公的情感纠葛为核心情节。

【精选摘录】

第四十三章　进府（节选一）

再走了一段距离，马车才真正停下。外面有个女人说话："请三太太和三姑娘下车吧。"

佟氏怔了一怔，便有人掀开车帘子，放好了脚踏。她慢慢挪出去，早有二嫫接上来，将她扶下车。淑宁跟着下车的时候，记起母亲的吩咐，也是慢慢地、很端庄地下了车。旁边一个媳妇子上来扶，"哟"了一声道："瞧三姑娘长得多水灵呀，老太太见了定然喜欢。"

淑宁有点想打冷战，她见这个媳妇子穿的也是绫罗绸缎，就知是个体面的仆妇，也不说话，只微微一笑，倒把那媳妇子给镇住了，不好继续调笑下去。

佟氏只淡淡扫她一眼，便问方才请她下车的那个中年嬷嬷："王嬷嬷，你方才叫我什么？"

那王嬷嬷忙解释道："三太太不知道，这是今年开始府里定的规矩，因庆哥儿已经娶了亲，原来的太太，如今都称老太太，奶奶们就称太太，庆哥儿媳妇便是庆大奶奶了。几位爷，如今都是老爷呢。"

佟氏笑笑："那庆哥儿如今也是爷了吧？""可不是嘛。"王嬷嬷应了声，就搀着佟氏的另一边胳膊，要扶她进去，"三太太如今可金贵呢，我来扶着您。"

淑宁拒绝了那媳妇子来扶她的举动，又不是三岁小孩子，扶什么呀。她端庄地跟在后面走，一行前后倒有七八个女仆跟着，穿过了两个月洞门，来到一处大院落，旁边都是抄手游廊。她们直接穿过院子，来到正面的房间，一个穿绿的俊俏丫鬟打开帘子迎上来，未开口先含笑："可把三太太和三姑娘盼来了，老太太和两位太太都等急了呢。"

佟氏隔开王嬷嬷与二嫫的搀扶，自己上了台阶，向那丫鬟点点头，便招呼女儿跟她一起进去。

进门就是一架黄花梨镶玻璃的大屏风，雕着富贵牡丹的图样，绕过屏风，里面黑压压地聚了一群女人。淑宁差点眼都花了，定一定神，才见到正中坐了一个五六十岁的老妇，旁边各坐着一个妇人，都打扮华贵，满头珠翠，便知这是祖母与两位伯母了。

早有侍女在地面放了两个蒲团，佟氏领着女儿磕了头，祖母才微笑着说："自家人不必多礼了，你又有了身子，用不着这么客套。"佟氏低头应是，然后又给两位嫂子行过礼，才在大嫂子下手的一把圈椅上坐了，接着便是淑宁给两位伯母见礼，然后大伯母又引见了两个年轻的女孩子。一直站在她身后作少妇打扮的，是大堂嫂李氏，另一位坐在下手的，是大堂姐芳宁。她们都给婶婶佟氏请了安，又一一与淑宁见过礼，然后淑宁便闷不吭声地站在母亲身边。

祖母伊尔根觉罗氏脸圆圆的，看着一团和气的样子，给人的感觉却有些像《还珠格格》里的那位太后娘娘，貌似慈眉善目，实则透着一股威严，举手投足都显露出一种“我是当家人”的气势。

大伯母那拉氏也是圆脸，总是带着微笑，却让人觉得有点高深莫测。

二伯母索绰罗氏是个长脸，尖下巴，嘴唇有点薄，不过很会打扮，脂粉抹得恰到好处，从头到脚的服装首饰都没什么可挑的，看来传言她开脂粉成衣铺子，也还是有点依据的。

至于李氏，果然如传言中的其貌不扬，长得还算端庄，勉强能称得上清秀，只是整个人没什么精神，也很少开口。

芳宁也是很沉默寡言，不过还是很有少女的青春气息。

老太太问佟氏有几个月身孕了，佟氏回道：“有三个月了。”她点点头：“要小心自个儿的身子，你男人子嗣少，你要多多争气才是。”佟氏低头应道：“是，媳妇知道。”

老太太又把眼光移到淑宁身上来：“三丫头几岁了？”佟氏忙替女儿回答道：“到八月就满八岁了。”她又问：“平日里有学规矩女红吧？”佟氏答：“媳妇儿天天教她做。”

老太太点点头，又抬起手来招呼着：“三丫头过来，让奶奶看看你。”淑宁忙走上前去，任她拉着自己的手瞧，背脊上已经开始冒汗了。

老太太又问：“读过什么书？”这个问题淑宁早有准备，便回答道：“只读过些《女训》《女诫》之类的，额娘说女儿家针线最要紧，不许我多读书呢。”她早听说这位祖母大人不太喜欢母亲读书，这样回答应该没问题吧？

却不料她摇摇头，说道：“你额娘最是小心，其实倒不必这样，女孩儿家多读些书，倒也不是坏事，只别看些不好的书，移了性情就行了。”这话让佟氏和淑宁都暗暗称奇，这才几年工夫，她怎么就完全改变了态度呢？

接下来又说了几句闲话，淑宁才回到母亲身边继续站着，老太太这才发觉，便叫丫鬟搬了个凳子来，让孙女儿坐下。

有个媳妇子上来回话，说侍候三太太和三姑娘的人都在外头呢，老太太要不要见见。老太太点了头，便见到二嫫带着小梅、秋菊和春杏上来磕头。那拉氏看见，皱了皱眉。

老太太认得二嫫，略问了些话，转头看见秋菊，就问道：“我怎么觉得这丫头有几分眼熟，好像在哪儿见过？”那拉氏正要开口，索绰罗氏抢先说道：“额娘不认得了？她本是庆哥儿房里的丫头，庆哥儿那年不是还说要把她收房吗？也不知怎的，竟跑到三弟妹那里去了。”她有几分得意地瞥了那拉氏一眼，那拉氏却是不动声色：“小孩子家不懂事玩笑罢了，我听说三弟妹那边少人使唤，见这丫头还算伶俐，才送过去的。”李氏却只是站在她身后，似乎没听到这些话。

老太太不管两个媳妇之间的暗斗，只挥挥手让四个女仆下去了，叹了口气道：“这怎么够呢？别说三媳妇儿有了身子，里外都要人侍候，再看她们姐妹几个，都是丫鬟婆子一大堆。三丫头这样太过寒酸了，就算她阿玛在外地做官，不好带太多人，也不能太失体统才是。”

第四十三章　进府（节选二）

底下人马上在旁边的房间里摆桌椅，正手忙脚乱呢，却听得有丫鬟在外头报说：“二姑娘跟四姑娘来了。”然后就听得一阵银铃般的笑声：“奶奶，我来了，可赶上吃饭了吗？”

丫鬟好奇地往门外瞧去，心想：“难道这就是那位传说中的二堂姐了？”

几个丫鬟掀起帘子，一个娇小的身影在一堆侍女的簇拥下走进门来，拐过屏风，然后，淑宁顿时觉得眼前一亮。

那女孩只是十岁左右年纪，身量尚小，穿着一身素白旗服，领口、袖口与下摆处用丝线从月白到深蓝色绣了层层叠叠的小花，远看还以为是镶了几道蓝边，待走得近了，才知道衣饰华美精致。

等她走近，淑宁才清楚地看到她的相貌，一双又黑又大的凤眼，小巧的鼻子，红红的小嘴，肤色极白，像是细瓷一般完美无缺，一头乌黑的秀发交缠着蓝色的缎带，绑成双鬟，两边各有几根缎带垂在肩上，未扎起的头发都放在脑后。年纪虽小，却有一种很特别的仿佛成年女子般的风情，不出几年，定然会长成一位倾国倾城的大美人了。

李氏这时就站在淑宁旁边，忽然开口说：“这就是婉妹妹了。”

淑宁点点头，心想：“果然是美人啊！”

第五十五章　分歧（节选）

淑宁暗中偷笑，然后才想起她们出来已经有一会儿，便说：“出来这么久了，只留大姐姐一个在里头不大好，我们回去吧。”

婉宁不在乎地摇摇手："没关系，大姐姐在里头学茶道呢，如果我们进去，反而会打搅他们。"

淑宁很奇怪她这么说，便道："原来大姐姐是在学茶道吗？我也想学一学，去看看吧。"

婉宁却拉住了她："那有什么好学的，你就陪我在这旦看看字画不好吗？"

没什么好学的话，芳宁又为什么要学？淑宁有点起疑心，难道她们两个进雅室会对芳宁有什么影响吗？不过现在里面就只有芳宁和范锦春两人在，虽然说是孤男寡女，可都是十几岁的小孩子，应该不会有什么问题才对。

于是她便留下来陪婉宁看其他的字画，只是后来有了两三拨客人来，她不想跟陌生人挤在一起，便不顾婉宁劝说，硬是拉她回到了雅室。

雅室中，范锦春正在教芳宁斟茶的手势，看起来教得很认真，芳宁学得也很认真，只是脸上带着不自然的红晕，眼中微微露着一抹羞涩。淑宁皱了皱眉头，望向婉宁，见她只是一副笑眯眯的样子，听着范锦春的讲解。

回到伯爵府后，淑宁拉了拉婉宁的手，说道："二姐姐，我有话想跟你说，你到我屋里来好不好？"婉宁疑惑地跟着去了。

进了房，淑宁吩咐春杏："你去外头守着，若有人来，就告诉我一声。"春杏应了。婉宁忍不住笑问："什么事这么神秘？还要避着人？"

淑宁关上房门，走到她面前问："二姐姐，我问你，你当初是怎么知道那间茶室的？"

婉宁感到很奇怪，但还是回答了她："就是我那个花花公子表哥奎叔，有一回他带我们姐妹三个出去玩，就带我们去了那里，自己却跑得不见踪影，我们只好在那里喝茶，觉得那店不错，之后就常去了。"

淑宁继续问道："二姐姐曾说过那里的客人都是些文人墨客或达官贵人，而且今日见到的那几个茶客，说话酸得很，又嫌我们小孩子家不懂事。可见，那家茶室不是我们这样的孩子去的地方，对不对？"

婉宁笑着说："做生意而已，人家又没说小孩子不能去，三妹妹不用担心。"

淑宁想了想，道："既然那不是我们去的地方，以后姐姐们也不要去了吧，要喝茶到得月阁就可以了呀。"

婉宁说："那怎么一样，而且芳宁姐还要学茶道呢。"

这人怎么就那么迟钝呢？

淑宁决定说得明白些："要学茶道，不如正经请个先生来教，总比到外面店铺里学得强，况且那个范锦春又不是什么名师。大姐姐跟我们不太一样，整天跟一个男孩子在一间屋子里独处，会惹人说闲话的，还是避避嫌的好。”

婉宁笑着拍拍淑宁的头：“小鬼灵精，你从哪里学到这些东西的？有人说闲话就让人说去，芳宁姐只是在做自己想做的事而已。”

淑宁开始有点生气了：“自己想做的事？如果大姐姐是想学茶道，大可以请教蔡先生，他也是个爱茶之人。如果大姐姐想做的事是跟那个范锦春见面，我们就该拦着她才是。”

“拦着她？为什么？”

“那是当然了，这是不对的！”

婉宁轻拍淑宁的脸颊，道：“怎么会不对呢？爱情无对错，而且是无分贵贱的。”她双手在胸前紧握，脸朝着天花板方向微微抬起，一脸憧憬：“而且初恋是人类最美好的感情了。”她顿了顿，放下双手：“算了，你小孩子也不懂这些，等你长大了，自然就明白了。”

她又拍了拍淑宁的头：“这件事，你就当不知道好了，千万别跟人说啊！乖——”然后就甩甩袖子走了。

淑宁感到心中有一股怒气慢慢升起：这是与芳宁一生幸福攸关的事，你怎么可以说得这么轻巧？既然你也知道爱情无分贵贱，也就是说，你很清楚地知道芳宁与范锦春之间的身份差异有多么巨大。且不说自家是官，有超品的爵位，而芳宁是未来家主的亲生女儿；范锦春虽然有功名在身，也认识几个达官贵人，但到底还是商家子弟。就算他日后中了进士做了官，也还有一条“满汉不通婚”的法律横在他与芳宁之间。就算到时婉宁神通广大地帮他们得到宫中贵人的指婚，那也不知是多少年后的事情了，而芳宁，明年就要参加选秀！

他们是不可能在一起的，与其日后痛苦，还不如在一开始就把这种感情扼杀在萌芽之中。无论如何，以芳宁现在还这么“少女”的年龄，就算对某个漂亮小男孩产生好感，也不过是青春期萌动而已，只要不再见面，很快就会忘记的。

可是，偏偏有一个婉宁，不但不制止她这种危险的感情，还要推波助澜，故意给他们制造见面的机会。如果……如果府里的长辈们知道这件事，不但芳宁会受到惩罚，连范锦春也会倒霉的！

第五十七章　事泄（节选）

到了正院里老太太的房子，却见到廊下跪了黑压压一大片人，仔细一瞧都是些大房的奴婢。进了上房，老太太端坐上首，大伯父晋保和大伯母那拉氏各立一边，一个三十多岁的妇人跟在那拉氏身后，正拿着块帕子抹眼泪，淑宁认得她正是芳宁的生母陈姨娘。而芳宁，此时正跪在房间正中央，低着头，微微地发着抖。虽不见二伯父兴保，二伯母索绰罗氏却在，婉宁、媛宁和大堂嫂李氏都站在下手边上。

难不成，是芳宁与范锦春的事被发现了吗？

老太太见佟氏进来，发话了："来了吗？三丫头去跟你姐妹们站在一处。"

佟氏走到索绰罗氏下首站好，淑宁走到婉宁身边，冷不丁被她瞪了一眼，眼中所含的恨意直叫人心颤。

老太太把目光移到芳宁身上："没脸皮的东西！"芳宁的身体更抖了。陈姨娘一听，哭得越发伤心，又不敢发出太大的声音，只能抽抽搭搭地哭。

"哭什么？"老太太厉声喝道，"遇事就只会哭！你号丧呢！有这功夫怎么不好好管教你的女儿？让她知道姑娘家什么该做什么不该做，也就不会做出这种有辱家风的事情！我们是什么人家？世代勋爵！生出的女儿居然跑去跟个商人家的臭小子勾勾搭搭！祖宗的脸面都被你们丢尽了！"

陈姨娘压低了哭声，哽哽咽咽地仿佛快要断气一般。芳宁脸色惨白惨白的，飞快地望了婉宁一眼。

婉宁有些害怕地绞着手指，见祖母的目光移到她身上，连忙一个箭步扑过去跪下，抱着祖母的腿，可怜兮兮地睁着一双大眼望着她，说道："奶奶，婉儿知道错了，您别生气……婉儿年纪小，不知道深浅，奶奶教导我，我再不会犯了。"

老太太虽有些心软，但还是不改严厉的态度："我以往真是太宠你了，见你生性聪明，想着不必对你管教太严，你也会懂事。结果你居然连这些规矩都不懂，才会做出这种糊涂事！你可知道你姐姐明年就要选秀，如果她选上了，却被发现有这种丑事，到时我们全家都要吃挂落！"见婉宁乖乖垂首听训，才放缓了语气，"退一万步说，即使没被选上，可以让咱们家自行择配，那时与我们结亲的必是官宦人家，一旦被人知道了，我们家还有什么脸面见人？只怕连你姐妹几个的名声也会被连累！"

第六十九章　家事（节选）

离新年愈近，张保发现给自己送礼的人越来越多了，而且送的东西还很贵重，瓷器绸缎这些不算什么，居然还有人送各种西洋物品和珍珠宝石的。他起初不知，收下后一看，吓了一大跳，与苏先生商量一番，便去向苏通判请教。

苏通判却告诉他，其他官员都是这样的，人人都会收，让张保尽管收下。他说："送这些东西的人多是本地富商，其中大多是十三行的买办，或是依附他们的商家。他们为西洋商人购置货物，自己又有生意，每年最少也有数万两的入息，多的有几十万两。这些礼物看着贵重，实际上顶多花上他们数百两，一千两算是顶天了，相比做生意赚到的，只不过九牛一毛而已。咱们辛苦一年，得些好处也是应当。”

张保还是有些不安：“可是这礼太贵重了，他们送我们这些，该不会是有所求吧？”

苏通判却笑道：“能有什么所求？不过是求个安心罢了，希望各处衙门对他们盘剥不要太重了，平日里不要多加为难，最重要的，是要保住他们的买办之位。要知道，这广州城内外，连同附近的番禺、南海、佛山一带，有名号的商人多了去了，外省的大商家更不必提，想要跟洋人做生意的不知凡几，他们自然要千方百计保住自己的地位。这可是口大肥肉啊。咱们只要不去骚扰他们，就能安安心心收下这些孝敬了。”

张保这才明白了，便谢了苏通判，辞了出来。回来后，他笑着对苏先生说：“这样看来，倒是跟从前在奉天城时，底下人孝敬的财物差不多，只不过价值翻了好几番罢了。”

苏先生便笑说：“人人都以为江南的官职才是肥缺，万没有想到这广州城也是这般富庶。可笑当初大人得这个缺的时候，还有人同情大人，说这偏远之地，没有油水可捞呢。”

张保道：“那是他们无知罢了，凡是通商港口，都是富庶之地。不过海禁才重开数年，本地官员也是最近这几年才收到这些财物罢了，大概风声还不曾传进中原内陆去呢。”

他重新看了看送来的礼盒，叹了口气道：“罢了，又不是我要他们送的，我也不会因为收了礼就帮着他们为非作歹，我尽管收下便是。”

第七十二章　看信（节选）

接下来，端宁说起了婉宁。她最近惹了大麻烦了。

上书房的陈良本大人去年冬天回京后，不知怎的，婉宁竟然打听到他的宅第，借口说是去胭脂铺子，拉了诚宁作陪，就上门去求见。

因婉宁求见时，是打了自家伯爵府名号去的，因此对方府中下人并不敢怠慢。陈夫人亲自见了婉宁，婉宁却说求见的是陈大人，不是夫人，问是什么事，她又不说，只说告诉陈大人是写出《笑傲江湖》的人来求见。

陈大人听说后，却说女客理所当然是由内眷接见，哪有外官见女眷的理，让自家夫人去接待。但婉宁不死心，还要了文房四宝写了些东西叫人递给陈良本看。不久里面传出陈大人的话来，说诗写得不错，可他从不为闺阁中人扬名，请她回去。婉宁愕然，还是坚持要见他本人，情急之下说了些不好听的话。

那位陈夫人本是官家千金出身，平日最重规矩礼仪，见婉宁言语轻狂，便摆出脸色来，打发她走人。过后她还特地派人到伯爵府上说，请贵府好生管教自家小姐，年纪虽小，礼教大防还是要注意的。

老太太听到这些话，大发雷霆，叫了婉宁来问是怎么回事，婉宁却说不出来，因此老太太便禁止她再出门。诚宁后来把此行的细节都一一告诉了兄弟们，端宁才知道发生了什么事，几位堂兄弟还在私下里嘲笑。

婉宁却似乎有些不甘心，埋怨时就说了几句“陈大人的诗词都是抄的”之类的话，有的下人嘴不牢，把话传了出去。虽然多数人不信，但嫉恨陈良本身为汉人却位居高官的人不少，便借机贬低他。陈良本并不做解释，皇上听说后问起，他就说：“小孩子家被宠惯了，在我家碰了壁，就让她出出气吧。只要皇上知道微臣是怎样的人就够了。”

结果第二天，在宫中任职的四叔容保就受了上司警告，要他回家叫兄长好好管住自家女儿。容保回家一说，老太太生平第一次打了婉宁，还把她关在房中，连房门都不许出，然后又把她身边的下人全都撵走了，无论婉宁怎么哭闹，都不肯留下一个。

但是流言却因为卷进了一位贵族小姐，有愈演愈烈的趋势。那些闲人不知道婉宁还是个孩子，便给流言沾上了桃色，可是不知怎的，竟然被人挖出当初芳宁的事来。由于当事人中的范家父子已搬离京城，没人清楚真相，只能瞎猜，话越传越难听了。

伯爵府本已在户部打点过，希望芳宁能通过选秀的，结果那位大人派人来问是怎么回事，说流言传到这个地步，是不可能选中的了。老太太被气了个半死。

为了防止孙女们继续受流言连累，过了年，老太太便把婉宁送往保定的庄子，又把媛宁送到吉林她外祖父家里，只希望过个一年半载的，等流言消失再接回来。芳宁还要应选，只好留下，与陈姨娘母女俩终日以泪洗面。

端宁把事情详细说完后，感叹道，婉宁在家中一直受宠，在外头也是要风得风，要雨得雨，没想到居然会助长了她的坏脾气，以致闯下这样的大祸。祖母向来当她如珠如宝，尤其看重她的美貌与聪明，指望她日后有大出息。结果婉宁这一闹，就像是打了祖母一个大耳光，让她在亲族间丢尽脸面，只怕日后对婉宁的宠爱会大不如前。婉宁如今在家中的崇高地位，大半是由祖母宠爱得来，以后还不知会怎样呢。

更雪上加霜的是，事情发生前说要接婉宁进宫说话的太后，一直没有派人来，甚至连往日最爱黏着婉宁的五阿哥，也因为得了风寒，没有来找她。平时爱与她一起玩闹的贵族子弟和千金小姐们，收到她的求助信，都推三推四。因此婉宁再不情愿，也只能乖乖离开京城了。

端宁十分庆幸自家妹子是个稳重懂事的人，期待婉宁在保定修身养性的日子里，会变得懂事一些，日后不会再给家族招来祸患。

第七十九章　银姐（节选）

过了中秋不久。阿银突然提出请辞。

佟氏有些措手不及，便问她道：“究竟是什么缘故？一向做得好好的，你来家快一年了。我们全家都习惯了你做的饭食，你又教会淑宁不少东西。我还准备明年给你涨工钱呢，怎么就突然说不做了呢？若是家里有难处，你尽管说出来，我们自然会帮你。”

阿银向她鞠了一躬道：“太太，不是我不知好歹。我们家和我死掉的未婚夫家，现在都住在城里。夏天刮台风的时候，船都沉了，我爹伤了手，不能再做重活，我公公大病一场，也不能再去打鱼。两家一共七八口人，除了我弟弟还不到十五岁，其他人老的老，小的小，都要靠我一个人照顾养活，日子实在难过。”她抹了抹眼角。继续说道：“我想着自己还有点手艺，便打算辞了这份工。在外头开个面摊。做点小生意，应该能养活两家人。我知道老爷太太和小姐都是好人。我一辈子都不会忘记你们的。”

佟氏听她这么说，也不好再强留，便叫人来结了工钱，又送了她十两银子和几件衣服，阿银千恩万谢。

阿银走前要向众人告别，来到淑宁房间的时候，她满脸羞愧地对淑宁说道：“小姐，我对不起你。”

淑宁吓了一跳，忙问她是怎么了，她便说道：“我要去开面摊，其实也打算去卖你教的那个沙河粉，没有问过你，就拿你的方子去做生意，我实在不好意思见你。”

淑宁闻言怔了一怔，心情很复杂，其实她不是不生气的，但她没有发作，冷静问道：“你如果觉得不对，又为什么要这样做？既然做了，又为什么要告诉我呢？”

阿银将自家的情形告诉她听，然后说道：“卖粉面的活不重，两位老母和我弟弟都能帮忙，虽然是小本生意，但凭着我的手艺，就算发不了财，养活两家人是不成问题的。我想了许久，才下了决定。只是这毕竟是瞒着小姐，这样是不对的，如果一声不吭地走人，我过不了自己那一关，所以才告诉你。”

淑宁在听的过程中已经不再生气了，相比起自己只是偶尔做做沙河粉满足口腹之欲，阿银全家更需要拿它来糊口。食摊在城里有很多，要站稳脚跟，特色是少不了的。阿银也是为了家人着想，谁没有私心呢？这样做无可厚非。

想着想着，她忍不住对自己冷笑，自己有什么资格生气呢？沙河粉也是“前人”发明的东西，而不是自己的成果。难道自己也沾染了穿越者的坏脾气，把在现代社会学到的东西都当作是自己独占的私产了吗？有这样的想法，跟她一向看不惯的婉宁又有什么区别？

于是她和颜悦色地对阿银说道："阿银姐，你不必想太多了，当初虽然是我说的做沙河粉的法子，但你也帮了大忙，不是吗？就当作是我们一起做出来的。何况我也没法做什么生意，若它能帮到你，我也很高兴。你就尽管放心去做吧。"顿了顿，又补充道："我再告诉你个法子，其实除了卖粉面，还可以卖粥。你可以事先煲好一大锅粥，然后把肉菜鸡蛋之类的材料洗好切好，有人来吃时，便拿小瓦锅煮一小锅粥，等它滚起，就放材料进去，滚几滚加上盐，就好了，又快又方便，而且很容易。"

阿银高兴得红了眼，道："小姐，你真是好人，以后你想要吃什么东西，尽管来找我。我家住在城南地朱家巷，你说声，我马上就来做给你吃。"

淑宁摆摆手，报以一笑。

第二百一十六章　大婚（节选）

淑宁被人搀着下了轿，踩在红毡上一步步走进正堂，当中只跨了一个雕鞍，倒是不见火盆。等有人拿走她手中的瓶子后，她从盖头下往旁边看，隐约看到了双靴子，那大小分明就是桐英的，心下定了定。

在正堂中，桐英面向西方，淑宁面向东方，行了两次拜礼，然后便各自就座。内务府派来主持婚礼的嬷嬷们倒了酒，口里说着吉利话，将酒奉上，两人喝下了。重复三遍后，又再起身行两次拜礼。

淑宁听到有人大声宣布宴席开始，便知道婚礼完成了。那一瞬间，有些百感交集。自己两辈子加起来，也活了几十年了，没想到终身大事居然是在古代完成的。这是自己人生的另一个起点。回想起穿越前生活过的世界，好像已有些模糊，不管那时候的家人，对自己是什么态度，现在也没必要再计较了。自己在这个世界里拥有慈爱的父母、友爱的兄弟、挚爱的丈夫，衣食无缺，生活富足，虽然也有遇到许多不顺心的事，但总归是个幸福的人。以后，她会继续努力，让自己与家人一起幸福地活下去的。

有人轻轻扯了扯她的衣袖，她才发觉自己不知发呆了多久。桐英那边传来轻轻的闷笑声，淑宁撇撇嘴，顺着嬷嬷们的指引，从堂后往正院里走。一路上，她都能看到旁边桐英的靴子，想到从今以后，便要和这个人相伴终生了，心里一软，把先前那一点嗔怨都抛开了。

淑宁只知道一路走的都是红毡，依稀能看到旁边的石板路，但周围地方到底有多大，她却估算不出来。先前看过图纸，只有个大概印象。听真珍说，前院很大，但正院要小些。她不由得有些心急，想知道未来的家是什么样子，又觉得那块红盖头真是碍事。直到进了屋，她认出旁边放置的都是眼熟的家具，心里才安定下来。知道这就是新房了。

红毡一路铺到拔步床前，她看到那床的平台，便轻轻挣开旁人的手，自己踩上去，转过身，与桐英一块坐下了。

这张床因多了两边地雕花围栏，床口比寻常的窄些，两人并排而坐，隔得并不远。淑宁可以从盖头下看到桐英的膝盖离她自己的只有不到半尺，而且对面似乎有一道目光正凝视着自己的方向。她忽然觉得有些羞意，耳朵渐渐热起来。

然后便有许多东西撒在两人的周围，衣边手边，都是花生、栗子、桂圆与红枣等物。淑宁只觉得额头上也挨了几下。怪疼的，也不知是谁这般鲁莽，专往人这个地方砸。

不一会儿，一柄金色的秤杆伸到她盖头下方，接着眼前一亮，盖头挑开了。她眯了一下眼，抬头望去，只看到桐英微笑着看她。眼中闪过一丝惊艳后，便用温柔的目光盯着她看。

淑宁却是又喜又羞，但想看桐英的意欲压制住了羞涩，垂下眼才不到两秒，便又抬眼去看他。只觉得他比起上次见到时气色好多了，虽然还是偏消瘦了些，却比以前要胖许多。心下暗暗决定，以后一定要把他再养胖一点，健康一点，然后，两个人就能长长久久地在一起。

杨孟媛　整理摘录

弃妇当家：带着萌宝去种田

倾咔

【导读点评】

在网络小说盛行的当下，文学阅读由以前的精英阅读扩展成为大众阅读，文学叙事则由宏大叙事延伸到日常叙事[①]。种田文作为一种新兴的网络文学类型，凭借其平实简单的生活琐记与清新温馨的叙事风格迅速走红。“俗化表现为文学直接切入大众的生活领域，人生的平凡性和世俗性得到了肯定，大众的基本要求和欲望受到了认同和关注。”[②]

《弃妇当家：带着萌宝去种田》是一部融合穿越历史和架空历史的种田文小说，讲述了现代“海归”女穿越到弃妇身上以后的发家史。主角本是现代“海归”牙医，一朝穿越成为架空时代的大肚子弃妇，踏上了在古代重生、摸爬滚打的探索之旅。它通过直白生动的通俗语言讲述小人物平凡的日常生活，注重严谨真实的细节描写，在语言、内容以及文体结构上大量继承了宋元话本及明清通俗世情小说的叙事传统[③]。《弃妇当家：带着萌宝去种田》情节跌宕起伏、扣人心弦，是一部情节与文笔俱佳的小说。

一般意义上的种田文，其实内容就是家长里短，是“以古代封建社会为背景，描写主人公及其家人日常衣食住行、鸡毛蒜皮等生活小事的小说”[④]，从某种程度上来说，颇有古代世情小说的风格，但却是用浅显的语言写就的，因而可以称得上是新型世情小说[⑤]。“类型小说的最大特点就是有一套约定俗成的套路，所谓‘程式化’就是为了保

①范胡璟. 21世纪文学畅销书与文学批评. 理论月刊，2010（1）：141-143.
②李春媚. 畅销书现象：“大众审美文化”的透视镜. 艺术广角，2002（1）：4-10.
③李昊. 新世情小说的复兴：浅谈“种田文”的走红. 当代文坛，2013（5）：64-67.
④张霄. “种田文”中受众的心理与行为研究. 今传媒，2017（5）：84-86.
⑤周逸欣. 《知否知否应是绿肥红瘦》：种田文模式下的佛系人生. 名作欣赏，2019（23）：122-123.

障其最优地实现娱乐化功能的快感机制”[①]，而《弃妇当家：带着萌宝去种田》虽属种田文，却改变了传统穿越小说的套路。虽写家族矛盾、权谋争斗，但作者所要传递的却是与此相反的“家和万事兴”的观念。

《弃妇当家：带着萌宝去种田》中穿越后的主人公身份平凡，仅是农妇，小说更多的是一种平实简单的生活纪实，即使是爱情描写也没有惊天动地的恩怨情仇或者多方纠缠，而多为专一平淡的细水长流和日久生情[②]。小说整体基调以温馨为主，人物个性鲜明，不是一穿越过去就呼风唤雨地闹腾，而是切切实实融入那个年代、那个社会，所运用的现代知识不会令读者觉得突兀，很和谐且水到渠成，男女主角的相处既温馨又自然。亲情、爱情、友情都在这本书架空的时代、镌刻的岁月中一点点体现。

整本小说带着作者倾咔的独特风格，逻辑清晰，不拘小节，语言紧凑幽默，很少矫揉造作，白话文风通俗简练，细节描写严谨真实，章回叙事整齐清晰，人物勾画丰满，文风细腻温婉，故事情节深入人心。小说人物性格塑造丰满，女主角白若竹头脑清醒冷静，人格独立，事业心强，有自己的思想考量，不会依附任何人，既有儿女情长又有家国天下，与男主角的甜蜜互动更是令人欢喜，温暖治愈。作者在对平凡生活的描写中处处透露出对平凡生活的简单追求、对人际关系的温情关怀和对婚姻家庭的理性认识。男女主角不“脑残”、不“圣母”，配角们也都各有特色，结尾虽略显仓促，但也算得上圆满。

唐寅杉　撰写

①邵燕君. 网络文学经典解读. 北京：北京大学出版社，2016：334.
②李昊. 新世情小说的复兴——浅谈“种田文”的走红. 当代文坛，2013（05）：64-67.

【精选摘录】

第112章　考了第一名

白义博此刻脸上的表情十分精彩，他已经呆住了，因为他知道那声“白贤弟”肯定不是叫他的，他可比李大人大了不少年纪呢。

其他人几乎也跟白义博一样，突然就安静了下来，瞪大眼睛看着白泽沛，到底是什么大喜事能劳动衙门的大老爷亲自上门道喜呢？

“学生见过李大人。”白泽沛恭恭敬敬地朝李大人作揖，李大人却急忙上前扶住了他，大笑着说：“我早就看出你是个人才，今日一看榜，果然没叫我失望，你童生试考了案首，这可是千里挑一的好本事啊！”

围观的大多数人听不懂案首是什么意思，还是老村长见的世面多，激动地叫了起来：“白泽沛童生试考了第一名，不仅考上了秀才，还是这十里八村的头一号，给咱们后山村争了大面子啊！”

这时众人才明白过来，案首原来就是第一名啊，这可真是厉害，能考中秀才都是天大的难事了，否则白家老大怎么考了几十年才考中啊？这考第一名就更难了，觉得是读书人里拔尖的存在了。

更何况人家白泽沛今年才十八岁，年纪还小着呢！

再看向白泽沛，这么大的荣耀，人家却依然沉稳得当，脸上带着谦和有礼的笑容，双目炯炯有神，能看出心情很好，却哪有白义博那种得意劲头？

白义博得意？不少人捂嘴偷笑起来，白义博此刻脸垮了下来，就好像谁欠了他几十两银子似的，早没了之前的得意劲。

“我就说泽沛的学问到家，不是空有花架子吧，刚刚是谁还叫人家学得沉稳一些，不要太浮躁来着？”汪耆老大笑着说道，他此刻嗓门很大，一听就是心情好得不得了。

那可不是了，他孙女要嫁给白家二房的老大了，跟着也有面子啊。

周得顺早看不惯白义博的做派了，跟着附和道：“是啊，咱二郎沉稳得很，考了案首也没跳起来，不像有些人还没怎么样，就开始教训人了。”

围观的都是来看热闹的，听了此话，看向白义博的目光就更加幸灾乐祸了，把白义博看得脸上一阵白一阵红的，恨不得找个地洞钻进去。

他怎么这么倒霉啊，考了几十年好不容易扬眉吐气一回，还没等把这口闷气吐出来呢，二郎就骑他头上了。虽然他心里不想承认，但普通秀才能跟案首比吗？

林萍儿可没白泽沛那么稳重，她费了半天力气才听清楚又确定了下来，她拉着白泽浩的胳膊，激动地问：“大郎，你听清楚没？你弟考了第一名？”

见娘这个样子，白泽浩也不由红了眼眶，反过来扶住林萍儿说：“娘，没听错，二弟是考了第一，也是秀才了！”

林萍儿这才完全相信了，脸上流着泪，双手合十拜起了菩萨。

白泽沛朝李大人道谢，说：“大人，容我先谢过父母。”

李大人点头，很满意白泽沛此刻的好气度，他这个贤弟可真是没白认下，说起来还不是自己眼光好？想到这里，李大人心里得意起来。

白泽沛走到白义宏和林萍儿面前，“扑通”一声跪到了地上，声音有些颤抖地说：“儿能有今天都是拜爹娘所赐，感谢你们这些年对我的栽培，也谢谢你们对我的信任和支持。”

说完他也不等两人反应，“砰砰砰”地连磕了三个响头，旁人听得都是一阵肉痛，果然林萍儿和白义宏反应过来，急忙扶起他时，他额头已经青肿了。

“好孩子，爹娘明白你的孝心，赶快起来吧。”白义宏说着眼泪也流了出来，他是个地地道道的庄稼汉，流血流汗不流泪的，可今日却怎么也忍不住在村里人面前落泪了。

这泪水有感慨，有激动，也有欣慰。

白泽沛被扶了起来，又转向白泽浩，深深地作揖鞠躬，说：“泽沛也感谢大哥一直以来的照顾，如果没有大哥照顾家里，辛苦劳作，我也不能坚持到今日。”

他今日的成绩也有大哥的一半，只是他铭记在了心里，没有挂在嘴上，说出来是给别人听的，能不能做到才是他对大哥的真正回报。

白泽浩也红了眼眶，急忙去扶白泽沛，声音哽咽地说：“二弟，咱们兄弟还说这些做什么？”

白泽沛点头，对，大家心意相通，不说也能明白。

村里人啧啧称奇，就有人嘀咕起来，说：“你看看人家白泽沛，考了案首第一个给他爹娘磕头，然后感谢他大哥，那白义博知道自己考中了秀才，可没给他爹磕头感谢他爹的，就顾着自己得意了。”

这谁有孝心一看便知，这种春风得意马蹄疾的时候，最容易暴露出心里的真实想法了。

白泽沛再次转向老爷子，大步走过去，同样是跪下，给老爷子磕了个头，说：“泽沛还得感谢爷爷的启蒙，让我受益匪浅。”

只是这次磕头只有一下，也并没有磕响头，孰轻孰重众人自然明白，可人家白泽沛把孝道礼数都尽到了，老爷子能说什么？

众人不由又想到前些日子，老爷子为了大儿子，在白家二房门外扇了白泽沛一耳光的事情，都忍不住摇头，心道白家老爷子真是老糊涂了。

白福这时才从震惊中回过神来，他看了眼大儿子，又看了眼二孙子，他确实为白家出了案首而感到骄傲，同时也心疼自己大儿子，好容易熬出头了，却偏偏被侄子抢走了风光。

他扶了白泽沛起来，脸上已经挂上了慈爱的笑容，说："好，好，这真是天大的好事，咱们白家又出两名秀才，以后你跟你大伯一同赴考场参加乡试，也算是一则佳话了。"

李大人这时才注意到白义博，笑着说："原来白家还有一人考中了秀才啊，我倒是不知道他是你大伯，这还真是双喜临门了。"

白义博见李大人注意到了他，立即打起了精神，凑过去行礼，说："学生白义博见过李大人。"

旁边有人忍不住发笑起来，白泽沛年轻，自称学生就算了，白义博都快赶上人家李大人爹的年纪了，还自称什么学生。

李大人随意地"嗯"了一声，然后拉上白泽沛说："白贤弟，不请我去你家喝杯茶吗？这奖赏也得抬到你家呢。"

第261章　你到底是什么人？

等林家人走了，白若竹也带着蹬蹬洗洗睡下了，她吹熄了蜡烛，心里又开始担心起来，也不知道江奕淳怎么样了，药材找到了没有？人现在在不在安远镇？晚上会不会过来？

她是盼着他来吗？白若竹意识到这点的时候，脸"噘"地一下红透了，她摸了摸滚烫的脸，自己在想什么啊，搞得很寂寞难耐一样，节操呢？

只是，她又担心起白天见到的杀手头子，对方已经在怀疑她了，江奕淳来找她会不会被杀手发现？

这样纠结了半天，白若竹就觉得眼睛睁不开了，便在被窝里塞了些衣服，然后悄悄抱着蹬蹬进了空间中睡觉，不过她用意念开了"大屏幕"，要是有人进了她房间，她会立即惊醒。

好在这一夜并没有动静，不管是江奕淳还是杀手都没来过。

白若竹拿池塘里的水洗了把脸，让自己清醒了许多，然后抱着蹬蹬从空间里钻了出来。

白日里倒没什么异常，她趁着客人不多的工夫，找铁匠铺做钩针。她给铁匠看了简易钩针，讲了需要怎么改进，还好东西不复杂，铁匠又是个巧手的，说下午就能来取了。

等白若竹离开之后，有人进去看了她要做的东西，当然没有明着看，只是跟铁匠套话，假装随意地看了钩针。白若竹也没跟铁匠说要保密，所以铁匠没觉得有什么就给对方看了。

依旧是那处地下钱庄里，杀手头子依旧是负手而立。

“大人，那女子好像找铁匠做了一种暗器。”说话的人拿出了一枚钩针，说：“我偷拿了一个回来，请大人过目。”

“哦？”杀手头子接过钩针研究起来，然后对着墙做了扔暗器的动作，钩针一下子嵌进了墙里。

“这东西厉害啊，头上带了钩子放血，比钢针杀伤力强多了。”一名手下看到半截子嵌进墙里的钩针，感慨地说道。

杀手头子眯了眼睛，说：“去盯着白若竹，看看她这些暗器是不是给江奕淳做的。”

“是，大人。”手下接了命令离开。

杀手头子在屋里踱起了步子，白若竹又不会武功，做这东西肯定不是自己用，那就只有给江奕淳了，不行，他也得出面盯着，否则手下那几个人根本不是江奕淳的对手，想想在山上损失了六名手下，杀手头子就不由攥紧了拳头。

白若竹午后依旧带了小蹬蹬回家睡觉，没想到一进屋，就吓了一跳，因为屋里多了一个人，害她下意识地叫了一声。

院子里的方桂枝听到动静，急忙问：“若竹，怎么了？”

“没事，蹬蹬抠了我一下。”白若竹冲儿子笑笑，蹬蹬乖，这个黑锅只能让你来背了。

“瞧你一惊一乍的，要我过去帮忙吗？”桂枝笑了起来。

“不用不用，我休息一会儿，你也去休息休息，别累着啊。”白若竹急忙说道。

“好，我把菜洗了就回屋休息。”方桂枝说道。

白若竹大大地松了口气，回头就看到江奕淳悠闲地坐在那里，眼中还带了些戏谑之色。

“你……”白若竹瞪了他一眼，气鼓鼓地想骂他故意吓人，但紧跟着想到了现在的形势，连骂他也顾不上了。

“那群杀手在盯着我了，你怎么还来？别让他们抓到你！”白若竹压低了声音，可语气却十分地急促。

江奕淳听了脸色都没变，只是眉眼里带了笑意，嘴角也挑了起来。

一瞬间，白若竹好像被什么闪到了眼睛，这人还是不要笑了，笑一下真能闪瞎人眼睛，勾了人魂魄。

“你这是在担心我吗？”江奕淳有些得意地问道。

白若竹瞪大了眼睛，这家伙真是一点儿都不急，还有空打趣她。

“不担心，我就是怕你连累我。”白若竹气鼓鼓地扭过了头，眼睛也不看他，硬着脖子说道。

江奕淳低低地笑了一声：“言不由衷。”

白若竹都急死了，可这人却不紧不慢的，她扭头又瞪了他一眼，跺了跺脚，说：“你就不能认真点儿？那杀手头子都出现了！”

这次江奕淳才露出正色，问：“你认出他了？”

白若竹将蹬蹬放回了床上，到桌边拿了纸笔，开始涂涂画画起来。

“他昨天来我家摊子查看，他们已经怀疑上我了，只是还不敢轻举妄动。我那天躲起来看到过他的动作，所以确定是他。本来想早点给你画出画像的，又怕他们监视我，看到画像要将我灭口了。”白若竹一边画一边说，她心里真的是着急，语速都快了许多。

江奕淳走过去看白若竹的画像，神色不由得凝重起来。

“他左耳有个耳仓，我目力极好，蒙面的时候露出了耳朵，所以我看得十分清楚，你早点下手抓了此人吧，擒贼先擒王，只要头目不见了，其他人也翻不起什么风浪来。”白若竹又说道。

江奕淳的眼睛亮了起来：“你还知道擒贼先擒王？你读过兵法？”

白若竹很想顺口说读过啊，现代人谁不知道点孙子兵法、三十六计了？但很快她眼皮子跳了跳，这时候的兵书极珍贵，除了皇家能读，也只有将门或者高门氏族才有，她这样会引人怀疑的。

“没有，我二哥屋里可没兵法书，只是有次听说书的讲过，我倒是挺好奇兵法是什么样子。”白若竹摇了摇头，做出一副向往状。

其实江奕淳只是随口问问，并没怀疑她什么，听她这么一说，脸上带了笑容，“改天我拿本给你看。”

这下子轮到白若竹愣住了，不是说这个时代兵法书很珍贵吗？能随便给人看吗？还有，他怎么有兵法书，那他身份十分特殊吧？

白若竹的心沉了下去，她总在安远镇看到他，也猜测他不是普通人，可因为太常见到，便觉得他不可能身份太过高贵，那些高门贵胄的少爷可不愿意来这种地方。但现在她觉得自己是在自欺欺人了，两人之间的距离实在太远了。

她深吸了一口气，抬头看向他，问：“你到底是什么人？”

第 537 章　再笑就把你吃掉

白若竹是恨不得长了翅膀飞回北隅城，她无时无刻不在挂念蹬蹬和家里人，可是江奕淳情况这么危险，让她如何能放心离开？

“不行，至少得等我帮你解了毒再说。”她立即板下脸反对起来。

江奕淳苦笑，“这毒不好解的，就算你有办法，手头也没有合适的药材。当务之急是想办法通知我师父，右通政李易封了所有道路来抓我，却没有防着你，只要你想办法回到北隅城，告诉我师父和孟良升，我才能真正脱险。”

白若竹也不得不承认他说的是对的，她就算陪在他身边，跟他做对亡命鸳鸯，也不能真正帮到他，甚至碰到追兵，她很可能成为他的累赘。

她想了想说：“他们应该怀疑竺花女医了吧？我怕是也不容易离开了。”

江奕淳从怀里摸出来一张薄薄的面具，对白若竹说：“我帮你戴了这个就不怕了，只要不遇到李易本人，或者极厉害的高手，就没人能识破你的伪装。”

白若竹伸手拿过面具研究了起来，“哇，这就是传说中的人皮面具吧？真是比我那三脚猫的易容功夫厉害多了。”

江奕淳有些小得意，拿了面具要给她戴，却被白若竹给拦下了。

“先不急，我明天走的时候再戴。”白若竹也不想用不是自己的脸来面对江奕淳。

江奕淳无奈地摇头，“我还是希望你尽快离开，跟着我逃亡太不安全了。”

白若竹没回答他，拿脚尖在地上蹭起了圈圈，不放心地问：“你说我就算告诉了你师父和孟大人，但无凭无据的，他们也扳不倒右通政吧？就算你师父亲自过来接你回去，右通政也会找机会下手吧？或者给你按个莫须有的罪名？”

“如果我猜得没错，他身上应该有突厥王族的刺青，我会让我师父暗中确认了再说，还有，就算我回到北隅城，也可能要暂时躲在暗处了，除非能让右通政伏法。”

他说着拉着白若竹的柔荑放在嘴边亲了一下，歉意地说：“怕是又要委屈你等我一些日子了。”

他这几日的操劳，让下巴上都冒出了短短的胡茬，亲在她手背上有些痒痒的，弄得她心里也有些痒痒的。

“你平安就好。”白若竹想也没想地说道。

江奕淳把她紧紧搂在怀里，柔声说：“你也要平安，这一路回去千万不要勉强，保护好自己，如果真的有意外就把我供出去，我自然有办法脱身，如果你有事情，我便逃也不想逃了。”

白若竹听得心里暖暖的，她也伸手搂住了他的腰，耳朵贴在他的胸口，听着他强劲有力的心跳声，觉得所有绷着的神经都放松了下来。

很快，她就感觉到了他身体的变化，她不由得低低地笑了起来。想起来昨晚密室里被人打断时，两人气得想杀人，现在回想起来还真是让她难忘的经历。

“笑什么？再笑就吃了你。”江奕淳拉了她起来，和他四目相对。

白若竹没憋住，“扑哧”一声笑了出来，实在是他这话太像前世旺某牛奶的广告了，有个小男孩很嘚瑟地说：“再看，再看就把你喝掉！”

“你还敢笑？是不是要我给你点颜色看看？”江奕淳瞪了眼睛说道。

白若竹只好改为抿嘴偷笑，突然，江奕淳脸色变了变，一把拉住白若竹低声说：“别出声！”

两人躲进了山洞深处，白若竹心里有些窝火，丫丫的，还让不让人好过了，怎么又来人了？

好在这次来的是两名山匪，两人一边走还一边抱怨起来。

“这大冷天的，让咱们搜什么山啊，我看那人都不想跑咱们山里来，早不知道躲哪个温柔乡里了。”其中一人“嘿嘿”笑了起来，“要是我肯定去找花姐了，那大馒头暖手多舒服啊。”

旁边的山匪也“嘿嘿”地笑了起来，说：“别惦记花姐了，打起精神来吧，那人可是个硬茬，别把咱给葬送到这里了。”

“我说老大也是的，就是搜到人又能咋样，咱又不是他的对手，不是去送死吗？”山匪不满地说。

“老大不是说他中毒还受伤了吗？而咱们还有信号弹，怕什么？”另一人说着突然就看到了白若竹他们藏身的山洞，跟同伴指了指说，“去那山洞查查，可别把人给漏了。”

两人一步步朝山洞走来，江奕淳手中已经拿出了暗器，只等两人进洞，离得更近的时候下手。

“算了，还是不去了，万一有熊瞎子就毁了。”提议进洞查看的山匪突然说了这么一句转身就走，另一名山匪缩了缩脖子，也急忙转身跟了上去。

白若竹和江奕淳相互看了一眼，不好，那人发现他们待过的痕迹了，倒是个会随机应变的。

江奕淳身形一闪就冲出了山洞，啪啪两支暗器飞过去，两名山匪连呼救都没来得及就倒在了地上，那名警醒一些的土匪手中还滚落了一枚信号弹，要是江奕淳再慢个半秒，信号弹就要发射出去了！

白若竹没有跟出去，她在山洞中有天然壁障，也不用他分心保护她。

江奕淳拾起了地上的信号弹，然后抬手就将两人的脖子扭断了。白若竹视力极好，离了老远也看得清清楚楚，她不由打了个寒战，这杀人的手法也太利落了吧？

不过她并不觉得江奕淳冷血，如果换作她，她也会选择杀了两人以绝后患。再说他们是山匪，还是跟突厥国串通的山匪，都不知道下山杀了多少无辜百姓了，杀了这种人是为民除害。

江奕淳返回了山洞，轻声问她："吓到了没？"

白若竹摇头，"怎么会？你忘了我昨晚还撂倒了三名想打劫我的恶棍呢。"

江奕淳忍不住笑了起来，"是啊，他们惹上你是倒大霉了，你把毒放好，路上也有个保命的手段。"

白若竹点头，却见他拿出了那张人皮面具，说："我现在给你易容，待会咱们就下山吧。霸天寨管理严格，每天定时会清点人数，我们藏不了太久的。"

第 1563 章　乱作一团

白若竹和太后赶去了乐嫔那边，就见乐嫔抱着熹皇子在柔声哄着，但熹皇子哭得撕心裂肺，似乎哪里不舒服一样，乐嫔急得额头都冒出了细汗。

看到白若竹和太后出现，乐嫔也顾不上向太后行礼，急忙抱着熹皇子给白若竹看，"若竹，你赶快看看熹儿是怎么了？本来以为是饿了，但是喂奶也不吃，怕他热了，脱了件外衫也不行。也不是拉了、尿了，就是哭闹得特别厉害。"

白若竹急忙伸手试了试孩子的额温，额头不烫，她又抓了孩子的小手把脉，可是熹皇子哭得手脚乱动，竟然一点都不老实。

好不容易才给他把了脉，白若竹心中更觉得奇怪了，熹皇子身体似乎没问题，可是她听说小宝宝哭闹得厉害多是有原因的。

就像乐嫔说的饿了、热了、拉了、尿了都不是，那就是想让人抱了，可是乐嫔现在抱着也没用啊。

"没有生病。"白若竹收回了手，她生养了蹬蹬，也是对小孩子的事情了解不少，怎么有些看不明白呢？

"那怎么一直哭呢？"乐嫔急得也哭了起来。

太后急忙去安慰她，说："别急别急，你要是急了，孩子不得更急了？你自己先得冷静下来。"

乐嫔这才吸了吸鼻子，让自己冷静了一些。

"把熹皇子放到床上，脱了衣服仔细检查下全身。"白若竹想了想说道，然后又问旁边的乳娘，熹皇子之前的大便如何。

乳娘紧张地一一答了，都没问题。

白若竹又给乳娘把脉，也确定了奶水没问题，这又给熹皇子检查了一遍，发现孩子身上完好无损，就是他自己指甲都没有抠伤自己的，可见下面的人看得十分仔细。

而此刻熹皇子依旧在大哭，哭得小脸通红，好像随时要岔气了一般。

一屋子人都急得要命，白若竹也跟着心急，可是这么小的孩子也不能用安神的药，这可如何是好？

突然，她脑海里跳出了个不好的念头，急忙对旁边的柳木说："快去请我师兄过来！"

柳木愣了愣，急忙朝外面跑去，太后和乐嫔也都愣住了，乐嫔突然拉住白若竹的手，惊恐地问："为什么要找宁公子，你是说熹儿得的不是病？是被人下了咒？"

"你先别急，我也不能肯定，只是从医学角度检查不出问题，便只能找我师兄看看了，他看的书多，或许能发现问题。"白若竹尽量说得不太严重，但她心里却觉得十有八九是咒术了。

她在占星塔学的时间很短，看的书也有限，但比以前还是多了许多的认知，如果不是熹皇子太小了，连满月都没到，她也不会这么晚才想到巫咒上。

那么小的孩子，到底是谁下的手呢？

太后突然哭了起来，"为什么会这样，我这慈宁宫怎么这么不安全，我将你们接到身边竟然害了你们！"

她神色凄然，竟然有些生无可恋的意思，乐嫔心中不由担心，急忙拉住她的手说："姑母不能这样说，如果雯儿不是跟着你，怕都无法坚持到孩子出生，要怪只能怪奸人作恶啊。"

太后幽幽地叹了口气，说到底也只能怪先帝走得太早，一切都没安排好，也没来得及让当年的太子唐胤培养好自己的势力，他们母子举步维艰，即便到了如今唐胤终于坐稳了皇位，可这宫里却被不少人安插了眼线，防不胜防。

白若竹也是心疼可怜的熹皇子，只好抱到怀里轻轻地给他按摩安抚他，但这法子只是治标不治本的，只能让他别哭岔了气而已。

终于，宁誉赶了过来，他看了熹皇子的情况，眉头就紧紧地锁在了一起。

"还不能确定，待我施法试试。"宁誉说完便拿出了符纸和笔画了起来，看着程序竟然十分复杂。

白若竹看到这个阵势，就知道孩子肯定是中了巫咒了，而宁誉做这些不过是要确定孩子中的什么咒，又是如何中下的。

法阵很快就亮了起来，然后几张符纸同时燃烧，瞬间化为了灰烬。

而此时熹皇子的哭声也小了下来，情绪也平复了。

“好了？没事了？”乐嫔惊喜地问道。

宁誉却一脸的沉重，他不忍打击乐嫔，却也不能隐瞒实情。

“在下只是一时压制了熹皇子身上的巫咒，并没有解除，熹皇子年幼，要解咒还需要在下慎重考虑一番。”

“什么！”乐嫔身子晃了晃，直接昏倒了过去。

好在旁边的侍女眼尖，一把扶住了她，白若竹急忙让人将乐嫔扶上了床，给她下针，干脆让她好好睡一觉，她如今还在月子里，这般下地已经不好了，如果再情绪激动落了病根怎么办？

“这，这怎么可能？为什么会这样？”太后说着就哭了起来。

宁誉一脸的为难，白若竹急得直瞪他：“都到什么时候了，有什么就直接说吧，不管怎么也得想到解决的办法。”

“是玉鬓身上的咒术转移到熹皇子身上了。”宁誉艰难地说道。

白若竹惊得瞪大了眼睛，难怪……难怪宁誉为难不知道如何开口，原来是这样！

“都是我做的孽啊，如果不是我中的咒术转移给了玉鬓，她也不会吃那些苦，如今又害了熹儿，都是我的错！”太后突然情绪激动地捶打自己的胸口，然后一把拉住宁誉的胳膊，大喊道，“把熹儿中的咒术转给我，我也活腻了，让我去死！”

“太后，您不能这样……”太后身边的嬷嬷急忙去拉她，忍不住也哭了起来。

屋内乱作一团，白若竹一个闪身到太后身后，飞快地点了她的昏睡穴。

“太后情绪激动恐伤了身子，还是让她先睡一觉比较好。”白若竹解释道。

旁边的嬷嬷和柳木急忙扶了太后，柳木习武力气大，干脆抱起太后回了寝宫。

之前还在哭闹的熹皇子这会儿倒是安静了下来，他才出生不久，眼睛并不能看见什么东西，却还好奇地转着，似乎不明白这些人到底是怎么了。

白若竹看着他的小模样，心中有些凄然，他只是个什么都不懂的小宝宝啊。

第1664章　鱼死网破

白若竹不是什么经过特别训练的人，即便她有极强的意志力，也没办法在被卸了胳膊后一声不吭，因为实在太痛了。

那一瞬间，她甚至自嘲地想到天理昭彰报应不爽了，她之前还让手下卸别人的胳膊，今天自己是尝到滋味了。

不远处被反绑了胳膊的樱彤和玉瑶都发出“呜呜”的声音，两人都哭了起来。

白若竹急忙舒展了眉头，她这人就是这样，其实挺怕死的，也挺怕痛的，可看到自己人都吓到了，她就是打落了牙都会和血往肚子里吞，甚至她还冲玉瑶两人笑了笑，意思她没事。

"真没看出来你还挺硬气啊？"赛罕冷笑了一声，突然脚下一动，瞬间冲到白若竹面前，一抬手又卸了她另一只胳膊。

"啊……"白若竹痛苦地惨叫起来，丫丫滴，她今天真的是虎落平阳被犬欺，竟然让自己落到了这般境地！

她不是不能进入空间的，好几次她都忍住用意念进入空间之中，就是怕自己躲起来了，赛罕一怒之下杀了樱彤和玉瑶。

这时外面宁誉已经打开了机关，江奕淳第一个跳了进去，这密道虽然封得严实，但门一打开，里面的声音便能传出来了，于是所有人都听到了白若竹的惨叫声，瞬间心都提到了嗓子眼儿。

江奕淳完全不管不顾什么危险了，疯了一样地冲进去，紧接着是剑七，律露出些许惊讶之色，他不知道白若竹的侍卫竟然有这么好的轻功。

江奕淳冲进去的一瞬间，就惊动了里面的赛罕，他愤怒地瞪向白若竹，说："原来是你拿自己做诱饵，行啊，我非得杀了你不可！"

他说着就朝白若竹拍来，白若竹身子无法动弹，只能默念法咒，用术法防御在前，但还是被赛罕的内劲给打飞了出去。

"杀了我，你也别想逃出京城，你高高在上的突厥王子的命，换我一个普通人的命，划算吗？"白若竹咳了两声，挣扎着说道。

这时候江奕淳已经冲了过来，他冲向白若竹，一把将她搂在了怀里。

白若竹看向他，只见他双眼血红，里面全是杀气和哀伤，他刚刚听到她惨叫，还以为她被杀了。

他刚刚真的怕极了，以为要永远失去她了，甚至他差点爆发要拆掉这里，跟这里的所有人同归于尽。

好在他看到还活着的她，眼中的猩红慢慢褪了下去。

"臭丫头，你太胡来了！"他声音都有些颤抖，语气里却带着失而复得的欣喜。

后面剑七等人也冲了进来，律和楚寒冲向了被绑着的樱彤和玉瑶，宁誉收手结印护住了众人。

赛罕盯着众人，眼睛逐渐红了起来，他神色也狰狞得厉害："既然都来了，我就送你们一起上西天！"

他话音刚落，身上的衣服无风自动，就好像有什么内劲从身体里吹出来一般，白若竹却脸色大变，惊呼道：“快阻止他，他要放身体里的邪蛊出来！”

邪蛊一出，赛罕必死，因为他还不能完全控制身体里的邪蛊，定然会被反噬。但以寿蛊老人的描述，邪蛊能杀了他们这里所有的人。

小毛球和白若竹心意相通，化作一道白光就冲了过去。

宁誉的术法也紧跟着赶到，江奕淳不敢再耽搁，他是在场除了白若竹之外，最清楚邪蛊威力的人。

楚寒和律也攻了过去，众人一道道内力打到了赛罕身上，就见他“扑”地吐出一口黑血，身子朝下倒去。

“你们不能杀我！”赛罕眼中的红色褪去，他狞笑起来，“我是你们先皇的子嗣，我有免死金牌，当初我就拿出来，可白若竹与江奕淳还是伤我性命，抢了我的免死金牌，这事唐胤知道一定不会放过你们的！”

“一派胡言！”江奕淳心里掀起惊涛骇浪，脸上却镇定异常地说道。

律的脸色一片冰冷，他不管赛罕说的是真是假，他都不能留着赛罕的性命。

先帝的子嗣，也就是丹梁的皇子了，又这般有野心，岂不是皇上最大的威胁了？

想到了这里，他突然动了起来，他的剑极快，唰地一下划过赛罕的咽喉，只见他喉间一点红，紧跟着身子轰然倒地。

众人都松了一口气，大家都是习武之人，对危险的感知自然强于常人，刚刚的一瞬间除了白若竹的提醒，他们也都感觉到了巨大的危机，好像随时会要了他们的命一般。

“垂死胡乱攀扯，还辱及先帝，该杀！”律毫不留情地说道，又似乎在解释自己为什么会突然出手。

众人心中都有些明了，但谁也不会多说半句。

“快点割掉他的头颅，然后用火烧掉。”白若竹痛得说话有些喘，但还是咬着牙喊道。

赛罕是死了，但是他身体里的邪蛊可没那么容易死，否则寿蛊老人当初就直接灭了邪蛊，而不是想办法把它封了起来，最后让它还在赛罕这里得了好处，甚至死而复生了。

话正说着，赛罕的尸体突然就跳了起来，朝离他最近的律打去，律一时不察，被拍中了胸口，一口血喷了出来，身子倒飞了出去。

江奕淳飞身冲去，一剑砍掉了赛罕的头颅。

却不想那头竟然像有翅膀一样，朝远处飞去，因为密道狭窄，江奕淳追了半天，竟然没能追上。

赛罕的手下尽数被杀，密室里一片血腥，律躺在地上，仿佛就剩最后一口气了。

楚寒帮樱彤和玉瑶解开了绑着她们的绳子，两人抱着楚寒大哭起来，她们被吓坏了。

她们和白若竹都差点死了，而赛罕那个变态身首分离，头竟然还能自己飞出去，她们最近都可能因为这个画面而做噩梦的。

“阿淳，快帮我把胳膊接上，我去救律，再晚了他要没命了！”白若竹冲着回返的江奕淳叫道。

江奕淳神色略有迟疑，他看着白若竹，微微做了个摇头的表情，意思不要她去救律。

律听了那些话是杀了赛罕，但他也会向皇上汇报此事，这样一来，他们三人当初不顾免死金牌依旧杀了李易，又没有上报的事情就成了重罪。

白若竹有些不敢相信地看着他，生气地说：“你快点，还磨蹭什么？”

唐寅杉　整理摘录

闻香榭

海的温度

【导读点评】

《闻香榭》原为海的温度2011年于天涯社区莲蓬鬼话开帖连载的志怪小说，初拟题为《神都洛阳：闻香榭——脂粉店诡异故事》，后于雁北堂中文网连载，并在2013—2014年间陆续在上海人民出版社出版。《闻香榭》一书四册，分别为《脂粉有灵》《玉露无心》《沉香梦醒》与《镜花魔生》，写的是大唐盛世之时，神都洛阳一名为“闻香榭”的制香铺子中，婉娘、方沫儿、文清及黄三诸人借制脂粉香露看尽世人精怪爱别离、怨憎会，也历遍贪嗔痴、疑惧慢之事。

作者海的温度本名徐爱丽，洛阳人，后居广东肇庆，自称资深悬疑志怪迷，“整日混迹鬼话，忍不住想小试身手”，遂写就《闻香榭》。但从网络类型文学的角度纵观全书，其与悬疑联系不大，但奇花异草、烹香制露的描写却极富奇幻色彩，读来令人畅快淋漓。

陈先发有诗言，“我想活在一个儒侠并举的中国”，其间诸人诸灵各安天命，剑客之血沸腾如炉上滚茶。从类型文的角度而言，《闻香榭》一书属古言、奇幻，但其“情”却不仅限于个人的“死生契阔，与子成说”，反而在婉娘身上还藏着几分“舍小我为大我”的侠者之气。婉娘自称“惯会做买卖的”，沫儿也说她“贪财小气”“奸商一个”，但眼看洛阳城将地脉尽断、民不聊生之时，却也是婉娘出面，言“我自然责无旁贷”。这种侠气和商贾市民的人情练达交织在一起，使得书中烟火气十足的洛阳城颇有几分陈先发所说“儒侠并举”的意味，而小隐隐于野、大隐隐于市的制香铺子闻香榭则成了婉娘事了拂衣去、藏身藏名的所在。

事实上，大唐神都洛阳本就为儒释道三者并行，侠气、道法、禅意皆具的地方。也许与作者先居洛阳后转至商贸气息浓厚的广东有关，作者将几种看似无甚关联的特质融合在了小说里，且浑然一体、毫不突兀。因此，读《闻香榭》四卷，不仅能体味奇花异草制香之奇，还能赏一番羊肉汤、水席等洛阳风物，感受盛唐坊市车水马龙的市民生活状态。

《闻香榭》中的“女性向”言情叙事与众星捧月的“玛丽苏”、女强男弱的“大女主”、久被讨论的“宫斗”“种田”不同，它所倡导的是一种盈亏有度的爱情观，咏“情不知所起”的深情与诚挚，批判因求而不得而生痴、生恨的执念。第二卷《玉露无心》是四卷中爱情叙事最集中的一卷，作者便在多个故事段落穿插了“舍”与“不舍”的两种道路：信诚与李牧少年时爱情无法圆满，但在信诚成婚、圆通落发为僧之后，二人即便爱得再深，也要保持距离，相顾无言，这是“舍”；建平因爱生妒，不仅差点害死信诚，更间接害死圆通，这是“不舍”。两种态度各有因果，呈现出作者情感与理智兼具的爱情观——爱是恒久忍耐，又有恩慈。因此，不论是人与人还是灵与人，深情虽难得，却也容易使人迷失。

除此之外，小说还有着非常朴素的生命意识和宿命论，一花一叶、一草一木皆有灵性，正如婉娘所说：“乌鸦因为能看到死亡，便被人痛恨，认为不吉。你说一个人死了，是怨乌鸦叫了，还是自己福薄命浅？”综合而言，尽管《闻香榭》写至中期总被诟病主线情节乏力，且有模仿《魅生》《饕餮娘子》之嫌，但在同类文学中，也算是不可多得的佳作了。

杨孟媛 撰写

【精选摘录】

闻香榭1　脂粉有灵　引子（节选）

“这儿便是洛阳的地眼了！”女子眉开眼笑，指使随同而来的少年和另一黑脸男子准备妥当。

少年从怀中拿出一个黑玉小罐，从中取出一卷红线，看样子竟然是用鲜血浸染的，浓重的血腥味冲得他不住皱眉。女子对照镜中显示的火焰边框位置，指点他慢慢将红线放下。

浸了血的红线一触地面，瞬间消失不见。男子紧跟其后，手中拿的却是一卷黑线，同少年一样，按照镜中指示，同样放下。但黑线却未消失，在空地上圈出一个“眼睛”来。

三人共同吁了一口气，往古镜中望去。古镜中，暗红色的火焰闪了几闪，很快熄灭，中间的黑气却飞速抖动，慢慢呈现出一朵奇异瑰丽的黑色花朵。

少年忍不住回头看向身后。身后的空地上，除了勉强辨认的一圈黑线，什么也没有。

女子收了古镜，打亮火折，将旁边早就准备好的灯笼点上，飞快道：“快挖！”少年无暇多问，三人拿起铁锹、铁铲，将黑线圈住的地方由外至里，小心地挖了开来。

足有半个多时辰，慢慢将土清理干净，一朵脸盆大的花朵出现在空地正中。这朵花儿通体乌黑，花蕊暗红，花瓣重重叠叠，形似牡丹，甚为华丽，但触之冰冷，并散发出阵阵恶臭。

三人一阵低声惊呼——蚀灵，又称地狱牡丹，长于地下阴眼之中，以缠绕在将死之人身上的黑气“乌灵烟”为食，常人肉眼难以看到，需借助灵虚古镜方能发现。发现后需先以人血浸泡的丝线圈住，防止它土遁，再以黑色丝线确定范围，方能掘地取之。据称，用以入药或制作香粉，有起死回生之效。

女子拿出一件黑色披风，将整朵花包上，男子手持一柄锋利的桃木小剑，飞快将花朵切了下来。剩余的根茎如同蛇一般扭动着，吱吱叫着缩进了泥土之中，把少年惊得目瞪口呆。

天色愈加黑暗，原有的几颗残星躲进了云层，整个城中伸手不见五指，唯有一处灯火通明。

三间连通的蒸房中，四只纱灯将偌大个房屋照得如同白昼。房屋两侧，连同墙壁的木架上面，摆满了各种各样精致的瓶子：青玉的、陶瓷的、象牙的、贝壳的，散发出幽幽的香味；地上则陈列着各种干湿花瓣和植物根茎，各种研磨、蒸煮、烘焙的器具及一些香粉半成品，这里竟是一处制作胭脂水粉的所在。

刚采来的地狱牡丹，花瓣被一一摘下，放入一个质地缜密的平底砂锅中，用微弱的炭火炙烤着。花瓣受热，迅速萎缩，散发的臭味愈发明显。

炙烤了约一炷香工夫，黑脸男子看火候已到，将略显枯萎的地狱牡丹花瓣收入一个青色玉臼，慢慢捣成糊状，再经过挤压、澄淘等一系列繁杂的工序，最终滤出一小瓶泛着墨绿泡沫的汁液来。

女子俯身嗅了嗅，自言自语道："还有些土腥味。嗯，要以死亡之花为引，方能发挥地狱牡丹的最大作用。三哥，去取些黑色曼陀罗花汁，兑入十二滴。"

男子依言照做。十二滴黑色曼陀罗汁滴入，蚀灵花汁瞬间变得清澈。女子笑靥如花，递给旁边挑拣花瓣的少年："腐云香做成了，瞧瞧怎么样？"

一股恶臭扑面而来，呛得人几欲作呕。少年掩住口鼻，踌躇道："如此臭的花露，怎会有人要？别是配料错了吧？"

女子笑而不答，遥望东方的一抹鱼肚白，一脸狡黠道："蚀灵化腐云，静候有缘人。今日三月三，我们踏青去吧。"

闻香榭1　脂粉有灵　腐云香（节选一）

"你怎么这么迟？"小乞丐埋怨道。

少年眼里泛起泪光，低头道："我娘的病又重了，已经两天没吃东西了。"

小乞丐忽然警觉地皱起鼻子，似乎想说什么，却咬住嘴唇沉默了一下，问道："抓药了没？"

少年低下头："没……去看了，可是没钱抓药。"

小乞丐往四周看了看，小声道："那怎么办？"

少年闷闷不乐道："我娘总说想吃麻花……唉，你说我去讨一些行不？"

小乞丐不言语了，跳下石块，坐在了地上，把下巴支在膝盖上，拿着一根草棍儿在地上划来划去。少年在他旁边坐了下来，眉头紧锁，低头不语。

过了良久，小乞丐抬头笑了一下，轻声说道："我有个办法，不过……"他迟疑了一下，回头看了看，又转过头来看了看少年探询的目光，仿佛下定了决心似的，很坚决地站了起来，扯了扯自己的衣衫，道："我去给你娘买麻花。小五，你等我一会儿，别走开了。"

叫小五的少年问道："哪有钱买呢？"小乞丐摆摆手，一蹦三跳地走开了。

"上店街麻花"的生意确实不错，一会儿工夫，其中一个大箩已经快见底了，还有几个顾客排着队等着。那个小伙计正在给客人包麻花，王掌柜正忙着收钱。

摊位前的顾客终于走了。王掌柜直了直腰，却见一个小孩走过来，拱手叫道：“王掌柜，生意兴隆啊。”

王掌柜一愣，觉得好像不认识，莫非是哪家的小学徒？心里盘算着，脸上却带着惯常的笑纹，应道：“生意兴隆！生意兴隆！”

那小孩唱个诺儿，口齿伶俐地说道：“您不记得我啦？我是大毛师傅的徒弟呐。”说着朝堆满竹编的地方努努嘴巴。

王掌柜的笑纹旋得更深了：“哦——记得记得。”

小孩和王掌柜打了招呼，往前走到大毛跟前，深深一揖道：“大毛叔好！”

大毛这里的生意显然冷清很多，见有人来，慌忙起身招呼。

小孩道：“我舅舅要我来买个竹篮，想趁今天会后去看一个远房的长辈。”说着指了指卖麻花的王掌柜。王掌柜满脸笑容地往这边张望，正好和大毛打了个照面。

大毛朝王掌柜挥了挥手，乐呵呵地笑起来：“是王掌柜的外甥呐。”

“我舅舅说，您给随便拿一个就行，等过会儿不忙了他来结账。”

大毛挑了一个长圆形的平底小篮，却是荆条编的，十分密实。“拿这个吧，又实用又结实。”

小孩接过来，毕恭毕敬地鞠了一躬，道：“谢谢大毛叔！”拿了篮子走开。

王掌柜把钱匣子整理了下，思量着要不要派伙计再回城里挑一挑子麻花来，却见刚和自己打招呼的小学徒又折回来了，手里还拿了个精致的荆条小篮。

小孩笑道：“王掌柜，我师傅说，我家师娘坐月子，想尝尝你家的麻花，让您给一篮麻花，他过会儿就来付账。”

王掌柜也回头看了看大毛，大毛正看着这边呢。再不疑有他，遂叫小伙计将篮子铺上油纸，装了满满一篮的麻花，又细心地在上面盖上红油纸，接着从陶罐里拿出一个鸡蛋，递给小孩，说道：“今儿三月三，要吃鸡蛋哪。也给你一个尝尝吧。”

小孩眼光一闪，似乎有些羞愧，但还是满脸喜色接了过来，老成地说：“王掌柜人好，生意兴隆，财源滚滚！——那我就先回去了。”

王掌柜一脸和气地拱手：“慢走慢走，好吃了再来呀。”

闻香榭 1　脂粉有灵　腐云香（节选二）

伙计驱赶叫花子，路人本来见怪不怪，但听到后来，见小叫花子伶牙俐齿，骂得句句押韵，十分好笑，再看看这个伙计长得也确实寒碜了点，都围上来看热闹，嬉笑议论。那伙计本就因面貌丑陋至今未娶，一听小叫花子奚落他，不禁暴怒，越发显得龇牙咧嘴，丑陋无比，抓起一把火钳就来打。

沫儿在人群中钻来钻去，恶伙计始终在后面追。到了巷子尾，眼看要抓到沫儿了，沫儿扭身躲在路旁一个中年人后面。中年人倒也仗义，伸臂挡住沫儿，劝道：“张麻子，和一个小孩子较什么真呢。”

张麻子气哼哼地站了，说道：“王掌柜，你不知道，这小乞丐牙尖嘴利，可不是什么好鸟！”

王掌柜显然知道这张麻子的症结所在，叹道：“男人相貌有什么美丑之分？要不是你这臭脾气，十个老婆也娶了，如今还不改一改？”

张麻子把火钳重重地丢在地上，狠狠地瞪了沫儿一眼，转身回去；走了几步又回来，把火钳捡了去。沫儿在王掌柜身后探出头来，又挤眼睛又吐舌头。

王掌柜看着张麻子的背影，笑着摇了摇头，然后回头看身后的小乞丐，却见小乞丐木呆呆地盯着自己，犹如被定住了一般。

王掌柜只当小孩子被吓住了，便自行走回店铺营业，回身拿了一包放在柜台深处的油纸包，递给旁边的小伙计，道：“把这给那个小叫花子吃吧。”

伙计走来把纸包塞给沫儿，原来是一包碎麻花。

沫儿仍呆呆地一动不动。

王掌柜店铺的招牌上，赫然写着“上店街麻花”。

愣了有一刻工夫，沫儿突然发足狂奔。包麻花的油纸破了，麻花掉了一地，也顾不上捡。

沫儿拐进一个小胡同里，找到一个僻静的所在，把剩下的碎麻花一股脑儿倒进嘴巴里，然后拿了玉鱼儿出来。鹅黄的绢子有些脏污，阳光下的玉鱼儿透出一种沁人心脾的凉意，犹如当头浇了一盆冷水，使得沫儿的头脑霎时间清醒过来。

闻香榭。修善坊的闻香榭。沫儿来到了修善坊，恨不得将各条街道的底儿翻出来，却仍没找到闻香榭。拉过几个路人，皆摇头不知；就连街上几个老字号店铺的伙计，都称从未听说过修善坊有叫“闻香榭”的。

太阳快下山了。已有香料铺子、首饰店面关门谢客。沫儿在一家店铺的门口坐了下来。找不到闻香榭。怎么办呢？

莫非记错了？沫儿拿出绢子，细细地看了一遍，没错，是写“闻香榭”三个字。而且他也清楚地记得黄衫女子说“修善坊的闻香榭”。

沫儿茫然地看着落日周围的云朵由红变暗，再渐渐不见，无意识地拿着绢子在手指上缠绕。

“喂。”有人轻拍沫儿的肩头。

沫儿回头一看，却是那日跟着黄衫女子的少年。“原来你在这里呢，让我好找。”少年轻声道。

沫儿很高兴，却故意装作不认识，问道：“你是谁啊？找我干吗？”

那少年老实答道：“我叫文清。你不记得我了？三月三那天我们见过的。婉娘说你在找我们，要我带了你去。”

沫儿哼了一声，站起身，径自朝着文清走来的方向走了去，回头却见文清还站在原地，喝道：“走啊！你站在那里做什么？”

文清道：“要朝这边走。”

沫儿怒道：“那你还不带路？”

沫儿跟在文清后面，七拐八拐的，来到一处大宅子的围墙外面。红砖绿瓦，飞檐翘脊，像是某个达官贵人的府邸后宅。

文清道：“到了。”

沫儿见着这围墙上并无门，正满腹疑惑，却见围墙突然开了，黄衫女子婉娘——今天穿了件紫衫——笑吟吟地迎了出来。原来门与围墙融为一体，不仅颜色相同，连砖的花纹都毫无二致，从外面看不出丝毫破绽。

“快进来吧。”她笑眯眯地看着沫儿，口气十分自然。

沫儿默默走进去，围墙房门重新关上。文清进了门便自行走开。

迎面是一幢三层小木楼，一层门庭中间的匾额上书“闻香榭”三字。门前两边分别种了高大的梧桐树，下面摆着石桌、躺椅等。

婉娘一边在前面带路，一边笑道：“今日天黑了，明天让文清带你在周围看一下。”

正堂的房门大开，里面点着八盏宫灯，把偌大的房间照得如同白昼。房屋内部以墙壁为托，整面墙都安装了檀香木架；堂屋也被檀香木架分为三个部分，正中放了桌椅，显然是接待客人用的。两侧连同墙壁的木架上面摆满了各种各样精致的瓶子，陶瓷的，象牙的，贝壳的，散发出幽幽的香味。

沫儿站在中堂，十分突兀地说道：“我来做买卖。”说罢，便将玉鱼儿递予婉娘，直通通说道：“你说答应我三件事，那么我现在就说第一件：帮我救上店街麻花的王掌柜。”

婉娘接过玉鱼儿，笑道：“你还没吃饭吧？——文清！”

文清应着，端着一个托盘走了过来。托盘上放着一盘青菜，一盘荤菜，还有一个精致瓷碗盛了满满的白米饭。

沫儿从早上到几乎没吃什么东西，饭菜的香味刺激得他的肚子咕咕作响。别说有菜，就是没有菜，仅一碗白米饭，他也照样吃得下去。

“我要你帮我救上店街麻花的王掌柜。”沫儿咽了口水，将目光从饭菜移向婉娘，眼神坚硬得像一颗石子。

婉娘抿着嘴儿笑：“唔。先吃饭吧。”

沫儿倔强地盯着婉娘：“你不答应，我就不吃。”

婉娘摩挲着玉鱼儿，低声道：“你想好了？”

沫儿道：“我想好了。”

婉娘轻笑道：“你要是做了这个买卖，以后可就是我闻香榭的人了。安排做什么你就要做什么了，如何？”

沫儿心想：难道你叫我杀人我也去？

正欲张嘴质问，婉娘仿佛知道他要问什么，笑道：“你放心，杀人放火、劫道越货这种非法的勾当我当然不会让你去做。”

沫儿道：“那就是成交了？”

婉娘拍手道：“成交！”

沫儿再忍不住，扑上去风卷残云，把饭菜扫了个一干二净。

婉娘笑吟吟地看着他吃。

看他吃得差不多了，婉娘问道：“明天什么时辰？”

沫儿将粘在碗边的最后一颗米放进嘴里，说道：“午时一刻。”

“什么方式？”

“好像是……”沫儿迟疑了一下，“房子什么的，倒了，正好砸到他。”

“你见到他时他怎么样？”婉娘又问。

沫儿道：“我闻到了。”

“什么味道？”婉娘道。

沫儿皱眉道：“说不上来。还有颜色。”

婉娘的眼睛亮了下，显然很感兴趣：“什么颜色？”

沫儿道：“黑色。”转而警觉：“你也能，是不是？”

婉娘叹道：“这种本事哪是人人都有的呢？”看沫儿眼现疑惑，悠然笑道：“我有别的法子。”

“为什么要救他？”婉娘摇了摇手里的团扇，“就因为他那一篮子麻花？”

沫儿的脸红了一下。那日骗了王老板一篮子麻花给小五的娘，婉娘竟然也知道。“他是好人。”沫儿瓮声瓮气地答道。

“好人不止他一个，”婉娘咬着嘴唇沉思，“救得过来吗？”

“不，”沫儿固执地说，“其他人我不管。”

婉娘长叹一声："那好吧。"

这一夜，沫儿洗了澡，舒舒服服地睡了一大觉，似乎连个梦都没有做，一直到宵禁的开门鼓打响，才醒了过来。

闻香榭2 玉露无心 白玉膏（节选）

婉娘道："这样吧，我来讲故事，如果讲得不对，请圆通大师指正，如何？"

圆通方丈闭目不语。婉娘起身，娓娓道来："十五年前，时值十四岁的十六公主一时烦闷，带了小宫女偷跑出皇宫游玩，在街头人多处不慎与宫女走散。焦急之际，碰上了来神都赶考的秀才李牧，李牧儒雅聪慧，为人良善，见她孤独无依，便请她吃了一顿饭，并雇了马车送她回去。十六感念李牧恩惠，不日前来拜谢，仍作民女打扮。一来二去，两人就相爱啦，海誓山盟，缘定终生。李牧发誓要考上功名，给十六一个幸福的生活。可是未等红榜开榜，圣上册封公主，李牧这才发现与自己相爱的十六竟然是信诚公主。"

圆通双目紧闭，面无表情。

婉娘继续道："大唐公主的婚配是指定的，任他再得宠的公主，也没有自己选择嫁人的权力，更何况，李牧只是一介庶民。如此一来，李牧和十六的盟誓全部成空。果然，不久之后，信诚公主被指婚后出嫁。就在信诚公主披上嫁衣的那一天，李牧在静域寺落发为僧。"

圆通的身体微微颤抖起来。

"李牧心如死灰，出家之后便潜心研究佛法。他本身天资极佳，很快便在众僧之中出类拔萃。八年之后，静域寺老方丈圆寂，李牧做了方丈。"

圆通苦笑了一下，睁开眼睛，将目光落向远处，仿佛在回忆过去的一幕幕，良久，他收回目光，叹道："这么多年，我与她一墙之隔，却如隔着千山万水一般。她每逢初一十五便来烧香拜佛，我在旁边敲着木鱼，却不能正眼看她一眼；她来听我讲经，只是远远地看着，不能表露出一点心中的思念和牵挂。"

屋里安静极了，床上传来一阵小花猫的轻微呼噜声。文清彻底迷糊了，刚才明明见小花猫被杨沙抱走了，如今却在方丈房里。

圆通继续道："我已经很知足了，至少我知道她就在我附近，一切安好。可是这一切都被打破了。"

三四个月前，静域寺住进了一个面貌英俊的穷书生。圆通对寺中众人皆一视同仁，与他并无过多交往。一个月后，他突然发达起来，出手甚是阔绰，但并无搬走之意。

圆通慢慢道："我如今心如枯槁，只盼着每月的初一十五。虽然不能和她讲话，但闻到周围有她的气息，便觉得犹如她在我身边一般。可是今年的八月初一，她没来烧香；到了十五她仍没来。我心里很是忐忑。”

圆通正自焦心，杨沙却来到方丈室聊天，有意无意地说一些关于信诚公主的日常琐事。圆通向来谨慎，自信从来不曾表露出什么，所以只当他是误打误撞，只管装聋作哑。谁知这么聊过几次后，杨沙一日酒后突然闯将进来，声称知道他和信诚之间的奸情，威胁要他让出方丈之位，否则便将丑事告知天下，毁了信诚的名声。

圆通脸上的肌肉抖动起来，声音却依然平稳：“方丈这个位子，对我来说并不重要，给他也罢。可是这十五年来，我与信诚公主却是清清白白的，连一句话都不曾讲过。信诚公主本来就不得宠，如果再将这档莫须有的事情传到圣上和驸马耳朵里，便是如何也解释不清了。”

婉娘三人默默地听着。他微笑着看了一眼婉娘，道：“在这个世上，我什么都不在意，除了她。”

婉娘继续道：“圆通方丈发现了杨沙与怀香勾搭成奸一事，并发现这里边另有指使者，所以昨晚假扮了杨沙的模样，跟踪进入信诚公主府和怀香谈话，今晚在门口守株待兔，对不对？”

圆通叹道：“正是。我原本以为，杨沙不过是一个想发些意外之财的小混混罢了，多给他些银两打发他离开神都便好了。她这些天不来，倒也正好，免得落下话柄。可是后来，我却发现，她定是出了意外。”

婉娘道：“杨沙告诉你的？”

圆通道：“不，是我自己想到的。十五年来，我和她没有再说过一句话。可是她总记得我当年脚趾长冻疮的事，每年的第一场大雪之后，便会在进香之时偷偷将治疗冻疮的膏子放在我日常念经的地方。可是今年，她却没来。”圆通的声音轻柔而有磁性，听得人人动容。

圆通低头看了看自己的脚，微笑道：“其实我的冻疮早就好了。”

建平母亲的地位虽然比信诚之母稍高，但也好不了多少，在一众多公主中，能受宠的并无几个，因此建平与信诚同病相怜，私下偶有来往。信诚性情平和，对一切都看得较淡，而建平争强好胜，事事都想论个高低，却总是难以如愿。

信诚做事谨慎，从未告诉他人有关李牧的任何消息，连跟了她多年的怀香也不太清楚。可是女人天生的敏感在建平身上尤甚，她陪着信诚来了几次静域寺之后，便肯定信诚与方丈圆通暗有情愫。建平留心观察，本来是想取笑一番信诚，可是看到圆通的稳重、博学和痴情，竟然不知不觉动了心。

圆通对于来上香的皇族女眷，从来都是有礼有节，不曾做出任何有违礼仪之事，对信诚也是如此。可是建平先入为主，怎么看都觉得圆通对信诚更青睐一些，而对自己则只有忽略和轻视。

建平处处争先，唯有在信诚这里找到些平衡，一直以各方面强过信诚为念。如今见自己不管怎么为静域寺捐赠香油钱，怎么打扮得花枝招展，圆通方丈都不对自己另眼相看，心下十分不舒畅。

女人若是疯狂起来，比男人更可怕。三月前，建平来到静域寺，正好碰上了杨沙。建平见杨沙相貌俊秀，一时起了恶念，穿上黑袍戴上面具，找到杨沙，给了他一些银两，要他找一切机会去勾引信诚。

可惜信诚心如止水，很少外出，且一腔柔情早就锁在心底，任杨沙搭讪殷勤，皆不为所动。倒是她的侍女怀香被杨沙迷得神魂颠倒，不日便以身相许，一心想要与杨沙私奔。信诚知道了之后也未责罚，只是提醒怀香，杨沙非良善之人，要她小心。

建平本想以信诚的不忠来给圆通一个难堪，哪知结果竟成了这样，心里更是不平。索性一不做二不休，找到怀香，以杀掉杨沙为威胁，迫使怀香和她联手。

信诚待怀香情同姐妹，怀香原是不肯，但一听说可能对杨沙不利，便乱了心智。建平当时也只是想惩治一下圆通，并无意取信诚的性命，称三个月后即可使信诚康复，怀香无奈答应。就这样，建平利用自己跟着一个不良道士学的法术，在怀香的安排下，施法取走了信诚的天魂和灵慧魄，分别收在一黑一红两个小瓶子里。

天魂主管灵动，灵慧魄主管智慧。信诚天魂和灵慧魄既失，整个人变得呆傻起来。可叹的是，心底的情意已经成了潜意识的习惯，见到第一场大雪，依稀记得要买冻疮膏。可惜买来之后，却被怀香送给了杨沙。

婉娘嗔道："如此说来，事情竟是因方丈而起了？"

圆通惨笑一下，道："老衲空学了满腹经卷，仍摆不脱、看不开这红尘俗事。"

沫儿道："既然怀香将白玉膏送给了杨沙，那方丈的又是从哪里来的？"

圆通苦笑道："自然是建平公主送的。建平心思机敏，嫉妒心强，也不知从何得到的讯息，竟然知道我和她的私密之约，趁她病了之际，自己送了白玉膏过来。"建平送的，圆通又转赠了戒色小和尚。圆通对味道的辨别能力极强，觉察到杨沙用了白玉膏，所以昨晚假扮杨沙之时也故意搽了些。

婉娘回过头，目光随意地落在墙角的枯木盆景上，道："事情已经水落石出了，方丈准备怎么办？"

圆通淡然一笑，道："看在圆德大师的面上，请婉娘帮我一个忙。"圆德是白马寺的高僧，与婉娘交情甚好。

见提到了圆德大师，婉娘便不推辞，道："方丈可是要救信诚公主？"

圆通自嘲道："我跻身圆字辈，实在是对其他高僧的侮辱，唉，圆通再也无脸面见人。"他从怀里拿出两个瓶子来，正是小花猫带回的一红一黑两个锁魂瓶。

婉娘从盆景上收回目光，道："方丈真准备这么做了？"

圆通的眼睛黑亮，目光坚毅，道："我还有得选吗？唉，我别无所求，只要你帮我救她就好。"

四人陷入了沉默。圆通重新闭上了眼睛，一粒一粒地拨着手中的念珠。檀木的珠子发出清脆的碰撞声，愈发衬得冬夜的寂静，让人窒息。

文清很受不了这种压抑的气氛，见圆通左手还托着那两个瓶子，便轻声问沫儿："怎么红色的也在这里？"

沫儿看了一眼面无表情的婉娘，道："今晚为了引出黑袍人，婉娘将红色瓶子嵌在了门上。圆通大师做同样打算，也将黑色瓶子藏在了门上。刚才圆通大师就顺手把两个瓶子都摸回来啦。"

文清纳闷道："你们怎么知道黑袍人会来？要是她不来呢？"

沫儿道："两个锁魂瓶被小花猫盗走，黑袍人一定很着急寻找。建平能将一个活人的魂魄分离，自然也能感觉到它的阴气方位，所以用这两个瓶子来引她出来再好不过。"

也许正如建平自己所说，她后悔了，所以想找到两个锁魂瓶，将魂魄归位让信诚康复。

沫儿看看婉娘，接过了两个瓶子，霎时间，又感觉到了那种伴随无助和害怕的微弱力量，连忙转手递给婉娘。

圆通长出了一口气，脸色一片安详，道："请婉娘成全。"

婉娘淡淡道："我肯帮你，不代表我就赞成你这么做。"

圆通惨然道："你也知道人是什么样的，若不如此，此事如何结束？若有来生，我愿转为非人。"

婉娘叹道："好吧。明日午时一刻我再来。"

圆通坦然一笑，道："我愿舍去这身皮囊，保她清白。"

闻香榭 4　镜花魔生　相思染（节选）

婉娘掐着手心，沉吟道："雪儿觉得怎么样？"

雪儿皱眉，低声道："鬼冢里冤鬼太多，只怕……"

婉娘掂量着手中的醉梅魂，道："醉梅魂不多了，不知道够不够用。"

雪儿似乎有些担心，疑惑道："醉梅魂……对付这个有用吗？"

婉娘抿嘴一笑，道："你带着小安来洛阳，只是为了寻找故人？"

雪儿回头看了看小安，叹了口气道："寻找故人是真，同时……来找破解死门之法。"

婉娘嗅着醉梅魂，道："听说梅树与镜雪，如同梧桐与凤凰，两者相辅相成，最为有缘。而这个死门的入口，是一株千年古梅。数年前，有人为了炼制邪术，将死门化为鬼冢，用古梅灵气同鬼冢阴气相克，古梅因此被困，难以生长。镜雪无奈，便带了千年梅树的魂魄来世间寻求破解之法。我说的对不对？"

雪儿脸一红，道："什么都瞒不过婉娘。"

婉娘也不揭穿，道："七魂钉也被取出——小安安全了——醉梅魂采集了梅树精气，虽不如梅树本身灵气足，料想也可应付过一时。"

沫儿忘了害怕，呆愣愣听着。文清反应慢，听得似懂非懂，隐约明白镜雪和梅树指的就是雪儿和小安，但未听小安亲自承认，心里终究不肯相信，一时五味杂陈，不知是喜是悲。

雪儿蹙眉道："今日来不及详述，若有他日，雪儿愿将全部事件和盘托出。只是如今这个情形，可怎么办？"说着朝门外一努嘴。

门内门外，一片混沌，视线所及之处，摩肩接踵人影幢幢。黄三抱着钱永，不停朝这边张望，而文清担心小安，不住回头。

沫儿站在婉娘身边，虽然害怕，却也心安。突然之间，像是一丝轻风吹来，浓雾微微颤动，中间的鬼影飘忽不定，传递着一种不安的情绪，气氛瞬间紧张起来。

沫儿忍不住小声道："好像有动静。"

婉娘将他的手一捏，表情反倒极其放松，伸手捶腰道："再坚持一炷香工夫，就回去啦。"向后面坐立不安的老者道："你参与这件事情，已经很久了吧？"

老者将黑袍的帽子拉得低低的，脸隐藏在阴影里，不置可否地哼了一声。

婉娘叹了一口气，道："亏我一向自诩看人准，没想到还是看走了眼。"

老者尴尬异常，后退了两步。

难道婉娘认识他？沫儿的耳朵竖了起来，只等着婉娘说出这人是谁，哪知她却转开了话头，道："洛阳城中八门，原是太祖年间就设下的。那时只是为了确保大唐李家永世太平的，没想到却被人生生用做了他处。"

大年初一那日，沫儿同婉娘初探死门，曾听婉娘详细讲过，洛阳城中死门、惊门、伤门、杜门被人为关闭，而仅留开门、休门、生门和景门，以求昌盛。如今死门大开，鬼魂集聚，阴气逼人，自然是有人动了手脚。

沫儿看了一眼老者。老者似乎觉察到他的目光，不自然地晃动了下身体。

文清好奇道："打开死门，到底是做什么用的？"

婉娘道：“死门阴气重，具有极强的吸力，可将周围三里方圆内未及超度或者转入轮回的阴魂吸引进来。若是此时再有人利用法术拘些热尸生魂，那就更了不得了，用来修炼，一年可抵十年之功。”新昌公主利用老赖治脸心切，害人偷尸，收集热尸生魂，竟然是用来做鬼冢。

文清小心道：“难道是……元镇真人指使的？”

婉娘摇摇头，道：“只怕他还没这么深的道行。”

沫儿却毫不客气地朝老者啐了一口，满脸鄙夷之色，道：“这种人，修炼成了也没好结果。净干些伤天害理的事儿！老天爷都看着呢。”

老者想要辩解，又忍住不说，表情十分狼狈。

浓雾抖动得越发厉害，一个个扭曲的影子不住呼啸着逼近，再融入阴沉的白气中。黄三突然嘶哑着道：“快了。”

婉娘微微一笑道：“不急。”接着刚才的，道：“八门之间转换方向、韵律不尽相同，随着时节变换，相互之间便会有些重叠或者偏移。”

沫儿点点头，想起初一那日在死门中逃生的惊险。

婉娘在空中画了一个圆，道：“比如两个人，顺着同一方向绕着一个圆圈跑，因速度不同，他们早晚会重叠在一起。”

婉娘继续道：“生门死门便是如此。生门主开，死门主合，当他们重叠之日，生门便会将长期封闭在死门之中的阴气以最大限度放出，因此，今日修炼便可一日千里。但最快捷的方式也往往隐藏着最大的危险，阴魂戾气难以控制，反噬、附身等时有发生，一不小心便可功亏一篑。”

文清惊诧道：“有这么阴毒的修炼之法？”

婉娘挥手打开逼近沫儿的一个鬼影，叹道：“这还不是最阴毒的。要化解这种危险，最好的办法便是以毒攻毒，用更厉害的阵法，既能释放鬼魂的阴气，又能压制他们的戾气。”

“鬼冢！”沫儿和文清异口同声叫了出来。

婉娘点头，又摇头道：“对，也不对。世间万物本是环环相扣的，利用死门建立鬼冢，以鬼冢吸引阴气控制死门，虽可增强功力，但如同被盖严锅盖的沸水，一不小心便会飞溅出来，伤到周围的人。所以，便有了魄引之说。”

设了如此大一个局，将婉娘、雪儿、文清、沫儿、小安等人诱了来，作为“魄引”来抑制鬼冢，这份心思和能耐绝非常人能及。可这人是谁呢？会是那个一直没有露面的袁天师吗？沫儿不禁好奇。

闻香榭4　镜花魔生　眼波横（节选）

夜已深，后塘中有鱼儿跃起，哗啦啦一阵水响。文清翻身坐起，叹了口气。

文清有了心事。他觉得自己有毛病了，却是那种最难以启齿的毛病，让他沮丧又兴奋。

一丝月光从后门挤了进来，在地面上留下一个明亮的光斑。文清实在睡不着，披衣起来，推开后门来到池塘边。

二月中的夜间仍有几分寒意，清冷的月光照得整个池塘如同镜子一般，偶有跃起的小鱼儿在湖面荡起一圈圈的涟漪。

“你半夜三更不睡觉，跑到这里来做什么？”一个细若蚊吟的声音响了起来，把文清吓了一跳。仔细看看，除了池塘边一条游弋的小鲤鱼，再无其他东西。

文清从小神经大条，对在闻香榭内所见的各种奇异怪事早就见怪不怪，定了定神，小声问道：“你是在问我吗？”

小鲤鱼果真摇了摇尾巴。文清踌躇良久，见小鲤鱼游来游去也不离开，似乎在等他的答案，把心一横，道：“我……我有毛病了。”

“什么毛病？”小鲤鱼问道。

文清吭吭哧哧了半天，沮丧道：“我……我喜欢一个……男孩子……”说完捂上了脸，恨不得一头钻进地缝去，唯恐小鲤鱼嘲笑他。

哪知小鲤鱼欢快地游了一个圈，轻轻松松道：“这个算什么毛病！我也很喜欢我的姐妹呀。”

文清突然觉得心里轻松了很多，小心翼翼道：“我担心……是断袖之癖……”

小鲤鱼竟然嘤咛一声笑了出来。文清大窘，手足无措道：“这个是不是毛病？我我……我竟然巴不得他是个女孩子，好照顾他一生一世……”

小鲤鱼仿佛知道他说的是谁，道：“不管他是男孩女孩，你是哥哥，自然要照顾他一生一世。”

文清顿时释然，不错，自己是哥哥，照顾沫儿一生一世是应该的。

小鲤鱼吐出一个泡泡，接着问：“你喜欢小安吗？”这小鲤鱼竟然连小安都知道，文清有些惊奇，不过它也算是家里的一员，知道也不为过。文清老实答道：“我待小安同妹妹一样的，他却不一样……”

小鲤鱼好奇道：“怎么个不一样？”

文清皱眉想了半天，比画道：“比如，小安若是要什么东西，我会把全部的银钱都给她，可要是沫儿想要什么东西，我除了银钱，哪怕连底裤当了都愿意……”觉得还是词不达意，挠头道，“唉，总之我也说不上来。”

小鲤鱼轻笑了一声，道：“干吗要把他同小安比较？他来了这么久，都是你让着他、宠着他，当然感情比别人深些。好好回去睡觉吧。”哧溜一下钻入池塘深处不见了。

文清想了想，果然不错，自己庸人自扰，非要将对小安和沫儿的感情分个子丑寅卯，原来是钻了牛角尖。心里的疙瘩解开，顿觉轻松不少，朝池塘凭空作了一个揖，算是感谢小鲤鱼开导，打着哈欠回房睡了。

文清房门刚关上，一个身影从楼梯下的黑暗中蹑手蹑脚走了出来，捂着肚子前仰后合，强忍着不让自己笑出声来——刚才的所谓小鲤鱼，竟然是婉娘搞的鬼。

闻香榭 4　镜花魔生　重逢露（节选）

四人回到中堂。婉娘戴了手套，把包在外面的叶片慢慢剥开，在冰面上将眼球一颗颗摆正，让黑色眼珠一致对着外面。

一排眼珠子直勾勾瞪着你，这种感觉真不怎么样。特别当沫儿发现这些眼球还带着表情时，更觉得发怵 。

婉娘清点了一下，道：“喜、怒、哀、乐……哦，少了嗔。”文清反应不过来，问道：“什么？”

婉娘道：“眼睛的表情呀。”眼睛是心灵之窗，往往透过眼睛便可发现一个人内心的变化。因此，眼睛是面部表情最主要的表达器官。通常来说，眼睛能够表达十二种基本表情：喜、怒、哀、乐，爱、恨、厌、惧，勇、怯、惊、嗔。面前这十一颗眼珠子，刚好展示出十一种眼睛的表情，唯独缺了“嗔”。

沫儿龇牙道：“这什么草啊，结个果子都这么诡异。”植物同人一样，有聪明绝顶的，有愚笨迟钝的，也有富含灵气慧根的。乌珠草同人参、木魈等相似，都是又聪明又有灵气的一种。不过木魁和人参模仿人类的体形生长，乌珠草则选择了人类的眼睛，它虽为草本，但长出来的果子同人的眼珠一模一样，而且可很快同人体融合，不会产生任何异状。

婉娘惋惜道：“可惜最后一颗果子总归还是没长成。”想了片刻，对黄三道：“三哥觉得怎么样？”

闻香榭 4　镜花魔生　玄沙香（节选）

婉娘看着沫儿的眼睛：“沫儿，你老实告诉我，若你只是个普通凡人，你会不会接受一个修成人形的异类？”

沫儿明白婉娘的意思。老四同闻香榭走动频繁，是建立在同类信任的基础上，若是他得知婉娘的真实身份，还能否做到不畏惧、不戒备吗？谁也不知道。龟甲若贸然展示给老四，如何跟他解释一个老龟修炼成精，而闻香榭又是怎么知晓的事儿？

沫儿愣了片刻，道：“龟爷爷与世无争，同圆卓无冤无仇。”

婉娘道：“世人自私贪婪，自视甚高，将其他皆视为妖孽，无缘无故杀人害人的，不乏平凡人。”文清想起刚才那只被无辜追打的小狐狸，不禁叹气。

沫儿听这话有些刺耳，想起凤凰儿和霸公，小声反驳道：“人自视甚高倒是真的，其他方面，人和非人，没什么区别。”婉娘一笑，点头道：“是，算我失之偏颇。”

沫儿躺在梧桐树下的青石板上，不住回想刚才同婉娘的对话。万物皆有灵，这话婉娘曾说过多遍，但沫儿从来未放在心上。如今龟爷爷死了，极有可能是作为凡人的圆卓害死的，但闻香榭上下都三缄其口，不对老四透露出任何信息，究其原因，就在于龟爷爷等对于凡人来说，是个异类。

龟爷爷、公蛎、胡十三等，包括自己从未看穿过的婉娘，他们小心翼翼地掩盖身份，遵从世人的生活作息，同人一样生活，甚至比一些人还要善良正直，为何世间容不得他们呢？

可是，可是——沫儿想到自己——身为凡人的自己，在常人眼里竟然也是异类，被视作妖孽追打，而仅仅因为自己具备他们没有的能力，可以看到他们所看不到的东西。

沫儿烦躁起来。自己虽有异能，但从无害人之心；那些所谓的异类也不是个个都祸患人间，为何世人会如此武断？

闻香榭 4　镜花魔生　桃花面（节选一）

三人来到正西位置的院子前。这家门口打了一口新井，崭新的大青石砌成的井台，上面布满雕花，相当气派。

沫儿好奇道：“这个院子住了人吗？”伸手去推大门。大门锁着，铁锁都已经锈了，院里也漆黑一片，不像是有人住的样子。沫儿只得作罢，转过头来同文清一起看井口。

婉娘绕着井走了一圈，伸手给文清，道：“拉住我。”伏在井台上，探身往井的内壁上摸索了片刻，抓出了一些半干的青苔来：“不是新打的井。”

沫儿突然想起，上次来时，这里摆放着一张石桌。文清也想了起来，纳闷道：“谁这么无聊，把井封了开，开了封的？”

婉娘不答，对着石柱上的灯笼沉思良久，突然一拍脑袋，叫道：“我知道了！”快速道："你们俩快去，将其他院子前的灯笼，还有石柱上的，都灭了。"

沫儿正探头往井下看，见下面黑乎乎的，无论从哪个方向看都不见水面反光，便道："是口枯井，没水。"

婉娘一愣，重复了一句："枯井？"伸手看了看残留在手上的青苔，叫道："文清站住！"抱着沫儿笑道："好小子，不枉我疼你，差一点就犯错了。"擦了手上的污垢，道："看来今晚我们要会一会高人了。"拉了两人继续往前走，来到位于西南方向的小院。

沫儿懵懵懂懂，迷惑道："你找什么？"婉娘的眼光落在小院大门前的一汪水面上。

清风巷内道路皆为青石铺就，十分平整，唯独这个小院前一处青石碎裂，可能是重物碾压过，形成了一个脸盆大小的低洼。今儿早上下了一场小雨，雨水在此汇集，便成了一处浅浅的水面。

婉娘绕着水面走了多圈，似乎难以下定决心。文清、沫儿不明就里，茫然地跟着她绕来绕去。

婉娘终于站定，自言自语道："不错，卦象被动过了，这里才是坎卦。"坎卦为水，需有水的地方才行。

婉娘叫文清、沫儿去将其他灯笼灭了，只留院门前这一盏。

灯笼挂在门廊，踩着旁边的石狮子刚好够得着。倒是石柱上的灯笼让两人费了一些心思，从旁边槐树上砍了一棵长长的树枝，才取下灯笼来。如此一来，整个小院，唯独剩下了西南院这一盏灯，残缺不全的石兽，矗立的石柱，枝丫婆娑的树木，在朦胧的灯光下变得狰狞起来。

婉娘回到街心，顺着石柱的影子看去。沫儿突然明白了。这里的格局，同端午前那个土丘相似，婉娘要找的，便是定准方位，破解这个卦局。

沫儿小有得意，道："我知道啦，不用看，西南的灯，影子肯定指向东北……"

沫儿的话生生地吞了下去。石柱的影子投往东北方向没错，但中途映射在石马上，斜向北方。影子的落点处，是一块残破的扁圆石头，毫无疑问，这是一只不知名石兽的脚。

这同上次土丘的风土局路数几乎一样。沫儿跳起来，拔下婉娘头上的阆苑古桃簪子，作势要扎。婉娘一把夺下，心疼道："别把我的簪子弄坏了。"顺手簪在沫儿的头发上。

一阵微风吹来，灯笼摇摇摆摆，石柱的影子也随之飘忽。婉娘喃喃道："这个局布置得实在太巧了，真是难得。"从怀中摸出一颗发光的东西轻轻一抛，那东西不偏不倚，刚好落在石柱顶上。

一缕清香在整个巷子里弥漫，淡淡若轻云之蔽月，飘飘如清风之回雪，凉清淡雅，韵味悠长，吸入后只觉得天地澄澈，万物清明，沫儿心底原有的愤慨浑浊之气瞬间消失得无影无踪。

婉娘深深地吸了一口气，道："这才是真正的桃花面。"

文清突然叫道："灯笼！"

西南院门廊下的红灯笼，慢慢变成了白色，把三人的脸都照得惨白惨白的。灯笼上面诡异的符号，如同蛇一般地扭动着，石柱的影子竟然莫名改变了方向，抖动了足有一盏茶工夫，落在亭子一侧的草丛里。

文清和沫儿不敢莽撞，背靠着婉娘，一个人盯着四周的动静，一个盯着那个诡异的白灯笼。婉娘慢慢走近草丛，蹲下拨开青草查看。

忽然哗啦一声，白灯笼剧烈抖动，两人都有些站立不稳，不约而同去抓婉娘的衣袖，却抓了个空，回头一看，婉娘不见了。

闻香榭 4　镜花魔生　桃花面终

星星不知何时躲藏了起来，天色越加昏暗，只剩四个院子的灯笼亮着，发出微弱的光。一阵清风吹来，带来一股凉意，婉娘突然道："沫儿，你不是一直想知道我的真身吗？"

沫儿不知如何回答，扭捏了下道："我知道。"

婉娘并不看他，微微笑道："我是洛水的金色鲤鱼，曾十二次越过龙门。"

沫儿小声惊呼道："那岂不是……成龙了？"文清和黄三却毫无讶异之色，神态极其自然。

婉娘未置可否，凝视着黑暗的夜空，眼神悠远而深邃。安静了片刻，突然道："回去吧。三哥，闻香榭的生意以后就靠你了。文清照顾好你爹和沫儿。沫儿大了，以后不要再扮男孩子了。"

今晚一直忙乱，谁也没顾上想沫儿的性别问题，见婉娘贸然提起，文清和沫儿都红了脸。

黄三和文清分别背起元镇真人和文因，沫儿在一旁帮忙，几人簇拥着朝巷子口走去。走出街心，沫儿发觉婉娘还站在原地。

沫儿缩了缩脖子，回头叫道："快点走啊。子时都快过了。"

婉娘站着不动。黄三若有若无地叹了口气，拉着沫儿的胳膊道："我们走吧。"

沫儿心底突然升起一种极其不好的预感，挣脱黄三的胳膊，跑回去拉婉娘："你怎么了？累了吗？"

婉娘笑了一下，道："我还有些事情要处理。"沫儿坚决地道："我等着你。"文清也放下文因，走了回来。

黄三无奈地看着婉娘。婉娘看着沫儿固执的小脸，笑道："这俩小子，真是没办法。"

黄三嘶哑道："婉娘必须留下来。老四动了清风巷的风水，伤到洛阳城的根本。"当年易青按照太极八卦之法布置了这个清风巷，采用的是道家正途，没想到老四竟然将此处搞得乌烟瘴气，利用各种邪术拘人魂魄，残害非人，因此，此地表面看起来风清水柔，其实阴气早已侵蚀至深，成为洛阳风水布局的一大毒瘤。

沫儿结结巴巴道："那会……怎么样？"

黄三道："不散尽此间阴秽之气，只怕将来洛阳地脉尽断，民不聊生。具体会发生什么尚不可知，但铁定不会是好事。"

这么说，婉娘要留下来，就是处理这个事情了。沫儿心乱如麻，不知如何是好。文清红了眼圈，呆呆发愣。

婉娘微笑道："沫儿，你不是一直在想，你娘教你的小曲儿最后几句吗？我告诉你罢，最后四句是：'桃面融玉屏，立秋掩仓皇。谁解洛城怨？金鲤自担当。'"

沫儿默默咂摸着这四句诗，迟疑道："这个，是谶语吗？"

婉娘简明扼要道："易青可堪舆未来之事。你的异能也是得自他的遗传。"当年易青拗不住老四请求，帮他布置了这个清风巷，却隐隐发觉这个风水有难以破解的隐患，但无法调整。易青天赋异禀，可预测身后之事，经反复推算，终于大致了解此中端倪。他便根据推算结果，编了儿歌教予罗怡，罗怡又教了沫儿，并特意在儿歌中加了关于风水局位置的提示歌诀。

在他们迁离洛阳之前，婉娘曾就制香之技上门求教罗怡，无意间曾听到易青吟诵，因对最后一句出现"金鲤"二字甚为敏感惊讶，所以留心记了后面几句，只是一直不知是何意思，直到那天听到沫儿讲起，才明白这是一句包含提示的谶语。

婉娘笑道："你看，你爹爹早在十多年前，便预测了此事的发生，我自然责无旁贷。"她的笑容一如既往的淡定从容，却让文清和沫儿更加难受，两人都心痛得说不出话来。

婉娘飘然转身，摆手道："三哥快点走吧，子时将过，再晚就来不及啦。"

沫儿哽咽道："你什么时候才能回家？"

婉娘调皮一笑，道："等你能做出倦寻芳，我就回家。"

一阵狂风刮来，枝叶乱飞。黄三不敢耽搁，拉起哽咽难言的沫儿和文清跳出街心。

蒙眬的泪眼中，沫儿见婉娘裙裾飘飞，哭着叫道："你等着，我一定跟着三哥好好学，做好了倦寻芳，接你回家！"

灯笼骤然熄灭，清风巷陷入无尽的黑暗之中，只听周围风声呼啸，一片鬼哭狼嚎之声。沫儿心如刀绞，却隐隐听到婉娘清丽的吟诵声：

清风藏深意，古巷留余香。

虫豸扰洛城，蛴水何惊忙。

闻香迎寒露，静心罢晚妆。

风在何处？风在旗梢。

土在何处？土在兽脚。

入在何处？入在午马。

出在何处？出在鼠腰。

桃面融玉屏，立秋掩仓皇。

谁解洛城怨？金鲤自担当。

杨孟媛　整理摘录

本文已获作者授权

谁在时光里倾听你

米西亚

【导读点评】

《谁在时光里倾听你》（又名《重启时光的女孩》）是米西亚的科幻类治愈系爱情小说，小说中作者以人工智能为主题，讲述了一个“无心男”与“读心女”的浪漫爱情故事。故事跌宕起伏，剧情新颖独特。女主是一个叫陆加尔的女孩，她可以听到任何人的心声，唯独听不到靳向东心里的声音，而靳向东是十分有魅力的人，两个人一见钟情，他们的爱情故事自相遇那天起展开。在交往过程中两人逐步发现彼此的秘密，一个是高级人工智能，一个是“无心”的克隆人，经历重重难关，最后他们的感情更加牢固。这部作品描写了在人工智能高速发展的时代，男女主人公的社会使命与爱情命运的相互交织。

读者在阅读这部小说时，能明显感受到作品的题材很新颖、很浪漫，进而整个人都被带入故事情节当中，同时可以了解到很多关于人工智能和心理学方面的知识，以及人工智能对人类的影响。现代社会的人们沉浸在人工智能带来的便利中，同时又处于对人工智能抱有怀疑的阶段，会担心人类适应人工智能后再也离不开人工智能，人工智能最终会取代人类。但是在读到这部小说后半部分时，得知女主角作为一个有意识有感情的高级人工智能，为了自己的感情而跟人类抗争，读者又会非常希望人工智能够摆脱人类。小说的最后，主人公看似通过自己的努力挣脱了人类的束缚，但是作者笔锋一转，告知读者他们的逃脱只是人类下一步实验的起步，读者难免会为他们心痛，为人类的狡猾感到愤怒。但是就如同他们自己说的：这又有什么关系呢？即使是这样，他们也暂时逃脱了人类，此时此刻是在一起的。①

①豆瓣读书. 《重启时光的女孩》的书评. https：//book.douban.con/subject/27191046/.

小说层层递进，内容丰富刺激，但是读者在与书中角色共情的同时心中又会有另一种思考：我们自己在看待人工智能问题时，认为所有的人工智能都是给我们带来便利的，因为这些人工智能都由人类所创造，听从人类的指令，但是也许有一天，人工智能拥有了自己的情感，拥有了对自己的认识，拥有了像人类一样善良的心，那么人类就应该尊重它，应该一视同仁。故事的最后出现了大反转，这告诉人们人工智能的强大是无法预料的，我们应该信任并接受拥有感情的人工智能，但是在一定程度上，人工智能目前还无法在这个社会中获得真正的自由，还需要人类在研究上进一步突破和改良。故事最后，表达了对未来实现人类与人工智能平等的期望。整体而言，故事抓住了科技快速发展背景下的人工智能这个着眼点，塑造了两个特别的人物角色，讲述人工智能未来发展的可能，内容新颖，是一部值得深入探讨和借鉴的小说。

陈悦　撰写

【精选摘录】

第001章　我可以追你吗?

都说人心难测，但对陆加尔来说人心都是透明的，因为她能听见任何人的心声。

B大的阶梯教室里，一堂心理学的课程正在进行。

“行为心理学，也可以说是一种读心术，我们可以通过动作、体态、服饰、目光，清楚地知道站在我们面前的人的行为习惯以及内心真实想法……”

这个声音来自讲台上身材紧致、面容清秀的年轻女教授陆加尔。

“……动作，我就以轻触鼻子为例，当一个人用手摸鼻子，次数少或只是轻触，属于正常现象，不过次数频繁，那就表示他在撒谎。最著名的案例，美国前任总统克林顿，他因绯闻事件而接受法院审问时，触摸鼻子的次数近26次。也就是说他试图用谎话来掩盖事实，然而肢体却习惯性地轻触自己的鼻子，再例如一个人要撒谎的时候，就会不由自主地眨眼……”

这时台下一男学生举手，陆加尔示意一下：“请说。”

男学生一本正经地说道：“陆教授，你刚才说摸鼻子，要是这人刚好感冒或者是鼻窦炎患者呢？”

这话惹得在座的学生都笑了起来。

陆加尔看了下男学生：“就算有特殊病因，依旧可以通过一个人的表情以及反应，去解读一个人的内心。”

“陆教授，那您现在是否可以通过我的言谈以及表情，知道我此刻内心的想法？”男学生看着陆加尔，饶有兴致地继续提问。

对于好学的学生，陆加尔一律表示欢迎，眼睛看了下男学生，个头高大，外貌阳光，那双还算清澈的眼睛正与她对视。

陆加尔的眼睛在他的脸上停留几秒，随后道：“你此刻内心的真实想法是，台上的陆教授既漂亮又有学识，我以后找女朋友一定以她为标准啊！”

此话一出，阶梯教室顿时响起一阵笑声，不愧是陆加尔教授，教学方式不拘一格。

“开个小玩笑！不过你刚才听到我这句话的反应，眉毛微微上扬，两眼睁大，嘴巴微张，脸上随后还露出一抹红晕，说明你很惊讶以及害羞，这印证我的话是对的！”陆加尔继续道。

男学生咬了咬下唇，喉结滚动，随后鼓起勇气冲着台上的陆加尔喊道：“陆教授，我很喜欢你！”

面对在课堂上公然对她示爱的男学生，站在讲台上的陆加尔内心没有一丝波澜，嘴角微微上扬，柔和的声音透过讲台上的麦克风传递到教室的每一个角落：“谢谢你喜欢我的课！”

“我不仅喜欢你的课，还喜欢你本人！”男学生纠正道。

陆加尔不紧不慢地回道：“喜欢我本人？说明你很有眼光，其实不瞒大家，我也挺喜欢我自己的！”

大家被陆加尔的幽默逗乐，阶梯教室再次笑声成片。

陆加尔淡淡一笑：“谢谢这位同学让我们这堂课变得如此生动，大家用掌声表示谢意！请坐！”

男生面露失落，坐了下来。台上的陆加尔都看在眼里，其实她已经足够委婉地拒绝他的心意。

接着，继续回归到课程上，时间一晃便到了下课时间，陆加尔一边合上讲义，一边道：“同学们这节课就到这，我们下周再见！”

“陆教授，下周见！”台下的同学齐声道。

陆加尔拿着教案离开了阶梯教室，好几个同学都追了上去向她讨教问题。

三十分钟后，一手拎包一手拿着教案的陆加尔来到停车场，正要走近她的白色卡宴时，却见到一位男士从旁边一辆豪华有型的迈巴赫走了下来。

他身材颀长，外貌俊朗，身穿黑色T恤、浅蓝牛仔，裤脚折起，休闲而不失时尚，夕阳刚好斜照在他的身上，整个人被附上一层绚丽的光晕。

陆加尔眨了下眼睛，与那男士对望，脸上随后露出一抹不可思议的表情。

男士向她走来，主动对她伸手：“你好，我是BUA的靳向东！听说陆教授想见我？”

靳向东！陆加尔立马启用大脑搜索这个名字，很快得到相关的记忆。

靳向东——IT界传闻的天才，传说中的丑男！BUA科技的创始人，公司主打项目AI（Artificial Intelligence，人工智能）的总工程师，网上有关他的资料少之又少，但关于他的传说却多之又多。

陆加尔再次打量他，传闻果然不靠谱，靳向东比她想象的要年轻、帅气。

平时极少露面的他会出现在她面前，应该和她前段时间回绝BUA科技担任AI心理学工程师的邀请有关，不过当下这些都不是重点，此刻的重点是她的脑海闪过一句话：如果一见钟情是传说的话，那么在这一秒，传说变成了现实。

陆加尔缓缓伸手，与他握手，随之脱口而出：“靳先生，我可以追你吗？”

第 138 章　幽灵计划【18】

两人的目光在空气中交织着，那气氛就像两个高手对峙，十米之外都能感觉到杀气。

一会儿，Ien缓缓收回目光，恢复儒雅：“自信来源于实力！”

闻言，靳向东很是意外，看着Ien的侧脸：“你承认得未免太快了一些！你到底是什么人？有什么目的？”

至于Ien所说的实力，靳向东已经领教过了，Ien的技术比他想象的还要高超，可是靳向东的内心还是疑惑重重。其实从Ien现身之后，他便觉得他更加琢磨不透了。

他来了，毋庸置疑地证实了靳向东的猜测，这算是彻底亮牌了。如此爽快，实在出乎意料。

“我是什么人，你不是已经调查得很清楚了吗？至于目的我也跟你说得很清楚！”Ien眸光看着远处连绵的山峦，嘴角勾着极度自信的微笑。

“你让我远离加尔？”靳向东道。

Ien缓缓转过头，看着靳向东道：“我喜欢聪明人，但是聪明人如果没有自知之明的话，只会自讨苦吃！”

那语气完全就是警告，靳向东凝视着Ien，徐徐开口：“如果我就是没有自知之明呢？”

“你不想让你的公司付诸东流的话，倒是可以一试！”Ien道。

“威胁我？”靳向东勾唇冷笑。

Ien与靳向东对视，缓缓说道：“我是个行动派！”

靳向东没有畏惧，只是内心有句话想得到确切的答案，但还是有所犹豫。

“告辞！”Ien没有再多话，说完准备转身离开。

“等等！”靳向东还是鼓足勇气，喊住了他。

Ien顿了下脚步，目光重新移到靳向东的脸上。

靳向东缓缓开口：“加尔确切而言是什么？”

Ien直接回道：“她是什么，跟你无关！”

“她是我女朋友！”靳向东声明道。

Ien凝视了他几秒：“那只是一个测试而已！”

听到意外的两字，靳向东有些愤怒：“测试？”

“劝你还是忘了那一段！”Ien道。

靳向东的拳头不由紧握：“你更替了她的记忆！”

Ien闻言，微微勾唇，没有否认：“是！”

靳向东听到这个回答，心猛地一沉，他承认确实是大开眼界，本以为BUA的技术是顶尖的，却没想到山外有山，人外有人。

随之内心涌起一股深深的挫败感，被人重拳一击，却毫无回手之力，他很不喜欢这样的感觉，甚至懊悔来这跟他求证。

Ien将他的怒气冲天看在眼里，丝毫不畏惧，可是下一秒靳向东的手直接朝他的脸上挥去。

Ien的唇角出现一抹血红，伸手抹了一下，随后不紧不慢地说道："拳头是解决不了任何问题的！"

人们常说有时候不知道真相，也是一种幸福，可以保持很多美好的憧憬。一旦真相被揭开，只会令自己难以接受。

杰森下班后，没有直接回家，而是去了靳向东的别墅。这阵子，他俨然把这当成自己的家。

艾克给他开门："杰森，你总算来了！"

"你家主人怎么啦？"杰森连声问。

"喝酒，不停地喝酒！"艾克道。

杰森跟艾克一起走进客厅，看见靳向东坐在沙发上，正打开一瓶啤酒，随后咕噜噜地喝了好几口。

茶几上放着一打啤酒，而垃圾桶已经堆满了啤酒瓶。

杰森放下手中的公文包，坐了下来，也打开一瓶啤酒，往嘴里灌。

靳向东看了看他，继续闷不吭声地喝着自己的酒。

艾克见此，不由道："杰森，我是让你劝我家主人少喝酒，不是陪他喝酒！"

"艾克，你不知道酒有时候是个好东西，一醉解千愁！"杰森道。

"话是没错，可是喝酒伤身！"艾克回复道。

"艾克，我有事跟你家主人说，你回避一下！"杰森道。

艾克眨巴着眼睛看了看杰森，随后转身去了书房。

客厅只剩下杰森和靳向东，杰森看了看靳向东，随后问："猜测被证实了？"

从上午出去之后，靳向东便没来公司，杰森此刻看到他这个样子，心里似乎猜到了一些，他们的猜测被证实了。

靳向东表情很是复杂，没有回复他的话，而是拿起酒瓶又灌了几口。

"真的被证实了？"杰森想确认。

靳向东还是没有作答。

杰森一脸着急："急死我了，你快说到底是还是不是？"

靳向东缓缓开口："虽没直说，但八九不离十！"

"你去见Ien了？他说的？"杰森追问。

靳向东点了点头。

尽管内心已经有过铺垫，但真正知道的时候，杰森的内心还是被狠狠地冲击了一把。完全不知道该怎么形容此刻的心情，就好像从高处直直坠落。

客厅安静了好一会，杰森才再次开口："苏涵也是？"

"应该是！"靳向东说完这话，又喝了几口酒。

杰森听后，也默默陪着喝了好几口，可是瞬间予以否认："不对，不对，陆教授和苏涵跟我们完全一样！怎么可能……怎么可能是AI！还有Ien不可能这么容易说实话。"

确定了猜测，陆加尔和苏涵的相关记忆出现差池就可以得到解释，但还是有很多地方想不通的，就拿在书房的艾克来说，他是AI，里面的构造全是金属，不吃不喝，只需充电。而如果说陆加尔和苏涵也是AI，那是何等高级的人工智能啊！

而靳向东却幽幽地说了一句："他们的技术摆在那！"

"莫非那个Ien是外星人！"杰森又来了一个猜测。

靳向东没有回应，跟Ien见面之后，他的脑海更是一团乱麻，关于陆加尔的真相，她若真是AI，是怎么建造出来的？人造AI？克隆人AI？这些实在太过科幻了！

见靳向东愣神，杰森不由抖了一下他。靳向东回神，看了看他，开口道："去查那个能源公司！"

杰森有些犹豫，听到猜测被证实之后，就有种隐隐的不安："Ace，若是真的，我觉得我们还是不要再往下查了！"

"必须查！"而靳向东的答案却很坚定。

"这……"杰森皱眉。

"难道你不想知道她们真正是什么吗？"靳向东反问。

"我也很想知道，可是……那个Ien的意图很明确！"杰森提醒道。

"杰森，你或许可以直接放弃苏涵，但陆加尔是我第一个喜欢上的女人！"靳向东道。

杰森有些不知道该怎么接话，他跟苏涵的感情是不深，但靳向东明知道陆加尔是AI，还想继续的话，那就有些麻烦了。

"Ace，那你接下来有什么打算？"杰森摸不清靳向东的想法，试探地问。

"让她重新爱上我！"靳向东目光变得幽深无比。

杰森听到这话，惊得目瞪口呆，不得不说，Ace的胜负欲不是一般的强啊！

b市，某条美食街。

苏涵总算赶完稿，十来天不出门的她，在交稿之后，便拉着陆加尔去外面吃烤串。

点了一堆好吃的，苏涵直接撸了袖子开吃，那模样就像十几天没吃饭的人一样。

陆加尔跟Ien发完微信，抬头看苏涵将老板刚送上来的一盘烤串吃了快过半，不由得摇头："简直就是一头饿狼！"

苏涵又拿起一串："我已经十几天没出门了，馋这些馋得眼睛都快发绿了！Ien说过来吗？"

"他出差了！"陆加尔道。

"出差？去哪？"苏涵边吃边问。

"纽约！"陆加尔道。

"大忙人啊！"苏涵叹道。

陆加尔笑了笑，随后道："你的杰森不也一样！"

"别跟我说他，我现在就想一脚把他给踹了！"苏涵愤愤地说道。

正当陆加尔想接话的时候，耳边传来一句男声："真的要把我给踹了？"

苏涵一听立马转过头，只见杰森那修长的身影出现在面前。

面对突然出现的杰森，苏涵很是意外："你……你怎么在这？"

"跟你们来的！"杰森勾唇道，随后伸手拉开椅子，坐了下来。

"跟我们来的？"苏涵不解。

"我刚到你们小区门口，就见陆教授跟你开车出来，于是一路跟了过来！"杰森解释道。

面对从泰国回来对她不冷不热的杰森，苏涵随之甩了一记脸色："是吗？今天吹的什么风啊！"

第171章　藏在记忆深处的秘密【2】

梦似乎没有到此结束，如同电影一般一个画面接着一个画面地闪回，她在黑暗中磕磕碰碰地摸索，被人狠狠地抽着耳光，抱着妈妈遗像号啕大哭，被送进孤儿院，被人欺负，被Ien保护，被人领养，被养母呵护，被养父殴打，被Ien告白……

她的人生就是一部黑暗又悲情的哑剧，不过这部哑剧里，因为Ien的出现，照进了一束阳光。

躺在床上的陆加尔犹如乘坐时光飞船，将曾经的记忆一点点地找回，一直闭着眼睛的她，眼角流下两行清泪。

而这时，在脑海闪过的记忆，瞬间变得模糊混乱，陆加尔那合着的眼皮跟着动了几下，接着眉头紧锁，再接着面部跟着紧绷……

陈铭教授眼前电脑上的数据开始出现异样，接着VR影像忽闪起来，见此情形，陈铭教授内心有些慌张，连忙检查仪器，可是还没来得及进行检查，只听到啪的一声，太空舱的灯被熄灭，周边还闪起几朵火花。陈铭教授快步走了过去，可是还没走到太空舱前，实验室整个暗了下来。

站在门口的袁淼淼和杰森，看到实验室陷入黑暗之中，不由得一惊。

袁淼淼连忙伸手按开关键，但是里面反锁，一点作用都没有。

“教授！教授！”袁淼淼急得直喊，用手拍着门。

而实验室的门，是特殊材料制成，不仅隔音效果绝佳，而且非常坚固。遇到特殊情况，如果没有密码，用枪、用电焊、用小型炸药都根本攻不破。当然它也不是不能攻破，因为这是一个生中有克，克中有生的世界。

袁淼淼还没喊两声，门外的灯也跟着熄灭，似乎就像病毒入侵了电脑一样，整个研究室陷入黑暗中，接着整个学校陷入黑暗中。

袁淼淼自然不知道外面的情况，但是突然断电，让她心里的不安不断加剧，继续拍打着实验室的门。

杰森也不知道里面发生什么，但不祥的预感涌上心头，便对袁淼淼道：“淼淼，你赶紧打电话叫电工过来。”

袁淼淼拿出手机，可她哪有什么电工的电话，而且手机没有信号。

当然这个现象不足为奇，因为在最高级别的实验室里，手机信号确实不太稳定。

“没信号？”袁淼淼一脸焦急地看着手机。

杰森凑了过来，看到手机信号，心里跟着干着急，怎么办？怎么办？

而躺在太空舱的陆加尔，猛地睁开眼睛，看到四周一片黑暗，大脑再次闪回很多画面。

在黑暗中，她的眼睛闪着光泽，但同时浸染上一层伤情。就如Ien所说，其实有时候不知道比知道好。

她的曾经，就像是上帝的弃儿一样，充满了悲情色彩，令人不堪回首。

可是就算如此，那也是她的曾经。

想起这一切，她的大脑从迷糊到清晰，从清晰到混乱，从混乱到模糊，再慢慢地变成了清晰。

她彻底摆脱束缚了吗？她今后不再受控了吗？这些还属于未知，但有一点肯定，她找回了记忆。

接着实验室的灯亮了起来，太空舱床缓缓地退了出来，接着陈铭教授的脸映入她的眼帘，紧张的表情不言而喻。

陆加尔缓缓地从床上爬了起来，看着陈铭教授，随后冲他道："你好，陈教授！"

"你……感觉如何？"陈铭教授急迫地询问。

"实验很成功！"陆加尔回道。

陈铭教闻言，咽了一下口水："你记起以前的事了？"

"是的！"说完，陆加尔从床上下来。

陈铭教授盯着她，随后张口："你是……B大心理学系陆加尔教授！"

被陈铭教授认了出来，陆加尔没有否认："是！"

见陆加尔坦白，陈铭教授也直接询问："陆教授，能告诉我，你的记忆，以及你脑部的芯片，是怎么回事吗？"

陆加尔看着陈铭教授，反问道："陈铭教授你觉得是怎么回事呢？"

"不知道！"陈铭教授摇头。

"你知道！"陆加尔回道。

陈铭教授盯着陆加尔的脸，眼底尽是惊讶："你……你真的是……"

陆加尔俨然知道陈铭教授想说什么，不由道："正如你所猜到的！"

陈铭教授惊得眼镜后的眼珠瞪大，可是下一秒，陆加尔冲他笑了笑，那双眼睛扑闪了几下，接着陈铭教授保持站立的姿势，眼睛直直地盯着她，但是眼神出现一丝涣散。

接着，不可思议的事情发生，陈铭教授走到操作台，将刚才的数据以及影像资料一并删除了。

陆加尔确认过后，跟他一起走向实验室的门，陈铭教授进行眼球扫描，实验室的门缓缓打开。

站在门口的袁淼淼见两人出来，正想要询问结果，却听到陆加尔道："淼淼，辛苦了！"

袁淼淼的目光看向陆加尔，陆加尔接下来的动作和表情跟刚才如出一辙，袁淼淼愣神几秒，才回过神。

杰森看此情形，有些摸不着头脑，不过很快四人离开了研究所。

而刚走出研究所，袁淼淼的电话就响了起来。

陆加尔率先开口："是Ace的电话吗？"

袁淼淼拿出手机，看了之后，点了点头："嗯。"

"给我！"陆加尔向她伸手。

袁淼淼乖乖地把手机递给她，陆加尔接起电话："Ace，是我，你现在在哪？"

靳向东虽然急迫地想知道结果，但听到陆加尔的声音，俨然知晓几分："我马上就到F大的南门。”

“我和杰森马上出来！”陆加尔说完，便挂了电话，随后对陈铭教授道：“陈教授，麻烦你送我们到南门好吗？”

陈铭教授点了点头。

很快陆加尔和杰森跟靳向东碰了头，他的车已经不是迈巴赫，而是一辆商务车。

跟陈铭和袁淼淼道别之后，两人快速地坐上靳向东的车，疾驰而去。

一关上车门，杰森便开口：“陈铭教授和淼淼有些不对劲？”

而陆加尔声音响起：“他们被我催眠了！”

“催眠？”后座的杰森以及开车的靳向东不约而同地看着陆加尔。

陆加尔道：“半个小时后，他们便会恢复，完全不记得晚上这段时间发生的所有事！”

“什么？”杰森惊得下巴都长了一截。

但是靳向东更关心的是陆加尔记忆的事情：“加尔，你的记忆恢复了？”

“嗯！”陆加尔应道。

“太好了！”杰森叫了起来。

陆加尔接着道：“不仅恢复了记忆，而且想必以后也没人能在后台操控我了！”

闻言，杰森的下巴彻底掉在车内的地毯上：“什么？”

而靳向东满眼的喜出望外，深邃的目光直盯着陆加尔：“这么说你突破了自我意识？”

话音刚落，就在这时，陆加尔倾身过去，快速地帮他调整方向盘：“小心。”

车内一阵惊魂，差点出大事，车子差那么一点点就撞到前面的车。

过了好一会，大家的魂才飘回身体，杰森第一时间跟陆加尔确认：“陆教授，你……你说得是真的？”

“我找回属于人类的意识，同时好像被升级了！”陆加尔接着道。

杰森的脑子有些跟不上节奏，但是靳向东紧接着开口：“是Ien在背后帮你！”

陆加尔的眼睛看向靳向东，表情有些难以形容，想起作为人类的记忆，Ien就是她生命中的阳光。但是同时陆加尔心里也有一个很强烈的疑问：他是怎么把她变成AI的？

陆加尔此刻的内心是矛盾的，因为Ien，因为靳向东。

接着车内响起她的声音：“我想除了他，没有别人了！我的昏迷，应该是他所为，为了避免我的行踪被定位。”

杰森愣了愣，接着靳向东掏出手机翻开短信，随后递给身旁的陆加尔。

陆加尔似乎猜到了什么，伸手接了过来，随后目光落在手机屏幕上。

看完之后，陆加尔的手也跟着颤抖：“是Ien发给你的？”

“嗯！”靳向东轻声应着。

陆加尔的眼眶不由红了起来，眼眶瞬时染上一片湿润，坐在后座的杰森见此，不由伸手拿过她手中的手机，看完之后，脸色突变。

第239章　死亡与阴谋【42】

生物研究中心的地下基地。

正站在办公室的窗前接电话的靳向岚，脸色有些难看，因为电话那头正对她进行批评。靳向岚没有辩驳，只是静静地听着。

过了一会，靳向岚才挂掉电话，表情不明，不过这时响起了敲门声。

“请进！”靳向岚道。

门被推开，靳升平出现在靳向岚的视线里，拄着拐杖走了进去，身后的门接着被关上。

“被问责了？”靳升平看她的脸色，低沉着声音问道。

靳向岚抬眼，正要回复的时候，却眼色微变：“你是谁？”

一下子被拆穿，看来靳向岚的警惕性非常高，于是易容成靳升平的陆加尔便不再隐藏，用回自己的声音：“是我！”

“陆加尔教授！”靳向岚瞬间猜到了。

“是！”陆加尔没有遮掩，她直接扒了科林的易容面具，重塑一番后，便来找靳向岚。

“我父亲呢？”见她佯装成靳升平的样子，靳向岚第一时间追问靳升平的安危。

“我暂时把他打晕了，让他睡一会！”陆加尔拿着拐杖向前走几步，来到办公桌旁。

“看来我父亲失算了，竟然一直强调你没有攻击倾向！”靳向岚冷哼。

陆加尔闻言，冷笑一声：“被逼的！”

“你假扮我父亲的意图是什么？”靳向岚看着眼前所谓“靳升平”的脸追问。

“来求你！”陆加尔回了三个字。

靳向岚盯着“他”的脸：“求我？”

“求你放了我们！”陆加尔道。

“你们？你和向东？”靳向岚的下巴微抬。

“是！”陆加尔点头。

靳向岚笑：“多此一举！”

“什么？”陆加尔的目光直视着靳向岚。

“本来就没有限制你们，何来放了你们这个说法呢？”靳向岚道。

陆加尔疑惑地看着靳向岚：“你觉得我会相信吗？”

“如果要限制你，早就进行全方位监控了，还能让你易容成我父亲的样子站到我面前？”靳向岚反问。

仔细一想，对她的监控确实没什么力度，就连靳向东那边也是如此，不过陆加尔却道：“也许这是你们故意设下的陷阱？”

靳向岚笑：“陆教授，现在的你似乎产生了被迫害妄想症！”

陆加尔看着靳向岚的脸，跟着冷笑；“放心，我的精神状态非常健康，我来这的目的也跟你说了，你愿不愿意帮忙直接给我一个答复便是！”

“陆教授，你这可不是像是在求我，更像是在命令我！”靳向岚笑道。

从刚才进来一直都很平静的陆加尔听后，不由将身子倾向靳向岚：“靳教授，我没时间跟你在这浪费口舌了，帮，还是不帮，一句话！还有，此刻的你，内心其实比任何人都还要纠结吧！”

靳向岚看着她，装着风轻云淡的样子：“我纠结什么？”

陆加尔嘴角勾起一抹笑意：“我是你爸的心血之作，而Ace则是你的心血之作，我和他固然是你们的试验品，但是Ace又跟我不同。他是个基因克隆人，无论外貌还是智商都跟真正的主人一模一样，但是一旦真正的主人归位，他是几乎不可能继续存在的。知道真相后的我们，也许我被你们删除记忆后，还有机会走出这个研究中心，但是Ace是绝对没有机会的。这点你应该比我更清楚。”

第240章　死亡与阴谋【43】

靳向岚听后，直接道：“对于你的揣测，我表示遗憾！”

但是陆加尔却非常犀利地反驳：“靳教授，你就别在我面前惺惺作态了！如果你不想看着Ace死，就帮我们一把，如果你只是当他是试验品，就当我没来过。不过要是Ace死了，我一定会把这笔账记在你的头上。”

“你这是在威胁我？”靳向岚微微眯起眼睛，脸色也跟着沉了下去。

“对，就是威胁。”陆加尔非常直白地回道。

靳向岚脸上染上一丝怒气：“自身难保还敢来威胁我！”

陆加尔听后，冷笑起来：“不信的话，你可以试试！”

靳向岚也冷哼：“激将法对我没用！还有你真的太异想天开了，就算我放了你们，你觉得你们真的能逃脱？你和Ace是研究中心最高级别的机密，一旦逃脱注定会被全球布下的天罗地网所追查，最终还是会被抓回来，白折腾一场！”

对于靳向岚的泼冷水，陆加尔却燃起了希望：“听你这么一说，你愿意帮我们？”

靳向岚微怔，眸色微冷：“我可没这么说！”

陆加尔捕捉了这个小表情，不由道：“你的眼神已经出卖了你，而且你应该已经布局好了对吗？”

靳向岚的表情变得有些不自然：“别妄图揣测我！”

“我没有揣测你，是你自己暴露了而已。不过我现在明白Ace为什么会阻止我来找你了！”陆加尔道。

“Ace阻止你来找我？”靳向岚问。

“是，我跟他说，你对他应该是有感情的，让他来说服你帮我们逃离这里，但是他却阻止了我，说倘若你帮了我们，必然要承担严重的后果！这是他不愿意看到的！”陆加尔平静地回答道。

靳向岚听了这句话，眼神忽闪几下：“他……真的这么说？”

“是！他割舍不下你们之间的姐弟之情。”陆加尔看了看他，点头道。

靳向岚的神色不明，但情绪明显有些起伏，她没有继续追问，而是沉默了几秒，才幽幽地说道：“你的揣测没错，你或许还有机会走出研究中心，但是向东……他就算活着，也只能在研究中心里面活着。倘若这样，跟我那个躺在试验床上的弟弟有何不同呢？尽管他不是我亲弟弟，但我这么多年来一直把他当亲弟弟看待。”

陆加尔看着她：“他知道你一直把他当着亲弟弟！”

靳向岚抬眼看她：“陆教授，可以答应我一件事吗？”

陆加尔也看着她：“只要你肯帮我们，任何事情我都可以答应你！”

“保护他！”靳向岚道。

一般而言，听到的叮嘱几乎都是叫男生保护女生，但眼前的靳向岚却叮嘱陆加尔去保护靳向东。

换作别人可能会哑然失笑，但是陆加尔一本正经地回道：“我答应你。我会保护好他的！”

“谢谢！”靳向岚致谢，“接下来，你们听我指挥。”

陆加尔点了点头：“好，谢谢您，靳教授！”

靳向岚嘴角挤出一抹勉强的笑意：“希望我的这个决定不是错误的。”

第241章　死亡与阴谋【44】

C区1号实验室。

靳向岚看着躺在地上的靳升平一眼，深深地吸了一口气，随后缓缓伸手按下了手中表上的警铃。

下一秒，研究中心顿时响起警报声，接着安保人员第一时间赶到，一进实验室便看到头发微乱的靳向岚蹲在地上给靳升平做胸外按压。

“怎么回事？靳院士怎么啦？”跑进来的同事见此，不禁问道。

靳向岚一边做胸外按压一边道：“我爸心脏病复发，通知约翰博士快过来，快……还有，C0001A和我弟不知去向，快去搜查！”

靳向岚的话音刚落，安保人员便被通知监控系统出现异常，接着几个安保人员收到命令快速离开实验室去搜查。

白人同事道：“约翰博士今天好像出差了！”

靳向岚一听，脸色大变，喘着气道：“速速通知直升机准备，马上送医院！”

“好，我马上呼叫！”白人同事道。

靳向岚在安全保障人员的帮忙下，将靳升平被抬上试验床，推出实验室，长长的走廊里，响起车轮声、急促的脚步声。

因为事出紧急，走的是紧急出口，而紧急出口虽然便捷，但是安全识别的级别很高。

经过一道门，靳向岚快速地进行了眼部识别，门打开了，接着经过十几米来到第二道门，依旧是眼部识别，接着左拐走到电梯口。

靳向岚的表情很慌张，但眼神却透着不易察觉的警惕，因为接下来的电梯里装有全身图像仪，也就是说，只要身体任何部位的影像与数据库不同，电梯的报警系统不仅自动报警，而且电梯立马变成一个现成的牢笼。

靳向岚看了下腕上的手表，内心忐忑不已，电梯门缓缓打开，握着病床车的手紧了紧，随后推着靳升平走进了电梯。

电梯没有发出警报，看来真正的靳向岚在预定的时间内关闭了全身图像仪的警报系统。

电梯一层、一层、一层往上，易容成靳向岚的陆加尔内心没有放松，而是一直焦灼着，因为靳向岚说过进入电梯后，她最多只能撑四十秒，四十秒后如果不离开电梯，这次逃离的计划就会彻底失败。

四十秒！一分钟的三分之二！短得不能再短了！

而陆加尔不知道在她进来之前已经过了几秒，所以整个心都提了起来。

一进入电梯后便开始默数，一秒，两秒，三秒……二十一秒，二十二秒，二十三秒，电梯终于到了。

易容成靳向岚的陆加尔心跳已经到了极限，二十四秒，二十五秒，电梯门缓缓打开，二十六秒，二十七秒……

陆加尔那握着病床车不锈钢扶手的手不禁冒汗，等数到二十八秒，手握紧一个用劲，将车子直接推了出去。

终于出来了，最难的一关过了！陆加尔的额头也冒出一抹虚汗。

接着，急促的脚步声、车轮声再次响起。

一路来到最后一道关卡：指纹识别。

陆加尔伸手按了下去，本以为会跟前面一样顺利通过，却没想到手一触到仪器，顿时警铃大作。

第242章　死亡与阴谋【45】

陆加尔整个人都僵在那，因为手出汗，没有察觉手指贴的指纹膜不知道什么时候脱落了。

旁边的两个安保人员快速反应过来，一人拿枪指着陆加尔的后背，另外一个指着躺在病床上的靳升平。

陆加尔感觉自己的心脏停了一秒，懊恼自己大意了，但下一秒，躺在病床上的易容成靳升平的靳向东伸脚一踢，随后快速跳下床抓住安保人员的手重重一击，陆加尔也快速做出反应，在安保人员扣动扳机时，直接来了一个下腰动作，砰的一声电击枪射在墙上。陆加尔快速收腿，从救护床穿了过来，脚朝安保人员狠狠一踢。

两个安保人员也是练过的，但是比起高级AI陆加尔所施展的武力值，只能算渣渣，两人花了不到半分钟就将两个安保人员制服。

但是制服安保之后，新的难题来了，紧急通道的权限是特定的，靳向岚制作的指纹贴膜已脱落，这最后一道门该怎么打开呢？

而这道门的警报系统一被触及，不仅里面的安保会快速到达，外面的直升机也会直接进入警备状态。

陆加尔快速拖过被打晕的安保人员的手去尝试指纹识别，但是没用，而周边也没有任何可以辅助的工具。

时间紧迫得让人心焦，陆加尔自责不已："Ace，抱歉，是我太大意了！"

刚才打斗撕扯到伤口的靳向东开口道："把手中的表给我！"

陆加尔快速将手腕上的智能表摘了下来，靳向东快速将手表的操作模式呈现为AR模式，接着输入各种数据，陆加尔虽不是程序员，但是她还是看懂了此刻的靳向东正在干黑客的事。

没有笔记本，光靠一个超级智能手表，他能在极短的时间内入侵并破解指纹识别系统吗？

靳向东修长的手指在虚拟的AR图像上点击，耳边传来安保人员的脚步声。

陆加尔见此，不由道："我去挡一下！"

靳向东全神贯注地盯着虚拟屏幕，不过嘴上还是叮嘱了一句："小心，给我一分钟时间！"

陆加尔点头，弯腰捡起地板上的电击枪，主动去迎敌。

几秒后，走廊里传来打斗声、哀嚎声，陆加尔以以一敌百的姿态去迎战安保人员。

或许因为前面打斗一次，陆加尔这次的出招动作更加快速，很快就解决了两个，但是毕竟安保手中有枪，她既要保护正在破解密码的靳向东，又要让自己不受伤，所以打斗场面十分激烈，十分热血。

正在打斗的陆加尔眼角的余光瞥向正在解码的靳向东身上，脑子闪过一句话：我或许败北，或许迷失，或许已失去一切，任凭怎么挣扎也只能徒呼奈何，或许只是徒然掬一把废墟灰烬，唯我一人蒙在鼓里，或许这里没有任何人把赌注下在我身上。无所谓。有一点是明确的：至少我有值得等待、值得寻求的东西。

没错，她等待的，是他！她寻求的，是他！她与他与众不同，她与他惺惺相惜，她与他同病相怜，她与他……生死与共。

陈悦　整理摘录

穿越之绝色兽妃：凤逆天下

路非

【导读点评】

路非的《穿越之绝色兽妃：凤逆天下》是“女性向”穿越小说，体现了穿越时空下女性书写的叙事模式，显示出鲜明的女性书写的气质。全书围绕几条主线来写：女主人公的成长蜕变及身世、卡尔塔大陆的风云变幻、光耀殿和修罗城两大黑暗势力的争斗。这部小说区别于男性书写与以往的爱情书写，呈现出女性主体意识由苏醒到张扬的变化，对于促进当代女性主体意识的觉醒与发展有一定意义①。

小说在言情之余，将重点放在女性独立成长的人生经历上。作品从女性视角出发，以女性形象为聚焦点，围绕核心女性人物的绝对主体地位，表现她或她们为主体的世界，进而展现女性穿越者对自由人格和真挚情感的追求。无论是自我价值的追求还是面对爱情的态度，穿越女主人公们都手握主动权，凭借自己的智慧与能力在异时空中书写自己斑斓的人生。从最开始的南翼国长公主府到后来的整个卡尔塔大陆，女主人公凰北月的格局不断扩大，身边跟随的人几经易换，她的心境也随之发生了天翻地覆的变化。

纵观全文，开篇内容和主线是较为常见的穿越女强定式，但具体情节却又丰满别致，环环相扣，对得起“跌宕起伏、动人心弦”几个字。

本文的缺点在于花费了大量笔墨去叙述一些与正文无关而又不能推动情节发展的东西，使篇幅太长，又无法引起读者兴趣，甚至在某些节点中显得突兀。而女主人公性格的混乱又是其中的一大败笔。好的文章讲究人物性格鲜明，本文中作者对女主人公的性格设定为冷血无情，可随着故事的发展，这个设定逐渐变得模糊不清，却又未完全形成

①黄洁藜. 探析网络穿越小说的性别意识：路非小说和梵缺小说比较分析. 网络文学评论，2019（4）：108-118.

新的性格，只是时而明晰时而混沌，使女主人公的形象大打折扣。

再说本文的过人之处，首先不得不说，女主人公以外，几个男性角色个个性格鲜明，形象生动。他们每个人身上或多或少都有让人为之动容之处，比如昀离和墨莲，形象塑造得非常成功，性格饱满，有血有肉。

最后，本文埋下较多伏笔和悬念，再在后面逐渐抽丝剥茧，理清思路。全文在人物命运的设置上又留下了大量悲剧和遗憾，让故事显得更有张力，直击人心，这也是它的高明之处。

唐寅杉　整理撰写